Von orientalischen Träumen
Zur Tragödie im Westen

Hassan M.M. Tabib

**Von orientalischen Träumen
Zur Tragödie im Westen**

Roman

Für meine Frau Maryam

Die Deutsche Bibliothek – CIP Einheitsaufnahme
Ein Titeldatensatz für diese Publikation ist bei
Der Deutschen Bibliothek erhältlich (http:// www.ddb.de).

1. Auflage: 2001 Fouqué Literatur Verlag, Frankfurt am Main
2. Auflage: 2008, Books on Demand GmbH, Hamburg
3. Auflage: 2014 Create Space, USA
2. Auflage: 2016, Books on Demand GmbH, Hamburg

Dieses Werk
und alle seine Teile
sind urheberrechtlich geschützt.
Nachdruck, Vervielfältigung in jeder Form,
Speicherung, Sendung und Übertragung des Werkes
ganz oder teilweise auf Papier, Film, Daten- oder Tonträger
usw. sind ohne schriftliche Zustimmung des Autors unzulässig
und strafbar.

Titelillustration: Sammi Khorsandian, Paris

Herstellung und Verlag:
BoD – Books on Demand, Norderstedt

ISBN: 9783741250941

Inhalt	Seite
Vorbemerkung des Autors	*5*
1. Die Sehnsucht nach einem fernen Horizont	*7*
2. Eine ernsthafte Verwicklung	*15*
3. Das Objekt	*47*
4. Nancy	*66*
6. Die Kaiserin von Oberbayern	*88*
7. Welch Glück, geliebt zu werden	*92*
8. Die Erpressung	*97*
9. Die Traumhochzeit	*114*
10. Der Bruch des Schweigens	*117*
11. Vorurteile	*134*
12. Eine Seele, zwei Welten	*158*
13. Ein gemeines Spiel des Schicksals	*168*
14. Schwimmen im Colorado	*192*
15. Keep America clean	*215*
16. Ein neues Mitglied der Familie	*235*
17. Die unerwartete Begegnung	*264*
18. Der Djinn von Kalifornien	*270*
19. Die Gartenparty	*281*
20. Ein Graues Kreuz als Unterschrift	*303*

Vorbemerkung des Autors

Fünfzehn Jahre lange schleppte ich einen Karton voll loser Notizen mit mir herum, um irgendwann genügend Zeit zu finden und ein Buch zu schreiben. Aber obwohl mir genügend Zeit zur Verfügung stand und mich immer wieder das brennende Verlangen verfolgte, endlich mit der Arbeit zu beginnen, musste ich diese kribbelnde Idee widerstandslos aufgeben. Ich hatte Angst, ja ich hatte Angst und empfand eine unüberwindbare Hemmung, endlich dieses so bedeutende Projekt meines Lebens in Angriff zu nehmen.

Es gab zwei schwerwiegende Gründe für mein passives Verhalten: Zum Ersten fürchtete ich, mich selbst und einige andere Personen mit der Offenbarung einiger Dokumente der iranischen Geheimpolizei (SAVAK) in Gefahr zu bringen.

– Diese Geheimdokumente wurden 1964 in der SAVAK-Hauptverwaltung in Teheran gestohlen, und ich war, so unglaublich es klingt, auf einmal ungewollt ihr Besitzer. –

Und zum Zweiten ich litt damals unter einer psychischen Störung. Trotz einer wirkungsvollen zweijährigen Therapie und der uneingeschränkten Unterstützung meiner Familie und Freunde war es mir kaum möglich, das Trauma einer schauderhaften Tragödie, die ich im Zusammenhang mit dieser Geschichte in Los Angeles erlebt hatte, einfach zurückzudrängen und wieder ein „normales" Leben zu führen.

Aber im Laufe der Zeit bekam ich allmählich meine geistigen Kräfte zurück. Ich konnte wieder objektiv urteilen und meine Emotionen zu diesem Zweck beiseitelassen. So war es mir möglich langsam, aber mit voller Kraft und Überzeugung ein weites Feld zu beackern, in dem meine besten und schrecklichsten Erlebnisse begraben waren.

1983 fasste ich endlich Mut und begann zu schreiben. Ich fing an, anhand tausender zerknickter Zettel die chronologische Reihenfolge dieser Geschichte festzulegen und gleichzeitig in verborgenen Winkeln meines Gedächtnisses zu forschen. Und zwar von dem Tag, als ich meine Heimat verließ, begann ich alles sachlich und emotionsfrei aufzuschreiben.

Als ich begann, voller Konzentration täglich meine Geschichte aufzuschreiben, hatte ich keinen Grund mehr, mich vor der iranischen Geheimpolizei zu fürchten.

Denn inzwischen war die Epoche des Schahs zu Ende und die islamische Revolution mit Ayatollah Khomeini an der Spitze ließ die Vermutung zu, dass man vor dieser schrecklichen Organisation keine mehr Angst zu haben brauchte. Offiziell hieß es, dass die SAVAK aufgelöst wurde.
(Ich wusste aber damals nicht, dass das neue Regime nur den Namen der Organisation in VEVAK geändert hatte. Sie richteten einen Überwachungsapparat ein, der zehn Mal mächtiger und beängstigender als die SAVAK war und bis heute noch ist.)

Die Geschichten, die Sie in diesem Buch lesen, sind authentisch. Die Episoden in der Türkei, Deutschland und den USA sowie die Entwendung der SAVAK-Dokumente sind wahr; all diese Ereignisse sind in Wirklichkeit genau so passiert, wie sie in diesem Buch dargestellt werden.
Dennoch ich versichere ausdrücklich, dass die Namen der Gestalten dieses Romans NICHT mit denen von realen Personen übereinstimmen, die diese auch teilweise inspiriert haben.

Springe, 31.12.1999

1. Die Sehnsucht nach einem fernen Horizont

Es waren die letzten Frühlingstage des Jahres 1964 in Teheran. Um sechs Uhr morgens waren die Straßen belebt und voll von Menschen, da die Teheraner normalerweise Frühaufsteher sind. Die angenehme Brise vom Alborz Gebirge verheimlichte die ständig steigende Temperatur.
Wir standen vor einem Reisebüro in einer Nebenstraße der Stadtmitte. Ich wollte nach Deutschland, zuerst mit dem Bus nach Istanbul und anschließend mit dem Zug nach Frankfurt/M.
Mein Gepäck bestand aus einem Koffer und einer Reisetasche, im Gegensatz zu fast allen anderen Passagieren, die diverse große Koffer, zahlreiche Teppiche und mehrere Handtaschen, gefüllt mit Geschenken und Süßigkeiten, bei sich trugen.
Damals waren die Busse nicht so komfortabel wie heute; kleiner, wacklig und sehr laut. Man musste das komplette Gepäck auf dem Dach des Busses unterbringen. Nach meiner Einschätzung war das Gewicht des Gepäcks unseres Busses erheblich schwerer als das Gewicht aller Passagiere zusammen.
Der Busfahrer und sein Beifahrer benötigten fast eine Stunde, um die auf ca. zweimal drei Meter zusammengelegten Gepäckstücke auf der gesamten Dachfläche des Busses ordentlich zu verlegen und mit einem langen Seil zu befestigen.
Die meisten Passagiere waren in meinem Alter; jedoch reisten auch einige ältere Damen und Herren, Kaufleute oder Touristen, mit. Insgesamt waren es fünfundzwanzig Passagiere und ca. zweihundert begleitende Menschen – für persische Verhältnisse ist das ganz normal – die um den Bus herumstanden (Mütter, Väter, Brüder, Schwestern, Freunde, Nachbarn und viele neugierige Passanten, die sich zufällig in der Nähe des Reisebüros aufhielten). Ich war ziemlich müde und vielleicht auch noch etwas betrunken. Mit meinen Freunden hatte ich die ganze Nacht gefeiert. Es gab keine wilden Partys. Wir nannten diese Feste Männerabende.
Männerfreundschaften sind in Iran etwas Besonderes, ja etwas Heiliges.

Ein Europäer würde es vielleicht auf den ersten Blick als homosexuelle Beziehung einstufen. In Wirklichkeit aber ist es Liebe ohne sexuelle Zuneigung, ist es herzliche Sympathie ohne jegliche Erwartung, es ist die Berührung von Seelen, einfach Männerfreundschaft.
Meine Freunde und ich sahen richtig angeschlagen aus. Die ganze Nacht hatten wir gefeiert und Wodka aus großen Gläsern getrunken, getanzt und Poesie deklamiert, aber auch unanständige Witze erzählt. Ich glaube, wegen dieses Lärms konnte kaum jemand schlafen.
Meine arme Mutter stand im Schatten eines Baumes und beobachtete uns ganz traurig. Sie konnte nicht fassen, dass ich sie wirklich verlassen würde. Mein Bruder Iraj war – obwohl er alles selbst organisiert hatte – noch trauriger als meine Mutter. Ich glaube, ich werde ihre liebevollen und besorgten Gesichter niemals vergessen.
Der Busfahrer ermahnte uns zum letzten Mal, dass er allmählich fahren wollte, und stellte den Motor an. Die bittere Zeit des Abschieds machte mich hilflos. Ich wusste nicht, was zu tun war. Mir fehlte jedes Wort, um meine Mutter zu beruhigen oder mich bei meinem Bruder für die finanzielle Hilfe und seine Bemühungen für diese Reise zu bedanken.
Als Erste umarmte ich meine Mutter. Ich küsste ihr Gesicht, das von Tränen ganz feucht war. Sie konnte kaum sprechen, sie sagte ganz leise, dass ich auf mich aufpassen sollte. Mein Bruder war sehr ernst und machte einen besorgten Eindruck. Er wollte, dass ich ständig mit ihm in Verbindung bleibe. Meine Freunde wirkten ganz vergnügt, wenn vielleicht auch noch etwas betrunken. Jeder nahm mich in den Arm, küsste mich und machte eine lustige Bemerkung:
»Ich wünsche dir einen Harem mit tausend blonden deutschen Mädchen.«
»Komm als Millionär zurück, du verträumter Ausreißer!«
Mein bester Freund Parwiz sagte:
»Egal, wohin du gehst, vergiss nicht, dass du ein anständiger Perser bist. Du sollst deine Wurzeln niemals verleugnen!«

Ich stieg in den Bus und setzte mich in die zweite Reihe neben einen jungen Mann. Der Bus war bis auf den letzten Platz besetzt und der Fahrer versuchte durch Hupen die Menschen auf die Abfahrt aufmerksam zu machen, aber keiner achtete darauf.
Die meisten dieser Rebellen waren meine Freunde. Sie sangen mir ein lustiges Lied zum Abschied:

»Wir sind einen Frauenrivalen los, los, los.«
Der Fahrer fuhr langsam auf die Hauptstraße und ich beobachte belustigt, wie meine Freunde fast zweihundert Meter jubelnd hinterherliefen. Aber es ging alles zu schnell; in zwanzig Minuten waren wir bereits am Stadtrand von Teheran. Ich konnte das traurige Gesicht meiner Mutter nicht aus meinem Kopf verbannen. Ich stellte mir vor, wenn sie nach Hause zurückkehrte, würde sie stundenlang weinen. Ich blickte mich neugierig im Bus um, um zu prüfen, ob ich irgendeinen der Passagiere kannte. Ich weiß nicht, ob es an der Müdigkeit, Betrunkenheit oder Gleichgültigkeit lag, dass ich glaubte, niemanden erkannt zu haben, außer einem jungen Mann, dessen Gesicht mir vertraut schien. Er saß in der vierten Reihe und sprach leidenschaftlich mit seinem Nachbarn. Ich war mir sicher, ihn von irgendwoher zu kennen. Es fiel mir nicht ein, dann schloss ich die Augen und schlief wie ein müder Hund ein.
Es war gegen elf Uhr, als ich wach wurde. Sofort bemerkte ich, dass die Sonne einen heißen Tag schmiedete. Die meisten Passagiere schliefen noch. Zum ersten Mal betrachtete ich den jungen Mann neben mir genauer. Er sah gut aus, war achtundzwanzig bis dreißig Jahre alt und elegant gekleidet. Wir tauschten miteinander ein höfliches Lächeln aus. Er hatte etwas Sonderbares im Gesicht, das sich nicht einordnen ließ. Heute weiß ich, dass er auf mich einen verängstigten Eindruck machte, jedenfalls wirkte er unsicher und immer geistig abwesend. Ich bemerkte gleich, dass er keine Lust hatte, mit mir zu plaudern. Ich erinnerte mich, dass er von niemandem an der Bushaltestelle verabschiedet worden war, jedenfalls von keinem, der sich wie meine wilden Freunde bemerkbar gemacht hatte.
Der Bus fuhr durch die wunderbare Landschaft. Man muss tatsächlich neidlos anerkennen, dass Iran ein wunderschönes, interessantes und vielseitiges Land ist. Alles, was die Natur in anderen Ländern sparsam und geradezu geizig zur Schau stellt, findet man hier so großzügig und abwechslungsreich. Die hohen Berge, die tiefen grünen Täler, die endlosen duftigen Wälder und auf einmal die unendliche Wüste.
Die Fahrt durch diese paradiesische Landschaft hätte ein Vergnügen sein können, wenn allerdings die Straßenverhältnisse etwas besser gewesen wären.

Spätabends erreichten wir schon die persische Grenze in Bazargan. Die majestätischen Berge vom Ararat mit ihren zwei Gipfeln (3925 bzw. 5165 m) erweckten in mir gemischte Gefühle, Angst und Respekt.
Wir mussten dort in dem einzigen Hotel vor Ort übernachten, da die türkischen Zollbehörden uns am Abend nicht abfertigen wollten. Mein junger Nachbar wurde spürbar nervöser und machte einen hilflosen Eindruck.
Er blickte ängstlich mehrere Male zum Hotel, aber auch in Richtung der türkischen Grenze. Offenbar war er mit der ungeplanten Übernachtung nicht zufrieden, jedenfalls ich hatte den Eindruck, er wusste nicht, was er tun sollte.
Der Busfahrer sah völlig erschöpft aus. Er freute sich offenbar, dass er sich nach der langen Fahrt erholen konnte. Er stieg aus und sagte laut, dass jeder Einzelne für seine Koffer verantwortlich sei und es besser wäre, diese mit ins Hotelzimmer zu nehmen.
Es war inzwischen ziemlich kühl geworden. Der Mond schien unglaublich hell und die großen Sterne flimmerten am Himmel, als wenn sie einen willkommen heißen wollten.
Ich ging gleich mit meinem Koffer und der Reisetasche in das für mich vorgesehene Zimmer. Ich hatte keinen so großen Hunger, um im Restaurant zu essen, außerdem war meine Reisetasche voll mit Obst und Süßigkeiten.
Gegen zweiundzwanzig Uhr wollte ich mich schlafen legen.
Plötzlich hörte ich jemanden ununterbrochen und leise an die Tür klopfen.»Wer könnte das sein?« Zögerlich ging ich zur Tür und machte sie auf. Das war mein stiller Nachbar aus dem Bus. Er wirkte sehr ängstlich und unsicher und fragte mich, ob er hereinkommen dürfte.
Ich war etwas verwirrt, aber auch neugierig. Es war das erste Mal, dass er mit mir sprach. Er trat ein und schloss die Tür. Vorsichtig blickte er sich um und sagte:
»Entschuldigen Sie die Störung. Ich heiße Dariush, ich reise wie Sie nach Istanbul und von dort will ich in die USA.
Ich habe aber ein ziemlich großes Problem und hoffe, dass Sie mir helfen werden.« Regungslos blickte ich ihn an. Seine Körperhaltung wirkte sehr steif und mit einem geheimnisvollen Lächeln erzählte er weiter:»Wenn ich heute Abend hierbleibe, besteht keine Chance, mein Ziel zu

erreichen. Man sucht mich überall. Ich dachte, vielleicht würden Sie mir einen Gefallen tun.«
»Einen Gefallen? Was kann ich für Sie tun?«
»Wollen Sie nicht wissen, wer hinter mir her ist?«
»Ich hoffe, dass Sie mir das sagen werden.«
Er strahlte mich plötzlich mit einem solch klaren, freudigen Blick an und sagte:
»Ich kann nicht viel erzählen. Es genügt, wenn ich einfach sage, dass die SAVAK-Leute[1] mich suchen. Ich muss so schnell wie möglich aus Iran verschwinden, und das ist genau das, was ich tun möchte. Ich habe entschieden, heute Abend über die Berge in die Türkei zu gehen. Man erzählte mir, dass es unproblematisch sein soll. Wissen Sie, ich habe nichts zu verlieren, es ist mir egal, ob die Leute mich hier an der Grenze verhaften oder in den Bergen erwischen.«
»Über die Berge? Sie wissen genau, dass die Türkei ein gefährliches Land ist«, erwiderte ich, »es ist sehr riskant, lebensgefährlich, ich würde es an Ihrer Stelle nicht tun.«
Ohne in mein Gesicht zu blicken, antwortete er:
»Gefahr? Mein ganzes Leben verbrachte ich mit der Gefahr. Ich bin aber nicht hier, um mit Ihnen über meine Pläne zu diskutieren. Ich bin hier, um Sie um einen Gefallen zu bitten. Werden Sie es tun?«
»Aber Sie haben noch nicht gesagt, was ich für Sie tun soll.«
»Ich möchte, dass Sie ein Päckchen für mich in die Türkei bringen.«
Ich ließ mir meine Verwirrung nicht anmerken und fragte ganz leise: »Drogen?«
»Nein, um Gottes Willen, es handelt sich um einige Dokumente; wichtige Dokumente, in Wirklichkeit sind sie meine Lebensversicherung. Ich möchte Sie herzlich bitten, mir diesen Gefallen zu tun und mein Leben zu retten. Keiner wird Sie wegen des Päckchens verdächtigen. Ich habe leider nicht so viel Zeit, ich muss mich beeilen. Bis morgen Mittag versuche ich, in Dogubayazit zu sein. Das ist eine kleine Stadt, ungefähr dreißig Kilometer entfernt von hier. Dort werde ich wieder in den Bus steigen und mit Ihnen nach Istanbul weiterfahren.

---

[1] Geheimpolizei

Der Busfahrer hat mir versprochen, in Dogubayazit eine Stunde zum Mittagessen zu rasten. Wenn ich es rechtzeitig schaffe, dann steige ich dort zu.«

»Ich glaube nicht, dass er Ihnen einen solchen Gefallen tun wird, denn nach dreißig Kilometern Fahrt will kein Mensch nochmals essen.«

»Das stimmt, aber ein Abfertigungsprozess mit fünfundzwanzig Passagieren nimmt in der Regel an der türkischen Grenze mehrere Stunden in Anspruch. Außerdem gab ich dem Busfahrer zwei große Scheine in die Hand, sodass eine gewisse moralische Verpflichtung im Raume steht!«

Ich wusste nicht, was ich antworten sollte. Während seiner Ausführungen studierte ich sein Gesicht genauer. Er war ein außerordentlich attraktiver junger Mann. Schwarze Augen, schwarzes glattes Haar, eine sehr interessante Nase, und sein ovales Gesicht war von Angst und Sorge geprägt. Er war etwas größer als ich, etwa 178-180 cm. Man konnte ihm auf den ersten Blick uneingeschränktes Vertrauen schenken. Seine respektvolle, herzliche Ausstrahlung ließ mir kaum Chancen, ihm zu widersprechen, schon gar nicht, seinen Wunsch abzulehnen! Er war in Schwierigkeiten und wirkte recht hilflos.

»Wo ist das Päckchen?«, fragte ich neugierig.

Er strahlte mich mit einem triumphierenden Blick an und sagte:

»Ich werde es gleich holen.«

Ich machte eine Geste, um ihm zu verstehen zu geben, dass ich mich noch nicht entschieden hatte, aber er machte die Tür schnell auf und verschwand dann für zwei Minuten. Wieder klopfte es leise, und bevor ich die Tür ganz öffnete, trat er in mein Zimmer herein.

»Hier ist das Päckchen«, sagte er und überreichte mir einen großen, gelben Umschlag, der bereits mit Klebeband zugeklebt war.

»Was soll ich damit machen?«

»Einfach in Ihre Reisetasche stecken und mir in Dogubayazit zurückgeben.«

»Was mache ich, wenn Sie es nicht schaffen und ich Sie nicht wiedersehe? Dreißig Kilometer zu Fuß erreicht kein Mensch in einer Nacht, schon gar nicht über die Berge.«

»Es muss klappen. Ich mache mich gleich auf den Weg. Wenn Sie aber recht haben und es schiefgeht, dann vernichten Sie alles, verbrennen Sie es. Machen Sie, was Sie wollen.«

Er wurde für einen Moment still und fast versteinert, dann fragte er mich:
»Wohin fahren Sie eigentlich?«
»Nach Deutschland.«
»Nach Deutschland? Wo in Deutschland?«
»Nach Frankfurt am Main.«
»Können Sie mir Ihre Adresse geben, oder verlange ich zu viel?«
»Nein, das ist selbstverständlich kein Problem.«
Ich schrieb meine Anschrift auf einen Zettel und drückte diesen in seine Hand.
»Das ist meine Adresse für die nächsten vier Wochen. Ich möchte zuerst bei meinem Onkel wohnen, bis ich etwas Eigenes finde.«
Er warf einen Blick auf das Stück Papier und sagte:
»Sollte ich morgen mein Ziel nicht erreichen, werde ich Sie in Deutschland besuchen. Sollte jedoch irgendwas schieflaufen, dann werde ich jemanden beauftragen, das Päckchen bei Ihnen abzuholen. Allerdings brauchen wir ein Erkennungszeichen.«
Er überlegte einige Sekunden, und dann fragte er mich:
»Wann haben Sie Geburtstag?«
»Am 11. November.«
»Gut, wenn jemand in meinem Auftrag zu Ihnen kommt, muss er zuerst elfte elfte sagen. Aber davon will ich nicht ausgehen. Es muss einfach klappen. Bitte drücken Sie mir die Daumen, dass alles gut geht.« Dann steckte er den Zettel in seine Hosentasche und blickte dankbar in meine Augen. Auf einmal umarmte er mich mit all seiner Kraft und sagte leise:
»Ich wünsche Ihnen eine gute Reise. Hoffentlich sehen wir uns wieder.«
Er ging aus der Tür und ich sagte:
»Viel Erfolg, mein Freund.«
Ich bemerkte, dass er etwas sagen wollte, der Laut jedoch erstarb auf seinen Lippen. Ohne mich anzuschauen, verschwand der junge Mann in den dunklen Flur.
Stundenlang lag ich auf meinem Bett und konnte nicht schlafen. Ich war nicht sicher, ob ich alles richtig verstanden hatte. Jahrelang hatte ich in Ruhe und Frieden gelebt. Kaum eine erwähnenswerte Aufregung und auf einmal solch eine unglaubliche Geschichte. In der Tat war ich total verwirrt und unsicher. Ich konnte nicht fassen, dass ich in eine unerklärliche, möglicherweise sogar kriminelle Angelegenheit verwickelt worden war.

Wieso hatte er ausgerechnet mich ausgesucht? Warum waren SAVAK-Leute hinter ihm her? War Dariush ein Kommunist? Was sollte ich mit dem Päckchen machen, wenn ich ihn nicht mehr sehen sollte?

Der große Umschlag lag noch auf dem Tisch. Ich blickte ihn an, als ob er eine tickende Zeitbombe wäre. Einige Male überlegte ich, ob es richtig wäre, das Päckchen aufzumachen und den Inhalt zu prüfen. Aber ich dachte, das wäre nicht korrekt und anständig.

2. Eine ernsthafte Verwicklung

Der Busfahrer weckte uns alle um sechs Uhr morgens. Ich machte mich schnell fertig, um anschließend im Restaurant des Hotels zu frühstücken. Gegen sieben Uhr mussten wir unsere Koffer zuerst der persischen Behörde vorzeigen und dann zu Fuß in das türkische Zollgebäude gehen. Der Busfahrer hatte zuvor von jedem Passagier für die persische sowie türkische Zollbehörde Geld gesammelt. Er meinte, das würde das Verfahren beschleunigen. Das war ein Denkfehler! Die Beamten überprüften jeden Koffer genauestens und am Ende verlangten sie von den meisten Geld für die Ausfuhr nicht erlaubter Waren. Die persischen Zollbeamten hatten zum Glück kein großes Interesse an meinen Sachen gezeigt. Ich musste lediglich meine Reisetasche öffnen. Ich war sehr froh, dass ich das Päckchen in meinem Koffer zwischen einer Hose und einem Sakko versteckt hatte. Um kein besonderes Interesse zu wecken, hatte ich sogar meine Schulzeugnisse und zwei weitere Bücher daraufgelegt.

Die türkischen Zollbeamten wollten allerdings genau wissen, was sich in dem gelben Umschlag befand.

»Es sind Familienbilder und private Briefe«, antwortete ich ärgerlich.

Einer der Beamten trat mit seinem Fuß gegen meinen Koffer und sagte mit aggressivem Unterton:

»Pack deine Sachen und verschwinde!«

Eilig schloss ich den Koffer und ging aus dem stickigen Gebäude heraus. Nun musste ich wieder mit meinem überprüften Gepäck zum Bus gehen. Als ich dort ankam, bemerkte ich, dass zwei Männer mit dem Fahrer laut diskutierten. Einer der beiden war klein und hatte eine Glatze. Ein breiter Schnurrbart schmückte sein kleines Gesicht. Er trug eine dunkle Brille. Der andere war ziemlich dick, hatte große, hervorstechende Augen und warf mir einen feindseligen Blick zu. Er wirkte sehr streng und autoritär. Ungeachtet seines beängstigenden Aussehens versuchte ich, ihnen unauffällig zu lauschen.

»Wieso ist er nicht in seinem Zimmer?«, fragte der kleinere Mann.

»Woher soll ich das wissen? Ich war von der Fahrt sehr müde und bin gleich ins Bett gegangen«, erwiderte der Busfahrer leise.

Der Dicke flüsterte etwas, was ich nicht hören konnte, aber es musste etwas Schlimmes gewesen sein, denn der Busfahrer sah besonders

verletzt aus. Das Blut stieg ihm ins Gesicht und begann, es tiefrot zu färben. Beide Männer stiegen aus dem Bus und gingen leise vor sich her schimpfend in Richtung des Hotels.
Es dauerte eine Ewigkeit, bis sich zehn weitere Passagiere dem Bus näherten und neben mir standen. Alle beklagten die unmenschliche Behandlung durch die türkische Zollbehörde. Der Busfahrer kam endlich und begann mit Hilfe seines Kollegen, unsere Koffer auf das Dach des Busses zu laden. Er sah nervös und ziemlich beleidigt aus. Ich fragte mich die ganze Zeit, ob die beide Männer SAVAK-Leute waren. Wenn meine Vermutung stimmte, dann hatte Dariush recht; er wäre bestimmt sofort verhaftet worden.
Aber was war inzwischen mit ihm passiert? Hatte er Erfolg gehabt? Hatte er den Weg gefunden? Woher wusste er, in welche Richtung er gehen musste? Ich fand keine Antwort auf all meine Fragen.
Als mein Koffer endlich auf dem Dach verstaut war, stieg ich gleich in den Bus. Ich vermisste meinen Nachbarn, sein Platz war frei. Bis jetzt hatte keiner der anderen Passagiere seine Abwesenheit bemerkt. Nur ich und der Busfahrer wussten, dass er sich entschieden hatte einen anderen Weg zu wählen.
Endlich hatten wir die unangenehme und anstrengende Abfertigung hinter uns. Kurz vor zwölf Uhr stellte der Busfahrer den Motor an und fuhr am Fuß des Ararat langsam nach Dogubayazit.
Es war ein merkwürdiges Gefühl zu wissen, dass ich meine Heimat zum ersten Mal verlassen würde. Ich erinnere mich, dass ich etwas traurig war, ja, geradezu melancholisch. Mir stiegen Tränen in die Augen, und mit jeder weiteren Sekunde wurde ich ein bisschen sentimentaler.
»Wohin fahre ich eigentlich? Wer kann mir sagen, ob ich in Deutschland glücklich werde? Wie kann sich ein verträumter Poet wie ich in einem Land mit einer anderen Sprache, anderen Mentalität wohl fühlen?
Ob es richtig ist, eine liebevolle Familie und eine große Zahl von guten Freunden zu verlassen, um in ein Land zu reisen, das eine völlig andere Kultur, ein anderes Klima und eine andere Tradition hat?«
Aber ich wollte es so. Obwohl ich Iran über alles liebte, konnte ich mich nicht mit vielen Lebensgewohnheiten, Traditionen, der Religion und sogar mit den kulturellen Verpflichtungen anfreunden bzw. identifizieren. Ich fühlte mich von vielen meiner Landsleute unverstanden und daher nicht wohl. Wie oft hatten meine Familie oder

Freunde bemängelt, dass ich wie ein Europäer dächte und mich dementsprechend benähme.
Während meines Studiums an der Universität Teheran hatte ich häufig meiner Mutter und besonders meinem Bruder gesagt, dass ich nach Beendigung meines Studiums nach Deutschland reisen und dortbleiben möchte. Zuerst hatte keiner meine Pläne ernst genommen, doch als sie meinen sturen, überzeugten Willen bemerkten, waren alle besorgt. Eines Tages sagte mein Bruder, dass er mir helfen würde. Er wolle, dass ich glücklich werde. Er schrieb einen Brief an unseren Onkel Shahram in Frankfurt am Main, erzählte von meiner Absicht und bat ihn, mir behilflich zu sein.
Als seine Antwort kam, war ich sehr enttäuscht. Er warnte mich, dass ich mir gründlich überlegen sollte, ob ich wirklich nach Deutschland auswandern wollte. Er schrieb, dass dort die Leute kalt, gefühllos und anders als bei uns seien. Man müsse viel mehr arbeiten als in Iran. Die Menschen hätten kaum Verständnis für Spaß und Unterhaltung. Dort herrsche immer schlechtes Wetter, und die meiste Zeit sei es sehr kalt. Man lebe nur für die Arbeit und selten träfe man jemanden, der es umgekehrt sehe. Die meisten Menschen hätten wenig Interesse daran, freund-schaftliche Beziehungen mit Ausländern zu knüpfen.
Außerdem befürchtete er, dass ich mit meinem Literaturstudium nicht so einfach eine vernünftige Stelle bekommen würde.
Diesmal nahm ich selbst zu dem Brief von Onkel Shahram Stellung. Ich schrieb:

„Lieber Onkel,
Du hast meinen Bruder falsch verstanden. Ich möchte nach Deutschland auswandern, um zu leben, um zu arbeiten und für immer und ewig dort zu wohnen. Mir geht es nicht darum, wie ein Deutscher zu leben, sondern darum, mein eigenes Leben in Deutschland aufzubauen. Ich reise dorthin nicht zum Vergnügen, sondern um meine Zukunft nach meiner Vorstellung zu gestalten.
Auch wenn Du mir bei diesem schwierigen Schritt nicht helfen willst, werde ich trotzdem all meine Kraft daransetzen, um mein Ziel zu erreichen."
Vier Wochen danach schickte mir Onkel Shahram einen dicken Umschlag mit einem interessanten Inhalt: eine amtliche Einladung nach

Deutschland, ein Buch über deutsche Landschaften und ein erfreulicher Brief.

Er schrieb, dass er sich sehr freuen würde, wenn ich nach Deutschland käme. Er könnte mit mir viele Sachen unternehmen, z. B. Sport, Reisen oder einfach mit mir Farsi sprechen, was er am meisten vermisste.

Damals brauchte man, um ein dreimonatiges Visum für die Bundesrepublik Deutschland zu erhalten, einen gültigen Reisepass und eine Einladung von einer deutschen Familie. Monika, die Verlobte meines Onkels, lud mich herzlich ein.

Genau ein Jahr nach dem Abschluss meines Studiums hatte ich alles unter Dach und Fach: Reisepass, Visa für Deutschland, Türkei, Bulgarien, Jugoslawien, Österreich, ein Ticket nach Istanbul sowie ca. sechstausend DM in verschiedenen Währungen, türkische Lire, österreichische Schillinge usw.

Traditionsgemäß musste ich bei allen Verwandten, Freunden und sogar Nachbarn vorbeigehen und mich persönlich verabschieden. Darauf hatte meine Mutter bestanden. Jeder wünschte mir viel Glück und gab mir ein Andenken. Ich erinnere mich, dass ich mit Ausnahme von zwei Büchern (Khayam Poesie und ein Fotoband aus Esfahan) keine der Geschenke mitgenommen habe.

Ich war damals mit einem Mädchen aus unserem Bekanntenkreis befreundet. Sie hieß Ferry, eine sehr attraktive und intelligente Frau. Ich hatte keine Zweifel, dass sie mich liebte. Das hatte sie zwar nie gesagt, aber ich spürte ihre starke Zuneigung.

Dennoch ließ ich ihr kaum eine Möglichkeit, mir ihre Gefühle mitzuteilen. Ich hatte Angst, dass ich mich in sie verlieben und all meine Träume dann aufgeben würde. Ich wusste, dass sie immer in der Nähe ihrer Familie leben wollte und kein Verständnis für meine Ambition hatte, nach Deutschland auszuwandern.

Als ich mich bei ihr und ihrer Verwandtschaft verabschiedete, war sie die ganze Zeit sehr traurig, still und nachdenklich. Während meines kurzen Aufenthalts in ihrem Haus benahm ich mich wie ein Idiot; ich sah oft auf meine Armbanduhr, hörte kaum jemandem zu und zeigte am Ende eine nicht gerade herzliche Geste wie „also bis irgendwann".

Aber vor der Haustür umarmte sie mich, ungeachtet ihrer schockierten Mutter, und küsste meine Wange mit den Worten: »Ich werde mein ganzes Leben auf dich warten, du gehörst zu mir.«

Ganz seltsam verhielt sich mein Vater. Er sprach bis zum letzten Tag kein Wort über meine Reise. Es schien mir, als wenn er meine Reise nach Deutschland überhaupt nicht zur Kenntnis nehmen wollte. Er verließ das Haus morgens kurz nach sieben Uhr und kam die meiste Zeit sehr spät nach Hause. Er redete sowieso wenig mit mir. Vielleicht war ich schuld daran, ich war in meinen ungreifbaren Träumen verloren und hatte Angst mit jemandem darüber zu diskutieren, der gegen meinen Plan argumentierte. Außerdem beschäftigte er sich, wie viele persische Väter, fast gar nicht mit der Erziehung der Kinder; das war Sache meiner Mutter.

Aber dann passierte etwas Merkwürdiges. Als ich Mutter bei der Vorbereitung meiner Abschiedsfeier helfen wollte, kam er in die Küche und sagte, dass er mit mir sprechen möchte.

Wir gingen in sein Arbeitszimmer und er begann mit einer leisen, freundlichen Stimme zu sprechen:

»Du willst uns tatsächlich verlassen. Ich kann es nicht glauben, auch wenn wir uns seit Jahren nicht richtig verstanden haben. Man hatte immer das Gefühl, dass du wie ein Fremder in dieser Familie warst. Es ist für mich sehr schmerzlich, dass du deine Familie, deine Freunde und schließlich sogar deine Heimat verlassen willst. Ich frage mich, was passiert ist, dass du anders bist als dein Bruder.

Wieso kannst du nicht wie ein normaler Mensch in diesem wunderbaren Land bleiben, arbeiten, heiraten, Kinder zeugen und einfach leben?

Sag mir bitte, was du gegen diese Familie hast? Kannst du mir erklären, was wir falsch gemacht haben?«

Was er sagte, war verletzend. Wie könnte ich ihm klarmachen, wie ich darüber dachte? Wie könnte ich ihn überzeugen, dass ich an meine Träume fest glaubte? Ich versuchte es trotzdem:

»Meine Entscheidung hat weder mit Ihnen noch mit der ganzen Familie etwas zu tun.« (In Iran duzt man normalerweise seinen Vater nicht.) »Lieber Papa, ich liebe Sie, ich liebe Mami, ich liebe die ganze Familie. Aber es tut mir leid, dass ich anders bin als all die anderen Mitglieder der Familie. Ich kann nichts dafür, dass ich mich hier nicht wohl fühle. Ich sehe keine Perspektive für mich in diesem Land. Ich kann auch nicht erklären warum, aber glauben Sie mir, ich fühle, dass ich mein Leben in Deutschland viel besser führen kann. Ich verspreche Ihnen, wenn ich merke, dass ich mich geirrt habe und kein Glück mit meinem Plan habe,

komme ich zurück. Aber ich muss es versuchen, sonst werde ich das ganze Leben unglücklich sein.«
Das war das erste Mal, dass ich jemals in seinen Augen Träne gesehen habe. Er war für mich immer eine mächtige und autoritäre Person. Er umarmte mich, küsste mich auf meine Stirn und sagte, dass ich ihn sofort informieren solle, wenn ich im Ausland finanzielle Hilfe bräuchte. Ich solle ihn regelmäßig über meine Lebenssituation informieren.
Leider konnte er an meiner Abschiedsfeier nicht teilnehmen, da er aus beruflichen Gründen nach Esfahan reisen musste.
Ich wusste nicht, wie lange ich Gefangener meiner Gedanken war. Ich konnte auch einfach an nichts Anderes denken als an meine Familie. Dariush Geschichte eroberte wieder meine Aufmerksamkeit, als wir die Stadt Dogubayazit erreicht hatten.
Der Busfahrer kündigte eine Stunde Pause an. Er hielt am Rande der Stadt gegenüber einer ziemlich großen Teestube. Der Geruch von gegrilltem Hammelfleisch machte so ziemlich jeden hungrig.
Alle stiegen aus dem Bus und nahmen auf den zahlreichen abgenutzten Holzbänken sowie den wackeligen Stühlen, die unter den Bäumen standen, Platz.
Mit neugierigem Blick suchte ich nach Dariush. Ich schaute sogar in die Küche, Toilette und Nebenräume. Er war aber nicht da. Ich kam enttäuscht aus der Teestube und betrachtete mit scharfem Blick den Hügel und die Berge um mich herum. Wohin man sehen konnte – nur Landschaft. Ich empfand eine seltsame Sorge. »Wo kann der Kerl bloß geblieben sein?« Ich mochte den Gedanken nicht, dass er eventuell in Schwierigkeiten geraten war.
Ich bemerkte, dass der Busfahrer genau wie ich nervös und besorgt war. Er blickte in die Richtung, aus der er Dariush vermutete. Er stand einige Minuten regungslos da, hob dann einen Stein vom Boden und warf ihn voller Wut auf den Sandweg.
Erschöpft von meinen eigenen Sorgen nahm ich auf einem unbequemen Stuhl neben einem ausgetrockneten Bach Platz. Wie die meisten Gäste bestellte ich Hammelfleisch und Fladenbrot.
Zum ersten Mal sah ich mir mit großem Interesse die Gesichter meiner Mitreisenden genauer an. Während der Fahrt hatten die meisten miteinander Freundschaft geschlossen und saßen jetzt zu zweit oder zu dritt zusammen.

Es schien, als wenn alle froh und zufrieden wären. Sie erzählten Witze, Geschichten oder sangen etwas Lustiges. Immer hörte man das Lachen der Menschen sowie laute Stimmen. Ich saß allein, etwas traurig und nachdenklich. Während ich ewig auf mein Mittagessen wartete, beobachtete ich einen jungen Mann, dessen Gesicht mir schon während der Fahrt im Bus bekannt zu sein schien. Er – höchstens fünfundzwanzig Jahre alt, dunkelblond – hatte freche, glänzende, blaue Augen und wirkte richtig lebensfroh und sehr lustig.
Er blickte mich auch einige Male an, während er seiner Clique ständig Witze erzählte und diese anfing zu lachen.
Plötzlich betrachtete er mich erstaunt genauer, holte tief Luft, richtete seinen Zeigefinger auf mich und kam wie eine geschmeidige Katze auf mich zu.
»Ich werde verrückt!«, schrie er wie ein Kind, dass sein Lieblingsspielzeug wiedergefunden hatte.
»Das bist du, du Hundesohn! Was machst du in diesem gottverlassenen Dorf?«
Ich begriff zuerst nicht, was auf einmal los war. Aber als er mir gegenüberstand, konnte ich ihn endlich erkennen.
Bahram, das war sein Name, nein, wir alle nannten ihn Bahram, der Schreckliche.
Bahram war in der Grundschule mein bester Freund gewesen, und jetzt, nach fast dreizehn Jahren, sah ich ihn am Ende der Welt wieder! Er umarmte mich, beschimpfte mich und küsste mich voller Emotionen.
Er konnte die Tränen in seinen Augen nicht verbergen. Während er seine Hände auf meine Schulter legte, fragte er mich:
»Fährst du mit diesem Bus nach Istanbul?«
Ich war immer noch sprachlos, und mit einer Kopfbewegung bestätigte ich seine Frage. Mühsam konnte ich einige Worte aus meiner trockenen Kehle herausbringen:
»Wohin fährst du?«
»Nach Deutschland. Ich möchte zuerst eine Woche Urlaub in Istanbul machen, dann fliege ich nach Deutschland. Weißt du, ich studiere seit zwei Jahren in Heidelberg. Ich habe mir alles viel einfacher vorgestellt, aber es ist alles sauschwer.«
»Was studierst du?«

»Medizin. Ich möchte Frauenarzt werden, vielleicht verstehe ich die Frauen dadurch besser«, lachte er aus ganzem Herzen wie früher.
Ein dicker, großer Mann brachte mein Essen und stellte es auf den Tisch. Er hatte einen schwarzen Schnurrbart und wenig Haare auf dem Kopf.
»Er sieht aus wie unser früherer Hausmeister«, sagte Bahram und lachte so laut, dass jeder erstaunt in unsere Richtung blickte. Er hatte recht, der Ober sah aus wie unser Hausmeister in der Grundschule. Wir nannten ihn Monster. Was Bahram dem Hausmeister angetan hatte, werde ich nie in meinem Leben vergessen können.
»Was willst du in Istanbul?«, fragte er.
»Ich fahre von dort aus mit dem Zug nach Deutschland«, antwortete ich und begann zu essen.
»Du in Deutschland? Was willst du in Deutschland? Urlaub?«
»Nein, ich beabsichtige, dort zu leben, vielleicht für immer.«
»Mensch, bin ich froh, dann können wir uns oft treffen.«
»Einverstanden, aber ich möchte mit deinen Schweinereien nichts mehr zu tun haben.«
Er lachte wieder und sagte ganz stolz:
»Du musst zugeben, das war notwendig. Der Tanzbär hat uns einen Teil unserer Kindheit kaputtgemacht und wir mussten ihn eben fertigmachen.«
Auf einmal wurde er bitterernst. Seine Augen strahlten nicht mehr. Ich konnte ihm nicht widersprechen, das Monster aus unserer Schule war ein richtiges Schwein. Er erlaubte sich, jedem Kind an den Po zu fassen. Besonders litten die Schüler, wenn sie zu spät in die Schule kamen, sie konnten fast mit einer Vergewaltigung rechnen.
Er war ein fetter Riese. Seinen Kopf rasierte er täglich, und sein langer, buschiger Schnurrbart erweckte bei allen Angst. Sogar die Lehrer fürchteten ihn. Ich erinnere mich, meinem Vater einmal von seinem Verhalten erzählt zu haben. Er wurde richtig wütend. Er kam in die Schule und beschwerte sich beim Schuldirektor. Der Direktor ließ den Hausmeister in sein Büro kommen, aber der bestritt natürlich meine Anschuldigungen. Mein Vater drohte, dass er das Kultusministerium einschalten würde, wenn diese Schweinereien nochmals passierten.
Von diesem Tag an ließ er mich in Ruhe, aber er belästigte andere Schüler nach wie vor.

Eines Tages sagte Bahram mir, dass er das Monster umbringen wollte, weil er beinahe von ihm nach dem Sportunterricht in der Umkleidekabine vergewaltigt worden wäre.
Ich empfahl ihm, sofort seinen Vater zu unterrichten, damit dieser etwas unternehmen könnte. Aber er sagte, dass er einen besseren Plan hätte.
Eine Woche nach diesem hässlichen Ereignis sah ich beide auf dem Schulhof; er erzählte ihm etwas und das Monster hörte mit großer Aufmerksamkeit zu. Dann kam er zu mir und sagte, dass der erste Schritt getan wäre.
»Was meinst du mit dem ersten Schritt?«, fragte ich ganz verwirrt.
»Ich habe ihm versprochen, eine Creme für seinen Schnurrbart zu besorgen. Ein indischer Balsam, wodurch sein Schnurrbart besser wächst und glänzt, es ist der gleiche Balsam, den dein Vater benutzt.«
»Mein Vater? Was für ein Balsam? Was für eine Creme?«
Er presste meine Hand und sagte mit ernsthafter Stimme:
»Du musst mir helfen, er wird dich bestimmt fragen, ob dein Vater mit dem Balsam zufrieden ist. Ich habe ihm erzählt, dass meine Tante mehrere Flaschen aus Indien mitgebracht hat, und eine davon benutzt auch dein Vater.«
»Was hast du vor?« fragte ich besorgt.
»Du hältst dich raus. Nur wenn er dich fragt, erzählst du, dass dein Vater sehr zufrieden ist.«
»Was ist das für eine Creme? Was ist in der Flasche drin?«
»Ich erzähle dir alles, wenn ich sie habe.«
Ich ahnte, dass etwas Schreckliches passieren würde. Zwei Tage später kam Bahram mit der Flasche in die Schule. Er sah ein bisschen nervös aus. Sein Gesicht war blass, aber in seinen Augen konnte man ein ungewöhnliches Strahlen sehen. Er zeigte mir einen kleinen schwarzen Flakon und sagte:
»Er bekommt heute, was er verdient.«
In der dritten Stunde sagte er, dass die Aktion beginnen sollte. Ich war überhaupt nicht sicher, ob ich mitmachen wollte, zumal ich nicht wusste, was in der Flasche war, und, ehrlich gesagt, ich hatte Angst, mich damit ernsthaft zu befassen. Dennoch ging ich mit ihm auf den Schulhof, wo sich das Monster normalerweise unter einem Baum ausruhte. Wir standen direkt vor seinen Füßen. Er schaute uns für einige Sekunden mit halb offenen Augen an, und plötzlich stand er auf. Um ihm in seine

Augen schauen zu können, mussten wir den Kopf waagerecht hochheben; er war bestimmt zwei Meter groß.
»Was wollt ihr?«, fragte er mit rauchiger Stimme.
»Ich habe die versprochene Flasche mitgebracht«, antwortete mein Freund in einem respektvollen Ton. Der Hausmeister nahm sie aus Bahrams Hand, blickte neugierig darauf, warf mir einen tiefen Blick zu und fragte:
»Ist es wahr, dass dein Vater den gleichen Balsam benutzt?«
Ich bekam zuerst keinen Ton heraus, aber dann log ich mit fast gebrochener Stimme, dass mein Vater die gleiche Creme nahm, um seinen Schnurrbart damit zu pflegen, und dass er mit der Wirkung sehr zufrieden wäre.
Auf einmal war er freundlich zu uns. Jedenfalls blickte er nicht mehr so feindselig wie sonst.
»Nach dem Benutzen müssen Sie allerdings zehn Minuten in der Sonne liegen«, sagte Bahram mit einem ehrlichen Gesicht.
»Fein, fein, geht ihr jetzt wieder in eure Klassenzimmer. Der Unterricht beginnt in einigen Minuten; ich werde gleich euren Wunderbalsam ausprobieren.«
Ich wusste immer noch nicht, was das für eine Tinktur war. Auf dem Weg zu unserem Klassenraum blieb Bahram ganz ruhig. Lediglich ein triumphierendes Blitzen in seinen Augen verriet seine Freude.
Ich wagte nicht, nochmals zu fragen. Doch endlich brach er das lästige Schweigen und sagte bedeutungsvoll:
»In zehn Minuten wird das Monster aussehen wie ein glatt rasiertes Ferkel!«
»Warum? Was ist in der Flasche drin?«
»Haarentferner! *Wadjebi*, das billigste Enthaarungsmittel, das man in jedem Badehaus kaufen kann.«
»Haarentferner?«, schrie ich fast.
»Du hast richtig gehört. *Wadjebi*, Haarentferner. Jetzt komm und lass uns den Zirkus vom Fenster in unserem Klassenzimmer beobachten, schließlich haben wir Logenplätze.«
Wir saßen, seit wir zur Schule gingen, in der letzten Reihe an einem großen Fenster. Von dort konnte man den Schulhof immer gut im Auge behalten. Wie oft haben wir gesehen, wie widerlich das Monster zu spät kommende Schüler sexuell belästigte.

Der Hausmeister hatte sich ein sonniges Plätzchen auf dem Hof gesucht. Er schüttelte die Flasche, öffnete und roch zuerst misstrauisch, aber dann rieb er die graufarbige Creme in seinen buschigen Schnurrbart. Nachdem er die Flüssigkeit bis zum letzten Tropfen gierig herausgeschüttelt und einmassiert hatte, legte er sich auf eine Holzbank direkt in die Sonne.
Wir wurden des Öfteren von unserem Lehrer ermahnt, dass wir nicht ständig hinausblicken sollten, sondern uns doch besser auf den Unterricht zu konzentrieren hätten. Aber diesmal blieben seine Aufforderungen wirkungslos. Ich konnte meinen Blick nicht vom Monster losreißen.
Ich saß da wie versteinert. Ich atmete unregelmäßig, mein Herz klopfte so laut, dass Bahram es sofort bemerkt hatte.
»Beruhige dich, du solltest diese Sensation genießen«, sagte er leise.
»Ich verstehe nicht, normalerweise stinkt Enthaarungsmittel, wieso merkt der Kerl es nicht?«, fragte ich.
»Das ist meine eigene Mischung«, lächelte er und erzählte stolz weiter: »Ich habe anstatt Wasser etwas Paraffin und Rosenwasser reingetan.«
»Wenn er seinen Schnurrbart verliert, wird die ganze Welt für ihn zusammenbrechen.«
»Er wird nicht nur seinen Bart verlieren«, flüstert Bahram mit einem geheimnisvollen Lächeln.
»Was noch?«
»Seine Oberlippe auch, denn er liegt mehr als zehn Minuten in der Sonne.«
Mein Herz schlug noch heftiger, meine Beine zitterten. Ich glaube, ich war am ganzen Körper verschwitzt.
Ich muss an dieser Stelle erwähnen, dass der Schnurrbart in fast allen orientalischen Ländern ein männliches Symbol ist. Ich erinnere mich, dass mein Vater mich oft kritisierte, weil ich immer mein ganzes Gesicht rasierte und dadurch mein männliches Symbol entfernte. Auch unsere Lehrer trugen alle Schnurrbärte, natürlich nicht solche wie das Monster, sondern einen gepflegten, schmalen Streifen.
»Was geht hier vor?«, fragte der Lehrer.
Ich hatte nicht gemerkt, dass er nah bei uns stand.
»Der Hausmeister nimmt ein Sonnenbad«, antwortete Bahram mit einem fröhlichen Gesicht.
»Und was ist so lustig dabei?«

Wir ließen seine Frage unbeantwortet, weil in diesem Moment etwas passierte, worauf ich seit fünfzehn Minuten gewartet hatte. Ein Schrei, nein, es war wie eine schreckliche Explosion.
Das Monster stand mit einer Menge schwarzer Haare in seiner Hand und fluchte laut wie ein verwundeter Bär.
»Ihr Hurensöhne, ihr verdammten Ratten, ich bringe euch um! Seht, was ihr mit meinem Gesicht gemacht habt. Ich bringe euch um!«
Er bewegte sich wie ein Gorilla in seinem Käfig. Sein Schrei war unüberhörbar.
Ich konnte sehen, dass viele Schüler und Lehrer mit verwirrten Gesichtern am Fenster standen. Der Schuldirektor war sofort auf den Hof gelaufen und ging zu ihm.
Trotz seines feuerroten Gesichtes konnte ich deutlich erkennen, dass die Oberlippe blutete. Er zeigte dem Direktor eine Handvoll Haare und sagte, fast weinend:
»Sehen Sie, was diese zwei Teufel mit mir gemacht haben, ich bringe beide um.«
Der Schuldirektor versuchte ihn aufzuhalten, aber er rannte genau auf unser Klassenzimmer zu. Bahram nahm mich fest bei der Hand und sagte ganz ängstlich:
»Komm, lass uns abhauen, bevor es zu spät ist.«
Ohne Widerstand ging ich mit ihm an unseren Schulkameraden vorbei, die uns mit leuchtenden Augen und offenen Mündern nachblickten.
Wir drängten uns aus dem Klassenzimmer heraus und liefen rasch eine Etage höher. Von dort konnte man zum Dach des Schulgebäudes kommen. Gott sei Dank – die Tür war nicht abgeschlossen. Wir flüchteten in Richtung des Nachbargebäudes, einer kleinen Töpferei. Bahram hatte sich oft auf dem Dach der Schule aufgehalten, besonders, wenn er am Unterricht nicht teilnehmen wollte.
Er sprang zwei Meter tief auf den Balkon der Töpferei und befahl mir mit einem Handzeichen, dass ich das Gleiche tun sollte. Ich hatte keine andere Wahl, sprang hinterher und er half mir dabei. Dann öffneten wir eine Tür, die zu einer Werkstatt im Obergeschoss führte. Schnell gingen wir hinein. Vier ältere Herren arbeiteten an der Töpferscheibe. Schockiert blickten sie uns von oben bis unten an.
»Entschuldigen Sie«, sagte ich mit leiser Stimme. Bahram nahm wieder meine Hand und schrie laut:

»Bleib nicht stehen.«
Wir rannten durch eine Tür und dann eine schmale Treppe hinunter. Ich kann mich nicht erinnern, wie viele Männer im Erdgeschoss arbeiteten. Aber es waren viele! Keiner von ihnen nahm unsere Anwesenheit zur Kenntnis. Wir gingen aus der Töpferei heraus – die Luft war rein – und dann liefen wir hastig in Richtung des Stadtparks.
Ich hatte keine Kraft mehr in meinen Beinen. Ich glaubte, dass mein Herz platzen würde vor lauter Aufregung. Bahram ließ meine Hand nicht los. Er rannte und schleppte mich mit sich. Wir waren fast eine Stunde auf der Flucht. Müde und völlig erschöpft lagen wir auf dem trockenen Rasen unter einem Baum. Ich weiß nicht, wie lange ich bewegungslos liegen blieb, bis ich einigermaßen normal atmen konnte!
»Wir haben den Scheißkerl fertiggemacht«, lachte Bahram und sprang hin und her.
Ich konnte nicht fassen, wie ein Junge mit zwölf Jahren so stark und selbstbewusst sein konnte.
In den nächsten Tagen mussten wir für unsere Tat geradestehen. Wir wurden aus der Schule geworfen. Das Monster wollte aus guten Gründen keine Anzeige bei der Polizei erstatten, aber es drohte uns über unsere Schulkameraden mit Rache. Mein Vater musste ihm eine saftige Abfindung zahlen, um ihn etwas zu beruhigen. Ich habe das Monster nach diesem schrecklichen Ereignis nicht mehr gesehen, aber meine ehemaligen Mitschüler erzählten, dass seine Oberlippe ganz scheußlich aussah, wie verbrannt! Angeblich war er nach diesem Vorfall etwas zurückhaltender und ruhiger geworden. Man sagte, dass er sich während der Unterrichtszeit nicht mehr blicken ließ. Bahram war mit seiner Familie wieder in seine Heimatstadt – Ramsar am Kaspischen Meer – umgesiedelt. Ich musste eine andere Schule besuchen, die mehr als zehn Kilometer von meiner Alten entfernt war. Ich verlor dann Bahram aus den Augen ... und jetzt, nach fast dreizehn Jahren, sah ich ihn in einem Dorf am anderen Ende der Welt wieder ... und uns erzählt man in der Schule, dass die Welt so groß sei!

Meine Gedanken wurden durch das scharfe Bremsen eines Militärjeeps in die Realität zurückgeholt. Der Wagen mit persischem Kennzeichen hielt direkt neben unserem Reisebus an. Die zwei Männer von der Grenze, die SAVAK-Leute, stiegen aus und gingen sofort zu dem

Busfahrer, der mit seinem Kollegen am Tisch saß. Von meinem Platz aus war es unmöglich zu hören, was sie miteinander besprachen. Der Busfahrer machte einen höflichen, aber auch etwas ängstlichen Eindruck.
Er stand auf und mit einem langsamen Kopfnicken schien er alles zu bestätigten, was die Männer ihm sagten.
»Was ist los?«, fragte Bahram etwas verwirrt, »weißt du, was das für Männer sind?«
»Ja, ich glaube schon. Sie sind bezahlte Killer, im Auftrag des Monsters, und wollen dich umlegen«, scherzte ich.
Er lachte so laut, dass sogar die beiden mysteriösen Männer es hören konnten. Sie warfen uns einen langen, bösen Blick zu und schüttelten ihren Kopf. Der kleine Mann ging zu dem Jeep, holte eine Reisetasche heraus, verabschiedete sich von seinem Kollegen und stieg in den Bus. Der Dicke drohte dem Busfahrer noch mit irgendetwas – sein Gesicht wirkte richtig furchterregend – kletterte dann in sein Fahrzeug und fuhr wieder zurück zur persischen Grenze.
»Wo wird der Glatzkopf sitzen?«, fragte Bahram.
»Neben mir fürchte ich. Neben mir ist ein Platz frei.«
»Wenn wir unterwegs sind, kannst du zu uns kommen. Wir werden schon Platz für dich schaffen«, tröstete er mich. Der Busfahrer stand auf und sagte laut, dass alle in den Bus steigen sollten. Dann ließ er den Motor an. Ich blickte noch einmal in die Richtung, aus der Dariush kommen müsste. Es war aber niemand zu sehen.
»Nein, nein, das ist schon besser, dass es nicht geklappt hat. Vielleicht ist es ja sein Glück, dass er es nicht geschafft hat, rechtzeitig hier zu sein«, dachte ich. Doch die Gefahr schien selbst in der Türkei nicht gebannt zu sein.
Ich folgte allen Passagieren und stieg in den Bus. Wie ich es geahnt hatte, setzte sich der kleine Mann auf den Platz von Dariush. Ich wünschte mir, meinen Platz mit jemandem in der Nähe von Bahram tauschen zu können, aber das war fast unmöglich. Da er mit seinen lustigen Witzen und seiner charmanten Art alle Passagiere in seiner Umgebung faszinierte, war es daher undenkbar, jemanden aus seiner Clique um diesen Gefallen zu bitten. Es blieb mir keine andere Wahl. Also nahm ich neben dem kleinen Mann Platz. Er achtete überhaupt nicht auf mich, sondern las ein billiges Taschenbuch.

»Wenn er sich unanständig benimmt, holst du dir bei mir den indischen Balsam ab«, sagte Bahram mit einem gemeinen Grinsen, als er zu seinem Platz ging.

Ich versuchte, seine Bemerkung zu ignorieren, aber ich konnte mir ein Lächeln nicht verkneifen. Der kleine Mann blickte mich scharf an und las sein Buch weiter.

Endlich setzte sich der Bus in Bewegung. Ab jetzt begann eine anstrengende und beunruhigende Fahrt. Wir fuhren durch das gefährliche türkisch-kurdische Gebirge mit zum Teil tiefen und furchterregenden Tälern. Wegen des kurzen Sommers und des langen Winters sahen die Straßenverhältnisse katastrophal aus. Löcher bis zu dreißig Zentimetern Tiefe auf den Straßen machten die Fahrt zu einem riskanten Spiel für den Busfahrer. Er musste ständig nach links und rechts fahren, um solche Schikanen zu umgehen. Unterwegs sah ich oft mit Erschrecken, dass zahlreiche Autos, Busse und Lastwagen am Rande der Fahrbahn stehen geblieben waren.

Die Fahrer versuchten, entweder den kaputten Motor zu reparieren oder einen geplatzten Reifen zu wechseln. Fast alle fünf bis zehn Kilometer lag ein Unfallauto am Fuße des Berges oder an der tiefsten Stelle des Tals.

Theoretisch hätte ich auch nach Deutschland fliegen können, um mir diese lebensgefährliche Reise zu ersparen, aber es gab mehrere Gründe, warum ich ausgerechnet diesen Weg gewählt hatte. Erstens: Ich wollte die Gelegenheit nutzen und meine erste lange Reise durch persische und europäische Landschaften richtig genießen.

Zweitens konnte ich so mit meinem Geld etwas sparsamer umgehen, und letztendlich wollte ich dafür sorgen, dass die deutschen Grenzbeamten mir keinen Touristenstempel in meinem Reisepass vermerkten.[2] Bei einer Fahrt mit der Bahn war diese Möglichkeit zehnmal größer als beim Fliegen. Diesen Tipp hatte ich von meinem Onkel Shahram.

Das Wetter war angenehm warm. Ich machte meine Augen zu und wollte etwas schlafen, aber der widerliche Körpergeruch meines Nachbarn machte mich krank.

---

[2] Mit einem Touristenstempel konnte man fast unmöglich eine Aufenthaltserlaubnis sowie eine Arbeitserlaubnis bekommen.

Ich dachte zwar, dass ich es bis Istanbul aushalten würde, aber es war unerträglich.
Zur Ablenkung versuchte ich, meine Gedanken zu sortieren. Was könnte das alles bedeuten? Weshalb fährt dieser Kerl mit uns? Weiß er, dass das Päckchen bei mir ist? Wo ist bloß Dariush geblieben? Hat er den Weg nach Dogubayazit nicht gefunden oder wurde er von Kurden überfallen? Ich hoffte, auf mindestens eine meiner Fragen eine Antwort zu finden. Aber die Ungewissheit machte mich wütend und ich begann, die Verwirrung und Enttäuschung zu spüren.
Ich weiß nicht, wie lange ich mit geschlossenen Augen in meine Gedanken versunken war, als ich plötzlich durch einen unangenehmen Fremdkörper auf meiner Schulter gestört wurde; das war ein verschwitzter Kopf. Ich machte die Augen auf und zu meinem Entsetzen stellte ich fest, dass der unerwünschte Nachbar wie ein Bär im Winterschlaf mit seinem Kopf auf meiner Schulter ruhte. Ich ekelte mich vor seinem Körpergeruch und seinem unrasierten Gesicht. Am schlimmsten war sein stinkender, offener Mund! Mein Magen drehte sich um.
Ich hob meine Schulter so hoch wie möglich, um ihn indirekt zu wecken, aber es war zwecklos. Er schlief so tief, als wenn er seit mehreren Tagen nicht im Bett gewesen war. Ich beobachtete ihn für einige Sekunden. Er sah absolut harmlos aus, ja, er wirkte wie ein armes Schwein, das eine undankbare Aufgabe übernehmen musste. Ich blickte neugierig auf seine offene Reisetasche, die er auf seinen Schoß gelegt hatte.
Mehrere Äpfel, ein Stück Fladenbrot, eine Landkarte, zwei rote, abgenutzte, dicke Akten und ein großes schwarz-weißes Bild waren zu sehen. Mein Interesse am Bild war groß.
Ohne Überlegung versuchte ich, mit der linken Hand das Bild so zu drehen, dass ich es besser sehen konnte. Ich schaute noch einmal auf sein Gesicht, aber er schlief, er schnarchte leise und unregelmäßig.
Sein mühsamer und keuchender Atem schlug mir direkt ins Gesicht. Ich hielt die Luft an, schob meine Hand in seine Reisetasche, fasste das Bild an, drehte es vorsichtig um, und plötzlich, geradezu elektrisiert, zuckte meine Hand zurück: Das war ein aktuelles Foto von Dariush! Der Typ war tatsächlich im Auftrag der Geheimpolizei unterwegs.

In Iran wollten viele Menschen, wie ich auch, niemals etwas mit der SAVAK und ihren schmutzigen Geschäften zu tun haben. Man nahm ihre Existenz zur Kenntnis, aber man tat so ziemlich alles, um ihnen aus dem Weg zu gehen.
Das war die ganze Kunst des Überlebens zur Schah-Zeit. Theoretisch konnte man machen, was man wollte, solange man sich nicht mit Politik befasste, und wenn man es doch tat, dann durfte man nie etwas gegen das Regime sagen oder tun.
Alle wussten, dass mehrere hunderttausend Agenten im Auftrag der SAVAK tätig waren, vom Taxifahrer bis zum Mullah aus der Moschee. Man konnte keinem Menschen trauen. Teilweise misstrauten Familienangehörige einander. Statistisch gesehen gab es in jeder Familie einen aktiven Mitarbeiter der SAVAK.
Ich bezweifele heute noch, dass der Schah damals wusste, was alles in seinem heiligen Namen getrieben wurde. Er hatte kaum Kontakt zum Volk, seine Leute trennten ihn systematisch von der untersten Schicht. Er lebte im siebten Himmel, ohne zu wissen, was für eine Hölle unter seinen Füßen zu finden war! Er war meiner Meinung nach naiv genug, um sich ständig mit neuen fantasievollen Titeln schmücken zu lassen.
Erst wurde sein Name mit Schah-an-Schah-Aryamehr ergänzt, und irgendwann gaben ihm seine Generäle den Titel *Sayeh Khoda*, einfach gesagt, Schatten des Gottes.
Dieser Gedanke machte mich so wütend und ärgerlich, dass der kleine SAVAK-Mann durch eine hektische Bewegung von mir geweckt wurde. Für einige Sekunden wusste er nicht, was vorgefallen war, aber dann bemerkte er sofort, dass er mit Schweißperlen bedeckten Kopf und Gesicht an meiner Schulter geschlafen hatte.
»Entschuldigen Sie bitte, ich wollte Sie nicht belästigen«, sagte er in einem freundlichen Ton. »Anscheinend bin ich sehr müde gewesen. Normalerweise schlafe ich nie im Bus oder im Zug.«
»Es macht nichts«, sagte ich, ohne ihn anzuschauen.
»Eigentlich sind Sie schuld daran: Sie haben lange Zeit geschlafen und mich angesteckt«, sagte er lachend. Er schaute in seine offene Reisetasche, nahm einen Apfel heraus und zeigte ihn mir.
»Darf ich Ihnen zur Entschädigung einen Apfel anbieten?«
»Nein, danke, ich kann im Moment gar nichts essen.«

»Gut, wenn Sie später darauf Appetit haben, sagen Sie mir Bescheid, ich habe noch mehr davon.« Dann biss er hinein und sagte weiter:
»Die besten Äpfel der ganzen Welt kommen aus meiner Heimat, der Stadt Tabriz, süß, saftig und gesund.« Ich sah ihn völlig regungslos an, er aß weiter und meinte: »Meine Mutter hat einen großen Obstgarten. Immer wenn ich auf Dienstreise bin, gibt sie mir so viel Obst mit, dass ich sowieso nicht alles aufessen kann.«
»Sind Sie jetzt auf Dienstreise?«, erkundigte ich mich auf einmal interessiert.
»Ja, ja, kann man so sagen. Ich fahre bis Ankara, um die türkischen Kollegen zu bitten, mir bei der Suche nach einem Dieb behilflich zu sein.«
»Sind Sie Polizist?«, fragte ich etwas leiser.
»Ja, aber ich trage keine Uniform. Sagen Sie ...«, plötzlich drehte er sich um und blickte mir tief in die Augen: »... sagen Sie, gestern saß den ganzen Tag ein junger Mann auf diesem Platz, er ist fast siebenhundert Kilometer mit Ihnen gefahren. Können Sie mir sagen, worüber er mit Ihnen gesprochen hat?«
»Mit mir? Der Kerl war überhaupt nicht gesprächig. Ist er ein Dieb?« Ich war ganz ruhig und versuchte mich glaubhaft, aber auch ein bisschen naiv darzustellen.
»Jawohl, der Kerl ist ein gefährlicher Dieb. Wir fragen uns, wo er geblieben ist. Er war bis Bazargan im Bus, seine Koffer befinden sich noch im Hotel, aber keiner weiß, wo er sich versteckt hat.« Dann flüsterte er mit leiser und tiefer Stimme: »Ahnen Sie, wo er sich versteckt haben könnte?«
»Nein, keine Ahnung, vielleicht ist er wieder nach Teheran zurückgefahren.«
»Unmöglich, ausgeschlossen. Er hat weder ein Auto noch einen Komplizen. Außerdem sind alle Straßen gesperrt, und keiner kann ohne Kontrolle durchfahren.«
»Was hat er denn gestohlen?«, fragte ich, ohne großes Interesse zu zeigen.
»Ich weiß nicht. Die Kollegen aus Teheran wollen ihr Eigentum zurückhaben. Was er genau ausgefressen hat, wissen nur sie und Allah.«
»Wo sind Sie tätig?«
»Ich komme aus Tabriz, der andere Kollege aus Teheran.«

»Der Dicke?«
Ohne auf meine Bemerkung einzugehen, sagte er:
»Wir kriegen ihn, davon bin ich überzeugt, und wenn er einen Komplizen hat, fassen wir den auch. Bis heute konnte uns noch niemand entwischen. Es ist nur eine Frage der Zeit.«
Ich wollte weder ihn noch seine Drohungen weiterhin ertragen. Ich stand auf und sagte ihm, dass ich zu meinem Freund gehen möchte. Er machte einen beleidigten Eindruck und begann sein Buch weiterzulesen. Bahram blickte mich freundlich an:
»Offenbar hast du eine angenehme Gesellschaft. Ich dachte, du wolltest zu uns kommen?« Er rückte näher an seinen Nachbarn und machte mir somit Platz.
»Ich war etwas müde und bin für eine Stunde eingeschlafen.«
Ich saß neben ihm. Seine Freunde schauten mich interessiert an. Ich ahnte, dass er ihnen möglicherweise die Geschichte vom Monster erzählt hatte. Er stellte mir in seiner lustigen Art seine Clique vor: drei Studenten, fünf Kaufleute und eine Hausfrau, die ihren Mann das erste Mal auf einer Geschäftsreise begleitete. Einer der Kaufleute hieß Farhad. Er war Mitte vierzig und ziemlich groß. Er sah mich an und fragte mit esfahanischem Akzent:
»Was erzählt dir dieser Blutsauger die ganze Zeit?«
»Meinst du den Polizisten?«
»Er heißt Dawood Khan, er ist kein normaler Polizist. Er und seine ganze Familie arbeiten für die SAVAK.«
»Er sagte, dass er einen Dieb verfolgt. Er will die türkische Polizei bitten, ihm bei der Suche und einer eventuellen Festnahme behilflich zu sein.«
»Ich wette, dass er hinter einem Passagier aus diesem Bus her ist«, sagte Bahram. Aber Farhad erwiderte:
»Ich glaube nicht, sonst hätte er sich die Mühe erspart und diesen angeblichen Dieb direkt an der persischen Grenze verhaftet.«
»Woher kennst du ihn?«, fragte ich Farhad erstaunt.
Ohne mir zu antworten, schaute er mich für eine Weile ärgerlich an. Er wirkte auf einmal so ernst und etwas traurig.

Langsam konnte man in seinen großen schwarzen Augen deutlich Tränen schimmern sehen. Bahram gab mir durch einen Blick zu verstehen, dass ich keine weiteren Fragen stellen sollte. Doch Farhad brach selbst das Schweigen:
»Ich habe diesem Kreis bereits vor einer Stunde die schrecklichste Geschichte meines Lebens erzählt. Und schuld daran ist dieser Kerl. Aber auch du sollst wissen, wieso ich das alles über ihn weiß!«
Er atmete tief durch und begann zu erzählen:
»Meine Schwester studierte an der Universität von Tabriz, weil sie wie Tausende junger Leute keinen Studienplatz in Teheran bekommen hatte. Trotz dieser Entfernung und unserer persischen Mentalität, dass ein Mädchen nicht allein in einer fremden Stadt leben darf, waren wir mit ihrer Entscheidung einverstanden.
Sie lernte gut, sodass sie uns mit ihrer Leistung stolz und glücklich machte. Auf einmal hörten wir, dass sie sich dem Komitee Resistenz angeschlossen hatte, und nach vier Monaten Mitgliedschaft war sie bereits die Vorsitzende. Da ich wusste, dass das Komitee gegen das Schah-Regime arbeitete, flehte ich sie an, sich von diesem Verein zu lösen. Aber sie war überzeugt, dass man etwas gegen die Ungerechtigkeit und das undemokratische Regime tun musste. Im April des letzten Jahres organisierte sie eine große Demonstration gegen das Schah-Regime.
Sie hatte fünfzehntausend Menschen mobilisiert. Das war nach dem Aufstand von Mosadegh die eindrucksvollste Kundgebung in Tabriz. Obwohl die Demonstration friedlich verlief, dauerte es aber dennoch keine zehn Minuten, bis Polizei und Armee eingriffen. Es gab viele Tote und Verletzte. Meine Schwester wurde prompt verhaftet. Sie wurde im Gefängnis vergewaltigt, geschlagen und anschließend hingerichtet. Ihr Henker sitzt jetzt da, der kleine, schreckliche Dawood Khan!«
Farhad war wieder still. Sein Gesicht zitterte von all den schmerzhaften Erinnerungen. Ich wünschte mir in diesem Augenblick, dass ich die Frage nie gestellt hätte. Ich sah ihn fest an und sagte:
»Es tut mir außerordentlich leid, dass ich mit meiner Frage die alten Wunden aufgerissen habe. Bitte verzeih mir.«
Bahram klopfte ihm auf die Schulter:
»Beruhige dich, mein Freund, man kann jetzt nichts mehr ändern. Wurde mindestens die Leiche deiner Schwester freigegeben?«
Farhad entspannte sich und antwortete:

»Ja, Dawood Khan hat uns die Leiche unter der Bedingung übergeben, dass wir für immer schweigen, niemals darüber mit jemandem reden und uns in Zukunft friedlich benehmen. Wenn es nach mir gegangen wäre, hätte ich ihn umgebracht; aber ich musste meiner Mutter versprechen, nichts zu tun, was mir schaden könnte. Sie hat nur noch mich und sie möchte, dass ich am Leben bleibe.«

Für mehrere Minuten waren alle still und nachdenklich, dann sagte Bahram plötzlich:

»Wir sind nicht mehr in Iran, wir könnten jetzt etwas gegen ihn unternehmen.«

»Ich lasse lieber die Finger von ihm. Ein Mann wie er hat bestimmt gute Beziehungen zur türkischen Behörde. Im Falle einer Auseinandersetzung werden wir wahrscheinlich Istanbul nicht erreichen«, sagte ich mit einem scharfen Blick zu Bahram.

»Was hat er dir genau erzählt?«, fragte Farhad ganz leise.

»Das, was ich gesagt habe, dass er einen Dieb verfolgt. Außerdem trägt er eine Reisetasche bei sich, gefüllt mit mehreren Akten. Ich vermute, dass er diese Dokumente der türkischen Behörde überlassen wird.«

Farhad überlegte einige Sekunden und sagte:

»Ich rate dir, dich wieder auf deinen Platz zu setzen. Es könnte für dich von Nachteil sein, wenn er merkt, dass du mit mir gesprochen hast. Wir werden sehen, ob wir etwas gegen ihn unternehmen. Du solltest dich da wirklich raushalten.«

Die anderen bestätigten das mit einem Kopfnicken. Also kehrte ich wieder an meinen Platz zurück, ohne etwas zu sagen.

Dawood Khan machte zuerst keine Bemerkung, aber nach einigen Minuten sagte er:

»Das war aber ein kurzer Besuch. Reisen Sie mit vielen Freunden nach Istanbul?«

»Nein. Ich kenne nur einen Mann aus meiner Schulzeit.«

»Ja, ich verstehe. Auf so einer langweiligen Busreise muss man sich ja irgendwie beschäftigen. Ist Ihr Freund der Kerl, der ständig Witze erzählt?«

»Ja, er ist ein lustiger Bursche.«

»Für meinen Geschmack zu lustig.«

Seine letzte Bemerkung ignorierte ich. Ich schloss meine Augen und begann die traurige Geschichte von Farhads Schwester zu verarbeiten. Irgendwie war ich wütend auf mich selbst.
Mein ganzes Leben hatte ich wie ein ängstlicher Hase gelebt. Immer leise, immer höflich, immer jedem Konflikt aus dem Weg gehend. Ich hatte keine plausible Erklärung für meine politische Passivität. Hatte ich einen schwachen Charakter? Oder war meine Erziehung schuld daran? Heute bin ich sicher, dass die politischen und gesellschaftlichen Einflüsse in Iran auf meine Denkweise und mein Verhalten größer waren, als ich immer dachte.
Ich lebte in einem Land, wo die Reichen immer reicher wurden und die Armen um ihre Existenz kämpften. Die meisten reichen hatten kein Interesse an einer demokratischen Gesellschaft und die Armen hatten entweder keine Möglichkeiten oder das erforderliche Wissen fehlte, um sich zu wehren. Die Korruption in allen staatlichen Bereichen machte die Sache noch schlimmer. Mit Geld konnte man fast alles kaufen! Schulzeugnisse, Führerschein, eine wichtige Position in einem Ministerium, ein Abgeordnetenmandant im Parlament, sogar den Richter und sein Urteil. Es war jedoch strengstens untersagt, sich zu beschweren, mündlich oder schriftlich über Gesetze und Bestimmungen zu protestieren. Die machtvolle Gesellschaft von Iran unter dem Regime des Schah-an-Schah-Aryamehr durfte nie kritisiert oder beleidigt werden. Wer sich traute, diese Regierung und deren Bedienstete infrage zu stellen, wurde als Kommunist abgestempelt und mundtot gemacht. Dieser Zustand führte zur allgemeinen Resignation und Gleichgültigkeit. Die junge Generation war völlig unmotiviert, desinteressiert. Man versuchte sich von jeder Diskussion, von jeder Entscheidung fernzuhalten. Man las kaum politische Berichte in der Zeitung, achtete selten auf die nationalen Nachrichten im Radio, und oft weigerte man sich, an den Parlamentswahlen teilzunehmen.
Wer gewählt werden wollte, musste nicht nur Geld haben, sondern über ausreichend gute Beziehungen zu den wichtigsten Personen in der Regierung verfügen. Vor allem musste man sich der Elitegesellschaft (den berühmten 1001 Familien) gegenüber loyal verhalten. Es gab selbstverständlich viele Intellektuelle und progressive Menschen, die für ein demokratisches System in Iran kämpften, und manchmal sogar mit Erfolg. Der einzige Hoffnungsträger jedoch war Mosadegh. Er stand an

der Spitze der Partei Nationale Front. Die Politik Mosadeghs beinhaltete nicht nur die Nationalisierung der Erdölindustrie des Südens; das Erstarken des persischen Nationalismus gegen den englischen Imperialismus brachte eine soziale Bewegung gegen die privilegierten Kreise hervor. Das Experiment Mosadeghs war gleichzeitig der erste Versuch eines offenen Widerstandes gegen das Schah-Regime.

1953 gingen Hunderttausende Menschen auf die Straße und demonstrierten gegen den Schah: *„Marg bar Schah, Zendeh bad Mosadegh"*[3]. Das war für persische Verhältnisse ein Wunder. Der Aufstand für Mosadegh und gegen den Schah führte dazu, dass er und seine schöne Frau Soraya ihre Sachen packten und das Land verließen. Aber ein konzeptionsloser Aufstand hat bis heute noch in keinem Land Erfolg gebracht. Schon gar nicht in einem Land mit über siebzig Prozent Analphabeten. In solchen Ländern war es nie schwer, die Mitläufer zu kaufen und den Spieß umzudrehen.

Sechs Wochen nach diesem Aufstand gingen wieder Hunderttausende von bezahlten Demonstranten auf die Straße und riefen: *„Marg bar Mosadegh, Zendeh bad Schah"*[4]. Darüber, ob der zweite Versuch ein Meisterwerk der CIA war, wird heute noch spekuliert, aber Tatsache ist, dass in beiden Fällen die Leute, die auf die Straße gingen, Perser waren. Iran konnte aufgrund seiner Rohstoffe, besonders wegen des Erdöls, sein Schicksal selten selbst bestimmen.

Ich bin der Auffassung, dass sich Iran, wenn es den riesigen Bodenschatz Öl nicht hätte, heute in einem besseren Zustand befinden könnte, zumindest ähnlich wie in Griechenland.

1958 wurde Iran durch die Revolution im Irak erdbebenartig erschüttert. Der Schah interpretierte dieses als Warnung und beschloss mit einem Siebenjahresplan sein Regime zu reformieren. Er berief einen sehr intelligenten, dynamischen und fleißigen Mann als Premierminister ein. Es handelte sich um Dr. jur. Amini, ein Prinz mit einem geschätzten Vermögen von einigen Milliarden Dollar.

Aber keine Reform kann eine dauernde Wirkung haben, wenn die Grundstrukturen nicht völlig umgewandelt werden.

---

[3] Tot dem Schah, es lebe Mosadegh.
[4] Tot dem Mosadegh, es lebe der Schah.

Sein Reformator, Premierminister Dr. Amini, stieß auf große Schwierigkeiten. Die feudalen und privilegierten Schichten der Gesellschaft waren empört, dass einer von ihnen es wagte, ihrer Herrschaft ein Ende machen zu wollen.
Im Juli 1962 musste Dr. Amini sein Amt niederlegen. Er und seine Reformpläne waren pausenlos von hohen Beamten, Parlamentsabgeordneten und vor allem von den Großgrund-besitzern bekämpft worden.
Im Prinzip herrschte seit dem Sturz Mosadeghs im August 1953 im politischen Leben Irans eine gefährliche Lethargie. Die öffentliche Meinung war nicht mehr an der Politik interessiert, da die Massen ihre Illusionen verloren hatten. Kein objektiver Beobachter konnte daran zweifeln, dass das passive Verhalten der Massen eine schweigende Verurteilung des Regimes bedeutete. Dieser Zustand in Iran machte mich krank. Vielleicht war meine Reise in ein demokratisches Land wie Deutschland ein lautloser Protest, Flucht nach vorn! Ich habe weder den Mut gehabt, wie die Schwester von Farhad zu kämpfen, noch konnte ich die Situation akzeptieren. Es gab nur einen einzigen Weg für mich, raus, raus aus Iran.

Es war gegen achtzehn Uhr, als ich merkte, dass es etwas kühler wurde. Der Bus fuhr nach wie vor durch die Berge. Die Fenster waren offen und die frische Brise kühlte mein Gesicht. Ich hatte allmählich Hunger. Die Frage von Dawood Khan, ob ich jetzt Appetit auf einen Apfel hätte, bejahte ich mit großem Vergnügen.
»Dann probieren Sie den leckeren Apfel meiner Heimat«, sagte er ganz stolz und nahm zwei aus seiner Tasche.
Er wollte mir einen davon abgeben, doch da spürte ich, wie Farhad mich plötzlich mit seinen Augen fixierte, als er neben unseren Sitzen stand.
Er nahm blitzartig die Reisetasche von Dawood Khan, die ja auf dem Schoß lag, und warf sie, ohne zu zögern, mit aller Kraft aus dem offenen Fenster hinaus. Ich sah, wie sie in ein tiefes Tal hinunterfiel.
Die Aktion fand so schnell und plötzlich statt, dass weder Dawood Khan noch die Passagiere begriffen, was passiert war.
Dann erhob sich Dawood Khan. Mit erstauntem Blick starrte er Farhad an, als ob er ganz unverhofft einem Geist begegnet wäre. Offenbar sah er ihn zum ersten Mal im Bus. Er schrie mit lauter Stimme:

»Was hast du gemacht, du Esel? Warum? Du bist ein Idiot!« Dann schubste er ihn zur Seite, ging zum Busfahrer und befahl im selben Ton: »Halt, du sollst sofort anhalten!«
Der Busfahrer wusste nicht, was geschehen war; er bremste sehr scharf und brachte den Bus am Rande eines Berges zum Stehen.
Als Erster stieg Dawood Khan aus und rannte ca. hundert Meter zurück. Vor einem tiefen Tal hielt er inne. Ich blickte Bahram an, der inzwischen neben mir stand. Sein Gesicht zeigte ein wirklich gemeines Lächeln. Ich war sicher, dass diese Aktion nur seine Idee sein konnte.
Der Busfahrer, sein Beifahrer und mehrere Passagiere verließen den Bus und gingen schnell zu Dawood Khan, der mit besorgtem Gesicht in die Tiefe starrte.
»Sieht jemand meine Tasche?«, schrie er die Leute um sich herum an.
»Ich kann gar nichts sehen, vielleicht müssen wir etwas zurückgehen«, schlug der Busfahrer vor.
Dawood Khan lief ungefähr hundert Meter weiter und schaute ständig mit ängstlichem Gesicht den Abgrund hinunter. Das Tal war sehr tief, vermutlich vierzig Meter, und so steil, dass man unmöglich hinabklettern konnte.
Er bewegte sich so komisch und führte dauernd Selbstgespräche:
»Was werde ich machen, wenn ich meine Tasche nicht wiederfinde? Was soll ich meinem Chef erzählen? Vielleicht, dass ein Vollidiot mich überfahren wollte?«
Inzwischen standen alle Passagiere mit Ausnahme von Farhad neben ihm. Jeder blickte suchend in die Tiefe des Tals. Keiner konnte etwas Ähnliches wie eine Tasche entdecken.
Während dieser Zeit erzählte Bahram jedem, der neben ihm stand, dass Dawood Khan ein Agent der SAVAK war und dass sich in der Tasche Belastungsunterlagen über einen, den er verfolgte, befanden.
Der schreckliche Name SAVAK war immer wieder ein rotes Tuch für jeden Perser.
Sie gingen deshalb mit einer gewissen Schadenfreude heimlich zum Bus zurück. Der Busfahrer und ich standen noch bei Dawood Khan. Gott sei Dank, die Tasche war nirgendwo zu sehen. Wenn Dariush den Weg in die Türkei gefunden hatte, gab es jetzt kein Hindernis mehr, weder ein Bild noch irgendeinen Haftbefehl oder ähnliches Belastungsmaterial.

»Warum sind alle weg? Warum hilft mir keiner, meine Tasche zu finden?«, fragte er, fast heulend.
»Wir müssen los, bald wird es dunkel. Ich möchte in zwei Stunden an der nächsten Tankstelle sein, bevor sie zumacht«, sagte der Busfahrer.
»Ohne meine Tasche werde ich mich nicht von der Stelle bewegen, und ihr dürft auch nicht weiterfahren. In der Mappe sind wichtige Papiere, vertrauliche Papiere des Staates, ich kann nicht einfach weggehen.«
»Seien Sie vernünftig. Auch wenn Sie Ihre Tasche auf dem Boden des Tals sehen, keiner traut sich runterzugehen, außerdem müssen wir uns beeilen, sonst erreichen wir die nächste Tankstelle zu spät«, sagte der Busfahrer und, ohne auf weiteren Protest von Dawood Khan zu achten, ging er zurück zum Bus. Mit großer Freude folgte ich ihm. Es dauerte noch gut fünf Minuten, bis Dawood Khan endlich kam. Er machte einen so verbissenen und wütenden Eindruck wie ein Hund, der sich in den eigenen Schwanz gebissen hat.
Bevor er auf seinem Platz saß, richtete er seinen Zeigefinger auf Farhad, warf ihm einen vernichtenden Blick zu und sagte:
»Du bist ein toter Mann. Ich werde dich in die gleiche Hölle schicken, wie deine Schwester.«
Offenbar war die bedrückende Stille für Bahram unerträglich. Er presste seine Hände zu einer geballten Faust, hielt diese vor seinen Mund, fing an, in sie hineinzupusten und gab ein komisches Geräusch von sich, sodass alle lachen mussten.
Dawood Khan sah völlig hilflos aus. Der Busfahrer fuhr mit Vollgas los. Er schien die explosive Stimmung zu ignorieren.
Bahram fand wieder ein neues Thema, um seine Freunde zu amüsieren.
»Der Glatzkopf ist sauer, weil in der Tasche seine Perücke versteckt war!«
Das laute Gelächter fast aller Passagiere machte den kleinen SAVAK-Mann richtig wütend. Er murmelte irgendetwas, was ich nicht verstehen konnte. Es verging fast eine Stunde, bis Dawood Khan sich zu mir wendete und das Schweigen brach:
»In meiner Reisetasche waren nicht nur meine Arbeitsunterlagen, sondern auch ganz persönliche Sachen wie Reisepass, Firmenausweis, Führerschein und mein Geld. Wie soll ich mich in Ankara ausweisen? Wie soll ich nach Tabriz zurückkommen?«
»Rufen Sie Ihre Kollegen an, sie werden Ihnen bestimmt helfen.«

»Ich kann unmöglich dort anrufen, sie werden mich auslachen! Es hätte sogar schlimme Konsequenzen für mich. Dieser Bastard hat mich in eine unmögliche Situation gebracht.«

Ich wusste nicht, was ich ihm sagen sollte, schließlich war ich froh, dass er das Belastungsmaterial von Dariush verloren hatte. Ich ignorierte sein ständiges Gejammer und machte die Augen zu.

Eine weitere Stunde verging. Nach einer langen Dämmerung brach die Dunkelheit schließlich an. Die Sonne war schon fast hinter den in der Ferne liegenden Bergen verschwunden. Wir konnten die Lichter eines Dorfes sehen.

Der Fahrer stoppte vor einer Teestube. Wir hatten dreißig Minuten Pause. In dieser kurzen Zeit aßen wir unser Abendbrot, während der Busfahrer an einer benachbarten Tankstelle seinen Bus wieder auftankte. Dawood Khan blieb die ganze Zeit im Wagen. Wahrscheinlich traute er sich nicht in die Teestube. Ich wusste, dass er kein Geld mehr hatte. Als ich in einem kurzen Augenblick unbemerkt blieb, kaufte ich für ihn ein Stück Fladenbrot und etwas Schafskäse.

Nachdem der Bus seine Fahrt fortgesetzt hatte, gab ich ihm stillschweigend die Lebensmittel. Ich konnte trotz der Dunkelheit seine leuchtenden Augen sehen.

»Warum machen Sie das?«, fragte er. »Sie wissen inzwischen, wer ich bin!«

»Mir ist es egal, wer Sie sind. Zurzeit sind Sie ein Mitreisender und ich weiß, dass Sie Hunger haben.«

Er nahm das Brot und den Käse und begann schnell zu essen. Ich ging inzwischen zu Bahram und seiner Clique.

Die Freude über den gelungenen Streich von Farhad war bei allen anzusehen. Jeder machte lustige Kommentare darüber, wie Dawood Khan versucht hatte, seine Tasche im Tal zu suchen. Bahram war auch der Auffassung, dass es ein Fehler war, den SAVAK-Mann nach dieser günstigen Gelegenheit mitzunehmen. Er hätte ihn einfach da gelassen.

Ich blieb fast zwei Stunden dort. Unter der Beleuchtung einer Kerze spielten wir Karten und hörten uns die unanständigen Witze von Bahram an.

Als ich zu meinem Platz zurückkam, schlief Dawood Khan wie auch der Busfahrer. Sein Kollege fuhr jetzt. Von den Anstrengungen des Tages schlief ich völlig erschöpft sofort ein.

Ich musste mindestens neun Stunden geschlafen haben. Aber ich wurde leider nicht durch langsam wärmende Sonnenstrahlen geweckt, sondern durch einen gewaltigen Lärm. Zuerst wusste ich nicht, wo ich mich befand, und musste mich orientieren.
»Wo bin ich, und was für ein Lärm ist das?«, fragte ich mich, bis ich durch die unangenehme Stimme von Dawood Khan wieder in die Realität zurückkam.
Der Bus stand an einer Hauptstraße in Ankara. Die Straße war überfüllt von Menschen, Autos, Lastwagen und Bussen.
Ich blickte mich um, alle Passagiere hatten längst ausgeschlafen. Dawood Khan stand neben dem Busfahrer und beschimpfte Farhad:
»Du Hurensohn, du hast gestern deinen eigenen Totenschein unterschrieben. Wenn du glaubst, dass du im Ausland sicher und nicht angreifbar bist, dann bist du dümmer als jeder dumme Esel! Egal, wo du hingehst, ich werde dich jederzeit erwischen.
Ich werde dafür sorgen, dass man dich in einer Zwangsjacke in den Iran zurückholt.«
Überraschenderweise nahm Farhad die Drohungen ernst, denn er gab die ganze Zeit keinen Ton von sich. Er tat so, als ob er noch schliefe. Die meisten Passagiere konnten Dawood Khan überhaupt nicht ausstehen. Mit Pfiffen und abweisenden Handbewegungen brachten sie ihn endlich zum Schweigen. Er blickte mich freundlich an und sagte ganz sanft: »Ich wünsche dem Herrn eine gute Reise.«
Dann stieg er, ohne jemanden anzuschauen, aus dem Bus und verschwand innerhalb weniger Sekunden in der Menschenmenge.
Der Busfahrer machte einen zufriedenen Eindruck, atmete tief und sagte so laut, dass es alle hören konnten:
»Bevor er seine Meinung ändert, sollten wir verschwinden. Es ist wohl besser, wenn wir außerhalb der Stadt frühstücken.«
Nach vierzig Minuten Fahrt durch eine sehr belebte Straße verließen wir Ankara und hielten an dem ersten Rasthaus außerhalb der Stadt für eine Stunde. Wir konnten uns etwas frisch machen und für die letzte Etappe unserer Busreise stärken.
Um zehn Uhr setzten wir unsere Fahrt nach Istanbul fort. Bahram saß neben mir. Er erzählte mir von Deutschland und verglich es immer mit

Iran. Er sprach von der Freiheit und dem Frieden, vom Grundgesetz des Landes, freier Meinungsäußerung und vom freien Leben. Er sagte: »Die Deutschen sind für mich ein korrektes, fleißiges und pflichtbewusstes Volk. Sie haben auch eine ganze Menge Fehler, wie jede andere Nation, aber wenn du dich von deiner orientalischen Mentalität etwas distanzierst, wirst du sie mögen.«
Ich konnte mit seiner letzten Bemerkung nichts anfangen und fragte: »Gibt es noch Zeichen von Nationalsozialismus?«
»Ach was, vielleicht leben hier und da noch ein paar alte Nazis, aber sie haben ihre Zähne verloren und wie ein alter Hund, nicht mehr beißen können. Ganz beunruhigend finde ich allerdings die junge Generation. Keiner von denen hat mit der Tat Hitlers was zu tun, dennoch haben viele junge Menschen in diesem Land noch Schuldkomplexe. Aber du sollst dir selbst eine Meinung bilden.«
Er erzählte dann von seinen Freundinnen, vom lustigen Fasching in Rheinland-Pfalz und vom Oktoberfest in München. Ich hörte interessiert zu und bemerkte, dass es ihm Spaß machte, mich zu begeistern. Er redete weiter:
»Deutschland erlebt zurzeit einen Wirtschaftsboom, wovon jedes Land träumt.
Man sucht überall nach Arbeitskräften, und da es davon nicht genug gibt, holt man sich die Leute aus der Türkei, Griechenland, Italien, Spanien und anderen Ländern.«
In Bezug auf Wetter, Essen sowie Unterhaltskosten gab er eher ein schlechtes Zeugnis. Ich bombardierte ihn mit Hunderten von Fragen, und er hatte sogar für jede eine Antwort.
Unterwegs kam Farhad zu uns, um uns von seinen Plänen zu erzählen. Er wollte in Paris gemeinsam mit seinem Onkel ein persisches Restaurant eröffnen. Er sagte, dass er all sein Hab und Gut verkauft und das Geld bereits nach Paris überwiesen hatte. Seine Frau und seine Mutter sollten im Winter folgen.
Gegen Abend erreichten wir endlich Istanbul. Der zauberhafte Blick auf Istanbul bei Nacht versetzte jeden der Passagiere in Erstaunen und Freude. Schließlich hatten wir drei anstrengende Tage hinter uns. Als wir über die Brücke des Atatürks fuhren, rief der Busfahrer: »Willkommen in Europa.«

Der Bus hielt in der Nähe des Hauptbahnhofs. Farhad kannte Istanbul und wusste, wo wir übernachten konnten.
Wir verabschiedeten uns bei allen Mitreisenden und nahmen ein Taxi, um in den Stadtteil Rustam Pasa zu gelangen.
Keiner von uns hatte Hunger oder Durst. Wir wollten endlich in einem richtigen Bett schlafen. Das Hotel war sauber und preiswert. Jeder verschwand in seinem Zimmer, ging sofort ins Bett und schlief.

* * *

Am nächsten Morgen gegen sechs Uhr war ich hellwach. Ich lag auf meinem Bett und dachte sowohl fasziniert als auch fassungslos an die Ereignisse der letzten drei Tage. Die Hauptpersonen meines Abenteuers, Dariush, Bahram, Dawood Khan und Farhad, marschierten vor meinen Augen hin und her.
Ich konnte es nicht glauben, was ich da zwischen Teheran und Istanbul erlebt hatte. Doch der große, gelbe Umschlag in meinem offenen Koffer bestätigte, dass alles, was sich wieder und wieder in meinem Kopf abspielte, keine Fantasien waren, sondern die pure Realität.
Ich beschloss, dass ich den Brief erst in Deutschland öffnen würde, da die Möglichkeit, dass Dariush problemlos die Türkei verlassen hatte, doch sehr groß war.
Nach dem Frühstück mieteten wir ein Taxi und besichtigten die Stadt. Istanbul, meine erste ausländische Stadt, war in der Tat sehr beeindruckend. Trotz europäischem Einfluss strahlte sie die Atmosphäre von 1001 Nacht aus. Farhad sprach gut türkisch und half mir endlich, zu Hause anzurufen.
Am Telefon kam ich gar nicht zu Wort, meine Mutter und mein Bruder sprachen ununterbrochen. Ich konnte spüren, dass die Familie sich sehr über den Anruf freute, denn sie hatte seit mehreren Tagen darauf gewartet.
Ich telefonierte auch mit Onkel Shahram und erzählte ihm, dass ich in einigen Tagen in Frankfurt sein würde.
Farhad wollte am gleichen Tag mit dem Zug nach Paris fahren. Aber er änderte seine Meinung und konnte Bahram ebenfalls überreden, nicht nach Deutschland zu fliegen, sondern mit uns im Zug zuerst nach Frankfurt zu fahren. Von dort aus würde dann jeder seiner Wege gehen.

Als Gegenleistung würden wir mit ihm drei Tage in Istanbul Urlaub machen. Er war einverstanden.
Während dieser Zeit sahen wir uns Istanbul gründlich an. Es war für mich eine außerordentlich wertvolle Erfahrung. Schließlich machte ich meinen Ersten, wenn auch kurzen, Urlaub im Ausland.
Jeder Urlaub geht rasch zu Ende, wie auch unserer. Wir machten uns auf den Weg, um den zweiten Abschnitt unserer Reise anzutreten. Um elf Uhr nahmen wir den Zug, den Istanbul-München-Express.
Die Fahrt mit der Bahn ist sicherlich angenehmer als mit einem Bus. Man kann sich besser bewegen und unterhalten; dennoch: Fast zweitausend Kilometer an einem Stück sind kein Vergnügen.
Wir versuchten allerdings, das Beste daraus zu machen, indem wir unsere Lebensgeschichten und Witze erzählten, oder wir spielten Karten. Auf jeden Fall hatten wir viel Spaß. Ich fand die beiden sehr sympathisch und amüsant. Ich war dankbar, dass sie mich bei dieser langen und anstrengenden Reise begleiteten.
Nach über dreißig Stunden, ohne nennenswerte Ereignisse, erreichten wir endlich München. Es gab keine Grenzschutz-behörde im Zug und daher keinen Touristenstempel in meinem Reisepass.
Ich hatte es also geschafft. Ich war in Deutschland. Mein Herz klopfte vor Freude.

Als Erstes rief ich Onkel Shahram an und gab ihm Bescheid, wann ich in Frankfurt ankommen würde.
Wir brachten unsere Koffer in mehreren Schließfächern unter und gingen dann in ein typisch bayerisches Bierlokal gegenüber dem Bahnhof. Es war ein Genuss: Bier vom Fass, Brezeln und Weißwurst. Jeder Mensch konnte an meinen strahlenden Augen erkennen, wie glücklich ich war.
Gegen dreiundzwanzig Uhr nahmen wir den Nachtzug München-Paris über Frankfurt. Bahram musste in Frankfurt umsteigen, aber Farhad konnte mit dem Zug direkt nach Paris fahren.
Die Fahrt von München nach Frankfurt war angenehm, doch ich konnte meine Sehnsucht nach der deutschen Landschaft nicht befriedigen. Es war zu dunkel, um diese betrachten zu können.
Das bayerische Bier zeigte allmählich seine Wirkung; wir konnten mehrere Stunden störungsfrei schlafen. Ich erinnere mich, dass der Zug gegen sechs Uhr fünfzehn in Aschaffenburg für fünf Minuten hielt.

»Wir werden in vierzig Minuten in Frankfurt sein«, sagte Bahram. Er packte seine Sachen zusammen und brachte sie zur Tür, um beim Umsteigen keine Zeit zu verlieren. Er drehte sich zu mir mit den Worten: »Nicht vergessen, wenn du Hilfe brauchst oder Probleme hast, dann gib mir sofort Bescheid! Ich werde alles für dich tun, was in meiner Macht steht.«

»Ich danke dir von ganzem Herzen. Ich weiß nicht, wie ich diese Reise ohne dich ausgehalten hätte. Ich werde dich bestimmt in Heidelberg besuchen.«

Ich hatte während der Fahrt festgestellt, dass Farhad auch ein anständiger Kerl war. Wir vereinbarten, dass wir uns im nächsten Jahr zur gleichen Zeit in Paris treffen würden.

Planmäßig um sieben Uhr stoppte der Zug in Frankfurt am Main. Einen solch großen Bahnhof sah ich zum ersten Mal in meinem Leben. Durch ein offenes Fenster konnte ich Onkel Shahram auf dem Bahnsteig erkennen.

Bahram machte die Tür auf, drehte sich zu mir um und sagte feierlich:

»Nur uns Armen, die wir wenig oder nichts besitzen, ist es vergönnt, das Glück der Freundschaft in reichen Maßen zu genießen.«

Ich blickte ihn bewundernd an, und als er aus dem Zug stieg, sagte er lächelnd:

»Keinen Beifall, das ist nicht von mir, das ist von Goethe, ich werde dir eines seiner Bücher zu deinem Geburtstag schenken.« Dann ging er schnell zu einem anderen Gleis. Ich hatte mich von Farhad verabschiedet, bevor ich zu meinem Onkel Shahram ging und ihn umarmte. Ich war in der Tat der glücklichste Mann auf dieser Welt. Ich hatte mein Ziel erreicht! Der Traum verwandelte sich in die Wirklichkeit.

3. Das Objekt

Onkel Shahram war ein gut aussehender Mann, fünfunddreißig Jahre alt, 1,80 m groß, schlank, von starker Ausstrahlung. Er besaß ein renommiertes Teppichgeschäft in der Stadtmitte von Frankfurt. Vor zwei Jahren hatte er sich ein altes Haus in Sachsenhausen gekauft und ließ es von einem kreativen Architekten geschmackvoll renovieren.
Finanziell ging es ihm sehr gut. Seine Verlobte, Monika, war ein hübsches Mädchen mit grünen Augen und langem, dichtem, hellbraunem Haar. Sie studierte Jura. Gleich am ersten Tag erfuhr ich, dass sie im Herbst heiraten wollten.
Sie boten mir an, auch nach ihrer Hochzeit bei ihnen im obersten Stockwerk zu wohnen. Aber ich erklärte, dass ich mir eine eigene Wohnung suchen wollte, sobald ich eine Arbeit gefunden hätte.
In der ersten Woche zeigte mir Monika alle interessanten und sehenswürdigen Stellen in und um Frankfurt. Damals war Frankfurt noch überschaubarer und nicht so dicht besiedelt. In der Stadt gab es noch nicht so viele Hochhäuser wie heute, aber auch nicht so viele Menschen. Das Café Hauptwache war Treffpunkt der jungen Leute und wer am Abend Popmusik hören wollte, besuchte das *Story Ville*. Wer seinen Drink in Ruhe mit wenigen Leuten nehmen mochte, ging ins *Odeon* oder in die *Hüten & Sie-Bar*. Die wichtigen Adressen für einen Stadtbummel befanden sich in der Zeil, in der Hälfte der Kaiserstraße und im Bereich des Opernplatzes. Sachsenhausen war mit seinen Hunderten von Apfelweinlokalen ein romantisches Viertel und nicht wie heute dominiert von Fast-Food-Ketten. Der Zoo, der Palmengarten, die wunderschönen Wälder am Stadtrand und der Taunus, aber auch die vielen gemütlichen Weinlokale in Wiesbaden, Mainz oder in der Umgebung machten mich in meiner neuen Heimat zufrieden und glücklich. Ich fühlte mich richtig wie zu Hause. Monika kam auch mit mir ins Polizeipräsidium, um alles über meine Aufenthaltserlaubnis zu erfahren. Ich musste zuerst einen Job finden, das war überhaupt nicht schwierig.
Es gab zahlreiche Angebote in den Zeitungen. Die Stelle als Sachbearbeiter bei dem amerikanischen Militärflughafen Rhein-Main-Air-Base (RMAB) hatte mich am meisten begeistert, denn sie suchten jemanden mit englischen und persischen Sprachkenntnissen. Persisch,

weil viele persische Offiziere, die in Amerika geschult werden sollten, zuerst im RMAB landeten. Von dort aus setzten sie ihre Reise nach Amerika fort und umgekehrt.

»Manchmal gibt es gewisse Verständigungsprobleme mit Ihren Landsleuten«, erzählte mir der Personalleiter des Zivil Ressource auf Englisch mit deutschem Akzent. »Wir brauchen jemanden, der neben der Sachbearbeitung auch die Rolle eines Dolmetschers übernimmt.«

Ich konnte sofort mit der Arbeit beginnen. Er gab mir einen unterschriebenen Einstellungsvertrag unter Vorbehalt der Genehmigung des Military Airlift Command Secret Service und natürlich der deutschen Behörde.

Ich musste zuerst eine Aufenthaltserlaubnis erhalten, und dann konnte ich einen Antrag für eine Arbeitserlaubnis stellen.

Es dauerte vier Wochen, bis ich meinen Einstellungsvertrag auch unterschreiben durfte. In dieser Zeit kam ich in den Genuss, die deutsche Bürokratie kennenzulernen. Ich hatte Zeit, orientalische Geduld und vor allem eine zauberhafte, charmante, junge Dame namens Monika, die mir beim Ausfüllen zahlreicher Formulare half. Dennoch enttäuschte mich manchmal die Perfektion dieser Bürokratie und machte mich wütend, aber, wie auch immer, genau sechs Wochen nach meiner Ankunft in der BRD hatte ich Arbeit und, kaum zu glauben, auch eine Wohnung.

Mein neues Zuhause befand sich im Stadtteil Schwanheim in einem Mehrfamilienhaus. Meine Vermieterin war eine alleinstehende, alte Dame. Ich schätzte sie auf siebzig Jahre, sehr sympathisch und hilfsbereit.

Eigentlich war die Wohnung für mich zu groß, drei Zimmer, Küche und Bad. Die Vermieterin wollte nicht zu viele Leute im Haus haben.«

Ich brauchte nur die Miete für ein Zimmer zu zahlen und konnte die ganze Wohnung nutzen. Als Gegenleistung sollte ich der alten Dame ab und zu bei ihrer Gartenarbeit helfen.

Zum ersten Mal in meinem Leben konnte ich mein Mobiliar selbst aussuchen, mein Zimmer so einrichten, wie es mir gefiel.

Es machte zwar viel Mühe, aber die Freude darüber kann ich sogar heute nicht vergessen. Onkel Shahram hatte mir einige Möbelstücke geschenkt. Gemeinsam mit seinen Mitarbeitern half er mir beim Anschließen der Lampen und Elektrogeräte sowie beim Aufbau der Schränke und des Bettes.

Zwei Tage, bevor ich endlich in meine eigenen vier Wände einziehen konnte, entschied ich mich, in die Stadt zu fahren und für die Küche Geschirr, Besteck und Gläser zu kaufen. Die Straßenbahn fuhr fast direkt von Haustür bis zur Stadtmitte, sodass ich nur acht Minuten brauchte.
Es war ein wunderschöner, angenehm warmer Sommertag mit blauem Himmel. Damals gab es aufgrund der geringen Arbeitslosigkeit in Deutschland während 10:00 - 15:00 Uhr kaum jemanden, der mit der Straßenbahn fuhr.
Ich stieg in die Bahn und nahm am Fenster Platz. In Gedanken versunken schon beim Einkaufen, bemerkte ich, dass sich jemand neben mich setzte. Komisch, die Straßenbahn war fast leer, nur vier ältere Damen saßen ganz vorne.
Ich drehte mich um, da ich sehen wollte, wer an meiner Gesellschaft Interesse zeigte. Entsetzt stellte ich fest, dass dies kein Zufall war, sondern kalkulierte Absicht; der Mann neben mir war der ekelhafte Dawood Khan.
»Ich wünsche dem Herrn einen guten Tag. Entschuldigen Sie, dass ich Sie erschreckt habe, aber ich konnte Sie nicht vorher ansprechen. Seit drei Tagen warte ich auf eine solche Gelegenheit.«
Trotz des warmen Wetters spürte ich den kalten Schweiß auf meiner Stirn. Ich war sprachlos und auch etwas ängstlich. Er war wie damals in der Türkei unrasiert, ungepflegt, hatte den gleichen Körpergeruch und trug denselben hässlichen, braunen Anzug mit den schmalen Streifen. Er lächelte mir zu und sagte weiter:
»Sie wohnen sehr schön hier, es hat fast zwei Tage gedauert, bis ich Ihr Haus gefunden habe, und seit Montag stehe ich jeden Tag vor Ihrer Haustür und warte, bis Sie allein rausgehen. Aber entweder begleitet Sie der große Mann oder das hübsche Mädchen.«
»Was wollen Sie von mir? Woher haben Sie meine Adresse?«, fragte ich verärgert.
»Darüber sollten wir uns an einem ruhigen Ort unterhalten. Ich kann Ihnen versichern, dass ich nicht zum Vergnügen in Frankfurt bin.«
Ich versuchte, mich zusammenzunehmen und mein Gehirn schnell arbeiten zu lassen. Das Ergebnis meiner ersten Analyse war, dass er nach wie vor hinter Dariush oder seinem Päckchen her war. Aber woher hatte er meine Adresse und warum wollte er unauffällig mit mir sprechen?

»Kennen Sie einen Ort, wo wir in aller Ruhe miteinander reden können?«, fragte er und riss mich aus meinen Gedanken.
»Ja, wir können gleich aussteigen, am Schillerplatz gibt es ein italienisches Café.«
Damals existierte noch keine U-Bahn. Die Straßenbahn fuhr direkt in die Stadtmitte. Das Café war klein, im Sommer konnten bis zu zwanzig Personen draußen sitzen.
Dawood Khan wollte nicht im Freien sitzen. Wir gingen hinein. Ich bestellte für ihn Tee und für mich Limonade. Er kam gleich zur Sache und sagte leise, aber deutlich:
»Hören Sie genau zu, was ich Ihnen zu sagen habe: Ich bin nicht sauer, dass Sie mich in der Türkei belogen haben, es macht nichts. Sie sind jung und unerfahren. Ich verzeihe Ihnen, aber jetzt verlange ich von Ihnen Ehrlichkeit, Offenheit und vor allem die Bereitschaft zur Zusammenarbeit. Wir wissen, dass ...«, er schlürfte an seinem Tee, und sagte weiter: »... wir wissen, dass Sie etwas besitzen, was dem königlichen Staat Iran gehört. Wir wissen auch, dass Sie zufällig in den Besitz dieses Objektes gekommen sind. Ich bin im Auftrag des königlichen Staates Iran hier, um dieses Objekt von Ihnen zu holen und in den Iran zurückzubringen. Sie verstehen mich, nicht wahr?«
»Nein, ich verstehe Sie überhaupt nicht«, antwortete ich, ohne zu zögern.
Er blickte mich mit erstauntem Gesicht an und sagte in scharfem Ton:
»Ich glaube, ich habe mich unglücklich ausgedrückt – na gut. Das Spiel ist aus. Wir haben bereits Ihren Freund Dariush Raad verhaftet. Er sitzt seit mehr als sechs Wochen im Gefängnis von Ewin. Die große Frage lautete während dieser Zeit: a) Hat er einen Komplizen? b) Wenn ja, wen und wo ist er? Meine Kollegen und ich durchsuchten Raads Koffer im Hotel in Bazargan.
Aber das Objekt war nicht zu finden. Als er verhaftet wurde, besaß er auch nichts. Wir haben uns unsere Köpfe zerbrochen, wo das Objekt sein könnte, bis wir in seiner Hosentasche diesen interessanten und aufschlussreichen Zettel gefunden haben.« Er nahm aus seiner Hemdentasche ein Stück Papier und zeigte es mir. Das war tatsächlich der Zettel, den ich Dariush gegeben hatte. Ich konnte seinen bohrenden Blick auf meinem Gesicht spüren; der Fuchs begann, meine Gedanken zu erforschen und sich ein Urteil über mich zu bilden. Ich gebe zu, innerlich war ich aufgewühlt. Aber ich mobilisierte all meine Kräfte, um

einen gleichgültigen Ausdruck auf mein Gesicht zu zaubern, und ich war auch stolz auf mich, dass es mir gelang.
»Das ist meine vorläufige Adresse in Deutschland, und es ist meine Handschrift.«
»Na also, dann geben Sie zu, dass Sie mit Herrn Raad befreundet sind und er Sie in Deutschland besuchen wollte. Deshalb haben Sie ihm Ihre Adresse gegeben, richtig?«
»Falsch, erstens kenne ich keine Person mit Namen Raad. Zweitens, dieser Zettel ist für meinen Freund Bahram bestimmt gewesen. Sie haben ihn im Bus kennengelernt, der junge Mann, der die ganze Zeit Witze erzählte.«
»Wann haben Sie diesen Zettel geschrieben?«
»Während des Abendbrotes im Hotel Bazargan.«
»Und wie erklären Sie sich, dass dieser Zettel in der Hosentasche von Herrn Raad war?«
»Keine Ahnung! Vielleicht hat Bahram ihn versehentlich fallen gelassen und, aus welchen Gründen auch immer, hat der Mann den Zettel in seine Tasche gesteckt. Außerdem, was geht das mich an?«
»Oh, viel, Sie stecken bis zum Hals mit drin. Wir wissen, dass er Ihnen das Objekt anvertraut hat. Wenn Sie keinen Ärger haben wollen und Sie im nächsten Jahr Ihren Reisepass verlängern lassen wollen, müssen Sie mir helfen, dieses Objekt ohne Schwierigkeiten nach Hause zu bringen. Ich verspreche Ihnen, dass Sie keine Nachteile haben werden, im Gegenteil, es besteht durchaus die Möglichkeit, dass man Sie dafür belohnen wird. Ich schätze, fünftausend stecken drin, Dollar, selbstverständlich.«
»Sie reden die ganze Zeit von einem Objekt, was für ein Objekt meinen Sie?«
»Ich weiß nicht, was der Kerl gestohlen hat. Die Kollegen aus Teheran wollten es mir nicht sagen. Es müssen sehr wichtige Dokumente sein, sonst wären sie nicht alle so unruhig.«
»Aber ich habe Ihnen schon im Bus gesagt, er war überhaupt nicht gesprächig, ich kann mich heute ja nicht einmal mehr an sein Gesicht erinnern.«
»Hören Sie mit der Schauspielerei auf, Sie können mit den Dokumenten gar nichts anfangen, falls Sie die Absicht haben, diese für sich zu behalten. Sie machen sich selbst und dem armen Kerl, der gerade im

Gefängnis auf Ihre Hilfe angewiesen ist, nur Probleme. Wenn Sie mir die Dokumente übergeben, erhalten Sie die entsprechende Belohnung und er kommt frei.«
»Entschuldigen Sie, ich muss mal, ich komme gleich wieder.«
Ohne auf seine Reaktion zu warten, stand ich auf und ging in den Keller, wo die Toilette war. Ich musste schnell nachdenken. Ich schloss die Tür und überlegte, was ich jetzt machen sollte. Ich hatte keinen Zweifel mehr, dass Dariush verhaftet worden war, und ich war mir nicht sicher, ob es in seinem Interesse war, das Päckchen einfach herzugeben.
Wenn die Übergabe des Umschlags für ihn vorteilhaft wäre, hätte er bestimmt unseren Geheimcode der SAVAK verraten. Ich wurde mir immer sicherer, dass die Herausgabe des Päckchens für ihn schlimme Folgen haben könnte.
Wenn das Dokument so wichtig war, wie Dawood Khan meinte, dann befand ich mich in der gleichen Gefahr wie Dariush. Keiner in der SAVAK glaubte, dass ich die Unterlagen nicht gelesen hatte. Ich entschied mich, eiskalt weiterzuspielen und mich nach wie vor naiv und dumm darzustellen.
Als ich zu meinem Platz zurückkam, war Dawood Khan spürbar nervöser. Er schaute mich ärgerlich an und fragte:
»Na, sind Sie jetzt vernünftig geworden?«
»Sie haben mich in der Türkei kennengelernt, Sie wissen ganz genau, dass ich kein Typ bin, der jemandem wehtut. Ich habe weder von irgendjemandem Dokumente übernommen noch habe ich Interesse daran, mich in eine solche Sache verwickeln zu lassen.
Der Kerl hat nie mit mir gesprochen, und ich war die ganze Zeit so müde, dass ich die komplette Strecke von Teheran bis Bazargan geschlafen habe. Ich kann überhaupt nicht verstehen, wieso der Zettel, den ich für Bahram geschrieben hatte, bei ihm gefunden wurde. Wenn ich das Objekt hätte, würde ich es Ihnen bestimmt geben.
Vor allem, da ich die fünftausend Dollar sehr gut gebrauchen kann, denn ich habe noch keine Arbeit und mein Geld ist inzwischen verbraucht.«
Er war für fast eine Minute still und nachdenklich. Dann blickte er mir in meine Augen und sagte:
»Ich weiß nicht, was ich tun soll. Nach der Blamage in der Türkei kann ich nicht schon wieder mit leeren Händen nach Teheran zurückfliegen. Es wäre für mich eine Katastrophe. Man ist absolut sicher, dass die

Dokumente im Ausland sind. Sie haben mich extra nach Frankfurt geschickt, weil ich der Einzige bin, der Sie kennt. Ich habe meinem Chef versichert, dass Sie mir die Dokumente bestimmt geben würden, wenn Sie sie hätten.«
Ich fragte solidarisch:
»Wo zum Teufel, könnte das Objekt nur sein? Was sagt der Kerl, wie haben Sie ihn genannt? Ach so, Raad, was sagt Herr Raad dazu?«
»Ich weiß nicht, ich habe ihn bis heute noch nicht persönlich gesehen. Sie können davon ausgehen, dass er irgendwann wie jeder Gefangene in Ewin reden wird. Wir haben unsere wirkungsvollen Methoden und ich warne Sie. Sollten Sie mich belogen haben, dann werden Sie Probleme bekommen, mächtige Probleme. Ich frage daher zum letzten Mal. Hat Herr Dariush Raad Ihnen etwas überlassen?«
»Nein, glauben Sie mir, ich kenne weder Herrn Dariush Raad noch jemanden, der mir etwas überlassen hat.«
Er sah richtig enttäuscht und angeschlagen aus. Ich stand auf und sagte, dass ich gehen möchte. Er zahlte die Rechnung und verließ mit mir das Café. Die frische Luft tat mir gut, ich schüttelte seine Hand und sagte:
»Es tut mir leid, dass ich Ihnen nicht helfen kann. Ich würde es Ihnen sofort geben, wenn ich es hätte, da ich mit solchen Sachen niemals in meinem Leben etwas zu tun haben möchte.«
»Ich hoffe, dass Sie mir die Wahrheit gesagt haben. Sie sind ein netter Kerl, ich würde Sie ungern in einem Gefängnis wiedersehen.« Er ließ meine Hand nicht los, blickte mir wieder scharf in die Augen und sagte: »Ich werde heute Abend mit meinem Chef darüber beraten. Eventuell werde ich Sie morgen wieder zur gleichen Zeit besuchen. Vielleicht fällt Ihnen bis Morgen etwas Interessantes ein.«
Ich war jetzt richtig wütend, zog meine Finger aus seiner feuchten Hand heraus und sagte:
»Ich weiß nicht, was es noch zu besprechen gibt, ich habe Ihnen alles gesagt, was ich zu sagen habe. Bitte lassen Sie mich in Zukunft mit dieser Sache in Ruhe. Ich wünsche Ihnen viel Glück, leben Sie Wohl.«
Dann drehte ich mich um und ging, ohne zurückzuschauen, in Richtung Hauptwache.
Die Irritation war groß. Ich weiß nicht, wie lange ich so ziellos durch die Stadt umhergelaufen bin. Ich war total durcheinander; einerseits war ich mit meinem Verhalten zufrieden, andererseits wollte ich mich nicht in

eine gefährliche Situation bringen. Ich versuchte mir die ganze Zeit plausibel zu machen, warum ich ihm nicht bereits das sogenannte Objekt überlassen hatte. Der einzige Grund für meine Weigerung war die pure Angst. Angst, dass dadurch Dariush in noch mehr Schwierigkeiten kommen würde, Angst, dass die SAVAK erkannte, dass ich über den Inhalt des Dokumentes informiert war und dann in die schwarze Liste eingetragen würde. Außerdem mochte ich Dawood Khan überhaupt nicht.

Meine Neugierde über den Inhalt des Päckchens stieg von Minute zu Minute. Was waren das überhaupt für Dokumente? Warum schickt der SAVAK jemanden nach Deutschland, um dieses Objekt nach Iran zurückzubringen? Sogar eine Belohnung in Höhe von fünftausend Dollar sollte bezahlt werden!

Ich entschied mich endlich, nach Hause zu gehen und den Umschlag zu öffnen, um dann zu erfahren, in welchen Schwierigkeiten ich eigentlich steckte.

In der Nähe der Konstabler Wache stieg ich in ein Taxi und fuhr nach Sachsenhausen. Zum Glück waren weder Onkel Shahram noch Monika zu Hause. Ich ging gleich in mein Zimmer und holte den gelben Umschlag aus meinem Koffer, der auf einem Schrank lag.

Mit einer Schere schnitt ich vorsichtig am oberen Teil des Umschlags entlang und legte den Inhalt auf meinen Tisch. Ich hatte Herzklopfen. Wenn Dawood Khan mich erwischte, würde er mich auf der Stelle erschießen.

Das Objekt bestand aus mehreren zusammengehefteten Dokumenten. Der erste Teil setzte sich aus achtzehn Seiten Papier und acht großen schwarz-weißen Bildern zusammen. Dann folgten zu meinem Erstaunen zwanzig Travellerschecks der First National Bank, New York, in Höhe von insgesamt zweitausend Dollar. Alle Schecks waren von Dariush Raad unterschrieben.

Schließlich fand ich drei unterschiedliche Briefe aus Berlin, London und Wien. Sie trugen weder Poststempel noch Briefmarken und waren bereits geöffnet. Auf jedem Umschlag war handschriftlich die Herkunft des Briefes vermerkt.

Ich beschäftigte mich als Erstes mit den Bildern. Alle hatten das gleiche Motiv. Ich legte die acht Bilder nebeneinander; sie waren vor dem Schweizerischen Bankverein in Basel aufgenommen worden, und zwar

zu unterschiedlichen Jahreszeiten. Hauptmotiv bei allen Bildern war jemand, der aus der Bank herauskam, entweder allein oder in Begleitung eines Mannes oder einer Frau. Die Bilder waren profihaft gemacht, klar und scharf. Ich erkannte fast alle Gesichter.
Als Nächstes befasste ich mich mit den achtzehn Seiten Papier. Auf der ersten Seite war ein Bericht eines Herrn Daneshmand, adressiert an einen Major Naderi, Chef der Auslands-korrespondenz der SAVAK.
Ich musste den Brief mehrere Male lesen, um zu begreifen, um was es überhaupt ging, da sich Herr Daneshmand mehrere Male auf das Telefongespräch aus der Schweiz bezog, das mir natürlich nicht bekannt war.
Er schrieb, dass die Schmiergelder an seinen Informanten, einen Herrn Mühlhausen, Sachbearbeiter des Schweizerischen Bankvereins, seine Wirkung getan hätten und dass er stolz war, den ersten Teil seiner Mission erfolgreich erledigt zu haben. Er schicke daher die Kontoauszüge von zwölf Personen und leider nur acht Bilder von deren Besuch beim Bankverein in Basel.
Er bedauerte, dass die Anwesenheit von vier Personen nicht fotografiert werden konnte, da die Herren plötzlich und ohne Termin in der Bank erschienen waren. Er hoffte, dass er bei ihrem nächsten Besuch rechtzeitig im Büro gegenüber der Bank sein würde. Außerdem übersende er vier weitere Seiten mit Namen von 213 Personen, die ebenfalls in der Schweiz, Luxemburg oder Liechtenstein Nummernkonten hätten. Wie hoch ihr aktuelles Guthaben sei, würde noch geprüft. Am Ende seines Schreibens bat er den Major, den ersten Teil des vereinbarten Honorars auf sein Konto bei der Deutschen Bank in Düsseldorf zu überweisen.
Ich atmete tief ein, und mit zittriger Hand blätterte ich weiter.
Die Seiten zwei bis dreizehn waren tatsächlich Kopien von Kontoauszügen. Allerdings enthielten sie keine Namen, sondern Kontonummern. Dennoch, jeder Kontoauszug wurde hand-schriftlich mit einem Buchstaben A bis L versehen und auf Seite vierzehn wurde eine Erläuterung zu den Kontoinhabern beigefügt.
Sieben Generäle, drei Hauptmänner, ein Minister und ein Stiefbruder des Schahs.
Auf den Kontoauszügen konnte man ausschließlich Einzahlungen bzw. gebuchte Zinsen sehen. Ich weiß nicht warum, ich konnte einige Minuten

lang die Zahlen nicht richtig lesen oder begreifen, ich war richtig aufgeregt, verwirrt und hatte Angst; allein das Guthaben des einen Generals belief sich auf über fünfunddreißig Millionen Dollar.
Auf den Seiten fünfzehn bis achtzehn wurden Listen von 213 weiteren Personen in alphabetischer Reihenfolge aufgeführt, vom hohen Beamten bis zum Fabrikbesitzer.
Gegenüber dem jeweiligen Namen stand die Adresse des Geldinstituts und, wie Herr Daneshmand in seinem Brief erwähnte, dass er noch keine Angaben über ihr Guthaben machen konnte.
Erschüttert von diesem unglaublichen Informationsmaterial saß ich bewegungslos an meinem Schreibtisch und wusste nicht, was ich tun sollte. Der Schock war so groß, dass ich sogar fast vergaß, den dritten Teil des Dokumentes zu lesen.
Als ich versuchte, die Bilder wieder in den Umschlag zu stecken, fiel mein Blick auf die drei Briefe aus Berlin, Wien und London.
Der Brief aus Berlin bestand aus zwei DIN-A4-Seiten. Die erste Seite war handschriftlich und die Zweite maschinengeschrieben.
Ein Mann oder eine Frau mit den Decknamen Pfau hatte ihn verfasst, zufällig oder absichtlich ohne Datum, Betreff oder Anrede. Der Brief begann mit folgendem Text:

Am Donnerstag, den 26.03.1964 um elf Uhr, fand endlich die geplante Sitzung mit Herrn Weber statt. Er hatte darauf bestanden, dass wir uns in seinem Büro in Ost-Berlin treffen. Ich bin sicher, er wollte das Gespräch heimlich für seine Vorgesetzten aufzeichnen. Um den seit mehreren Monaten vorliegenden Auftrag endlich erledigen zu können, akzeptierte ich seine Forderung und nahm an der oben angegebenen Sitzung teil. Ich versuchte, unmissverständlich unseren Standpunkt klarzumachen. Ich sagte ihm, wenn in Zukunft seine Organisation das Komitee Iranischer Studenten in Berlin materiell und organisatorisch unterstützen sollte, wird auf höherer Ebene der Versuch unternommen werden, dass alle wirtschaftlichen Verträge des Iran mit der DDR aufgelöst werden.
Anfangs bestritt er, dass eine solche Verbindung existiert, aber als ich ihm die Bilder vom Besuch seines Mitarbeiters an der Freien Universität in West-Berlin vorlegte, wurde er kooperativer.

Nach telefonischer Rücksprache mit seinem Chef versicherte er mir, dass es in Zukunft keine direkte Unterstützung der iranischen Studenten in West-Berlin geben wird.
Er sagte allerdings, dass die Unterstützung für deutsche Studenten fortgesetzt wird. Er schloss nicht aus, dass die iranischen Studenten von dieser materiellen Unterstützung indirekt profitieren könnten und er und seine Organisation dagegen machtlos sind. Es muss daher eine andere Lösung gefunden werden.
Um seinen guten Willen und kooperative Bereitschaft nachzuweisen, gab er mir eine Liste aller iranischen Studenten in West-Berlin, die mit den Kommunisten direkt oder indirekt zusammenarbeiten (siehe Anlage). Ein großer Teil dieser DDR-Mitläufer war uns bereits bekannt, aber interessant sind einige bislang unbekannte Studenten, die sogar vom Kultusministerium in Teheran ein Stipendium erhalten haben.
Ich gehe davon aus, dass Sie die erforderlichen Maßnahmen ergreifen. Wenn ich in diesem Zusammenhang etwas unternehmen soll, möchten Sie mich bitte benachrichtigen. Ich habe mit Herrn Weber vereinbart, dass wir uns in Zukunft mindestens zweimal im Jahr treffen und solche Probleme auf unserer Ebene aus der Welt schaffen.
Pfau

Auf der zweiten Seite standen über dreihundert Namen und Adressen von iranischen Studenten aus West-Berlin. Einige Namen waren farbig gekennzeichnet, und am Fuß des Briefes gab es eine entsprechende Erläuterung dazu: Stipendium-Empfänger.
Fassungslos las ich die Namen.
»Auf welchem Planet leben wir eigentlich?«, dachte ich. »Wenn diese ahnungslosen Studenten wüssten, was über ihren Köpfen gespielt wird, würden sie bestimmt ihre wertvolle Zeit anders organisieren.«
Der Brief aus Wien befasste sich mit Sicherheitsmaßnahmen für die geplante OPEC-Konferenz in Wien. Der Brief war für meinen Geschmack zu langweilig und sachlich. Es gab nur einen Absatz, der mich etwas interessierte:

Die Sicherheit der Teilnehmer an dieser Konferenz kann nur gewährleistet werden, wenn die Teilnehmer von ihren eigenen Sicherheitsbeamten begleitet werden können.

Die Sicherheitsbehörden von Österreich sind mit dieser Aufgabe überfordert. Ich schlage daher vor, bei der geplanten Sitzung dieses sehr wichtige Thema ausführlich zu behandeln.

Mit dem dritten Brief konnte ich überhaupt nichts anfangen. Er umfasste drei Seiten verschlüsselter Berichte mit einem kleinen Umriss eines Gebäudes.

Ich saß auf dem Boden und atmete tief durch. Allmählich konnte ich begreifen, warum Dawood Khan meinte, dass einige Leute in Teheran unruhig waren. Aber ich verstand nicht, warum Dariush diese unterschiedlichen Dokumente in einen Umschlag packte.

Mit dem ersten Teil des Dokumentes (Kontoauszüge) konnte die SAVAK viele dieser schnell reich gewordenen Perser jederzeit unter Druck setzen, denn fast keiner von denen konnte durch sein eigenes Gehalt oder eine Erbschaft ein solches Vermögen in der Schweiz deponieren. Wahrscheinlich war der Haupt-verantwortliche in SAVAK jetzt zornig, dass jemand diese wichtigen Unterlagen vor seiner Nase weggeschnappt hatte.

Sicherlich konnte man den jeweiligen Informanten bitten, die gleichen Unterlagen nochmals zu erstellen und neu zu übergeben, aber der Gedanke, dass jemand, der nicht zur SAVAK gehörte, in Besitz dieser Dokumente gekommen war, machte sie offenbar nervös, und das war wahrscheinlich der Grund dafür, dass Dawood Khan die Kastanien aus dem Feuer holen sollte.

Die große Frage für mich war, wie Dariush in den Besitz dieser Dokumente kam? Und warum sagte er in Bazargan, dass sie seine Lebensversicherung waren? Ich fand keine plausible Antwort auf meine Fragen.

Ich war jedenfalls froh, dass ich meine Rolle gut gespielt und mein Wissen Dawood Khan nicht preisgegeben hatte. Vor allem war ich mir sicher, dass Dawood Khan, wenn er erfolgreich wäre, als Laufbursche der SAVAK garantiert nicht seine Aufgabe in Tabriz hätte so einfach fortführen dürfen. Schließlich wusste er viel zu viel, um unbehelligt weiterarbeiten zu können. Er war für die SAVAK ein Risikofaktor, denn man hatte ihm nicht ohne Grund verschwiegen, was Dariush gestohlen hatte. Man hatte ihn lediglich beauftragt, nach einem unbekannten Objekt zu suchen und dieses nach Teheran zurückzubringen.

Wahrscheinlich wollte er sein Versagen in der Türkei wieder gutmachen und rechnete fest damit, dass die Unterlagen bei mir zu finden wären. Ich wusste nicht, was ich jetzt mit der heißen Ware machen sollte. Wäre es nicht besser, wenn ich Onkel Shahram informierte? Aber was hätte er unternehmen können? Nein, nein, ich musste sein Leben verschonen und schnellstens aus seiner Wohnung verschwinden.
Es war nicht fair, seine großzügige Gastfreundschaft auszunutzen und ihn dann in Gefahr zu bringen. Ich musste selbst damit fertig werden.
Aber ich nahm mir vor, unbedingt Bahram anzurufen und ihn zu bitten, meine Version der Geschichte zu erzählen, sollte Dawood Khan ihn besuchen, um sich wegen meines Zettels zu erkundigen.
Ich steckte wieder alle Briefe, Papiere, Bilder und die Schecks in den Umschlag, klebte ihn mit einem breiten Klebeband zu und legte ihn zurück in den Koffer.
Um vierzehn Uhr rief ich Bahram an. Er freute sich riesig, dass ich mich endlich meldete.
Ohne auf die Geschichte von Dariush einzugehen, erzählte ich ihm von dem Besuch Dawood Khans, der Lüge bezüglich der Adresse und bat ihn, sollte er Besuch erhalten, meine Aussage zu bestätigen.
»Wenn dieser Glatzkopf sich in Heidelberg blicken lässt, werde ich ihn als Fischfutter in den Neckar werfen«, sagte er in seiner mir vertrauten, witzigen Art.
»Mensch, mach keinen Ärger, wir sollten ihn so schnell wie möglich loswerden, bitte sag, dass du meine Adresse verloren hast, und mehr weißt du auch nicht.«
»Aber woher hat er meine Adresse?«
»Ich merke, dass du naiver bist als ich. Sie wissen genau wer, wann, wo wohnt.«
»Es ist nicht zu fassen, man lässt uns auch im Ausland nicht in Ruhe.«
Am Ende des Telefongesprächs lud ich ihn und seine Freundin zu meiner Einweihungsparty in meine neue Wohnung am kommenden Sonnabend ein.
Am nächsten Tag, gegen zehn Uhr, verließ ich das Haus. Ich versuchte unauffällig herauszufinden, ob Dawood Khan irgendwo auf mich wartete. Er war nicht zu sehen. Selbst in der Stadtmitte versuchte ich zu erspähen, ob jemand mich verfolgte, aber ich konnte ihn nirgendwo entdecken.

Ich kaufte alles, was ich für meine Küche brauchte, und mit vielen vollen Einkaufstüten nahm ich die Straßenbahn Richtung Sachsenhausen.
Ich hatte noch einen Tag dort zu wohnen, bevor ich dann in meine neue Wohnung einziehen wollte.
Als ich aus der Straßenbahn stieg, sah ich eine Menge Menschen vor unserer Haustür versammelt sowie einen Polizeiwagen, der auf dem Bürgersteig geparkt hatte.
Ich näherte mich den vielen Leuten, und zu meinem Erstaunen sah ich zwei Polizisten, die Dawood Khan in Handschellen zu ihrem Wagen brachten und dann Richtung Schweizer Platz wegfuhren.
Vor der Haustür stand Onkel Shahram und sprach mit einem Nachbarn. Als er mich sah, kam er zu mir und sagte:
»Du hast gerade eine aufregende Show verpasst! Man hat versucht, bei uns einzubrechen. Aber Gott sei Dank hat unser wachsamer Nachbar alles gesehen. Bevor der Dieb ins Haus reingehen konnte, nahm er den Einbrecher mit Hilfe anderer fest und rief sofort die Polizei an.«
Ich blickte den Nachbarn an. Er war ein alter, aber kerniger Mann. Wahrscheinlich ein Rentner.
»Herr Hübner hat heute die ganze Zeit einen Mann beobachtet, der ihm sehr verdächtig vorkam«, sagte Onkel Shahram und schaute den Alten bewundernd an. »Er hat gesehen, wie er versuchte, mit einem speziellen Werkzeug das Schloss aufzubrechen.«
»Hast du mit ihm gesprochen?«, unterbrach ich ihn.
»Er hat die ganze Zeit kein Wort gesagt, wir wissen nicht einmal, welche Nationalität er hat. Ich schätze, er ist ein Türke oder Jugoslawe.«
»Ist jetzt das Schloss kaputt?«
»Ja, Herr Hübner hat bereits den Schlüsseldienst angerufen, damit es ausgewechselt wird.«
Ich ging in das Haus und trug die gekauften Waren in mein Zimmer. Ich holte sofort den Koffer, um mich zu überzeugen, dass das Päckchen unberührt drinnen lag.
»Was soll ich machen?«, dachte ich, »wäre es richtiger, dass ich jetzt die ganze Geschichte Onkel Shahram erzähle?«
Ich legte mich auf mein Bett. Ich merkte, wie mich dieses unerwartete Ereignis durcheinanderbrachte. Ich hatte in meinen Beinen keine Kraft mehr. Ich war jetzt davon überzeugt, dass Dawood Khan meine Geschichte kein bisschen geglaubt hatte. Er startete den Versuch, auf

seine eigene Art und Weise, die Dokumente zu erhalten. Nach der Blamage in der Türkei brauchte er den Erfolg, um zu beweisen, dass er doch fähig sei, positive Ergebnisse zu erzielen. Aber die Ironie des Schicksals, der Mann, der in der Türkei einen Dieb verhaften sollte, wie ein gefährlicher Einbrecher von der deutschen Polizei festgenommen wurde.

Ich hatte Angst. Da war aus einer harmlosen Sache eine kriminelle Geschichte geworden. Ich hatte auch ein schlechtes Gewissen; der Gedanke, dass durch meine Anwesenheit in diesem Haus das Leben anderer Mitbewohner gefährdet wurde, beunruhigte mich sehr.

Ich musste so schnell wie möglich in meine neue Wohnung einziehen, um Onkel Shahram und Monika nicht noch mehr in Gefahr zu bringen. Ich hielt es weder für richtig noch für taktisch klug, irgendjemandem diese Geschichte zu erzählen. Ich musste selbst von der Lüge, die ich Dawood Khan erzählt hatte, überzeugt sein. Ich versuchte mir einzureden, dass ich keine Dokumente besaß, vor allem aber, dass ich keinen Kontakt zu Dariush Raad hatte, und ich versuchte, diszipliniert mit diesem Zustand allein fertig zu werden.

Ich stand auf und begann meine sieben Sachen einzupacken, als Onkel Shahram an meine Zimmertür klopfte.

»Komm rein, ich bin schon beim Packen.«

»Ich dachte, du ziehst morgen in deine Wohnung um. Oder hat dich die Geschichte vom Einbrecher erschreckt?«

»Ach was, ich dachte, es wäre besser, wenn ich schon heute meine Sachen in die Wohnung bringe.«

»In Ordnung, dann fahre ich dich nach Schwanheim und anschließend gehe ich ins Geschäft.«

Er trug meinen Koffer in sein Auto und sagte unterwegs:

»Mal wieder Glück gehabt! Im Keller meines Hauses habe ich all meine besten und teuersten Teppiche aus Esfahan gelagert. Sie sind mehr als eine Million Mark wert. Ich muss jetzt überall im Haus Alarmanlagen einbauen lassen.«

Ich war still und wollte keinen Kommentar dazu abgeben. Ich hatte Angst, dass ich mich durch eine Reaktion oder Bemerkung verraten würde.

»Was ich nicht verstehe, ist, wieso er allein war und bei der Festnahme keinen Widerstand geleistet hat.

Ich denke, ich werde heute bei der Polizei vorbeigehen und mich einfach über diesen komischen Kerl informieren.«
Ich blieb still.

* * *

Am Sonnabend fand, wie geplant, die Einweihungsparty für meine Wohnung statt. Monika war wie immer eine große Hilfe. Sie hatte die ganze Arbeit für das kalte Büfett übernommen. Meine Gäste bestanden aus meiner Hausbesitzerin, Bahram, seiner Freundin Doris, zwei Angestellten von Onkel Shahram und zwei jungen Mädchen, Freundinnen von Monika, insgesamt zehn Personen.
Es war meine erste Party! Bis Mitternacht haben wir zusammen gegessen, getrunken und getanzt. Natürlich hat Bahram, auf seine lustige Art, all meine Gäste mit seinen Geschichten, Witzen und Gesten köstlich amüsiert und so für eine gute Stimmung gesorgt. Er und seine Freundin übernachteten bei mir; schließlich war ich der stolze Mieter einer großen Wohnung.
Am nächsten Tag, beim Frühstück, ging Bahram auf mein Telefongespräch ein und fragte: »Kannst du mir noch mal sagen, warum Dawood Khan bei dir war?«
»Er erzählte mir, dass sie den gesuchten Dieb verhaftet haben und in seiner Hosentasche einen Zettel mit meiner Adresse in Deutschland fanden.«
Er pfiff kurz durch seine Zähne und sagte:
»Jetzt weiß ich, warum du dir eine so große Wohnung leisten kannst!«
»Spinnst du? Die Adresse war für einen Freund bestimmt. Vielleicht hat er sie ja versehentlich in die Tasche gesteckt.«
»Und was wollte Dawood Khan von dir?«
»Genau das, was du angedeutet hast; er meint, ich sei sein Komplize.«
»Und was hast du ihm daraufhin gesagt?«
»Gar nichts. Ich erzählte, dass ich den Burschen nicht kenne und mit der ganzen Sache nichts zu tun haben möchte.«
»Weißt du, wie der Bursche heißt?«
»Dariush, Dariush Raad.«
Er blickte mich mit weiten, offenen Augen an, als wenn ich etwas Außergewöhnliches gesagt hätte.

»Das ist nicht wahr! Dariush Raad? Etwa der berühmte Journalist?«
»Kennst du ihn?«
»Nicht persönlich, aber falls das der Dariush Raad ist, den ich meine, dann ist er ein sogenannter Informationsjäger. Soweit ich weiß, kommt er aus einer guten und reichen Familie. Sein Onkel General Raad ist Oberbefehlshaber der Gendarmerie in der Nordregion.«
»Woher weißt du das?«
»Ich komme schließlich aus dieser Gegend.«
Ich merkte, dass mein Pokergesicht keinen Eindruck auf Bahram machte. Man sah ganz deutlich ein gewisses Misstrauen in seinen Augen. Er schmierte sich sein Brot und sagte:
»Jetzt erinnere ich mich, dass ich Dariush Raad im Bus nach Istanbul gesehen habe. Ich bin sicher, dass er kein Geld gestohlen hat, sondern wie vor drei Jahren einen Skandal aufgedeckt hat. Und wie auch damals muss es für die SAVAK unangenehm sein, sonst wäre Dawood Khan nicht hier.«
Bahram war für eine Weile still und versank in seinen Gedanken. Dann brach er sein Schweigen:
»Ich will nicht glauben, dass du etwas mit der Sache zu tun hast. Es geht mich auch nichts an. Aber solltest du zufällig in diese Geschichte verwickelt sein, rate ich dir, dich so schnell wie möglich davon zu distanzieren, denn kein Mensch konnte bislang unbeschadet der SAVAK entkommen.«
Es klingt wahrscheinlich stur, aber ich entschloss mich, auch Bahram nichts darüber zu erzählen.
Falls Dariush seinen Mund hielt, wusste kein Mensch, dass die Dokumente bei mir waren. Ich musste also meinen eisernen Willen aufrechterhalten und niemand durfte jemals davon erfahren, schließlich ging es um meine Existenz!
Ich besaß Dokumente, unter anderem über einflussreiche Personen in Iran, die Millionen Gelder der Staatskasse irgendwie zur Seite gebracht hatten oder durch ihre brutalen Geschäfte den Staat oder die Bürger betrogen und das Geld ganz heimlich im Ausland unter einer Geheimnummer angelegt hatten.
Diese Dokumente konnte ich natürlich vernichten und mich ein für alle Mal davon befreien, aber etwas in mir verhinderte jeden Anflug eines

solchen Gedankens. Ich entschied mich dafür, die Dokumente zu behalten und bei meiner Strategie zu bleiben.
Kurz vor elf Uhr fuhren Bahram und Doris zurück nach Heidelberg. Unmittelbar danach nahm ich den Umschlag und ging in den Keller. Dort gab es mehrere alte Schränke, wo meine Vermieterin selbst gemachte Marmelade oder im Winter Kartoffeln aufbewahrte. Mit etwas Holzleim klebte ich den Umschlag unter einen alten Schrank. Ich war mit diesem Versteck zufrieden, jedenfalls war es sicherer als meine Wohnung.
Dann begann ich, meine Wohnung sauber zu machen und mich auf meinen ersten Arbeitstag in Deutschland vorzubereiten.
Am Abend, gegen einundzwanzig Uhr, kam Onkel Shahram wieder zu mir. Er sah etwas bedrückt und mitgenommen aus. Ich gab ihm ein Glas Wein, und als er in einem Sessel saß, sagte er:
»Ich war heute Vormittag bei der Polizei. Ich wollte mich über den Typen erkundigen, der bei uns versucht hatte, einzubrechen. Sie haben mir erzählt, dass der Kerl sich das Leben genommen hat!
Er hat sich mit Hilfe seines Gürtels in der Untersuchungshaft aufgehängt. Man weiß nicht einmal, wie er heißt, woher er kommt oder warum er sich wegen eines einfachen Diebstahls umgebracht hat.« Er trank seinen Wein und sagte weiter: »Ich fühle mich irgendwie betroffen. Schließlich hat er doch nur versucht, bei mir einzubrechen.«
Auch mich hatte der Tod von Dawood Khan erschreckt. Wenn überhaupt jemand ein schlechtes Gewissen haben sollte, dann war ich es und nicht Onkel Shahram. Aber wie sollte ich ihm alles erklären?
Wie sollte ich ihm sagen, dass der Dieb noch nicht einmal seine teuren Teppiche stehlen wollte? Ziel seines Einbruchs war lediglich, ein sogenanntes Objekt aus meinem Zimmer zu entwenden.
Der arme Kerl konnte die zweite große Blamage nicht mehr verkraften. Er hatte selbst gesagt, dass er nicht mit leeren Händen nach Iran zurückgehen darf!
Ich äußerte mich nicht, stattdessen versuchte ich, ihn mit verschiedenen Themen abzulenken. Aber als Onkel Shahram nach Hause fahren wollte, griff er das Thema nochmals auf und sagte: »Die Polizei meint, dass die Staatsanwaltschaft nächste Woche entscheiden will, ob man mit Hilfe von Interpol seine Identität herausfinden soll. Ich bin gespannt, was daraus wird.«

»Ich auch.«

Um den Fall Dawood Khan abzuschließen, möchte ich noch erwähnen, dass sich nach meiner Kenntnis das Bundeskriminalamt an mehrere Staaten, u. a. den Iran, gewandt hat, um die Identität von Dawood Khan zu ermitteln. Seltsamerweise hat ihn niemand, trotz Foto und Fingerabdrücken, erkannt. Daher wurde er mehrere Monate nach seinem Selbstmord als staatenloser Bürger auf einem Frankfurter Friedhof begraben.

4. Nancy

Die RMAB - Rhein-Main-Air-Base war von 1945 bis 2005 ein Stützpunkt der US-Luftwafe in Deutschland.
Man nennt sie Gateway to Europe (Tor zu Europa).
In 60e Jahre wegen des Vietnamkriegs war diese Militärstation einer der wichtigsten amerikanischen Standorte für Logistik und Personaleinsatzplanung.
In der RMAB gab ein großes Hotel (FAPOE[5]) für das Militärpersonal, das kurz- oder mittelfristig außerhalb Amerikas stationiert war.
Eigentlich handelte es sich um eine schöne Unterkunft, man konnte es mit einem 3-Sterne-Hotel vergleichen.
Es gab mehrere hundert Zimmer mit zwei oder vier Betten. Der einzige Schönheitsfehler war das Badezimmer. Über neunzig Prozent der Gäste mussten diesen Raum mit dem Nachbarzimmer teilen. Das heißt, dass das Badezimmer ein Verbindungsraum zwischen zwei Zimmern war.
Große Familien hatten keine Probleme, weil sie in der Regel einen Anspruch auf zwei Zimmer hatten, aber all die, die allein oder zu zweit (Ehepaare) reisten, mussten sich auf gewisse Unbequemlichkeiten einstellen. Ich erinnere mich dennoch genau, dass während meiner Tätigkeit beim FAPOE sich kaum jemand über seinen Mitbewohner beschwerte, dass er sich entweder zu lange im Badezimmer aufhielt oder beim Verlassen des Badezimmers die Verbindungstür zu entriegeln vergaß. Die Mitarbeiter des amerikanischen Militärs sind in meinen Augen die geduldigsten und diszipliniertesten Menschen, die mir in meinem Leben begegnet sind.
Es befanden sich auf allen Etagen mehrere Suiten mit dem entsprechenden Luxus nur für die VIP-Gäste.
Im Erdgeschoss des Hotelgebäudes gab es verschiedene Einrichtungen für die Gäste: ein Spielzimmer mit zwanzig Spielautomaten, Geschäfte mit Geschenkartikeln und so etwas wie ein zollfreier Verkauf (PX), was für alle Soldaten sehr wichtig war, da man eine Zweiliterflasche Whisky für knapp drei Dollar oder eine Stange Zigaretten für anderthalb Dollar kaufen konnte.

---

[5] Frankfurt Aerial Port of Embarkation.

Der Kindergarten sowie eine große Minigolfanlage befanden sich allerdings außerhalb des Hotels.
Eine zehnköpfige Gruppe von Reisebetreuerinnen kümmerte sich zum einen um hochrangiges Militärpersonal (VIP) und zum anderen unterstützte sie die *Blue Bark*.
Ich hatte am Anfang überhaupt keine Vorstellung davon, was man unter dem Begriff Blue Bark verstehen sollte, bis ich eines Tages in Begleitung von Helga, der Leiterin dieser Hostessenabteilung, erfuhr, was er zu bedeuten habe.
Immer dann, wenn ein Soldat in Vietnam gefallen war, musste eine der Hostessen den Hinterbliebenen in Deutschland (meistens handelte es sich um die junge Ehefrau mit ihren ein oder zwei kleinen Kindern) bei den Vorbereitungen zum Rückflug nach Amerika behilflich sein. In meinen Augen stellte diese Aufgabe einen der traurigsten Jobs dar, den ich kenne. Jedoch machten Helga und ihre Mitarbeiterinnen ihre Aufgabe professionell, sachlich und liebevoll.
Die Hauptaufgabe des FAPOE lag in der Unterbringung der Soldaten und ihrer Familien in einem angemessenen Zimmer (meistens für eine Nacht). Falls das FAPOE einmal voll ausgebucht war, so sorgte sie für die Unterkunft in einem deutschen Hotel nahe bei der RMAB.
Alle, die in Deutschland stationiert waren, wurden immer am nächsten Tag von ihren Kameraden abgeholt, und die Soldaten, die weiter in andere Länder reisen mussten, wurden mit einem Bus zu ihrem Flugzeug transportiert. Dadurch hatte ich das Vergnügen, jeden Tag das hektische, aber disziplinierte Treiben des amerikanischen Militärs mitzuerleben.
Mein größtes Problem in den ersten vier Wochen bestand darin, die amerikanischen Soldaten zu verstehen. Diese Schwierigkeit hatte ich besonders mit den Soldaten aus Alabama, Texas oder anderen Südstaaten.
Ich war froh, dass sie mich wenigstens einigermaßen verstehen konnten. Meine Kollegen ermutigten mich und erzählten, dass auch sie lange gebraucht hatten, bis sie sich – wie ich übrigens hinterher auch – mit dem amerikanischen Akzent vertraut gemacht hatten, zumal man im FAPOE sowieso nur einen beschränkten Wortschatz benötigte.
Es ging immer um die Bedürfnisse der Gäste im Hotel oder um die Hilfe beim Lokalisieren eines Orts, einer Person oder von Gegenständen.

Der Direktor des FAPOE war ein Amerikaner. Der Manager war ein Deutscher, so wie man sich ihn vorstellt: ein absolut korrekter und ordentlicher Deutscher mit fast zwanzig Dienstjahren im FAPOE.
An der Rezeption und Kasse arbeiteten zwanzig Personen, vierzehn Mädchen und sechs Männer, in drei Schichten. Die meisten Mitarbeiter mussten in drei verschiedenen Schichten arbeiten. Die Frühschicht ging von sechs Uhr dreißig bis fünfzehn Uhr, die Spätschicht von vierzehn bis zweiundzwanzig Uhr dreißig und die Nachtschicht von zweiundzwanzig bis sechs Uhr dreißig. Es gab immer einen Schichtleiter und mindestens zwei Kollegen im Empfangsbereich, die sogenannten Desk Clerks.
Während der Einarbeitungszeit an der Rezeption war ich sehr aufgeregt. Meine Ausbilderin war ein deutsches Mädchen namens Angelika. Sie hatte bereits ihren Arbeitsvertrag gekündigt und wollte in vier Wochen mit ihrem Verlobten, einem Mexikaner, nach Spanien auswandern. Sie war geduldig und unkompliziert und erklärte mir alles mehrfach, ohne zu murren.
Zuerst lernte ich, die vom Militärpersonal vorgelegte Travel Order zu prüfen, und dann, je nach Inhalt der Order, die Zimmer auf die Personen und Familien zu verteilen und anschließend den Zimmerpreis festzulegen. Die Preise richteten sich nach der Reise Art (dienstlich oder privat), Anzahl der Kinder und deren Alter. Die Preise für die Zimmer waren nicht teuer, zwischen ein bis drei Dollar pro Person und Nacht.
Es musste pro Reisender ein Fragebogen ausgefüllt werden. Die meisten Fragen wurden den vorliegenden Militäranweisungen (Order) entnommen.
Das musste alles schnell erledigt werden, insbesondere bei den Piloten, die eine lebensgefährliche Aufgabe hinter sich hatten. Sie kamen immer zu viert oder fünft mit einer sogenannten TDY-Order (Temporär-Aufgabe) und wollten gleich ins Bett.
Sie sahen alle müde aus, ihre Gesichter waren vom Schrecken des Krieges gezeichnet.
Die Alleinstehenden männlichen Unteroffiziere durften nicht im Hotel übernachten. Sie wurden einige Hundert Meter entfernt in einer Transient Billett, einer einfachen Herberge, untergebracht.
Natürlich gab es auch ausländische Offiziere, die entweder nach Amerika zu einer Militärausbildung wollten oder sie waren schon unterwegs zu ihrem Heimatort. Es gab nicht nur Soldaten, die Mitglieder

der NATO waren, sondern auch Militärpersonal aus Saudi-Arabien, dem Iran und vielen anderen Ländern.
Die Hotelgepäckträger verdienten am meisten Geld, ich schätzte täglich zwischen dreißig bis sechzig Dollar Trinkgeld. Es war allerdings harte Arbeit, denn jede Familie trug zwischen vier und zwölf große Koffer, und diese mussten mit einem speziellen Wagen aufs Zimmer gebracht werden. Aber immerhin, ein Dollar hatte damals einen Wert von mehr als vier Mark.
Die ersten drei Monate war ich für die Frühschicht eingeplant. Ich arbeitete gerne an der Rezeption und am Informations-schalter.
Innerhalb von nur zwei Wochen konnte ich ohne die Hilfe von Angelika oder anderen Kollegen selbstständig arbeiten. Es machte mir richtig Spaß. Ich war fasziniert von so viel unterschiedlichen Menschen, die sich für eine kurze Zeit in meinem Leben aufhielten. Es war eine Parade geprägt von Glück, Enttäuschung, Traurigkeit, Gleichgültigkeit, ja auch von Angst und Melancholie.
Es kam mir so vor, als ob ich vor einer Bühne stand und sich in jeder Ecke ein Stück eines Lebens abspielte.
Am meisten erfreute mich an den täglich sich wiederholenden Szenen, wenn eine junge Frau ihren Mann (meistens einen Flugkapitän) in der Hotelhalle stürmisch umarmte und ihre glücklichen Tränen jedes Herz zum Schmelzen brachten. Aber leider, wie ich bereits erwähnte, gab es nicht immer ein Happyend; aufgrund des schrecklichen Krieges in Vietnam gab es oft Tote, und dann kam eine Hostess vom Blue Bark-Team, um der völlig verzweifelten Ehefrau zu helfen, deren Ehemann nicht unter den Wiederkehrenden war.

* * *

An einem Sonnabend hatte ich Frühschicht. Ich beabsichtigte, nach Dienstende ein kurzes Wochenende mit Onkel Shahram und Monika zu verbringen. Aber ein Kollege, der mich ablösen sollte, meldete sich krank und ich hatte keine andere Wahl, als bis zweiundzwanzig Uhr dreißig weiter zu arbeiten.
Ich war in der Probezeit und musste meine Kooperation und Belastbarkeit unter Beweis stellen. Ich rief Onkel Shahram an und

erklärte ihm, dass der geplante Ausflug auf nächste Woche verschoben werden müsste, da ich das FAPOE nicht verlassen dürfte, auch nicht am Sonntag, weil der kranke Kollege ebenso für die Frühschicht eingeplant war.

Die Mitarbeiter, die nach ihrer Spätschicht die Frühschicht mit übernommen hatten, konnten nach Beendigung ihrer Tätigkeit im Hotel kostenlos übernachten.

Da ich immer wissen wollte, wie man in der FAPOE schläft, war ich innerlich froh, dass ich endlich dazu die Gelegenheit hatte.

Ich aß an der Hotel-Snackbar und um dreiundzwanzig Uhr ging ich auf mein Zimmer. Nach sechzehn Stunden Arbeit legte ich mich auf das Bett und schlief sofort tief ein.

Es war gegen zwei Uhr, als ich von einem merkwürdigen Krach im Badezimmer aufgeweckt wurde.

Ich versuchte zuerst, das ungewöhnliche Geräusch zu ignorieren und weiterzuschlafen, aber es wurde immer lauter und unangenehmer. Ich stand auf und horchte an der Badezimmertür, um herausfinden, was los war, als plötzlich die Tür aufging.

Normalerweise sollte derjenige, der das Gemeinschafts-Badezimmer benutzte, die Tür auf der Seite des Nachbars verriegeln. Doch meine Tür war auf und ich sah im schummerigen Licht eine Frau halb nackt auf dem Boden liegen. Ihr Kopf war über der Kloschüssel und sie versuchte, sich zu übergeben.

Es war mir peinlich, ich machte die Tür zu, aber sie hatte mich bereits gesehen. Ich sagte deshalb:

»Verzeihen Sie, die Tür vom Badezimmer war nicht zu.«

Ich dachte, ich gehe am besten wieder ins Bett und vergesse, was ich gesehen habe. Aber als Mitarbeiter des Hauses konnte ich so etwas nicht ignorieren. Es war meine Pflicht, ihr zu helfen. Ich machte die Tür wieder auf und fragte:

»Brauchen Sie Hilfe? Soll ich einen Arzt rufen?«

Zuerst sagte sie nichts, dann drehte sie ihr Gesicht zu mir und hauchte:

»Ja, bitte helfen Sie mir. Ich glaube, ich sterbe.«

Ich rannte zum Telefon und erzählte meiner Kollegin, was passiert war, und bat gleichzeitig um einen Arzt aus dem RMAB-Krankenhaus.

Ich legte auf und begab mich ins Badezimmer, um sie auf ihr Bett zu legen. Sie schien nicht älter als Mitte zwanzig und war schlank. Trotz

ihrer Blässe wirkte sie traumhaft schön und beim Anblick ihrer kleinen spitzen Nase erinnerte sie mich an meine Lieblingsschauspielerin Jennifer Jones.
Sie war blond, hatte lange, seidige Wimpern und einen sanften, schönen Mund. Ich blickte in ihre blauen Augen, sie schauten mich leblos an. Es schien ihr schlechter zu gehen. Trotz eines unerträglichen Alkoholgestanks stieg mir der hinreißende Duft ihres Parfüms in die Nase.
Mit einem nassen Tuch tupfte ich ihr Gesicht ab und half ihr in den Bademantel.
Es dauerte keine fünf Minuten, bis ein Arzt und zwei Soldaten in weißer Uniform zu uns kamen. Sie wurde sofort ins Krankenhaus der RMAB gebracht.
Als ich wieder auf meinem Bett lag, konnte ich nicht mehr einschlafen. Ich hätte nur zu gern gewusst, wie es ihr ging. Um fünf Uhr rief ich das Krankenhaus an, aber keiner wollte mir eine Auskunft geben, denn ich war weder ein Verwandter noch ein Kollege.
Am nächsten Tag, unmittelbar nach meinem Arbeitsbeginn, holte ich ihre Karteikarte heraus, um meine Neugierde zu befriedigen. Sie hieß Nancy Donahue und war Lehrerin an der Ramstein Air Base. Laut ihrer Unterlagen sollte sie zwei Wochen im RMAB ein Seminar besuchen. Sie war als Zivilpersonal des Militärs tätig.
Meine Kollegin vom Nachtdienst erzählte mir, dass sie gegen Mitternacht zurück ins Hotel gekommen war und kaum reden oder gehen konnte.
Das Ereignis beschäftigte mich ununterbrochen, auch am folgenden Tag, als ich frei hatte. Dienstag hatte ich wieder Frühschicht. Ich rief das Krankenhaus an und fragte, ob sie noch in Behandlung war. Erst wollte man mir wieder keine Auskunft geben, aber ich begründete meine Frage damit, dass wir ansonsten ihr Zimmer freigeben würden, wenn sie für länger im Krankenhaus bliebe.
Ich musste ein paar Minuten warten, bis ich endlich eine leise, weibliche Stimme hörte. Ich erkannte sie sofort, als sie sagte:
»Nancy Donahue.«
Ich stellte mich vor und fragte sie nach ihrem Gesundheitszustand und danach, wie lange sie noch im Krankenhaus bleiben müsste.

Sie antwortete mir, dass sie das Krankenhaus am nächsten Tag verlassen würde, und bat mich, ihr Zimmer für weitere Tage reservieren zu lassen. Sie würde auch den Preis für private Nutzung zahlen. Dann fragte sie:
»Sind Sie der nette Mann, der mir geholfen hat?«
»Ich bitte Sie, das war doch selbstverständlich.«
»Ich bin Ihnen dafür dankbar, wie war noch mal Ihr Name?«
Ich wiederholte meinen Nachnamen und wünschte ihr gute Besserung.
Am Donnerstag, als ich von einer Abteilungsbesprechung zurückkam, war ich überrascht; da hatte jemand für mich einen schönen Blumenstrauß abgegeben. Ich öffnete den beigefügten kleinen Umschlag. Nancy Donahue schrieb:
Danke für Ihre große Hilfe. Ich komme heute Nachmittag, gegen fünfzehn Uhr, um mich bei Ihnen persönlich zu bedanken.
Die Kollegen machten sich über mich lustig, jeder machte seine Witze. Ines, ein Mädchen aus Österreich, sagte:
»Da ist eine rote Rose im Blumenstrauß. Ist das nicht ein Zeichen für ihre versteckte Liebe?«
Ich muss zugeben, ich fühlte mich wohl und geschmeichelt. Das war das erste Mal in meinem Leben, dass eine Frau mir Blumen schenkte.
Kurz vor fünfzehn Uhr, fast am Ende meines Diensts, hörte ich ihre Stimme.
Sie fragte bei einer Kollegin, ob ich noch da wäre. Ich wusste nicht warum, aber ich war sehr aufgeregt und hatte Herzklopfen. Ich ging schnell in die Hotelhalle, um sie zu begrüßen.
Sie sah umwerfend aus. Ihre glänzenden, blauen Augen strahlten wie ein Himmel voller Sterne. Ihr helles, lockiges, blondes Haar trug sie offen. Es fiel über die dunkelblaue Bluse. In dem engen, schwarzen Rock kam ihre Figur noch besser zur Geltung.
Wir gingen in die Snack-Bar und tranken in einer ruhigen Ecke eine Tasse Kaffee. Obwohl in dieser Zeit wenige Leute zum Mittagessen kamen, waren doch fast alle Plätze von einsamen Soldaten belegt.
Neidisch, ja geradezu gierig, aber auch interessiert blickten meine Kollegen zu uns herüber. Das machte mich stolz, aber auch ein bisschen nervös, denn meine roten Ohren verrieten, was in mir vorging.
Nancy eröffnete das Gespräch gleich mit dem obligatorischen Thema: das Wetter. Sie erzählte, dass sie nicht viel von Deutschland hielt und dass das Wetter zu schlecht wäre. Ich protestierte und erwiderte:

»Stimmt nicht. Es ist doch ein wunderschöner Sommer. Was stört Sie daran?«
»Der Sommer ist ja einigermaßen schön, aber sonst ist es furchtbar, immer nass und kalt.«
»Seit wann leben Sie in Deutschland?«
»Seit dreizehn Monaten.«
»Und wie lange bleiben Sie noch?«
»Mein Vertrag läuft Juni 1965 aus. Ich weiß nicht, ob ich ihn verlängern möchte.«
»Und was genau machen Sie eigentlich in der RMAB?« Ich tat so, als ob ich es nicht wüsste.
»Ich bin Lehrerin. Ich unterrichte Mathematik und Englisch an einer amerikanischen Schule in der Ramstein Air Base.« Sie war für eine Weile still und sagte dann weiter: »Ich nehme zurzeit an einem zweiwöchigen Seminar teil. Es geht um neue pädagogische Verfahren. Wobei ich bis jetzt keine neuen Erkenntnisse gewonnen habe. Vielleicht verpasste ich sie während meines Aufenthalts im Krankenhaus.« Sie trank ihren Kaffee aus, schaute mir direkt in die Augen und fragte: »Woher kommen Sie? Sie sind doch kein Deutscher?«
»Ich bin Perser.«
»Perser? Ein richtiger Perser? Ich weiß viel über Iran; ich musste an der Uni einmal ein Referat über Iran halten.« Sie lachte wie ein Kind und sagte weiter: »Schade, dass wir uns nicht vor vier Jahren kennengelernt haben. Ich bin sicher, Sie hätten mir dabei helfen können.«
»Worüber haben Sie geschrieben, über die alte oder die neue Zeit?«
»Natürlich über die alte Zeit. Ehrlich gesagt, ich habe alles aus den verschiedenen Büchern abgeschrieben, ohne was zu verstehen.«
Plötzlich fragte sie leicht verärgert: »Sie reden nicht gerne über sich, oder?«
Ich lachte und sagte:
»Ich komme gar nicht zu Wort. Was wollen Sie denn wissen? Ich nehme an, Sie als typisch amerikanische Frau möchten als Erstes wissen, ob ich verheiratet bin. Habe ich recht?«
Sie lachte und fragte etwas leiser:
»Sind Sie es?«

»Nein, ich habe bis heute nie daran gedacht, dass ich irgendwann heiraten werde. Ich bin wie ein unerfahrener Vogel, der zuerst fliegen lernen muss.«
»Was wollen Sie in Deutschland machen? Ich nehme an, das hier ist für Sie eine Zwischenstation, oder?«
»Ich weiß nicht. Ich wollte zuerst meine Heimat verlassen, um meinen Horizont zu erweitern, und ich muss gestehen, ich bin hier zufrieden. Ich habe endlich meine Ruhe gefunden.«
Sie wurde wieder für einen kurzen Moment still:
»Ich möchte, dass Sie etwas über den letzten Sonntag wissen. Ich hoffe, Sie haben nicht den Eindruck gewonnen, dass ich eine Alkoholikerin bin. Am letzten Sonntag war ich im Offizierskasino in der RMAB. Ein Kollege von mir hatte Geburtstag und lud alle Seminar-teilnehmer zu einem Umtrunk ein.
Es begann alles harmlos, ich hatte nur zwei oder drei Gläser Sekt getrunken. Das Kasino war voll. Ein junger Offizier wollte mich wohl beeindrucken und bat mich mit ihm auszugehen. Ich mochte ihn überhaupt nicht und sagte es ihm auch direkt. Dann ging ich für zwei Minuten weg. Als ich zurückkam, bemerkte ich, dass mein Glas wieder voll war.
Er sprach einen Toast auf das Geburtstagskind und sagte, dass alle ihren Sekt in einem Zug trinken müssten, sonst würde es Unglück bringen.
Ich bin mir sicher, dass er während meiner Abwesenheit etwas in mein Glas hineingetan hatte, ich bemerkte es auch sofort. Der Sekt schmeckte nach Medizin. Unmittelbar danach ging es mir nicht gut.
Ich schlich mich aus dem Kasino und kam zu Fuß ins Hotel.
Unterwegs ging es mir miserabel, und was in meinem Zimmer passierte, wissen Sie ja schon.«
Sie warf mir einen prüfenden Blick zu und wartete auf meine Reaktion. Ich lächelte sie an und sagte:
»Das kann jedem passieren. Sie haben mir nur etwas Angst gemacht. Als man Sie ins Krankenhaus abtransportierte, war ich sehr aufgeregt. Ich konnte den Rest der Nacht nicht mehr schlafen. Im Krankenhaus wollten sie mir nichts über Ihren Zustand sagen.«
»Ich weiß, sie erzählten mir, dass Sie angerufen haben. Ich konnte nicht verstehen, warum Sie das taten, wir kennen uns ja auch nicht.«
»Ich war etwas besorgt, Sie sahen ganz schlimm aus.«

Sie legte ihre weiche Hand auf meine und sagte:
»Ich weiß nicht, wie ich Ihnen danken soll. Es ist reizend, wie Sie sich um mich gekümmert haben. Es ist lange her, dass mir jemand, ohne mich zu kennen, helfen wollte. In dieser Militärwelt ist alles so oberflächlich und unnatürlich. Alle sind höflich, aber nicht herzlich. Die Männer – ob ledig oder verheiratet – machen nur freundliche Gesten und Bemerkungen, um jemanden ins Bett zu kriegen. Sie sind aber für mich eine neue Erfahrung.«
»Vielleicht liegt es daran, dass ich selbst keine besonderen Erfahrungen mit dieser Welt habe.«
»Ich hoffe, dass Sie so bleiben, wie Sie sind.«
Ich drehte meine Hand um und packte ihre:
»Darf ich Sie zum Essen einladen? Ich kenne ein ungarisches Restaurant in der Stadtmitte Frankfurts. Man kann dort gut essen.«
Sie lächelte mir zu und sagte:
»Mit großem Vergnügen, aber eigentlich müsste ich Sie einladen.«
»Ich lade Sie in das ungarische Restaurant in Frankfurt ein, und Sie dürfen sich in Ramstein revanchieren.«
Sie lachte, drückte meine Hand und sagte:
»Einverstanden. Wann treffen wir uns?«
»Kommenden Sonnabend, gegen achtzehn Uhr.«
»Ausgezeichnet, das passt in meinen Plan, denn ich fahre am Sonntag wieder nach Ramstein. Wo treffen wir uns?«
»Am liebsten vor dem Tor der RMAB. Ich möchte nicht, dass einer sieht, dass ich mit einem Hotelgast ausgehe: Ich könnte Schwierigkeiten bekommen.«
»Ich verstehe. Dann treffen wir uns am kommenden Sonnabend gegen achtzehn Uhr vor dem Tor.«
»Ich freue mich darauf.«
Ich begleitete sie bis zur Hotellobby, und sie ging direkt in ihr Zimmer. Ich musste tief durchatmen und mich innerlich etwas beruhigen. Ich wollte nicht, dass jeder anhand meiner strahlenden Augen und an meinem rot gefärbten Gesicht sehen konnte, was in mir vorging.
Ohne die ironischen Blicke meiner Kollegen zu beachten, verließ ich das FAPOE und fuhr mit dem Bus nach Hause.
Unterwegs fiel mir ein, dass ich wegen der großen Anspannung meine Blumen im Büro vergessen hatte.

Aus einer Telefonzelle (ich hatte noch kein Telefon) in der Nähe meines Hauses rief ich Onkel Shahram an und fragte, ob ich mir eines seiner Autos leihen dürfte. Er besaß zu seinem Mercedes zwei weitere Firmenwagen für den Transport von Teppichen.
»Ich dachte eigentlich, dass wir nächstes Wochenende etwas zusammen unternehmen«, sagte Onkel Shahram etwas ärgerlich.
»Es tut mir leid, ich habe es vergessen. Weißt du, ich habe mich mit einer amerikanischen Frau verabredet. Was soll ich jetzt machen?«
»Herzlichen Glückwunsch, du bist schneller, als ich dachte.«
»Ach was, es ist nur eine einfache Freundschaft. Ich habe sie zum Essen eingeladen; ich möchte sie in das ungarische Restaurant ausführen, wo wir beide auch einmal waren.«
»Das ist gar keine schlechte Idee. Selbstverständlich kannst du mein Auto haben. Du musst nur mit der deutschen Straßenverkehrsordnung zurechtkommen. Aber wie ich dich kenne, schaffst du das mit links. Kommst du am Freitagabend zu uns? Wir reden darüber, und dann kannst du mit dem Auto nach Hause fahren.«
Wenn ich heute zurückblicke, stelle ich fest, wie verwirrt ich an diesem Abend war. Ich war völlig durcheinander, ich hatte Herzklopfen. Allerdings ich wollte nicht wahrhaben, dass sich innerhalb einiger Stunden die Ordnung und der Ablauf meines Lebens verändert hatten.
Ich drehte mich die ganze Nacht im Bett herum und konnte kaum die Augen zumachen. Es war mir nicht mal möglich, für höchstens fünf Minuten meine Gedanken mit irgendeinem anderen Thema als Nancy Donahue abzulenken. Ich glaube nicht, dass ich plötzlich Hals über Kopf in sie verliebt war, aber ich merkte, dass ich nicht mehr meine Gedanken, und noch schlimmer, meinen Willen unter Kontrolle hatte; dennoch ich fühlte mich sehr wohl.

5. Ein merkwürdiges Bildnis

Am Freitag fuhr ich mit dem Bus nach Sachsenhausen zu meinem Onkel Shahram. Ich war noch nicht vor dem Haus, als Monika die Tür öffnete. Sie lächelte mir zu und sagte:
»Komm rein, du Casanova, und erzähl mir alles. Wie heißt sie?«
Ich ging ins Haus. Anscheinend hatte sie die ganze Zeit vor dem Fenster auf mich gewartet.
»Nancy.«
»Nancy, was für ein schöner Name. Wie alt ist sie?«
»Neugierig bist du überhaupt nicht, oder?«
»Bin ich wohl. Ich möchte gern wissen, wie deine neue Liebe aussieht.«
»Wie kommst du auf neue Liebe? Es ist nur eine Bekanntschaft.«
»Das glaube ich nicht, du Lügner. Ist sie so schön wie ihr Name?«
»Wenn ich ganz ehrlich bin, sie ist sogar schöner als du!«
Sie nahm schnell ein Kissen von einem Sessel, warf es mir ins Gesicht und sagte:
»Mit dir rede ich nicht mehr!« Daraufhin ging sie in die Küche, um das Essen vorzubereiten.
Beim Abendessen musste ich jedes Detail erzählen. Onkel Shahram hielt sich höflich mit Fragen zurück, aber Monika wollte alles wissen. Sie schlug vor, dass ich Nancy morgen mit ihrem Auto abholen sollte. Sie besaß einen roten Sportwagen Triumph Spider. Ich hatte zuerst abgelehnt, aber sie bestand darauf. Sie sagte, dass sie das ganze Wochenende zu Hause bleiben musste, um sich auf ihre Diplomarbeit zu konzentrieren.
Anschließend machten wir für circa fünfzehn Minuten eine Probefahrt. Sie meinte, dass ich noch etwas sicherer werden müsste und bis morgen Abend öfter üben sollte.
Um elf Uhr teilte ich meinen Gastgebern mit, dass ich nach Hause fahren wollte. Monika gab mir die Autopapiere und den Schlüssel. Beide wünschten mir viel Glück und Spaß. Als ich ins Auto steigen wollte, sagte Onkel Shahram:
»Warte, ich hätte fast noch etwas vergessen.«
Er verschwand kurz im Haus und kam mit einem Umschlag zurück.
»Seit drei Tagen liegt dieser Brief für dich bei uns«, sagte er und warf ihn auf den Beifahrersitz.

Ich blickte auf das Kuvert, nirgendwo war der Name des Absenders zu sehen. Nur die Briefmarke mit der Aufschrift *Republic France* verriet die Herkunft. Ich winkte und sagte:
»Vielen Dank, ich melde mich am Sonntag wieder.« Dann fuhr ich langsam nach Schwanheim zurück.
Unterwegs kam mir der Gedanke, dass der Brief aus Paris von Farhad sein müsste. So war meine Neugier erst einmal befriedigt.
Als ich in meiner Wohnung ankam, öffnete ich sofort den Brief. Fassungslos setzte ich mich auf einen Stuhl, denn der Brief war nicht von Farhad, sondern von Dariush unterzeichnet.
Er schrieb auf einem Briefbogen des Savoy-Hotels Paris:

Lieber Bijan,
ich befinde mich wieder in Freiheit. Wie Sie wissen, hat man mich direkt an der Grenze der Türkei verhaftet und nach Teheran zurückgebracht. Sie haben mich geschlagen, gefoltert und in ein dunkles Loch gesteckt.
Bei jedem Verhör wurde ich nach meinem Komplizen befragt. Dummerweise fand man Ihre Adresse in meiner Hosentasche, und schon wurden Sie als mein Komplize verdächtigt. Ich habe die gleiche Aussage wie Sie gemacht. Ich erzählte, dass ich versehentlich das Stück Papier in meine Tasche gesteckt hatte. Soweit wie ich mitbekommen habe, haben sie mit drei weiteren Passagieren des Busses, die während der Fahrt irgendwie mit mir in Berührung gekommen sind, Kontakt aufgenommen und versuchten herauszufinden, ob ich auch ihnen ein Päckchen überlassen hatte. Aber es hatte keiner etwas gesehen, keiner wusste, was los war, und sie konnten zum Glück kein Belastungsmaterial gegen mich finden, deshalb mussten sie mich freilassen.
Dass ich heute Pariser Luft atmen kann, mich frei bewegen darf, verdanke ich Ihnen. Man hat immer wieder beklagt, dass Sie behaupteten, mich nicht zu kennen und von mir gar nichts bekommen zu haben. Ich glaube, Menschen wie Sie findet man heutzutage nicht leicht.
Ich vermute, sie sind immer noch hinter mir her. Wahrscheinlich wollen sie wissen, ob ich mit jemandem Kontakt aufnehme, und gegebenenfalls werden sie versuchen einzugreifen. Aber ich bleibe nur bis nächste Woche in Paris, und dann fliege ich nach Amerika.
Ich wollte mich auf diesem Weg noch einmal bei Ihnen bedanken und Sie dringend bitten, alle Dokumente, die ich Ihnen überließ, zu verbrennen

und niemals mit jemandem darüber zu sprechen. Es wäre lebensgefährlich, wenn man die Papiere bei Ihnen finden würde. Deshalb vernichten Sie alles, mein Freund.
Auch diesen Brief sollten Sie verbrennen. Vergessen Sie alles.
Ich wünsche Ihnen alles Gute und noch einmal vielen Dank für Ihre freundliche Unterstützung.

(Ihr Dariush, 31.08.1964)

Ich las den Brief mehrere Male, und jedes Mal wurde mein Misstrauen stärker. Ich konnte nicht glauben, dass er von Dariush geschrieben worden war. Abgesehen vom Stil des Briefes fehlte unser Geheimcode elfte elfte. Wieso machte er außerdem keine Bemerkung über die Travellerschecks, schließlich waren sie zweitausend Dollar wert. Und schließlich glaubte ich nicht, dass die SAVAK jemanden nach so kurzer Verhaftungszeit so schnell auf freien Fuß ließ.
Es stimmte überhaupt nichts, aber was sollte dieser Brief? War das ein Bluff oder eine Botschaft?
Man versuchte mich freundlich darauf hinzuweisen, dass ich die Dokumente vernichten sollte. Vielleicht hatte die SAVAK inzwischen eine weitere Kopie der Unterlagen erhalten und wollte nun dafür sorgen, dass ich die Dokumente so schnell wie möglich verbrannte, wenn sie tatsächlich bei mir versteckt waren.
Stundenlang lag ich auf dem Bett und konnte nicht schlafen. Es war gegen zwei Uhr, als ich aufstand. Ich hatte eine Idee. Ich würde die Unterschrift der Travellerschecks mit seinem Brief vergleichen.
Ohne das Flurlicht einzuschalten, ging ich barfuß in den Keller. Dort war es sehr dunkel. Man konnte gar nichts sehen, deshalb schaltete ich das Licht an. Ich machte so wenig Geräusche wie möglich.
Ich riss den zugeklebten Umschlag vom Boden des Schrankes ab und schaltete eilig das Licht aus. Gott sei Dank merkte meine alte Vermieterin nichts von dieser merkwürdigen Nachtwanderung.
Ich kam in mein Zimmer, öffnete den Umschlag und auf den ersten Blick konnte ich mich davon überzeugen, dass die Unterschrift unter dem Brief nicht identisch mit den Unterschriften auf den Travellerschecks war. Ich musste zur Kenntnis nehmen, dass ich für die SAVAK weiterhin ein Risiko war und man im doppelten Sinne versuchte, mich zu warnen. Ich

wusste, ich musste bei meiner Taktik bleiben. Ich entschied mich, diesen Brief überhaupt nicht zur Kenntnis zu nehmen und nach wie vor hart zu bleiben.

Am nächsten Tag brachte ich den gelben Umschlag wieder in den Keller und klebte ihn unter den Boden eines Schrankes.

Ich wollte nicht mehr an diese Geschichte denken, sondern mich allmählich auf mein Treffen mit Nancy vorbereiten.

Ich hatte vor, ganz sportlich und leger zu dem Treffpunkt zu gehen, aber der Gedanke, dass Nancy eventuell sehr chic erscheinen würde, verunsicherte mich. Ich entschied mich, meinen dunklen Anzug und mein bestes Hemd anzuziehen und dazu meine schönste Krawatte zu tragen.

Ich muss zugeben, ich war etwas nervös und durcheinander. Glücklicherweise hatte mich keiner gesehen, als ich ins Auto einsteigen wollte. Denn plötzlich bemerkte ich, dass ich die Autoschlüssel vergessen hatte, und als ich endlich mit den Schlüsseln zurückkam, kochte ich vor Wut, denn da sah ich, dass ich unterschiedliche Schuhe trug. Aber trotz meiner Aufregung war ich pünktlich um achtzehn Uhr vor dem Tor der RMAB.

Es dauerte ein paar Minuten, bis sie kam. Ich war froh, dass ich meinen dunklen Anzug angezogen hatte. Sie trug ein dunkelblaues Kostüm und um den Hals ein rosafarbenes Seidentuch.

Jeder, der an ihr vorbeiging, blickte sie voller Bewunderung an. Sie sah in der Tat zauberhaft aus.

Ich fuhr langsam auf sie zu. Zuerst hatte sie nicht bemerkt, dass ich bereits da war, und ging weiter. Ich fuhr auch weiter. Verärgert sah sie umher, bis sie mich erblickte und mir dann freundlich zunickte. Sie stieg ins Auto ein. Ich fuhr in die City von Frankfurt.

»Hallo, ich habe Sie nicht erkannt, Sie sehen ganz anders aus.«

Ich erwiderte:

»Normalerweise bin ich mit Komplimenten sehr geizig, aber ich muss sagen, Sie sehen traumhaft aus.«

»Danke, sagen wir also, dass wir beide gut aussehen.« Sie machte das Radio an und sagte: »Das ist ein schönes Auto. Ich wollte immer einen solchen Wagen haben. Gehört er Ihnen oder haben Sie ihn gemietet?«

»Der Wagen gehört Monika, sie ist die Verlobte meines Onkels. Sie meinte, wenn ich Sie mit diesem Auto abhole, würde ich einen besseren Eindruck machen.«

»Oh, danken Sie der jungen Dame für die Vorsorge, aber auch ohne Sportwagen hätten Sie den erforderlichen Eindruck genauso gemacht. Sonst wäre ich nicht hier.«

Ich fasste ihre Hand und sagte:

»Danke, ich bin froh, dass Sie bei mir sind.«

In der Frankfurter Stadtmitte war am Sonnabend immer viel los. Es war ein Tag wie aus dem Bilderbuch, blauer Himmel, fünfundzwanzig Grad warm. Die Besucher aus den Kinos, Cafés oder die Stadtbummler flanierten durch die Straßen.

Wir bummelten zuerst durch die Straßen in der Nähe vom Opernplatz. Plötzlich vor dem Schaufenster einer Galerie blieb sie bewegungslos stehen. Es sah aus, als ob sie auf einmal vergessen hatte, dass sie nicht allein war. Ich konnte zuerst nicht begreifen, was sie dazu gebracht hatte, dass sie urplötzlich stehen blieb.

Sie hielt ihre Hand vor den Mund, als wenn sie einen unkontrollierten Schrei unterdrücken wollte.

Ich versuchte, die Richtung ihrer Blicke zu verfolgen; unter dem starken Licht eines Scheinwerfers hing ein relativ großes Bild. Es war das Porträt einer attraktiven Frau. Sie trug ein traumhaftes Brautkleid und bewunderte sich vor einem großen Spiegel. Ich blickte die Frau genauer an. Sie war blond, schlank, und zu meiner Überraschung stellte ich fest, dass sie eine gewisse Ähnlichkeit mit Nancy hatte! An der äußeren rechten Ecke des Bildes konnte man die abstrakte Darstellung eines Mannes erkennen. Er trug eine Pistole und zielte auf die blonde Frau.

Es war in der Tat ein interessantes, eindrucksvolles Bild, vielleicht etwas merkwürdig. Dennoch konnte ich mir den schockierten Ausdruck von Nancy nicht erklären. Ich fragte daher:

»Finden Sie es schön?«

Zuerst reagierte sie nicht, aber dann blickte sie mich verwundert an und sagte:

»Ja, es gefällt mir sehr, das ist ein sehr schönes Bild.« Dann zog sie mich an meiner Hand, um mich von dem Geschäft wegzuziehen, und meinte:

»Mir ist es lieber, wenn wir unseren Spaziergang fortsetzen.«

Nach fast einer Stunde Spaziergang und Stadtbummel gingen wir in das ungarische Restaurant. Es befand sich zwischen der Hauptwache und der Berliner Allee.
Ich durfte das Essen und die Getränke aussuchen. Ich merkte, dass sie eine Menge Zuneigung für mich empfand. Wenn ich tief in ihre strahlenden Augen blickte, konnte ich sehen, wie glücklich sie war.
Der Ober servierte uns einen trockenen 61-er Rotwein. Nach der üblichen Qualitätsprüfung füllte er unsere Gläser zur Hälfte und entfernte sich ganz höflich. Nancy nahm ihr Glas und sagte:
»Ich trinke auf das Wohl eines Freundes, der mir in den letzten Tagen völlig neue Erkenntnisse vermittelt hat, und ich möchte ihn gerne ab heute bei seinem Vornamen nennen. Auf dein Wohl, lieber Bijan.«
Ich stand auf, beugte mich zu ihr, küsste sie auf die Wange und sagte: »Ich danke dir, liebe Nancy. Aber woher kennst du meinen Vornamen?«
»Ich habe mit großem Interesse an der Rezeption zugehört, wie deine Kollegin dich gerufen hat.«
Während des Essens sprach ich mit ihr über mein Leben in Iran, über meine Eltern, den Bruder, meinen Freundeskreis und meine Hobbys. Dann war sie an der Reihe. Sie erzählte, dass ihr Vater gestorben war und ihre Mutter mit ihrer Schwester Pam in Huntington Park, einem Ortsteil von Los Angeles, lebte.
»Warum arbeitest du bei der Militärschule und nicht an einer normalen Schule in Amerika?«, fragte ich. Zuerst sie blickte mich verlegend an, aber dann lächelte sie und sagte:
»Ich war für zwei Jahre Lehrerin an einer normalen Oberschule in Los Angeles. Dann veränderte ein Mann mein Leben. Er war Pilot bei der US Air Force, stationiert in Ramstein.
Ich wollte in seiner Nähe sein, deshalb bewarb ich mich als Lehrerin bei der US Air Force und bekam den Job. Zwei Wochen nach meiner Ankunft in Deutschland ...« Sie war auf einmal still und blickte schwermütig in ihr Glas. Ein Hauch von Traurigkeit überzog ihr blasses Gesicht. Sie redete gedankenverloren weiter: »... zwei Wochen nach meiner Ankunft in Deutschland las ich in der Zeitung Stars and Stripes, dass sein Flugzeug von Vietnamesen abgeschossen worden war. Er und sein Kopilot waren sofort tot. Die Leichen wurden direkt nach Amerika überführt.

Ich wollte gleich meinen Vertrag kündigen und wieder nach Amerika zurückgehen, aber ich dachte mir, es wäre besser, wenn ich diesen Schock hier verarbeite.«
Ich legte meine Hand auf ihre und sagte:
»Es tut mir leid, dass ich dich an eine solch schmerzhafte Sache erinnert habe.«
»Ich muss mich entschuldigen, dass ich mit meiner alten Geschichte unseren schönen Abend kaputtmache.« Dann presste sie meine Hand und flüsterte:
»Ich bin glücklich, dich kennengelernt zu haben.«
Eine große Attraktion in diesem exklusiv eingerichteten Restaurant war der alte Geigenspieler, der mit seiner Musik eine romantische Atmosphäre herbeizauberte.
Um einundzwanzig Uhr verließen wir das Restaurant. Es war noch angenehm warm und hell. Ich schlug vor, noch einen Drink in meinem Stammlokal, der *Hüten & Sie-Bar,* zu nehmen.
Das war eine der schönsten und gemütlichsten Bars, die ich in meinem Leben kennengelernt hatte. Es gab weder besonderen Luxus noch war sie groß. Höchstens dreißig bis vierzig Personen konnten sich darin aufhalten. Auf die Tanzfläche passten maximal sieben Paare.
Aus drei Gründen besuchte ich diese Bar gerne. Die Gäste waren alle nett und hatten ein hohes Niveau im Umgang miteinander, es gab leckere Getränke und vor allem wurde immer die beste und neueste Musik gespielt. Nancy war auch begeistert.
Kathrin, die Bardame, begrüßte mich wie immer mit einem Küsschen und machte uns ihre speziellen Cocktails. Sie spielte in der Musikbox mein Lieblingslied von Dean Martin, *Everybody Loves Somebody Sometimes,* und Nancy und ich tanzten zum ersten Mal.
Die Berührung ihrer Hand und ihres Gesichts während des Tanzes ermutigte mich, sie zu küssen. Sie küsste mich leidenschaftlich zurück.
Gegen vierundzwanzig Uhr verließen wir die Hüten & Sie-Bar und fuhren zurück zur RMAB. Während der Fahrt legte Nancy ihren Arm auf meine Schulter und küsste ab und zu meine Wange.
Ich fühlte mich wohl. Ich hätte vor Glück und Freude den Himmel berühren können.
Aber ich schreckte davor zurück, sie in meine Wohnung mitzunehmen, um die ganze Nacht mit ihr zu verbringen. Ich hatte Angst. Ich fürchtete,

diese wertvolle Freundschaft kaputt zu machen, bevor sie richtig begonnen hatte.
Als wir im RMAB waren, parkte ich vor dem FAPOE. Es war dunkel, keiner konnte uns sehen. Sie nahm meine Hand in ihre warmen Hände und sagte:
»Das war einer der schönsten Abende in meinem Leben. Egal, was zwischen uns in Zukunft passiert, ich werde diesen fantastischen Abend niemals vergessen.«
Ich küsste ihre Lippen. Sie sprach weiter:
»Du weißt doch, dass ich morgen nach Ramstein fahre. Versprichst du mir, mich zu besuchen, wenn du Zeit hast?«
»Okay, ich verspreche es dir. Ich werde dich anrufen und bald besuchen. Aber ich muss gestehen, dass ich Angst habe. Angst, mich in dich zu verlieben. Vielleicht habe ich Angst vor Enttäuschungen. Ich sagte dir letzten Donnerstag, dass ich keine Erfahrungen habe. Ich muss fliegen lernen.«
Sie küsste mich leidenschaftlich und erwiderte:
»Ich verspreche dir, ich werde dich nicht enttäuschen, solange du in meinen Himmel fliegst.« Sie nahm eine Visitenkarte aus ihrer Handtasche, legte sie in meine Hand und sagte: »Hier, das ist meine private und dienstliche Adresse mit Telefonnummern.«
»Ich werde dich spätestens am Montag anrufen.«
Sie küsste meine Lippen wieder und stieg, ohne mich anzuschauen, aus dem Auto, winkte zum Abschied und ging ins FAPOE.
Ich blieb noch fast eine Stunde im Auto sitzen. Ich war begeistert von diesem unvergesslichen Abend, berauscht von ihrem anziehenden Duft, betäubt von der Wärme ihrer Lippen und besorgt über mein unbekanntes Gefühl.
Ich redete mir ein, dass ich nicht zulassen durfte, dass diese Geschichte mich zu stark berührte. Aber irgendetwas in mir dominierte meine Gedanken, mein Verhalten und meinen Willen. Irgendeine Stimme in mir sagte, dass ich mich bereits von meiner langweiligen Welt losgelöst hatte.
Ich fuhr nach Hause und ging gleich ins Bett. Ich war nicht unglücklich, dass ich nicht schlafen konnte. Im Gegenteil, ich konnte den Verlauf des Abends wie einen Spielfilm mehrfach in meinen Gedanken abspielen und jede einzelne Minute wieder genießen.

Am nächsten Tag musste ich zu Onkel Shahram fahren, um das Auto zurückzugeben. Unterwegs rief ich die Telefonzentrale der RMAB an. Ich versuchte, meine Stimme etwas zu verändern, sodass mich die Telefonistin nicht erkannte. Ich bat um die Zimmernummer 311. Zum Glück war Nancy noch da.
»Ich wusste, dass du anrufst. Ich habe die ganze Nacht an dich gedacht«, sagte sie mit zarter Stimme.
»Ich wollte dich heute besuchen. Aber wegen meiner Kollegen geht es nicht. Das verstehst du doch, oder?«
»Ja, ich verstehe. Ich glaube, ich möchte auch nicht, dass meine privaten Angelegenheiten in meinem Arbeitsumfeld zur Schau gestellt werden, aber du musst mich, wie du versprochen hast, in Ramstein besuchen.
»Das mache ich bestimmt. Ich wünsche dir eine angenehme Heimreise.«
Bevor sie den Hörer auflegte, sagte sie leise:
»Bijan, ich mag dich sehr.«
Ich glaubte, ich sie auch.
Ich fuhr nach Sachsenhausen und parkte vor der Haustür. Wie ich es geahnt hatte, war Monika neugierig zu erfahren, was aus meinem Rendezvous geworden war. Sie hatte sogar Onkel Shahram angesteckt. Denn er fragte als Erster:
»Na, was macht die persisch-amerikanische Beziehung?« Und Monika bohrte, ohne auf meine Antwort zu warten, ihren scharfen Blick in meine Augen und sagte:
»Beziehung? Ich bitte dich, du brauchst dir diesen jungen Mann einfach nur anzuschauen. Der ist von Kopf bis Fuß verliebt, nicht wahr, mein lieber Bijan?«
»Ihr seid verrückt, es ist einfach eine Freundschaft. Wir waren im ungarischen Restaurant essen, dann in der Hüten & Sie-Bar und schließlich brachte ich sie in die RMAB und frage mich, was daran so besonders ist?«
Sie schenkte mir eine Tasse Kaffee ein und lächelte mir zu:
»Komm, sei nicht unfreundlich. Erzählst du mir, was daraus geworden ist?«
»Was willst du wissen, meine Liebe? Wie ich gesagt habe, hatten wir einen interessanten Abend. Sie ist sehr nett und freundlich und hat einfach guter Stil.«
Monika stand mir gegenüber und sagte:

»Ich habe den Eindruck, dass du nicht mit uns über deine Gefühle reden willst. Ich respektiere das und werde dich mit meinen Fragen nicht mehr quälen; aber ich möchte dich bitten, mit deiner orientalischen Mentalität etwas vorsichtiger zu sein. Hier sind die Mädchen weniger romantisch als in Iran. Du musst zuerst etwas Erfahrung sammeln und dann dein Herz öffnen.
Du bist ein hübscher, intelligenter junger Mann, aber nach meiner Einschätzung bist du ein bisschen naiv. Ich fürchte, dass man deine Naivität missbrauchen wird und du die Enttäuschung nicht verkraften kannst.«
»Lass ihn ins kalte Wasser springen, schwimmen wird er alleine lernen«, protestierte Onkel Shahram.
»Vielleicht hast du recht, mein Schwimmmeister, aber manchmal gibt es im kalten Wasser Haie.«
Onkel Shahram schloss sie in seine Arme und sagte:
»Ich bin sicher, einen Hai wie dich kann jeder Perser verkraften.«
Sie spielte die Beleidigte und versuchte sich zu befreien, aber Onkel Shahram ließ sie nicht los und drückte sie an sich. Ich legte die Autopapiere und Schlüssel auf den Tisch und sagte:
»Vielen Dank für das Auto und herzlichen Dank für die interessanten Ratschläge. Aber seid unbesorgt, ich werde aufpassen und mich nicht zu sehr aufs Glatteis begeben.«
Sie kam zu mir und sagte:
»Ich hoffe, dass du mich verstehst. Ich möchte mich nicht in dein Leben einmischen. Ich mag dich und wünsche mir, dass du in Deutschland glücklich wirst. Du sollst dich amüsieren und die europäische Lebensart genießen. Apropos, genießen, weißt du, wer oft nach dir fragt? Na? Rat mal – Anja.«
»Wer ist Anja?«
»Du bist ja doch verliebt. Anja ist meine Freundin, sie war auf deiner Einweihungsparty. Sie ist meiner Meinung nach ein nettes Mädchen. Wenn du willst, kann ich ein Treffen organisieren. Sie lacht und tanzt gerne und wird dich aufmuntern. Willst du?«
»Ich weiß nicht warum? Sehe ich so verklemmt aus? Ich will nicht, dass du für mich so ein gezieltes Treffen arrangierst.«
»Merkst du das nicht? Er weiß, was er tut, er braucht keine Hilfe«, sagte Onkel Shahram ganz stolz.

»Die persischen Männer sind in die Tat sehr versnobt. Ich muss noch einmal überlegen, ob ich dich heiraten will«, antwortete Monika und küsste ihn auf die Wange. Onkel Shahram brach die Diskussion ab und schlug vor, dass wir das schöne Wetter nutzen und etwas an die frische Luft gehen sollten. Wir fuhren nach Kronberg im Taunus. Nachdem wir zwei Stunden gewandert waren, aßen wir in einem rustikalen Restaurant zu Abend und gegen zwanzig Uhr brachten sie mich nach Hause. Das war das beste Wochenende, seit ich in Deutschland lebte.

6. Die Kaiserin von Oberbayern

Die Mitarbeiter vom FAPOE stammten aus mehr als zwanzig verschiedenen Nationen. Dieser multikulturelle Kreis machte die Arbeit interessant und abwechslungsreich.
Man lernte automatisch unterschiedliche Menschen mit völlig verschiedenen Mentalitäten kennen.
Ein Kollege aus Griechenland, Pendaris, meinte sarkastisch: »Wir sind fast wie Fremdenlegionäre der RMAB.«
Die meisten Frauen arbeiteten im FAPOE, um dort einen Ehemann zu finden, denn es gab in der Tat aus verschiedenen Gründen viele heiratswillige amerikanische Soldaten in der RMAB.
Die einsamen und unglücklichen jungen Soldaten, die für kurze Zeit im RMAB stationiert waren, machten alles, aber wirklich alles, um mit einem deutschen, finnischen, jugoslawischen oder türkischen Mädchen auszugehen. Ihre größte Motivation für die Flucht aus der Isolation war der verdammte Krieg in Vietnam.
Die jungen Frauen setzten sich das Ziel, sich einen Leutnant zu angeln und diesen so schnell wie möglich zu heiraten. Aber meist war die Diskrepanz zwischen Ideal und Wirklichkeit sehr groß, denn sie mussten oft ihre Erwartungen zurückschrauben und sich mit einem einfachen GI zufriedengeben.
Es passierte oft, dass sich nach einer Freundschaft oder sogar großen Liebe herausstellte, dass der junge Soldat bereits verheiratet war. Aus diesen Gründen war das Hauptthema im Back Office oder in der Kantine immer das gleiche: wer mit wem eine Beziehung hatte und was daraus geworden war.
Als ich am Montag wieder mit der Arbeit begann, bemerkte ich, dass alle Kollegen über meine Affäre Bescheid wussten. Das Mädchen aus der Telefonzentrale hatte die ganzen Gespräche belauscht und allen davon erzählt. Trotz meines energischen Widerspruchs glaubte mir keiner.
Gegen zehn Uhr sagte Audrey, eine holländische Kollegin:
»Miss Donahue ist am Telefon, sie möchte mit dir sprechen.« Sie zeigte ein gemeines Lächeln und fragte: »Oder soll ich sagen, dass du kein Interesse hast?«

Ich schob sie zur Seite und ging schnell zum Telefon. Es war in der Tat Nancy. Sie sagte, dass sie wieder arbeitete und während ihrer Fünfzehnminutenpause meine Stimme hören wollte. Ich warnte sie, dass möglicherweise jemand mithören konnte, und versprach ihr, sie abends zurückzurufen.

Weiterhin alles abzustreiten war jetzt recht nutzlos, alle wussten Bescheid.

Das Gerücht über meine Beziehung mit Nancy war im Vergleich zu der Geschichte von Frau Bretschneider unbedeutend.

Marianne Bretschneider war auch eine Desk Clerk, sie war Mitte vierzig, 1,80 m groß und korpulent. Sie hatte sehr schöne, blaue Augen, aber vielleicht lag es an ihrer knolligen Nase, dass sie keine Chance bei Männern hatte und noch unverheiratet war.

Sie arbeitete seit einem Jahr im FAPOE und hatte immer noch erhebliche Schwierigkeiten bei der Arbeit. Sie war nicht unerfahren, ihr Problem war ihre englische Sprache. Sie konnte sich kaum verständlich machen und schon gar nicht den amerikanischen Akzent verstehen. Man hatte oft versucht ihr zu kündigen, aber ihr Onkel, Leiter der Hauptpersonalabteilung, wehrte sich energisch dagegen.

Er meinte, dass sie die Probezeit bestanden hätte, und wenn ihre Fähigkeiten nicht optimal genutzt würden, läge es an der Unfähigkeit der Vorgesetzten.

Das große Problem war, dass auch die meisten Kollegen sie nicht richtig verstehen konnten, denn sie kam aus Niederbayern und hatte einen sehr starken bayerischen Akzent.

Sie hatte kaum Freunde im FAPOE. Jeder war unzufrieden, wenn er in der gleichen Schicht mit Marianne arbeiten musste, denn sie war keine große Hilfe. Sie konnte weder ein Formular ausfüllen noch mit der Registerkasse zurechtkommen.

Am meisten jedoch ärgerte sich der Hotelmanager über seine unkündbare Mitarbeiterin. Er verachtete sie und versuchte oft, sie mit Beleidigungen zu demütigen.

Aber es machte Marianne überhaupt nichts aus, sie war immer pünktlich, freundlich und bemühte sich, sachlich und objektiv zu sein.

Als ich im FAPOE zu arbeiten begann, redete man von einer merkwürdigen Beziehung einer Kollegin. In der ersten Woche verspürte ich kein Interesse daran zu wissen, worüber gesprochen wurde. Aber

meine Neugier war auf einmal groß, als ich hörte, dass sich alle Kollegen über Marianne aufregten.
Sie hatte einen ständigen Begleiter, und zwar nicht einen GI, nicht einen Hauptmann, nein, einen Zweisternegeneral, allerdings pensioniert.
Ich konnte dieses Gerücht nicht glauben, bis eines Tages ein weißhaariger, traurig aussehender Mann, Anfang sechzig, auftauchte und nach Marianne fragte.
Sie war wie immer im Back Office, aber sie konnte gut mithören, denn sie kam sofort zur Rezeption und sagte in bayerischem Akzent:
»Hallo Schatz, ich bin in einer halben Stunde mit der Arbeit fertig, dann kannst du mich abholen.«
Mit strahlenden Augen lächelte er ihr zu und sagte auch auf Deutsch mit amerikanischem Akzent:
»Okay, ich werde pünktlich hier sein.«
Dann kam das große Spektakel des Monats. Marianne kündigte ihren Arbeitsvertrag fristlos. Sie erzählte, dass sie mit dem General Roger nach Amerika reisen und dort heiraten würde.
Natürlich protestierte der Hotelmanager nicht gegen die fristlose Kündigung, sondern bestätigte diese sofort und wünschte ihr alles Gute. Aber die Freude über die Beendigung von Mariannes Arbeitsverhältnis war für den Hotelmanager nur von kurzer Dauer, denn sie packte ihre sieben Sachen und zog in das Hotel ein. Schließlich war sie eine sogenannte VIP-Angehörige.
Als Angehörige eines Generals stand ihr der VIP-Service zu. Sie rechnete in den zwei Wochen Aufenthalt im Hotel mit allen ab, die sie geärgert hatten. Wie oft holte sie den Hotelmanager aus einer Sitzung heraus, weil es zu wenig Handtücher im Badezimmer gab oder die Suite nicht sauber genug war.
Sie drängte ihren künftigen Mann, dass er sich über den schlechten Service und das unhöfliche Personal beim Chef der RMAB beschwerte.
Die Stellungnahme des Hotelmanagers, dass alle Anschuldigungen ein Racheakt waren, wurde nicht angenommen, im Gegenteil, man verlangte, dass sich der Manager persönlich bei Frau Bretschneider entschuldigte, was der total angeschlagene Mann mit zusammengebissenen Zähnen auch tat.
Ich werde wahrscheinlich den triumphierenden Blick von Marianne niemals vergessen, als sie Arm in Arm mit ihrem zukünftigen Mann das

FAPOE für immer verließ. Sie trug eine elegante bayerische Tracht in rot und grün und einen Hut, geschmückt mit zahlreichen Medaillen und Federn. Sie ließ ihren Mann die hintere Autotür mit einer übertriebenen Geste für sie öffnen und stieg ins Auto ein wie eine Kaiserin. Der Fahrer, ein großer schwarzer Soldat, öffnete die andere Tür für den General und dann fuhren sie in Richtung Zivilflughafen fort. Fast alle FAPOE-Mitarbeiter standen vor den Fenstern oder der Eingangstür und beobachteten mit Neid, Wut, aber auch großem Interesse die Abreise von Frau Marianne Bretschneider, der Kaiserin von Niederbayern.

7. Welch Glück, geliebt zu werden

Den von mir geplanten Besuch bei Nancy in Ramstein musste ich einige Male verschieben, da ich wegen Krankheit einiger Kollegen keinen Urlaub nehmen konnte. Dennoch ergab sich die Gelegenheit, die gesammelten Überstunden in Anspruch zu nehmen und meinen Wunsch zu erfüllen.
Nach Absprache mit Nancy fuhr ich an einem Freitag nach Ramstein. Zum Glück konnte ich mit einem Militärbus direkt von der RMAB nach Ramstein fahren. An der Bushaltestelle der Militärsiedlung wartete Nancy auf mich. Sie trug ein schwarzes Sweatshirt mit roter Aufschrift ‚I am almost in love' und eine weiße, kurze Hose. Sie sah wie immer umwerfend aus.
Kaum stieg ich aus dem Bus, strahlte sie vor Freude, rannte auf mich zu und umarmte mich stürmisch. Nach diesem herzlichen Empfang gingen wir Arm in Arm zu ihrer Wohnung, nicht weit von der Bushaltestelle. Sie wohnte in einem Zweifamilienhaus. Alle ihre Nachbarn waren amerikanische Lehrerinnen. Die Wohnung war sauber und geschmackvoll eingerichtet.
Ich trug in einer Hand meinen Koffer und in der anderen ein großes Geschenk, verpackt in Kartonpapier.
Sie guckte die ganze Zeit interessiert auf die große Verpackung, traute sich aber nicht nach dem Inhalt zu fragen. Um jede Vermutung auszuschließen und sie zu überraschen, hatte ich das Geschenk in eine achteckige Form gepackt. Man konnte es als Wandkalender, Spiegel, Plastikpflanze oder etwas Ähnliches einschätzen, aber nicht als ein viereckiges Bild; das Bild, das sie bei unserem ersten Rendezvous in einem Schaufenster bewundert hatte. Ich kaufte es am Montag nach unserer ersten Begegnung und bezahlte etwas mehr als zwei Monatsgehalt dafür.
Als ich endlich zu Wort kam, überreichte ich es ihr und sagte:
»Das ist ein kleines Geschenk für dich. Ich hoffe, es wird dir gefallen.«
»Was ist das? Ist das ein Sternbild oder vielleicht ...«
Ungeduldig riss sie das Klebeband ab und öffnete das zusammengefaltete Kartonpapier. Das Paket hatte sich auf einmal in eine viereckige Form verwandelt.

Sie blieb einige Minuten still, ohne sich zu rühren. Dann hob sie vorsichtig das in Geschenkpapier verpackte Bild hoch. Sie richtete ihre glänzenden Augen auf mein Gesicht und sagte:
»Ich glaube nicht, was ich vermute ...«, zerriss hastig das Papier und schrie: »Oh mein Gott, ich glaube es nicht, du hast tatsächlich das Bild gekauft. Ich bin fassungslos: Das muss ein Vermögen gekostet haben.«
Sie starrte für eine Weile auf das Bild. Dann umarmte sie mich und küsste meine Lippen. Sie zitterte vor Erregung. Ich war mit mir zufrieden, denn mir war eine perfekte Überraschung gelungen. Sie hing es anstelle eines langweiligen Bildes in ihr Schlafzimmer, blieb mehrere Minuten stehen, beobachtete es schweigend und sagte dann:
»Komisch, den Mann mit der Pistole kann man nur sehen, wenn das Bild direkt unter den Strahlen eines Scheinwerfers steht. Sonst ist er fast unsichtbar.«
Sie hatte recht. Die blonde Braut dominierte das ganze Bild, aber bei genauerer Betrachtung konnte man den jungen Mann mit der Pistole in der äußersten rechten Ecke des Bildes wahrnehmen. Offenbar war es vom Porträtmaler beabsichtigt, dass man den Killer spät und, wenn überhaupt, skizzenhaft zur Kenntnis nehmen soll. Aber bei genauester Beobachtung konnte man sein hasserfülltes Gesicht, seine fiebrigen Augen und seine merkwürdig langen Augenbrauen sehen.
Ich konnte mich täuschen, aber irgendwie hatte ich den Eindruck, dass Nancy dieses Bild überhaupt nicht mochte. Sie zeigte Freude, um mir meine Überraschung nicht zu verderben.
Natürlich machte sie keine Andeutung, aber ich meine, einen Hauch von Angst in ihrem Gesicht zu spüren. Deshalb versuchte ich während meines Besuches, das Geschenk überhaupt nicht zu erwähnen.
In einer relativ großen Küche hatte sie bereits einen Tisch für zwei Personen gedeckt. Alles in Blau, sogar Kerzen und Servietten.
»Normalerweise koche ich kaum zu Hause, aber um diese drei Tage optimal mit dir zu nutzen, habe ich gestern alles vorbereitet, sodass ich heute nur einen Babytruthahn in den Herd schieben muss.
Ich hoffe, dass du Truthahn magst, er wurde nach einem Familienrezept gebraten«, sagte sie ganz stolz. Während sie in der Küche war, schaute ich mit großem Interesse ihre Bücher an. Sie hatte offenbar eine besondere Vorliebe für Krimis, speziell amerikanische Detektivbücher.

Das ganze Regal war voll mit schwarzen Taschenbüchern von amerikanischen Schriftstellern.
»Du magst europäische Literatur nicht, oder?«, fragte ich laut, damit sie wusste, was ich im Wohnzimmer tat.
»Ich habe es ein paar Mal versucht, aber ich musste aufgeben. Weißt du, wir Amerikaner sind ein ungeduldiges Volk, es muss alles schnell gehen. Keiner hat Zeit und Interesse, unverständliche Bücher wie die Werke von Shakespeare, Goethe oder anderen ähnlichen Schriftstellern zu lesen. Ich höre manchmal klassische Musik, aber nur, wenn ich müde bin und schlafen möchte«, antwortete sie aus der Küche.
Auf einem runden, kleinen Tisch standen mehrere Familienbilder in silbernen Bilderrahmen.
»Ist das deine Schwester oder deine Mutter?«, fragte ich wieder laut.
Sie kam völlig verwundert aus der Küche, lächelte mir zu und sagte:
Alle sagen, dass meine Mutter jung aussieht, aber keiner hat bis jetzt gesagt, dass sie meine Schwester sein könnte.«
Sie zeigte mir weitere Bilder von ihrer Familie. Sie wirkten alle nett und sympathisch. Während des Abendessens erzählte sie von ihrer Familie, dass ihre Mutter nach dem Tod ihres Vaters nicht mehr heiraten wollte, dass ihre Schwester an einer Universität in Los Angeles studierte und dass ihre Onkel und Tanten als Professoren an Hochschulen unterrichteten.
Endlich fasste ich Mut und fragte, was ich die ganze Zeit fragen wollte:
»Hast du einen Freund in Ramstein?«
Sie blickte mich irritiert an und sagte:
»Ich kenne einige junge Männer von der Arbeit, aus dem Offizierskasino und der Nachbarschaft, aber es handelt sich um völlig harmlose und unbedeutende Bekanntschaften.«
Sie schenkte mir Wein ein und redete mit sanftem Lächeln weiter:
»Außerdem, wenn ich einen festen Freund hätte, würdest du bestimmt nicht hier sein. Ich lege Wert auf Ehrlichkeit.« Sie hob ihr Glas, nahm einen Schluck und fragte:
»Und was ist mir dir? Wie viele Mädchen mit gebrochenen Herzen und weinenden Augen stehen vor deiner Haustür?«
Ich musste laut lachen. Allein die Vorstellung solcher Szenen fand ich lustig und war geschmeichelt. Ich trank auch etwas vom Wein und sagte:

»Solche Informationen kannst du nur von meinem Bodyguard erfahren.«
Ich schwieg für eine Weile und berichtigte dann meine Aussage: »Ich muss dich enttäuschen, denn ich habe keine Freundin in Deutschland oder zu Hause.
In Iran war ich mit der einen oder anderen befreundet, aber bedingt durch gesellschaftliche Verpflichtung, Tradition, Religion, was weiß ich, gibt es kaum Liebesbeziehungen wie in der westlichen Welt.
Man lernt sich in einer Bibliothek oberflächlich kennen. Vielleicht ergibt sich die Möglichkeit, einen Film im Kino zu sehen und es könnte passieren, dass sich heimlich die Hände berühren. Wenn man mehr will, muss man die Sache ernst nehmen und sich auf eine langfristige Verpflichtung, z. B. Heiraten, vorbereiten.«
»Dann hat man in Iran vor der Heirat keine sexuellen Erfahrungen?«
»Nicht wie im Westen. Die Mädchen müssen aus Traditionsgründen bis zur Hochzeit Jungfrau bleiben.
Bei den Jungen ist es etwas anders. Sie finden immer eine Witwe, eine geschiedene Frau oder, wenn es sein muss, gehen sie in Freudenhäuser; außerdem ist man vom Sex nicht so besessen wie im Westen.«
»Und was ist mit der Liebe? Bist du bis heute jemals richtig verliebt gewesen?«
»Richtig verliebt, nein. Im Bekanntenkreis gab es ein nettes, schönes Mädchen. Ich gab ihr Nachhilfe in Englisch. Zwischen uns hätte es ernst werden können, wenn ich gewollt hätte. Ich glaube, sie liebte mich, aber ich war mit meinen Gedanken schon in Europa.
Ich war sehr zielstrebig und wusste genau, was ich wollte. Ich setzte mir in den Kopf, Iran zu verlassen und andere Horizonte kennenzulernen.
Ich weiß, es klingt etwas egoistisch, aber ich mochte dem nicht folgen, was meine Familie von Generation zu Generation vorgelebt hat; mit zwanzig heiraten, jedes Jahr ein Kind zeugen und dann jeden Tag hart arbeiten, um die Familie zu ernähren.
Ich dachte, wenn schon solch ein Leben, dann bitte schön erst ab dreißig, wenn ich zwischen Liebe und Sex unterscheiden kann.«
Sie hatte mir die ganze Zeit ruhig und interessiert zugehört. Aber als ich still war, fragte sie spontan, ohne mich anzuschauen:
»Was ist aus dem persischen Mädchen geworden? Wie heißt sie?«
»Ferry. Ich weiß nicht. Als ich mich bei ihr verabschiedete, sagte sie, dass sie auf mich warten würde.

Sie meinte, irgendwann käme ich wieder nach Hause zurück.«
»Würdest du?«
»Ich weiß nicht, ich glaube nicht. Ich habe mir nie Gedanken darübergemacht.«
Wir diskutierten bis zum späten Abend über alles Mögliche. Wir hatten beide das Bedürfnis, uns richtig kennenzulernen. Jeder wollte die Denkweise und den Geschmack des anderen einschätzen. Es war fast Mitternacht, als der Erfahrungsaustausch andere Dimensionen erreichte. Wir redeten kaum mehr, wir küssten uns leidenschaftlich, und bis zum frühen Morgen waren wir wie Kerzen ineinander verschmolzen.
Ich war erfüllt und zufrieden und ich spürte, dass sie, genau wie ich, glücklich und ausgeglichen war. Am Sonnabend fuhren wir mit ihrem Auto nach Baden-Baden und aßen dort. Abends besuchten wir das Offizierskasino in Ramstein. Sie durfte in ihrer Position mit ihren Gästen jeden Militärklub betreten. Sie stellte mir einige ihrer Kollegen vor. Sie waren alle nett und nahmen mich sehr freundlich auf. Ich glaube, sie wussten schon von mir. Als wir in ihre Wohnung zurückkamen, gingen wir gleich ins Bett. Sie holte eine Flasche Wein, zündete ein paar Kerzen an und legte sanfte Musik auf. Bis zur Morgendämmerung genossen wir unser Beisammensein. Wir liebten uns voller Leidenschaft. Es war nicht nur eine körperliche Berührung, sondern auch eine seelische Annäherung, eine Harmonisierung der Gefühle. Am Sonntag, gegen vierzehn Uhr, brachte sie mich zum Bahnhof. Wir wollten beide nicht wahrhaben, dass unser glückliches Wochenende vorbei war.
Ich hatte vor, mit dem Zug nach Frankfurt zurückzufahren, denn am Sonntag gab es keine Busverbindung zwischen Ramstein und der RMAB. Sie ließ mich nicht los, ich verpasste daher den Zug um vierzehn Uhr dreißig. Sie bat mich bis zum nächsten Tag zu bleiben und, ehrlich gesagt, ich wollte gar nicht von ihr weg. Dennoch nahm ich den letzten Zug um einundzwanzig Uhr. Während dieser Zeit waren wir überall, im Stadtpark, in einem Eiskaffee; aber auch wieder in ihrer Wohnung. Als ich endlich in den Zug stieg, nahm sie meine Hand und sagte: »Bijan, ich glaube ... nein, ... ich bin sicher, es ist passiert. Ich kann mir nicht helfen, ich liebe dich.«
Ich umarmte sie fest, küsste sie leidenschaftlich und flüsterte:
»Ich liebe dich auch, Nancy.«

8. Die Erpressung

Allmählich neigte sich der wunderschöne Sommer seinem Ende zu. Schon Anfang September begann die Schlechtwetterperiode. Der Himmel war jeden Tag grau in grau, nass, kalt, windig und für die Jahreszeit zu ungemütlich.
Nancy und ich sahen uns mindestens einmal pro Woche. Ich hatte keinen Grund mehr, dieses vor jemandem, besonderes vor meinen Kollegen, zu verheimlichen. Sie holte mich oft im FAPOE ab und begleitete mich, um Onkel Shahram und Monika in deren Haus zu besuchen. Monika und Nancy hatten sich gleich bei der ersten Begegnung angefreundet. Wenn sie in Frankfurt war, gingen wir am Abend immer in die Hüten & Sie-Bar, und wenn ich sie in Ramstein besuchte, hörten wir gerne die Musik, die in dieser Bar gespielt wurde.
Ich kann mich noch heute mit großem Enthusiasmus für diese Lieder begeistern, die Lieder von Brenda Lee, Dusty Springfield oder Diana Ross, aber auch von den Beatles und den Rolling Stones.
Onkel Shahram und Monika bereiteten sich auf ihre geplante Traumhochzeit vor. Sie sollte Mitte Oktober 1964 im Hotel Frankfurter Hof stattfinden. Fast hundert Gäste wurden eingeladen. Das Paar wollte unmittelbar nach seiner Hochzeit für zwei Wochen nach Hawaii fliegen und seine Flitterwochen dort verbringen.
Monika beendete mit Erfolg ihr Studium und beabsichtigte, nach ihrer Heirat bei der Stadtverwaltung Frankfurt am Main zu arbeiten.

Am Sonntag, den 28. September, hatte ich Spätdienst. Beim Abendbrot in der Kantine erzählte mir Helga, dass sie vor zwei Tagen einen persischen Offizier eingecheckt hatte. Offenbar beabsichtigte der persische VIP, mindestens eine Woche im FAPOE zu bleiben und in Hessen Urlaub zu machen. Normalerweise mussten die Urlauber in ein kommerzielles Hotel gehen, aber sie sagte mir, dass sie meinetwegen eine Ausnahme gemacht hatte. Ich fragte sie:
»Wieso meinetwegen?«
»Ach, ich dachte, du wirst dich freuen, wenn du einen Landsmann im FAPOE triffst, besonders einen VIP-Offizier. Er hat Zimmer 428.«
»Wie heißt er?«

»Hauptmann R. Afshari.«
»Hast du von mir erzählt?«
»Nein. Sollte ich?«
»Nein, ich habe kein Interesse, einen mir unbekannten Hauptmann kennenzulernen.«
Aber neugierig war ich doch, ich überprüfte seine Unterlagen. Laut seiner Order sollte er im Auftrag der iranischen Armee eine Waffenfabrik in Amerika besichtigen. Sein Name kam mir bekannt vor, aber ich konnte mich nicht entsinnen, woher.
Kurz vor Dienstschluss hatte ich das Vergnügen, den persischen VIP aus zehn Metern Entfernung zu beobachten. Er war groß, schlank und hatte eine etwas dunklere Hautfarbe. Sein graues Haar war kurz geschnitten, er hatte ein auffälliges Muttermal auf seiner Wange. In der Uniform wirkte er sehr autoritär und streng.
Da ich pünktlich meinen Bus erreichen musste, verzichtete ich auf eine höfliche und oberflächliche Unterhaltung und fuhr nach Hause. Unterwegs wühlte ich in den Tiefen meines Gedächtnisses, um herauszufinden, woher ich Hauptmann Afshari kannte. Ich brannte vor Neugier. Ich musste ihn irgendwo gesehen haben, Hauptmann Afshari, Hauptmann Reza Afshari: aber wo? Vor der Haustür durchfuhr mich endlich der berühmte Blitz. Ich war nicht sicher, aber ich hatte die Möglichkeit, mich zu vergewissern.
Leise und unauffällig ging ich gleich in den Keller, riss den gelben Umschlag vom Boden des alten Schranks ab und ging lautlos und schnell in meine Wohnung.
Ich schüttete den Inhalt des Umschlags auf den Esstisch und schaute mir aufgeregt die Fotos an. Ich brauchte nicht lange zu suchen, das zweite Bild war er, Hauptmann Reza Afshari.
Als Nächstes suchte ich seinen Kontoauszug; ich musste mich auf einen Stuhl setzen. Ich glaubte nicht, was ich sah. Er besaß einundzwanzig Millionen Dollar auf seinem Konto.
Eine Welle von Empörung und Wut erfasste mich. Schon vor einigen Wochen hatte ich in einer persischen Zeitung gelesen, dass in vielen Dörfern in Iran immer noch Schulen fehlten und das Analphabetentum ständig zunahm.
Mit einundzwanzig Millionen Dollar könnte man mindestens zwanzig Schulen in Iran bauen.

Also, er war einer von den Korrupten, die auf den Listen der SAVAK standen; einer, der sich auf Kosten der Staatskasse oder auf anderen illegalen Wegen brutal bereichert hatte. Im Vergleich zu den anderen Gaunern war er etwas bescheidener, denn er hatte nur einundzwanzig Millionen Dollar auf seinem Konto!

Stundenlang lag ich auf meinem Bett und wusste nicht, was ich machen sollte. Wäre es nicht einfacher, die ganze Geschichte zu vergessen und so zu tun, als ob sie mich nichts anginge? Andererseits kribbelte etwas unter meiner Haut. Es war mir nicht egal. Wenigstens einmal in meinem Leben sollte ich Zeichen von Mut setzen, beweisen, dass ich agierte, dass ich auch protestieren konnte. Zähne zeigen, wenn es sein musste, beißen ... und einen Skandal auslösen.

Ich sah keinen Sinn mehr darin, diese verdammten Unterlagen ungenutzt bei mir aufzubewahren. Wozu dieser Aufwand? Für diese Papiere hatte Dawood Khan sein Leben gegeben und Dariush seine Freiheit. Ich musste etwas damit machen, aber was?

Es wäre unsinnig, wenn ich zur Polizei ginge und erzählte, dass hier ein Mann wäre, der einundzwanzig Millionen Dollar auf seinem Schweizer Konto besäße. Was konnte die Polizei dann tun, zumal er ein hoher persischer Offizier war?

Was würde geschehen, wenn ich die ganzen Unterlagen der deutschen Presse – Spiegel oder Stern – zur Verfügung stellte? Den Gedanken verwarf ich sofort, als ich mich an den dubiosen Brief der SAVAK erinnerte.

Nein, ich war bis jetzt clever genug, mich unbeschadet über Wasser zu halten. Wenn ich etwas unternehmen sollte, dann musste es genau geplant sein, sonst würde ich mich ganz offensichtlich mit der mächtigen SAVAK anlegen und mein Leben unnötig in Gefahr bringen.

Ich überlegte, einen anonymen Brief zu schreiben, ihn Hauptmann Afshari zuzustellen und dann seine Reaktion genau zu beobachten. Mit großer Sicherheit könnte er nicht im Geringsten ahnen, dass dieser Brief von mir geschrieben worden war. Der Text müsste ihn richtig schockieren und vielleicht würde er dabei einen Fehler machen, hoffentlich einen fatalen Fehler. Die Idee fand ich gut.

Ich fühlte mich sehr wohl. Ich begann, laut, ja hysterisch zu lachen.

So kannte ich mich nicht. Ich hatte nie einen Sinn für Rache gehabt. Aber jetzt, da ich auf Kosten der SAVAK einen dieser Korrupten ärgern konnte, spürte ich ein angenehmes Gefühl von Befriedigung.

Am nächsten Tag hatte ich wieder Spätschicht. Gegen zehn Uhr ging ich zuerst ins Geschäft von Onkel Shahram. Er besaß in seinem Büro u. a. eine Schreibmaschine mit persischen Schrifttypen. Auf ein weißes Blatt tippte ich in unserer Heimatsprache:

Hauptmann Afshari!
Wir wissen, dass Sie beim Schweizerischen Bankverein in Basel 21 Millionen Dollar auf Ihrem Festgeld-Konto deponiert haben.
Nach unseren Recherchen ist dieses Geld das Honorar Ihrer kriminellen Nebenbeschäftigung. Wir werden unsere gesamten Unterlagen direkt an SAVAK schicken, wenn Sie sich weigern, unseren Forderungen nachzukommen.
Um keinen Zweifel aufkommen zu lassen, dass dieses Schreiben ein Witz oder Bluff sein könnte, möchten wir einige Einzelheiten aus Ihrem Kontoauszug auflisten:

Einzahlungsdatum	*Betrag*
23.02.1962	*$380.000*
12.07.1963	*$450.000*
19.12.1963	*$600.000*

Hiermit fordern wir Sie auf, bis Anfang nächster Woche eine Million Dollar von Ihrem illegal geschaffenen Vermögen bereitzustellen und auf unsere neuen Anweisungen zu warten.
Wir sind fest davon überzeugt, dass Sie im eigenen Interesse mit niemandem darüber reden und so schnell wie möglich die geforderte Summe beschaffen.

Komitee Resistenz

Auf einen weißen Umschlag tippte ich seinen Namen und die Adresse vom FAPOE – natürlich mit lateinischen Buchstaben – klebte eine 50-

Pfennig-Briefmarke darauf und warf ihn in einen Briefkasten am Hauptbahnhof.
Eigentlich hätte ich ihm das Kuvert auch persönlich aushändigen können, denn als ich mich umdrehte und zu der Bushaltestelle gehen wollte, blieb ich fast versteinert auf der Stelle stehen.
In einer Entfernung von fünf Metern stand Hauptmann Afshari und sprach mit einer Frau! Er trug zivile Kleidung. Die Frau war blond, etwas puppenhaft, klein und schätzungsweise Mitte dreißig. Sie war weder Amerikanerin noch Deutsche. Sie unterhielt sich mit Hauptmann Afshari in gebrochenem Englisch, laut und aggressiv. Aus der Entfernung konnte ich nicht verstehen, worüber sich beide unterhielten, aber die reservierte Haltung und die ernsthaften Gesichter deuteten an, dass das keine freundliche Konversation war.
Unterwegs zur Arbeit war ich völlig aufgeregt und etwas verunsichert. Was passierte, wenn er auf mich zukäme und mit mir über den Brief spräche? Ich wäre nicht stark genug, um ein gleichgültiges Gesicht zu zeigen.
Was passierte, wenn er die Polizei einschaltete? Erpressung wird in Deutschland grundsätzlich hart bestraft.
Aber woher soll ein einfacher Angestellter des FAPOE wissen, wie viel Geld ein hoher persischer Offizier auf seinem Schweizer Konto hat, zumal mit genauem Betrag und Datum?
Er musste daran glauben, dass die Aktion von Profis organisiert war und er sich auf keinen Fall bei der deutschen, amerikanischen oder persischen Behörde beschweren durfte.
Als ich ins FAPOE kam, war ich spürbar nervös. Aber nach einer Weile nahm ich mich zusammen und sagte mir:
»Es ist passiert, und jetzt muss ich dafür geradestehen.«
Was ich fast zu erwähnen vergaß: Wegen der starken Fluktuation im FAPOE wurde ich kurz nach der Probezeit zum Shiftleader befördert. Shiftleader ist so was Ähnliches wie ein Gruppenleiter, jedoch bei der Spät- bzw. Nachtschicht übernimmt er mehr Management-Aufgaben.
Es war gegen achtzehn Uhr, als ein aufgeregter amerikanischer VIP (Hauptmann Smith) mich anrief und sich beklagte, dass von der Decke seines Badezimmers rotbraunes Wasser tropfte.
In Begleitung eines Klempners aus der Utility-Abteilung betrat ich sofort Zimmer 328, um den Schaden zu begutachten.

Hauptmann Smith war sehr empört. Er wollte aus Protest in ein deutsches Hotel in der Nähe der RMAB umziehen. Ich beruhigte ihn und begann zu prüfen, von wo das gefärbte Wasser tropfte. Sein Zimmer befand sich direkt unter dem Zimmer von Hauptmann Afshari.
»Offenbar hat jemand vergessen, den Wasserhahn zuzudrehen«, sagte der Klempner.
»Und warum hat das Wasser eine rote Farbe?«, fragte der aufgeregte Gast.
Ohne ihm zu antworten, gingen wir in die vierte Etage. Ab Zimmer 428 war der Teppichboden im Flur total durchnässt.
Mit dem Hauptschlüssel öffnete ich das Zimmer 428. Die linke Seite des Zimmers war vollkommen durchfeuchtet. Der Klempner öffnete die Badezimmertür, es war alles sauber und trocken. Der Wasserschaden konnte nicht aus dem Zimmer von Hauptmann Afshari kommen.
Auf Vorschlag des Klempners versuchten wir es mit den Nachbarzimmern. Aber ich musste mich zuerst vergewissern, ob der Gast in seinem Zimmer war. Ich rief von Hauptmann Afsharis Zimmer die Rezeption an, um zu prüfen, ob sich beide Schlüssel noch in seinem Fach befanden. Während dieser Zeit blickte ich ohne besondere Absicht in einen offenen Aktenkoffer, der auf dem Schreibtisch stand.
In dem Koffer lagen eine Menge Fotokopien technischer Pläne und ein Foto von einer Frau.
Ich nahm das Bild und warf einen Blick darauf, sie kam mir bekannt vor; ich sah sie irgendwo; ja, natürlich, das war die blonde Frau vom Hauptbahnhof, das war die Frau, die mit Hauptmann Afshari eine lautstarke Konversation geführt hatte. Auf dem weißen Rand des Bildes stand in Persisch geschrieben: Dolores Zanches.
Ich durchblätterte die technischen Pläne, sie stellten Zeichnungen von einem Panzer dar.
»Beide Schlüssel sind weg, der Gast muss auf seinem Zimmer sein«, sagte die Desk Clerk von der Rezeption und unterbrach meine unerlaubte Schnüffelei.
Der Klempner begleitete mich zum Nachbarzimmer. Ich klopfte an die Tür. Es kam keine Antwort.
»Da muss jemand drinnen sein, man hört leise Musik«, sagte der Handwerker.

Nach dreißig Sekunden wollten wir nicht mehr warten, ich schloss die Tür auf und wir gingen vorsichtig hinein.
In dem Zimmer war niemand zu sehen. Auf dem Bett lagen Damenkleidung und Unterwäsche. Der nasse Teppichboden im ganzen Raum verriet, dass der Wasserschaden in diesem Zimmer ausgelöst worden sein musste.
Ich klopfte an die Badezimmertür, wieder keine Antwort. Ich traute mich nicht die Tür zu öffnen, aber der Klempner war ein ungeduldiger und konsequenter Mann. Ohne zu zögern, öffnete er die Tür und dann ... und dann traten wir beide einen Schritt zurück.
»Mein Gott, das ist furchtbar!«, sagte der Klempner.
In der Badewanne lag eine nackte, tote Frau. Es sah so aus, als ob sie sich die Pulsadern aufgeschnitten hätte. Die Badewanne war voll mit rot gefärbtem Wasser, und der Wasserhahn lief langsam weiter.
Die Frau war höchstens fünfundzwanzig Jahre alt. Ihre langen, schwarzen Haare deckten die Hälfte ihres schmalen Gesichtes ab. Es schien so, als ob sie seit Langem in der Badewanne lag.
Ich fasste Mut und betrat das Badezimmer, drehte den Wasserhahn zu und forderte den Klempner auf, nichts anzufassen, bis der verantwortliche Offizier kommen würde.
Daraufhin ging ich zum Telefon, rief zuerst den zuständigen Offizier der RMAB an und erzählte, was vorgefallen war.
»Bleiben Sie, wo Sie sind, aber fassen Sie gar nichts an, wir kommen in wenigen Minuten«, sagte der total schockierte Offizier.
Dann rief ich dann die Hostessen-Abteilung an und beauftragte sie, umgehend dafür zu sorgen, dass Hauptmann Afshari und Hauptmann Smith andere VIP-Zimmer bekamen. Ein Gepäckträger sollte beim Umzug behilflich sein.
Innerhalb von fünf Minuten kamen ein Arzt, zwei Krankenpfleger und mehrere Sicherheitsbeamte.
Die erste Untersuchung ergab, dass die Frau seit mehr als zwei Stunden tot war.
Ein Abschiedsbrief auf dem Schreibtisch deutete auf Selbstmord hin. Man hätte denken können, dass sie eine Blue Bark war. Eine Hostess erzählte, dass die Tote bereits wusste, dass ihr Mann – ein Kapitän der Air Force – von den Vietnamesen erschossen worden war und sie bei der Überführung der Leiche dabei sein sollte. Sie war unterwegs nach

Amerika. Wahrscheinlich konnte sie ihren Schmerz nicht ertragen. Es war in der Tat nicht das erste Mal, dass eine Hinterbliebene im Hotel Selbstmord beging.

Die Frau wurde in einem Spezialsarg in das Krankenhaus der RMAB transportiert, das Zimmer für weitere Untersuchungen gesperrt.

Grundsätzlich musste der Shiftleader alle außergewöhnlichen Ereignisse in ein Logbuch eintragen. Wir nannten das Buch unseren Bestseller. Eigentlich war es ein sehr interessantes Buch. Es beinhaltete alle möglichen Geschichten, die man sich in einem Militärhotel vorstellen konnte: Mord, Betrug, Schlägereien, Spionageaffären und so weiter.

Ich schrieb die Ereignisse in das Tagebuch. Diese Tätigkeit verlangte eine ungeheure Sachlichkeit und Disziplin. Ich hatte enorme Probleme, solche Vorfälle ohne persönliche Gefühle und Emotionen auf das Papier zu bringen. Ich erinnere mich daran, für eine halbe Seite fast zwei Stunden Zeit gebraucht zu haben. Ich wusste nicht, wie ich eine solche Geschichte ganz sachlich beschreiben sollte.

Ganz schlimm war der bittere Nachgeschmack; ich konnte die ganze Nacht kaum schlafen.

Am Mittwoch, den 1. Oktober (zwei Tage nach dem Einwurf), wurde der Brief dem FAPOE zugestellt.

Als ich wieder mit meiner Spätschicht begann, bemerkte ich, dass der Brief bereits in dem Fach des Zimmers 431 – das neue Zimmer von Hauptmann Afshari – lag. Beide Zimmerschlüssel hingen dort, somit konnte man davon ausgehen, dass sich Hauptmann Afshari nicht in seiner Suite aufhielt. Aber er war auch nicht abgereist, das konnte ich anhand seiner Kartei feststellen.

Gegen siebzehn Uhr kam Hauptmann Afshari an die Rezeption und verlangte seinen Zimmerschlüssel.

Ich stand zufällig auf der Treppe zur Snack-Bar. Von dort aus konnte man die gesamte Lobby beobachten.

Als Audrey ihn mit ihrem typischen sanften Lächeln begrüßte und den Schlüssel mit dem Brief in seine Hand drückte, versuchte ich, aus der kurzen Entfernung sein Gesicht genau zu beobachten. Er warf einen erstaunten Blick auf den Brief, entfernte sich von der Rezeption und öffnete das Kuvert auf dem Weg zum Fahrstuhl.

Er verschwand für einen Augenblick in dem Lift, kam aber wieder heraus und stellte sich neben die Glastür. Offenbar konnte er ohne Brille nicht richtig lesen. Er hielt den Brief ins Licht der Glastür und las. Es war ein spannender Augenblick, ich hatte Herzklopfen. Nach ein paar Minuten wirkte er schockiert, fast angeschlagen. Das nervöse Zucken an seinem linken Mundwinkel verriet seine innerliche Unruhe.
Eine der Hostessen, Ulrike, näherte sich ihm und fragte, ob sie ihm helfen könnte. Er schaute sie überhaupt nicht an, schüttelte nur den Kopf, mehr aus Verwirrung als zum Zeichen der Verneinung. Er stieg langsam in den Fahrstuhl und verschwand aus meiner Sichtweite.
Ich kam wieder ins Büro. Ich fühlte mich äußerst unbehaglich. Ich konnte nicht glauben, dass ich in meinem Leben überhaupt zu so etwas fähig wäre.
Für einige Minuten wünschte ich mir, die ganze Geschichte jemandem zu erzählen, um einige tröstende Worte oder möglicherweise Bestätigung zu erlangen, aber wem? Keiner wusste vom gelben Umschlag und schon gar nichts über meine übermütige Aktion. Ich musste allein damit fertig werden.
Die Telefongespräche der Hotelgäste wurden grundsätzlich von der Telefonzentrale abgewickelt. Die anfallenden Kosten wurden dann auf einem Beleg eingetragen und dem Kassierer zugestellt. Er musste den Betrag per Registrierkasse auf die vorbereitete Rechnung drucken. Die Belege wurden dann mit der Rechnung zusammengeheftet.
Ohne die Aufmerksamkeit des Kassierers zu wecken, prüfte ich mehrere Male die Kartei von Hauptmann Afshari. Alle halbe Stunde führte er ein Telefongespräch mit Personen aus den verschiedensten Ländern, einmal mit der Schweiz, zweimal mit Amerika, ein Ortsgespräch mit der Lufthansa im Rhein-Main-Flughafen und ein langes Gespräch mit Teheran.
Ich muss zugeben, ich fühlte mich nicht wohl. Ich war rot im Gesicht und völlig nervös. Die fachlichen Fragen meiner Mitarbeiter konnte ich weder verstehen noch war ich in der Lage, mich einigermaßen normal zu benehmen.
Ich sperrte mich in meinem Büro ein und versuchte mir einzureden, dass alles in Ordnung wäre und keiner etwas gegen mich unternehmen könne. Gegen zwanzig Uhr hörte ich wieder seine Stimme an der Rezeption. Er schmiss seinen Schlüssel auf den Tisch und bat jemanden, ein Taxi zu

rufen. Der Desk Clerk rief den Taxistand an und fragte dann Hauptmann Afshari:
»Sir, wohin möchten Sie fahren?«
»Zum Zivilflughafen«, antwortete er kühl.
»Es dauert ein paar Minuten, Sir.«
»Okay, ich warte.«
Wieso auf einmal Flughafen? Wollte er abhauen, oder wollte er in die Schweiz fliegen, um von seinem Konto eine Million Dollar abzuheben? Ich nahm sofort den Flugplan der Lufthansa und blickte auf die Seite, wo die Abflüge in die Schweiz standen. Es gab tatsächlich einen Flug nach Basel um einundzwanzig Uhr dreißig.
Ich musste mir sein Gesicht betrachten. Ich musste sehen, wie er den größten Schock seines Lebens verkraftete.
Leise verließ ich mein Büro und ging in einen Raum, wo zeitweilig das Gepäck von Passagieren aufbewahrt wurde.
Man konnte ihn von dort unauffällig beobachten. Er trug keine Uniform. Seine altmodische braune Hose und die abgenutzte Lederjacke brachten keinen Menschen auf die Idee, dass er ein Hauptmann der iranischen Armee war. Trotzdem benahm er sich wie ein General.
Er brachte es irgendwie fertig, ungeheuer beherrscht zu wirken. Er sah die Leute in der Lobby mit ausdruckslosen Augen an, wobei er aus den Augenwinkeln überprüfte, ob irgendjemand ihn möglicherweise beobachtete. Er war in der Tat clever. Jedenfalls versuchte er, Stärke zu demonstrieren.
Er hob seine Hand, um auf sich aufmerksam zu machen, als der Taxifahrer in die Lobby kam.
Dann nahm er seine blaue Sporttasche vom Boden und verließ das Hotel. Er setzte sich ins Taxi und wurde in Richtung Zivilflughafen gefahren.
»Etwas stimmt nicht.« Ohne Verzögerung ging ich in den Fahrstuhl und drückte den Knopf für den 4. Stock. Ich sah niemanden im Flur. Mit dem Hauptschlüssel öffnete ich sein Zimmer, 431. Der Raum war unordentlich oder, besser gesagt, es sah chaotisch aus. Überall lagen zerknitterte Hemden, Hosen, Socken oder Unterwäsche.
Auf dem Schreibtisch lag ein Schreibblock, worauf mehrere Nummern geschrieben waren. Ich wusste nicht warum, aber ich schrieb alle Nummern auf ein weißes Blatt Papier.

Neben dem Schreibtisch stand sein schwarzer Aktenkoffer. Er war nicht abgeschlossen. Ich stellte ihn auf den Tisch und öffnete ihn. Die Tasche war fast leer, jedenfalls fehlten die zahlreichen Fotokopien der technischen Zeichnungen. Es lagen lediglich ein Flugticket der Iran Air, das Bild von Dolores Zanches, eine Tafel Schokolade und ein Reisepass im Koffer. Ich nahm den Pass und blätterte ihn durch. Komisch, das war seiner. Aber wie konnte er ohne ein amtliches Dokument in die Schweiz reisen? Oder hatte er ihn vergessen?

Ich machte den Aktenkoffer wieder zu und stellte ihn auf seinen Platz.

Ich wusste nicht, wonach ich weitersuchen sollte. Ich ging in das Badezimmer, es roch etwas verbrannt.

Ich hob den Toilettendeckel. Wie ich ahnte, hatte er meinen Brief verbrannt und in die Kloschüssel geworfen. Ein Stück schwarzes Papier schwamm noch auf der Wasseroberfläche. Ich konnte sogar einen Teil meines Texts erkennen:

‚*dass Sie bei dem Schweizerischen Bankverein in Basel ...* '

Ich betätigte die Wasserspülung, um den Rest des Beweismittels in der Kloschüssel zu entfernen. Im Kleiderschrank gab es nichts Besonderes, drei Uniformen und einen schwarzen Smoking.

Ich verließ das Zimmer, schloss ab und ging schnell wieder in mein Büro. Ich musste den Sachverhalt richtig analysieren.

Allein die Tatsache, dass er den Brief verbrannt hatte, konnte mich davon überzeugen, dass er auf keinen Fall die Behörde einschalten wollte. Im Gegenteil, offenbar hatte er die Absicht, jegliches Belastungsmaterial aus der Welt zu schaffen. Ich holte alle Telefonbelege aus seiner Kartei und verglich sie mit den Nummern, die ich aus seinem Zimmer mitgebracht hatte. Bei den meisten Zahlen handelte es sich um Telefonnummern. Ich hatte keinen Zweifel daran, dass mein Brief ihn in eine große Panik versetzt hatte. Wahrscheinlich ging es nicht nur um Geld, sondern um sein Leben.

Ich hatte bei dieser Aktion ein gemischtes Gefühl. Einerseits gefiel mir nicht, dass ich ihm mit meinem Brief eine ganze Menge Schwierigkeiten bereitet hatte, andererseits war ich froh, dass ich einen von diesen Bastards in Angst und Schrecken versetzt hatte. Er musste für das, was er getan hatte, bestraft werden.

Aber die große Frage war, was nun? Was passierte, wenn er mit einem Koffer Geld aus der Schweiz zurückkam? Wie sollte es weitergehen?

Mir war eines klar, dass ich keinen Pfennig seines verdammten Geldes haben wollte. Mir ging es nicht darum, einen Heiligen zu spielen, nein, abgesehen davon, dass ich nicht in der Lage war, das geforderte Geld von ihm zu übernehmen, glaube ich auch heute noch nicht daran, dass ich mit dem Geld hätte leben können. Dennoch, die Idee ihn aufzufordern, das Geld einem Kinderheim zu überlassen, fand ich phänomenal.

Aber wie konnte er ohne Reisepass in die Schweiz reisen?

Um klar denken zu können, musste ich mich ein bisschen ablenken. In der Spätschicht war es meist ruhiger als in der Frühschicht und als Shiftleader hatte man sowieso wenig zu tun.

Ich rief Nancy an und sprach eine halbe Stunde mit ihr. Das Gespräch tat mir gut, sie hatte immer eine lustige Geschichte zu erzählen. Ihre nette und liebevolle Stimme munterte mich richtig auf.

Sie sagte, dass sie wegen der Hochzeitsfeier von Onkel Shahram und Monika am nächsten Freitag zu mir kommen und bis Sonntagabend bei mir bleiben würde. Sie erzählte weiter, dass sie eine Überraschung für mich hätte. Sie würde sie mir verraten, wenn sie in Frankfurt sei.

Der nächste Tag, der 2. Oktober, war ein Donnerstag. Es wurde wieder warm und sonnig. Vormittags ging ich in die Stadt, um eine moderne Kaffeemaschine, die Nancy und ich als Hochzeitsgeschenk für Onkel Shahram und Monika bestellt hatten, abzuholen. Eigentlich könnte ich das FAPOE anrufen und telefonisch um einen Tag Urlaub bitten. Das kalte und schlechte Wetter der letzten Wochen war für einen Mann, der aus einem Land der Sonne kam, einfach unerträglich. Aber trotz des schönen Wetters musste ich doch zum Hotel gehen und sehen, was aus dem Dieb von Teheran geworden war.

Als Erstes prüfte ich sein Schlüssel Fach. Beide Schlüssel waren noch da; also war er nicht in seinem Zimmer.

Gegen siebzehn Uhr rief eine Dame aus der Telefonzentrale an und sagte, dass jemand mit dem Hotelmanager sprechen wollte. Der Hotelmanager arbeitete grundsätzlich von acht bis sechzehn Uhr. Also musste ich als zuständiger Shiftleader das Gespräch übernehmen.

Es war ein Beamter des Bundesgrenzschutzes. Seine erste Frage lautete, ob ich Deutsch sprechen könne.

»Wenn Sie langsam und deutlich reden, können wir uns auf Deutsch unterhalten, sonst auf Englisch,« sagte ich.

»Na gut, versuchen wir es zuerst auf Deutsch. Wir haben heute einen Mann auf dem Rhein-Main-Flughafen verhaftet. Er behauptet, dass er ein persischer Hauptmann sei.
Er trägt einen Koffer voller US-Dollar bei sich. Woher er das Geld hat, möchte er uns nicht verraten. Können Sie bitte prüfen lassen, ob er tatsächlich ein Zimmer im FAPOE bewohnt?«
»Wie heißt er?«, fragte ich ganz ruhig.
»Moment, laut seinem ungültigen Reisepass heißt er Reza Afshari.«
Ich war total verwirrt. Für einige Sekunden vergaß ich, zu atmen. Dann stieß ich die angehaltene Luft aus und sagte:
»Ja, wir haben einen persischen Gast mit gleichem Namen. Aber was meinen Sie mit dem ungültigen Reisepass?«
»Weil er uns nicht erzählen wollte, woher das viele Geld stammt, das er bei sich trägt, mussten wir uns über seine Person informieren. Vor zwei Stunden haben wir mit der iranischen Botschaft gesprochen und man hat uns versichert, dass sein Reisedokument vor vier Monaten als gestohlen gemeldet worden war.
Unserer Meinung nach kann er nicht der Hauptmann Reza Afshari sein. Laut Daten seines Reisepasses hat er Teheran gar nicht verlassen können, denn es fehlt der Ausreisestempel der persischen Behörde. Außerdem benimmt er sich so dubios und verwirrt, dass wir inzwischen das BKA einschalten mussten.«
Ich wusste damals nicht, was BKA bedeutet, aber inzwischen weiß ich, dass er das Bundeskriminalamt meinte. Er sagte dann wieder sehr freundlich und deutlich:
»Können Sie bitte prüfen, ob sich Hauptmann Afshari in der RMAB aufhält?«
»Nein, tut mir leid, das kann ich nicht. Die RMAB ist riesig groß. Ich kann Ihnen nur bestätigen, dass er nicht in seinem Zimmer ist, was aber nicht ausschließt, dass er sich irgendwo innerhalb des Hotelkomplexes, z. B. im Offizierskasino, befindet.«
Ich war erstaunt, dass ich so ruhig lügen konnte. Um etwas mehr zu erfahren, provozierte ich ganz bewusst und sagte:
»Ich verstehe nicht, wieso machen Sie so viel Wirbel wegen ein paar tausend Dollar?«
»Ein paar tausend Dollar? Ich rede von einem Koffer voller US-Dollarscheinen!« Seine Stimme klang ärgerlich.

»Ein Koffer voller Dollarscheinen? Das klingt in der Tat verdächtig.«
»Genau das habe ich meinen Kollegen auch gesagt. Die Sache stinkt zum Himmel. Ein Mann, der wie ein Landstreicher aussieht, trägt über eine Million Dollar und einen gestohlenen Reisepass mit sich herum. Vielen Dank für Ihre Auskunft, wir werden sehen, was wir mit diesem Gauner machen können. Falls der richtige Hauptmann Afshari im Hotel erscheint, richten Sie ihm bitte aus, er möge uns anrufen.«
Ich legte den Hörer auf und nahm fassungslos meinen heißen Kopf in beide Hände.
»Die Bombe ist explodiert. Ich hoffe, dass ich unbeschadet davonkomme«, dachte ich.
Ich wollte gern wissen, was in den letzten 24 Stunden passiert war. Warum hatte der Bursche zwei Reisepässe, und warum hatte er einen als gestohlen gemeldet?
Ich nahm wieder meinen Hauptschlüssel und ging in seine Suite. Ich legte den Aktenkoffer auf den Tisch und holte den Reisepass heraus. Ich musste etwas übersehen haben. Warum war er nicht mit seinem gültigen Pass in die Schweiz gereist, oder war der zweite Pass auch gefälscht? Ich blätterte in dem Dokument, und zu meinem Erstaunen war der Reisepass doch gültig. Auf Seite zwölf hatte er ein Visum für Deutschland, auf Seite vierzehn eines für Amerika, aber er hatte kein Visum für die Schweiz. Auf Seite acht konnte man den Ausreisestempel der persischen Behörde erkennen, das war am 13. Juli 1964.
Allmählich leuchtete mir sein gut geplanter Trick ein. Er versuchte, der SAVAK keine Anhaltspunkte zu geben, dass er oft in die Schweiz reiste. Es gab ein Gesetz, das besagte, dass die SAVK den Reisepass drei Tage vor der Abreise zur Überprüfung benötigte. Dieses Gesetz galt für alle, auch für hohe Offiziere. Die SAVAK hatte drei Tage Zeit, eine unerwünschte Reise zu stoppen, aber auch sämtliche externe Daten, zum Beispiel, welche Länder der Reisende bereits besucht hatte bzw. besuchen wollte, in ihr Informationssystem aufzunehmen.
Dieses Verfahren war fast jedem bekannt. Wenn man diese Prüfungen umgehen wollte, musste man mehrere Pässe besitzen.

Wie es aussah, hatte er, um sein Vorhaben gegenüber der SAVAK zu verheimlichen, wahrscheinlich zuerst die Visa für die Schweiz und Deutschland in seinen ersten Reisepass eintragen lassen und ihn kurz danach als gestohlen gemeldet.

Dann beantragte er einen neuen Pass und ließ sich wieder ein Visum für Deutschland und Amerika ausstellen.

Er besaß daher einen Reisepass für Teheran-Amerika und einen weiteren ausschließlich für Europa. Somit konnte theoretisch keiner ahnen, dass er regelmäßig in die Schweiz reiste. Er wusste natürlich nicht, dass die SAVAK über andere Prüfungs-möglichkeiten verfügte.

Es gab noch etwas, was ich unbedingt wissen wollte. Wo waren die technischen Zeichnungen geblieben? Sie waren nirgendwo zu sehen. Welche Rolle spielte Frau Zanches?

Ich ging in mein Büro und schrieb das Gespräch mit dem Beamten des Bundesgrenzschutzes in das Logbuch.

Ich stellte mir vor, dass der Hotelmanager, wenn er am nächsten Tag die Geschichte von Hauptmann Afshari im Logbuch las, sofort den Hoteldirektor informieren würde und dass dann der RMAB-Secret Service eingeschaltet würde. Wahrscheinlich musste der Hauptmann bis zur Feststellung der Wahrheit in einer dunklen Zelle sitzen. Ich konnte mir nicht vorstellen, dass die deutschen Behörden einen merkwürdigen Ausländer mit einem Koffer voller US-Dollar einfach gehen ließen, zumal er mit einem gestohlenen Reisepass unterwegs war.

Ich muss zugeben, dass ich mich innerlich freute, dass meine Aktion, besser gesagt, meine Vergeltung nicht umsonst gewesen war, aber ich muss auch zugeben, dass ich Angst hatte.

* * *

Am Freitag ging ich etwas früher zum FAPOE. Ich hatte mich die ganze Nacht mit dem Thema Afshari und seinem Vermögen beschäftigt. Der Shiftleader vom Frühdienst beklagte, dass schon den ganzen Morgen über im Hotel der Teufel los war. Alle möglichen deutschen und amerikanischen Polizisten spielten verrückt. Das Zimmer 431 wurde inzwischen gesperrt und versiegelt.

Der Hotelmanager war völlig aufgelöst. Er nörgelte, dass sich unerwünschte Kriminalbeamte in seinem Hotel herumtrieben. Er sagte mir:
»Der angebliche Hauptmann Afshari bleibt in Untersuchungshaft, bis seine richtige Identität geklärt ist und man herausgefunden hat, woher das Geld stammt. Bitte geben Sie niemandem Auskunft über diese Geschichte, besonders nicht der Presse.«
Ehrlich gesagt, ich wünschte mir genau das, was passiert war, einen riesen Skandal.
Um dreiundzwanzig Uhr holte mich Nancy ab. Wir hatten einen variantenreichen Plan für das Wochenende.
Zu Hause zündeten wir eine Kerze an, spielten sanfte Musik und erlaubten uns einen köstlichen französischen Rotwein, einen Bordeaux 1957.
Nancy hatte zwei Überraschungen für mich. Die Erste war ein Geschenk, ein dunkelblauer Kaschmirpullover, den ich einmal in einem Schaufenster in Baden-Baden bewundert hatte. Die zweite war in der Tat sensationell. Sie teilte mir mit strahlenden Augen mit, dass sie ab dem 1. Dezember in die RMAB-Wohnsiedlung einziehen würde, denn ihr Antrag, in Frankfurt zu arbeiten, war genehmigt worden. Ich hatte keinen Zweifel daran, dass sie ihr Bestes versuchte, um mich glücklich zu machen.

Am folgenden Montag gab es in der Frankfurter Rundschau einen kleinen Bericht über die Verhaftung einer südamerikanischen Spionin mit Namen Dolores Zanches.
Ich las die Zeitung unterwegs zur RMAB. Ich muss zugeben, ich war total erschüttert. Mein Gesicht wirkte fiebrig und ich war spürbar aufgeregt. Allmählich begriff ich, mit wem ich mich eingelassen hatte.
In der Frankfurter Rundschau stand, dass Frau Zanches, eine dem MAD bereits bekannte kubanische Staatsangehörige, auf dem Rhein-Main-Flughafen wegen dringenden Spionageverdachts verhaftet worden war. Sie trug in ihrem Koffer zahlreiche geheime Militärdokumente bei sich.
Am gleichen Tag räumten zwei iranische Militärattachés aus Bonn unter Leitung eines amerikanischen Offiziers das Zimmer 431 aus. Sie beglichen die offene Rechnung und nahmen die Koffer von Hauptmann Afshari mit.

Offiziell hieß es, Hauptmann Afshari sei nach Teheran abgereist. Aber einige Wochen später erfuhr ich von einem persischen Freund, der bei Iran Air beschäftigt war, dass Hauptmann Afshari in Handschellen in Begleitung von zwei persischen Offizieren nach Teheran abgeschoben worden war. Vor dem Abflug versuchte er eine aussichtslose Flucht, aber mit Hilfe des Bundesgrenzschutzes schnappte man ihn wieder und zwang ihn, nach Teheran zu fliegen.

Mein Brief musste ihn zutiefst schockiert haben, denn daran, dass er blitzartig eine Million Dollar aus der Schweiz beschafft hatte, zeigte sich, dass er jede mögliche Konfrontation vermeiden wollte. Wenn er gewusst hätte, dass sein Erpresser ein unerfahrener Amateur gewesen war, hätte er bestimmt völlig anders reagiert. Wahrscheinlich maß er die Böswilligkeit jedes Menschen auf der Basis seines eigenen Charakters. Der Schock über diese Ereignisse beeinflusste mehrere Wochen lang meine Stimmung und mein Verhalten. Nancy bemerkte natürlich meine seelische Unausgeglichenheit und meine schlechte Laune. Zuerst versuchte sie mich in Ruhe zu lassen, aber nach einigen Tagen bombardierte sie mich mit unterschiedlichen Fragen und wollte gern wissen, was los war. Ich versuchte immer wieder abzulenken, bis ich merkte, dass sie sich eine völlig falsche Meinung gebildet hatte. Sie dachte, es gäbe eine Konkurrenz, eine andere Frau wäre im Spiel. Ich versicherte ihr, dass mein komisches Verhalten nichts mit ihr zu tun hätte und dass keine andere Liebesaffäre existierte. Ich versuchte, sie zu besänftigen:

»Es geht um eine Geschichte, die ich dir irgendwann erzählen werde. Aber bitte dräng mich jetzt nicht, ich muss sie erst selbst verarbeiten.«

9. Die Traumhochzeit

Die Hochzeitsfeier von Onkel Shahram und Monika war märchenhaft. Nach dem Motto: Man heiratet nur einmal im Leben, hatte er sich dieses Ereignis einiges kosten lassen.
Das sechs Meter lange Brautkleid aus weißem Satin war in Paris angefertigt worden. Ein Diamantring im Wert von sechstausend Mark, den mein Onkel seiner Braut als Hochzeitsgeschenk überreichte, versetzte jeden weiblichen Gast in Neid und Aufregung.
Als Trauzeuge durfte ich an der Feier im Standesamt teilnehmen. Ich war in Frankfurt der einzige Verwandte von Onkel Shahram. Einige Mitglieder unserer Familie, wie z. B. mein Bruder, wären gerne bei dieser Feier dabei gewesen, aber ein Visum für Deutschland zu bekommen war damals auch nicht einfach und zudem sehr zeitaufwendig. Ich nutzte die Gelegenheit und lud Bahram und seine Freundin Doris ein.
Es war ein Fest voller Begeisterung und Vergnügen. Jeder kam auf seine Kosten. Es gab gutes Essen, Getränke, fantastische Musik, Unterhaltung und Show. Was wäre eine persische Hochzeit ohne persischen Bauchtanz? Dafür sorgten die Angestellten von Onkel Shahram als Überraschung.
Die Bauchtänzerin stammte zwar aus Marokko, aber immerhin tanzte sie sehr gut und brachte die Gäste in Schwung.
Monika sah traumhaft aus. Man konnte deutlich sehen, wie glücklich, stolz und zufrieden sie war. Nancy meinte, dass sie die schönste Braut wäre, die sie jemals gesehen hätte. Monika genoss ihre Hochzeitsfeier und zeigte allen ihr Glück.
Auch Onkel Shahram machte einen stolzen und zufriedenen Eindruck.
Auch Nancy zog jedoch die Aufmerksamkeit der Anwesenden auf sich, die alle ihr tief ausgeschnittenes Kleid bewunderten.
Sie verbrachte fast einen ganzen Nachmittag gemeinsam mit Monika in einem berühmten Schönheitssalon in der Frankfurter City und ließ ihr wunderschönes Gesicht geschmackvoll schminken und ihr Haar elegant frisieren. Alle Gäste bestaunten ihre Schönheit und Attraktivität.
Das konnte ich besonders bei Bahram feststellen. Er sah Nancy zum ersten Mal und machte mir die ganze Zeit über einen eifersüchtigen

Eindruck. Er sagte mehrere Male, dass ich ein Glückspilz sei und eine solche Schönheit nicht verdiene.
Ob er recht hatte oder nicht, war mir egal, ich war glücklich, Nancy auch. Es war nicht schwer zu erkennen, dass wir uns liebten, und nun gab es auch keinen Grund, unsere Gefühle nicht offen zu zeigen. Ich erinnere mich, dass wir die ganze Zeit kaum den Tanzboden verließen.
Um Mitternacht, als Monika ihren Hochzeitsstrauß über den Kopf zu den Hochzeitsgästen warf, war die Aufregung einiger Mädchen groß, denn sie hatte ganz gezielt die Blumen über ihre linke Schulter direkt in die Hand von Nancy geworfen. Nancy war überglücklich vor Freude und errötete vielleicht wegen der Bedeutung dieser Tradition.
»Nächstes Jahr um diese Zeit seid ihr schon verheiratet, das ist mein Wunsch«, sagte Monika.
»Ich weiß nicht, ob dein Wunsch schon im nächsten Jahr in Erfüllung geht, aber ich bin sicher, im nächsten Jahr und in den weiteren Jahren werden wir uns wie heute von ganzem Herzen lieben«, sagte Nancy.
Ich war sicher, dass sie es ehrlich meinte, und es wurde auch ehrlich verstanden, bei mir auf jeden Fall. Auf dem Rückweg sagte sie:
»Wenn ich eines Tages heirate, möchte ich mindestens so eine tolle Hochzeitsfeier wie Monika haben.«
Ich küsste sie auf die Wange und sagte:
»Wenn ich eines Tages heirate, möchte ich eine Braut, die so schön ist wie du.«
»War das ein Heiratsantrag?«, flüsterte sie leise.
»Nein, noch nicht; das war nur eine Liebeserklärung.«
Der Winter mit seinen kalten, kurzen Tagen zeigte mir ein anderes Deutschland. Die Straßen waren meist leer und die Leute lustlos und oft unfreundlich. Nancy zog, wie geplant, am 1. Dezember in ihre neue Wohnung ein.
Es war ein sehr schönes Mietshaus mit Blick auf den Wald und zehn Minuten Fußweg vom FAPOE entfernt. Ich verbrachte den größten Teil meiner Freizeit mit Nancy.
Die Partys im RMAB hatten uns am Anfang sehr beeindruckt, aber nach sechs oder sieben Mal wollten wir nichts mehr davon wissen. Denn bei einer amerikanischen Party geht es fast immer nur um Trinken und Sex. Manchmal gingen wir zu dem frischgebackenen Ehepaar, Onkel Shahram und Monika, und spielten Karten bis Mitternacht. Nancy schlug

einmal vor, unseren Urlaub in Kalifornien zu verbringen. Wir könnten in ihrem Haus in Los Angeles wohnen und je nach unserer finanziellen Situation andere Städte wie San Francisco oder San Diego besuchen. Ich fand den Vorschlag verlockend, aber ich lebte in Europa und wollte gerne diesen Kontinent besser kennenlernen. Ich versuchte daher, sie von einer Europareise zu überzeugen. Sie war mit meinem Vorschlag nicht ganz glücklich, andererseits wollte sie mir auch nicht widersprechen. »Europa ist für mich wie ein langweiliges Dorf, aber wenn du willst, folge ich dir bis zum Himmel«, sagte sie aus ehrlicher Überzeugung.

10. Der Bruch des Schweigens

Im Februar 1965, während der Spätschicht, rief ein hoher Beamter vom Bundeskriminalamt in Wiesbaden an und berichtete, dass einige asiatische Offiziere gern zwei Nächte im FAPOE übernachten würden, da wegen der Messe in Frankfurt nirgendwo Zimmer zu bekommen wären.
»Sind die Offiziere im Auftrag der amerikanischen Regierung unterwegs?«, fragte ich.
»Nein, sie reisen im Auftrag der UN in Deutschland, es handelt sich um die Delegation der Rauschgiftbekämpfung aus den Ländern Iran, Pakistan und Afghanistan.«
»Geben Sie mir Ihre Telefonnummer, ich rufe zurück.«
Um jeden Ärger zu vermeiden, rief ich den Hotelmanager unter seiner Privatnummer an und fragte nach seiner Meinung. Er hatte keine Bedenken.
Der zuständige BKA-Beamte war ganz glücklich, als ich seiner Bitte zustimmte. Unter den drei persischen Offizieren gab es einen General, dessen Name mir bekannt war: General Raad.
»Er muss der Onkel von Dariush Raad sein«, dachte ich.
Ich erinnerte mich an das Frühstück mit Bahram in meiner Wohnung. Bei dieser Begegnung hatte er mir erzählt, dass Dariush Onkel, General Raad, Oberbefehlshaber der Gendarmerie in der Nordregion des Iran war.
Ich arrangierte, dass General Raad ein VIP-Zimmer bekam. Er zeigt sich mir gegenüber sehr dankbar, dass ich ihm und seinen Leuten geholfen hatte.
Er war 58 Jahre alt, etwas dick, hatte weiße Haare, eine helle Haut und die typische Nase für seinen Heimatort Rascht, groß und etwas schief. Er war ein ausgesprochen lustiger und fröhlicher Mensch. Er lachte herzlich bei jeder Gelegenheit. Er sagte mir:
»Ich bin dankbar, dass Sie, mein lieber Landsmann, mir und meinen Mitarbeitern geholfen haben. Darf ich Sie als Dankeschön zu einem Drink einladen?«
Ich wollte gerne mit ihm reden, und zwar über Dariush, deshalb sagte ich:

»Mit großem Vergnügen, aber erst nach Dienstschluss, um zweiundzwanzig Uhr.«
Als der Shiftleader für die Nachtschicht antrat, packte ich sofort meine Sachen zusammen und besuchte den General in seinem Zimmer. Er trug Zivilkleidung und wirkte sehr freundlich und sympathisch.
»Kommen Sie rein, mein Freund«, sagte er und ließ mich in sein Zimmer eintreten.
Auf dem Tisch standen eine Flasche Whisky, eine Dose persischer Kaviar in einer Schale voller Eis und eine große Packung persischer Pistazien. Daneben lagen einige Scheiben Toastbrot.
Ich nahm Platz. Er schenkte mir ein halbes Glas Whisky ein und erzählte etwas über seine Mission. Sein Team sollte mit Hilfe der deutschen Regierung und der meisten asiatischen Länder gegen Rauschgifthändler kämpfen.
Beim BKA Wiesbaden wurden die Ziele festgelegt und eine gemeinsame Strategie wurde ausgearbeitet.
Ich muss zugeben, dass mich seine Tätigkeit herzlich wenig interessierte. Ich war auch kein großer Whiskytrinker. Ich wollte nur eines erfahren: Was war mit Dariush und wo steckte er?
Als mein Gastgeber endlich für einen Augenblick schwieg, nutzte ich die Gelegenheit und sagte:
»Ich glaube, ich kenne Ihren Neffen. Er heißt Dariush, nicht wahr?«
Er blickte mich etwas irritiert, aber sehr interessiert an.
»Ja, Sie reden von dem Sorgenkind unserer Familie. Dariush, der große Störfaktor unserer Gesellschaft!«
Er schwieg für einige Sekunden und wirkte sehr ernst, aber setzte dann seine Erzählung fort:
»Trotzdem ist er schon immer der Stolz unserer Familie gewesen. Wahrscheinlich wissen Sie bereits, dass er in vielen Beziehungen nicht normal, sondern besser gesagt verrückt ist. Sie haben sicherlich schon gehört, dass man bei uns sagt:
Ein Verrückter schmeißt einen Stein in ein tiefes Loch, tausend intelligente Menschen können diesen nicht herausholen.«
Dann schaute er mich prüfend an und fragte: »Woher kennen Sie meinen Neffen?«
»Ich lernte ihn in einem Bus kennen, in dem Bus Teheran-Istanbul.«

Plötzlich nahm sein Gesicht einen Zug von Misstrauen an. Es war deutlich zu erkennen, dass er nicht wusste, ob er mich als Feind oder Freund einstufen sollte. Ich half ihm:
»Wir haben uns in verhältnismäßig kurzer Zeit kennengelernt und angefreundet.«
Er trank seinen Whisky zu Ende, schenkte mir wieder ein halbes Glas ein und fragte:
»Was heißt angefreundet? Hat er mit Ihnen über seine Tätigkeiten gesprochen? Was er machte bzw. was er machen wollte?«
»Ja, er hat mich einigermaßen darüber aufgeklärt. Außerdem hatte er die Absicht, mich in Deutschland zu besuchen, aber anscheinend hat er jede Menge Probleme.«
»Stimmt, Probleme hat er genug, und die meisten sind selbst gemacht. Leider muss er inzwischen die Früchte seiner Bosheit allein ernten. Ich meine, seit neun Monaten wartet er im Gefängnis von Ewin auf seinen Prozess.«
Obwohl mir der General einen vertrauensvollen und verbindlichen Eindruck machte, war ich trotzdem vorsichtig und wollte noch nicht mein gesamtes Wissen preisgeben. Ich hörte still und aufmerksam zu. Er erzählte weiter:
»Der blöde Kerl hat sich und die ganze Familie in Schwierigkeiten gebracht. Wahrscheinlich wissen Sie schon, dass er Journalist ist und immer wieder versucht, mit seinen Sensationsgeschichten Skandale hervorzurufen.
Vor zwei Jahren wollte er die Aufmerksamkeit mit der Story von Soraya auf sich ziehen. Gott sei Dank hatte man es rechtzeitig gemerkt und entsprechende Maßnahmen ergriffen. Sonst wäre er mit verbundenen Augen an eine Wand gestellt und erschossen worden.«
General Raad war richtig wütend. Er steckte sich zum ersten Mal eine Zigarette in den Mund und zündete sie hastig an.
»Was war mit der Geschichte von Soraya?«, fragte ich in solidarischem Ton.
»Ich weiß nicht, woher zum Teufel er die Geschichte hatte. Er wollte anhand einiger geheimer Dokumente beweisen, dass Soraya zwangsweise geschieden worden war und nicht, wie man damals behauptete, weil sie keine Kinder bekommen konnte.

Er wollte jedem weismachen, dass sie in eine Verschwörung gegen den Schah verwickelt war.«
»Putsch gegen den Schah?«
»So ungefähr.«
»Interessante Theorie, und was ist aus seiner Geschichte geworden?«
»Ein Offizier der SAVAK hat mich rechtzeitig informiert und ich konnte Dariush dazu zwingen, alle Dokumente zu vernichten, was er ungern getan hat.
Aber vier Monate danach schrieb er wieder eine schreckliche Reportage über einen Millionenbetrug, der vom Stiefbruder des Schahs initiiert worden war. Ich wusste nicht, wie ich ihm diesmal helfen sollte. Man wollte ihn einige Jahre auf die Khark-Insel verbannen, damit er endlich begreift, wie gut er es in Teheran hatte. Ich musste wieder meine freundschaftlichen Beziehungen und meinen Einfluss in der SAVAK und im Justizministerium voll ausschöpfen, um ihm, diesem verrückten Kerl, zu helfen. Nachdem man ihn im Gefängnis mehrfach körperlich gezüchtigt hatte, versprach er sich in Zukunft von der politischen Szene fernzuhalten und nur noch Sportberichte zu schreiben.«
General Raad füllte mein Glas wieder voll mit Whisky, bestrich ein Toastbrot zuerst mit Butter und legte dann reichlich Kaviar darauf, überreichte es mir und sagte:
»Bitte schön, das ist der beste Kaviar aus meiner Heimat, frisch und lecker. Ich muss auf mein Cholesterin aufpassen, aber Sie haben damit sicherlich keine Probleme.
Obwohl jeder wusste, dass meine Reise nur ein paar Tage dauert, beluden meine Verwandten und Freunde mich am Flughafen mit vielen Süßigkeiten, Nüssen und mehreren Dosen Kaviar. Sie wissen schon, das gehört zu unserer Tradition.« Er hob sein Glas und prostete mir auf persisch zu:
»Be-Salamati.«
»Noshe Djan«, antwortete ich.
Ich trank etwas von meinem Whisky und probierte dann den Toast mit dem Kaviar. Er hatte recht, der Kaviar war ein Genuss. Ich machte mir noch ein Brot. Dann erhob ich mein Glas und sagte:
»Ich trinke auf das Wohl von Dariush, einem armen Kerl, der jetzt in einer dunklen Zelle sitzt.«

Mein Trinkspruch löste viele Emotionen bei ihm aus. Glanz und Feuchtigkeit in seinen Augen zeigten deutlich, wie stark er seinen Neffen liebte. Er sagte mit ruhiger Stimme:
»Ich finde es reizend, dass Sie so lieb über meinen Neffen reden. Aber wie es aussieht, wird er einige Jahre im Gefängnis sitzen müssen.«
»Ich verstehe nicht, warum können Sie ihm diesmal nicht helfen?«, fragte ich. Er schüttelte seinen Kopf und sagte:
»Nein, nein, nicht mehr. Diesmal ist er zu weit gegangen. Keiner traut ihm mehr. Er hat etwas getan, was man normalerweise in Kriminalromanen lesen kann.« Er legte einige Pistazien in meine Hand und redete weiter: »Essen Sie etwas, sonst werden Sie betrunken.«
Die Pistazien schmeckten lecker, sie waren mit Salz, Safran und Limonensaft geröstet. Ich sagte:
»Aber Sie können ihn nicht einfach im Stich lassen, er ist auf Ihre Hilfe angewiesen.«
»Das weiß ich, aber ich kann ihn zurzeit überhaupt nicht unterstützen. Er hat mich in seine Machenschaften mit hineingezogen. Vor zirka neun Monaten hat er sich mit einem Major Naderi in der Hauptverwaltung der SAVAK verabredet, um sich über eine abgelehnte Sportveranstaltung an der Universität von Teheran zu informieren.
Major Naderi war einige Jahre mein Assistent, und um mir einen Gefallen zu tun, ließ er ihn in sein Büro kommen. Sein Büro lag in einer abgesperrten Zone in der Hauptverwaltung der SAVAK. Ohne spezielle Erlaubnis durfte man ihn nicht besuchen. Der Major war in der SAVAK für alle Geheimkorrespondenzen mit dem Ausland zuständig. Mit der Kontrolle von Sportveranstaltungen hatte er überhaupt nichts zu tun. Aber er konnte solche Informationen von seinem Kollegen einige Etagen tiefer beschaffen.
Genau das tat er auch. Er ließ Dariush unbeaufsichtigt in seinem Zimmer warten, während er seinen Kollegen in der anderen Etage aufsuchte. Er wusste natürlich nicht, dass Dariush während seiner Abwesenheit unbeobachtet in seinen Unterlagen herumschnüffeln und nicht ruhig auf seinem Platz sitzen bleiben würde.
Ohne darauf zu achten, dass er sich und andere in Gefahr bringt, nahm der unverbesserliche Junge tatsächlich wahllos mehrere Briefe aus einem speziellen Fach für geheime Auslands-korrespondenzen und versteckte sie in seinem Aktenkoffer. Major Naderi informierte ihn anschließend

darüber, dass die Ablehnung der Sportveranstaltung keine politischen Motive hatte, sondern dass man lediglich die Halle völlig renovieren lassen wollte.
Ohne dass jemand merkte, was er entwendet hatte, verließ er das SAVAK-Gebäude und ging direkt nach Hause. Er versuchte zuerst die heiße Ware loszuwerden. Er probierte es bei Tageszeitungen wie 'Etelaat' oder 'Keyhan'. Aber keiner wollte mit ihm und seinen gefährlichen Dokumenten etwas zu tun haben. Dann spürte er allmählich, was für eine Zeitbombe unter seinem Kissen versteckt war, und er bekam kalte Füße. Zwei Tage nach diesem unglaublichen Diebstahl versuchte er, unauffällig das Land zu verlassen. Er wusste, dass er jahrelang keinen Sonnenschein mehr sehen würde, wenn man ihn erwischte.«
»Was wollte er im Ausland machen?«, unterbrach ich den General.
»Er wollte in Ankara bei der amerikanischen Botschaft ein Visum erhalten und für immer nach Amerika verschwinden. So hat er es mir im Gefängnis erzählt.«
»Sie haben ihn im Gefängnis besucht?«
»Ja, natürlich, man hat mich gebeten, meinen Einfluss geltend zu machen und herauszufinden, was er mit den Dokumenten getan hat.«
»Hat er es Ihnen gesagt?«
»Nein, der Bursche ist stur wie ein Stier. Er behauptet, dass er keine Dokumente gestohlen hat. Er wollte lediglich das Land ohne Ausreisegenehmigung verlassen. Aber ich glaube ihm überhaupt nicht. Ich bin sicher, er beabsichtigte mit diesen Dokumenten wieder einen Skandal auszulösen – dieses Mal möglicherweise im Ausland.
Er hat mich früher nie belogen. Aber ich vermute, er log, weil er wusste, dass man uns im Gefängnis belauschen konnte.
Ich stelle mir die ganze Zeit die große Frage: Wo, zum Teufel, hat er die Dokumente versteckt?«
»Bei mir!«, sagte ich und schaute ihn durchdringend an. Ich schwieg für eine Weile, blickte in sein verwirrtes Gesicht und sprach weiter:
»Als Kind wünschte ich mir immer, in einer Badeanstalt vom 5-Meter-Brett ins Wasser zu springen. Ich war sicher, dass ich es konnte. Aber ich traute mich nicht. Eines Tages kletterte ich, ohne mit jemandem darüber zu sprechen, auf die höchste Stufe des Sprungbretts, machte die Augen zu und sprang ins Wasser. Auf einmal war ich frei. Mein Körper tat einige Wochen weh, aber ich war glücklich, dass ich mich getraut hatte.«

Ich trank einen Schluck von meinem Whisky und berichtete ihm, was ich seit Monaten jemandem anvertrauen wollte:
»Das ist jetzt wieder ein wichtiger Moment in meinem Leben. Ich weiß nicht, wie weit ich Ihnen vertrauen darf. Ich bin nicht sicher, ob auch Sie ein gefährlicher Agent der SAVAK sind. Aber allmählich ist es mir egal. Dieses Geheimnis lässt mich nicht mehr ruhig und in Frieden leben. Wissen Sie, Dariush hat mich ohne Warnung in seine Sache involviert, und jetzt möchte ich mich endlich aus dieser Situation befreien. Sie sind sein Onkel, Sie sind ein hoher Offizier des Schah-Regimes. Sehen Sie zu, wie Sie das Beste daraus machen.«
General Raad blickte mich voller Erstaunen an. Seine Augen strahlten und sein Mund blieb weit offen. Er stellte sein Glas auf den Tisch und fragte mich ganz leise:
»Sie sehen nicht betrunken aus, worüber reden Sie eigentlich?«
»Dariush hat mir seine Dokumente an der persischen Grenze anvertraut. Sein Plan war, über die Berge in die Türkei zu gehen. Dreißig Kilometer hinter der Grenze wollte er wieder in den Bus einsteigen und seinen dicken Umschlag von mir übernehmen. Ich versuchte, ihm von seinem Vorhaben abzuraten, aber er erzählte, dass die Leute von der SAVAK hinter ihm her waren und er so schnell wie möglich aus Iran verschwinden musste. Aber der Kerl kam nicht und ließ mich mit seinem verdammten Päckchen allein.«
Mir war es sehr peinlich, als der General lautlos zu weinen begann. Seine Tränen liefen über sein Gesicht und seine Schultern zuckten ständig. Ich war für einige Minuten schweigsam. Ich wusste nicht, was ich tun sollte.
Dieses Mal schenkte ich ihm ein halbes Glas Whisky ein und sagte:
»Sie haben mich überzeugt, dass Sie Dariush sehr lieben. Ich glaube, ich kann Ihnen vertrauen.«
Entweder verstand er mich nicht oder er wollte nicht darauf eingehen. Er sagte:
»Seine Mutter verließ ihn, als er fünf war. Als sein Vater starb, kam er zu mir und wohnte bei mir. Ich behandelte ihn wie meinen eigenen Sohn. Als er neunzehn war, zog er wieder nach Teheran. Er wollte dort studieren. Ich habe mit großer Freude sein Studium finanziert und monatlich genug Geld nach Teheran geschickt, damit er ein anständiges Leben führen konnte.

Er hätte nach seinem Studium mit meiner Hilfe eine große Karriere machen und eine gute Position bekommen können. Aber der durchgedrehte Kerl bekämpfte das Regime. Seine Reportagen, Berichte und Kommentare waren immer scharf, giftig und skandalös für die Regierung.« Der General schwieg für einen Moment, blickte plötzlich in meine Augen und sagte weiter: »Was haben Sie mit seinen Dokumenten gemacht?«
»Ich habe sie noch, sie sind an einem sicheren Ort.«
»Das heißt, Sie haben sie seit neun Monaten bei sich? Haben Sie keine Angst?«
»Doch, manchmal schon, besonders, als die SAVAK jemanden nach Frankfurt geschickt hat, um die Dokumente von mir zu holen.«
»Was? Die SAVAK weiß davon?«
Ich erzählte die Geschichte von Dawood Khan in der Türkei, seinem Besuch in Deutschland und schließlich von seinem Selbstmord in der Untersuchungshaft.
»Mein Gott, Sie haben Nerven. Was passierte dann?«
Ich berichtete von dem dubiosen Brief aus Paris und er blickte mich mit großer Bewunderung an. Er trank seinen Whisky und fragte leise, um sicherzugehen, dass ihn niemand außer mir verstehen konnte:
»Haben Sie die Dokumente schon gelesen?«
»Ja, habe ich.«
Ich antwortete auch leise, um ihn zu beruhigen. Er befeuchtete seine trockenen Lippen und fragte:
»Na, erzählen Sie mir, was sind das für Dokumente?«
»Es handelt sich um Überwachungsberichte aus Wien, Berlin und London. Aus der Schweiz gibt es mehrere Fotos und Kontoauszüge zahlreicher wichtiger Personen. Ich werde Ihnen morgen alles zur Verfügung stellen. Sie können die Unterlagen wieder nach Iran mitnehmen oder vernichten, wie Sie wollen.«
Er schüttelte seinen Kopf und sagte:
»Mein Gott, ich verstehe die junge Generation nicht. Ich merke, dass nicht nur Dariush verrückt ist, Sie sind auch nicht ganz dicht. Wieso haben Sie die Dokumente nicht sofort verbrannt? Wissen Sie, dass Sie mit Ihrem Leben leichtsinnig gespielt haben? Sie haben es mit der mächtigsten Organisation der Welt zu tun. Das ist eine machtvolle Institution, die fast ganz Asien im Griff hat.«

»Aber anscheinend haben sie meine Version geglaubt, denn es wurde kein weiterer Versuch unternommen.« Ich aß einige Pistazien und sagte weiter: »Ich habe noch etwas Schlimmes gemacht. Ich muss Ihnen unbedingt davon erzählen, aber vorab habe ich eine Frage: Kennen Sie einen Hauptmann Afshari?«
Seinen Augen blitzten, und er antwortete:
»Was hat dieser Hundesohn mit dieser Geschichte zu tun?«
Ich erzählte von seinem Kontoauszug, meiner Erpressung, seiner Reaktion und schließlich seiner Verhaftung.
Der General schaute mich verwundert an, schüttelte seinen Kopf und sagte:
»Das ist unglaublich. Sie haben sich mit einem Ungeheuer eingelassen. Laut Bericht vom Militärgericht war er ein Spion und verkaufte seit mehreren Jahren Geheimdokumente an den Ostblock. Man hatte lange Zeit nur einen Verdacht und keine Beweise. Aber seit seiner Verhaftung in Frankfurt wissen wir, was für ein Mistkerl er ist.
Inzwischen hat man nach kurzem Prozess sein Vermögen in Iran und sein Guthaben in der Schweiz enteignet und ihn lebenslänglich ins Gefängnis gesteckt.« General Raad wirkte aufgeregt. Er atmete tief durch und sagte weiter:
»Wenn man wüsste, dass Sie der Initiator dieser Aufklärung sind, würde man Sie zuerst belohnen und dann vielleicht erschießen.«
»Warum erschießen?«
»Weil Sie zu viel wissen.«
»Das glaube ich auch. Deshalb will ich mich ein für alle Mal davon befreien. Wollen Sie die Dokumente haben?«
»Bringen Sie die Unterlagen morgen hierher, dann entscheiden wir, was damit passieren soll.«
Ich hatte gar nicht gemerkt, dass ich in zwei Stunden eine Menge Whisky getrunken hatte, vier oder fünf Gläser.
Als ich aufstand, um zu gehen, merkte ich, dass der Alkohol bei mir seine Spuren hinterließ. Ich hatte wenig Kraft, mich zu beherrschen. Trotzdem versuchte ich, mich vernünftig zu verabschieden und schnell aus meiner Arbeitsumgebung zu verschwinden. Aber ich konnte auf keinen Fall Auto fahren, ich war völlig betrunken.
Automatisch bewegte ich mich mit kurzen, schleppenden Schritten auf das Wohngebiet zu, wo Nancy wohnte.

Sie war völlig fassungslos, als sie mich so spät und in diesem Zustand sah. Ich küsste sie auf die Wange, ging direkt in das Schlafzimmer und legte mich, ohne mich auszuziehen, auf ihr Bett und fiel in einen tiefen Schlaf.

Es war knapp zehn Uhr morgens, als ich wach wurde. Der angenehme Duft von Kaffee und amerikanischem Frühstück – Schinken und Spiegelei – gab mir ein sicheres und behagliches Gefühl. Ich ging ins Badezimmer und ließ mir lauwarmes Wasser minutenlang über meinen Kopf fließen.

Als ich in die Küche kam, stand das Frühstück bereits auf dem Tisch. Nancy lächelte mir zu und blickte mich sonderbar an. Ich küsste sie und sagte:

»Es tut mir leid wegen gestern Abend, ich konnte nicht nach Hause fahren.«

»Das habe ich wohl gemerkt. Du konntest sogar deine Sachen nicht mehr ausziehen.«

»Oh, stimmt. Hast du mich ausgezogen?«

»Ja, wer sonst?«

»Und hoffentlich hast du mich nicht angerührt?«

Sie warf mir ein Stück Brot an den Kopf und sagte:

»Wer berührt schon eine Leiche? Wo warst du und warum hast du so viel getrunken?«

»Ein persischer General lud mich zu einem Drink ein und ich merkte nicht, dass aus einem fünf wurden.«

»Woher kennst du ihn?«

»Ich kenne seinen Neffen. Wenn du mir eine anständige Tasse Kaffee einschenkst, werde ich dir eine Geschichte erzählen, die ich dir schon immer erzählen wollte und nicht konnte.«

Während des Frühstücks berichtete ich ihr alles, und zwar von Anfang an. Von Dariush, Dawood Khan, Hauptmann Afshari und schließlich von General Raad. Sie schaute mich die ganze Zeit mit versteinertem Gesicht an. Ihr zorniger, scharfer Blick verriet ihre Empörung. Als ich mit meiner Geschichte fertig war, schenkte sie mir eine neue Tasse Kaffee ein, denn sie wusste, dass ich kalten Kaffee nicht mochte, und sagte dann etwas verärgert:

»Ich bin richtig enttäuscht von dir. Wir sind über sechs Monate ineinander verliebt, fast jeden Tag zusammen, jede Kleinigkeit stimmen

wir miteinander ab, und nun erzählst du so nebenbei, dass du seit Monaten geheime Dokumente bei dir hast und dem Geheimdienst auf der Nase rumtanzt und ... und diese verdammte Geschichte behältst du für dich allein. Was für ein Mensch bist du eigentlich?«
Ich war auf einmal sprachlos. Eigentlich hatte sie recht. Nach einer Weile sagte ich:
»Es tut mir leid, du kannst mich beschimpfen, beleidigen, was du willst. Ich muss zugeben, dass du im Recht bist. Über so wichtige Dinge sollte man miteinander reden. Aber ich kann nicht erklären, warum ich unfähig war, dir oder Onkel Shahram davon zu erzählen. Vielleicht hatte ich Angst, ich weiß nicht. Ich wollte dieses Thema überhaupt nicht anschneiden, es belastete mich sehr. Ich bin froh, dass gestern Abend das lästige Schweigen gebrochen wurde. Ich fühle mich erheblich besser, aber nicht sicherer.«
»Warum? Traust du dem General nicht?«
»Doch, er ist ein glaubwürdiger Mensch, aber wenn irgendwann rauskommt, dass ich die Dokumente bei mir versteckt hatte, will ich nicht wissen, wie die SAVAK reagiert.«
Nancy war etwas weicher geworden. Sie kam zu mir, setzte sich auf meinen Schoß und küsste mich. Sie sagte:
»Wann willst du ihm die Dokumente geben?«
»Heute Nachmittag. Ich muss sie zuerst von Zuhause holen.«
»Ich habe eine Idee. Bevor du ihm die Unterlagen überlässt, machst du eine Kopie davon. Man weiß nicht, wann und wofür es gut ist. Wenn du in diese schreckliche Geschichte verwickelt bist, musst du mindestens ein Duplikat von deinem Belastungsmaterial haben. Außerdem kennst du General Raad nicht gut genug und weißt nicht, was er damit macht.«
»Ich bin froh, diese furchtbaren Papiere loszuwerden, aber vielleicht hast du recht. Wo soll ich sie kopieren?«
»Fahr nach Hause und bring die Dokumente hierher. Ich werde sie in der Schule kopieren.«
»Bist du mir noch böse?« Sie drückte mich an sich, küsste meine Wange und sagte:
»Nein, ich liebe dich, du Dickkopf.«
Kurz vor zwölf Uhr fuhr ich nach Hause. Als Erstes ging ich schnell in den Keller. Ich glaubte nicht, was ich sah; der Keller war völlig ausgeräumt. Keine Schränke, keine Marmelade, keine Kartoffeln. Man

hatte sogar mit einem Staubsauger ordentlich geputzt. Ich stand entsetzt für einige Sekunden im Keller. Meine Knie wurden weich und eine unangenehme Kälte kroch über meine Haut.
»Suchen Sie etwas Bestimmtes?«, unterbrach die Hausbesitzerin meine verwirrten Gedanken. Ich drehte mich erschrocken um und fragte sie:
»Wo sind die alten Schränke?«
»Wieso interessiert Sie das?«
»Wo sind die?« Meine Stimme klang unüberhörbar aggressiv – fast wie ein Schrei.
»Was soll das? Es sind meine Schränke.«
»Entschuldigung, aber wo sind die Schränke?«
»Im Hinterhof. Wenn Sie Interesse daran haben, müssen Sie sich beeilen, heute Nachmittag werden sie vom Sperrmüll abgeholt. Wissen Sie, ich möchte den Keller streichen und neue Regale aufstellen lassen.«
Mein Verhalten war überaus unhöflich. Aber ohne ihr weiter zuzuhören, ging ich schnell in den Hinterhof. Gott sei Dank waren die Schränke tatsächlich noch da. Ich kniete mich auf die Erde und riss den Umschlag vom Boden des alten Schrankes ab.
Trotz des kalten Wetters war ich auf einmal von Kopf bis Fuß verschwitzt. Unterwegs zu meiner Wohnung bemerkte ich, dass die alte Dame ganz konfus vor der Treppe stand und mich anblickte. Sie fragte:
»Ist alles in Ordnung mit Ihnen?«
»Ja, entschuldigen Sie nochmals, es war ein Missverständnis, jetzt ist alles in Ordnung.«
Ohne sie weiterreden zu lassen, ging ich in meine Wohnung und prüfte den Inhalt des Umschlages; Glück gehabt, es fehlte nichts. Ich machte mich frisch und fuhr wieder zu Nancy. Sie nahm die Dokumente und sagte, dass sie die Unterlagen um achtzehn Uhr ins Hotel bringen würde. Die Travellerschecks von Dariush steckte ich in meine Tasche.
Um vierzehn Uhr begann ich wieder mit der Spätschicht. Im Büro gab es eine Nachricht von General Raad.
Er schrieb, dass er bis zwanzig Uhr in Wiesbaden bleiben würde. Sobald er wieder zurück sei, würde er sich bei mir melden.
Gegen achtzehn Uhr brachte Nancy die Dokumente ins Hotel. Sie sagte, dass sich alle Fotokopien in ihrem Haus befänden. Als sie gehen wollte, forderte sie mich lächelnd auf:
»Trink mal heute Abend wieder reichlich Whisky.«

»Warum?«
»Es macht Spaß, dich auszuziehen!«

Um einundzwanzig Uhr meldete sich General Raad in meinem Büro. Obwohl er ziemlich müde aussah, war er aber wie immer guter Laune. Er kam gleich zur Sache und fragte:
»Wollen wir uns wieder in meinem Zimmer treffen oder gehen wir in den Offiziersclub?«
»Mir ist es lieber, wenn wir uns in Ihrem Zimmer unterhalten. Ich will Ihnen die Dokumente überlassen, das können wir nicht im Club machen.«
»In Ordnung, ich werde mich eine Weile hinlegen, bis Sie kommen.«
Gegen zweiundzwanzig Uhr war ich so weit. Ich klopfte an seine Zimmertür und er ließ mich herein. Offenbar hatte er ungeduldig auf mich gewartet.
Auf dem Tisch standen eine neue Flasche Whisky, und, wie am Vorabend, eine Dose Kaviar, gekühlt auf einer Schale voller Eis, sowie mehrere Scheiben Brot und eine große Dose Pistazien. Sein Blick war die ganze Zeit auf den gelben Umschlag gerichtet. Er sagte:
»Nehmen Sie bitte Platz, trinken wir, bevor wir an die Arbeit gehen.«
»Nein, nicht so schnell, ich möchte heute etwas weniger trinken. Gestern war ich sehr beschwipst.«
»Das habe ich gar nicht gemerkt, vielleicht war ich selbst auch betrunken.«
Ich nahm aus meiner Tasche zuerst die Travellerschecks und legte sie auf den Tisch.
»Was ist das?« fragte er.
»In dem Umschlag, den Dariush mir überließ, befanden sich auch zwanzig Travellerschecks á 100 Dollar.«
Er nahm die Schecks, blickte darauf und sagte:
»Tatsächlich, man hat sich den Kopf darüber zerbrochen, wie er im Ausland leben wollte. Als man ihn geschnappt hat, hatte er nur wenig persisches und türkisches Geld bei sich.«
Ich zog die Briefe, Bilder und Kontoauszüge aus dem Umschlag heraus und überreichte sie ihm. Es dauerte fast fünfzehn Minuten, bis er alles hastig studiert hatte. Während dieser Zeit beobachtete ich sein Gesicht. Er machte den Eindruck, als ob er die ganze Welt nicht verstünde. Oft

schüttelte er seinen Kopf, murmelte etwas und seine Augen blitzten andauernd. Endlich machte er seine Kommentare dazu:
»Es ist unglaublich. Ich ahnte, dass einige Kollegen nicht ganz sauber sind, aber diese Dokumente zeigen, in welchem Schweinestall ich die ganze Zeit gelebt habe.« Er schenkte mir ein Glas Whisky ein und sagte weiter:
»Bitte, mit dem Kaviar sollen Sie sich selbst bedienen.«
»Was werden Sie mit diesen Dokumenten machen?«, fragte ich, während ich ein Stück Brot mit Kaviar belegte.
»Ich weiß nicht genau. Ich muss zugeben, dass ich erschüttert bin. Ich denke, das Beste wäre es, während des Empfangs zum persischen Neujahrsfest im Schah-Palast diese Dokumente dem Schah-in-Schah persönlich in die Hand zu drücken.«
»Sie wissen, dass Sie mich damit in Gefahr bringen.«
»Nein, das verspreche ich Ihnen, Sie werden keinen Ärger bekommen. Ich erzähle allen, dass der Umschlag die ganze Zeit in Teheran gewesen ist, und zwar in einem Safe.
Dariush ließ vor einem Jahr einen Safe in seinem Badezimmer, hinter einem großen Spiegel, einbauen. Die SAVAK-Leute haben mehrere Male seine Wohnung auf den Kopf gestellt. Gefunden haben die Dummköpfe gar nichts, den versteckten Safe sowieso nicht.« Er schenkte sich wieder ein halbes Glas Whisky ein, trank langsam und sagte:
»Wir haben allerdings ein kleines Problem. Auf allen diesen Dokumenten befinden sich Ihre Fingerabdrücke. Ich muss dafür sorgen, dass alle Abdrücke von den Papieren entfernt werden, bevor ich die Dokumente dem Schah-in-Schah gebe.«
Ich blickte ihn mit ängstlichen Augen an und sagte:
»Mein Gott, mir ist jetzt klar, was ich für ein naiver Hammel bin. Ich habe gar nicht daran gedacht, dass man anhand meiner Fingerabdrücke erkennen kann, dass auch ich die Dokumente in Händen hatte. Wie können Sie die Fingerabdrücke entfernen lassen?«
»Keine Sorge, dafür gibt es mehrere Möglichkeiten. Aber was mir bei diesen Papieren nicht gefällt, sind die Briefe aus Wien, Berlin und besonders aus London.
Das ist der normale amtliche Schriftverkehr, der von SAVAK-Mitarbeitern geführt wird. Schließlich sind sie für die Sicherheit des Iran zuständig und müssen ihre Arbeit machen. Mir gefällt nicht, dass ich jetzt

Träger solcher Informationen bin, von Geheimdaten, die mich überhaupt nichts angehen. Aber was soll's, ich muss eine kluge und glaubwürdige Lösung finden. Solch heiße Ware kann das Leben vieler Schuldiger, aber auch Unschuldiger auslöschen.
Ich bin fest davon überzeugt, dass Dariush ohne große Überlegung in den Besitz dieser unglaublichen Dokumente gekommen ist.
Er hatte vielleicht die Absicht, etwas aus dem Posteingang im Büro von Major Naderi zu entwenden, aber er wusste mit großer Sicherheit nicht, dass das, was er in seinem Aktenkoffer steckte, genauso gefährlich ist wie eine Bombe.
Wenn Sie wüssten, wie nervös der Chef der SAVAK war, hätten Sie wahrscheinlich längst alles vernichtet. Aber scheinbar sind Sie ähnlich dickköpfig wie mein Neffe. Ich muss mich allerdings für Ihre Ehrlichkeit und freundliche Unterstützung bedanken.
Sie sind meinem Neffen eine große Hilfe gewesen. Dafür bin ich Ihnen sehr dankbar. Ab sofort haben Sie mit dieser furchtbaren Sache nichts mehr zu tun. Ich verspreche Ihnen, dass weder Dariush noch ich Sie jemals weiterhin belästigen oder Ihren Namen in diesem Zusammenhang irgendwo erwähnen werden.
Sie sind ein anständiger junger Mann. Ihr wertvolles Leben darf nicht wegen der chaotischen Denkweise meines Neffen oder durch eigenmächtige Vergeltung der SAVAK-Organisation zugrunde gerichtet werden.
Ich rate Ihnen, aus Sicherheitsgründen mit niemandem darüber zu sprechen. Versuchen Sie, die ganze Geschichte zu vergessen. Sie können davon ausgehen, dass Ihre Bemühungen nicht umsonst sind. Ich verspreche Ihnen, alle diese Bastarde dahin zu bringen, wo sie hingehören.
Ich gebe die Dokumente dem Schah-in-Schah und bin fest davon überzeugt, er wird solche Schweinereien in seiner Regierung nicht ignorieren. Vielleicht wird er eine Untersuchungskommission bilden und prüfen lassen, wie es kommt, dass so viele hohe Offiziere und Beamte Millionen Dollar auf ihren Schweizerischen Bankkonten deponiert haben.«
Er füllte mein Glas halbvoll mit Whisky. Ich dachte einen Moment an Nancy und ihre Freude, mich auszuziehen. Er sagte weiter: »Meine Hoffnung ist, dass der Schah-in-Schah als Anerkennung für meine

Loyalität den Befehl gibt, Dariush aus dem Gefängnis zu entlassen. Schließlich kann er durch diese Dokumente erkennen, wie treu ich ihm ergeben bin und was für ein Haufen Blutsauger sich in seiner näheren und weiteren Umgebung herumtreibt.«
»Werden Sie mich informieren, was aus Ihrer Aktion geworden ist?«
»Selbstverständlich. Im April müssen meine Mitarbeiter wieder nach Deutschland kommen und für das vereinbarte Vorgehen gemeinsam mit dem BKA einen Plan ausarbeiten. Ich werde über einen vertrauten Mitarbeiter einen Brief schicken. Sie müssen mir sagen, welche Adresse ich auf den Umschlag schreiben darf.«
»Oh nein, bitte keine Adresse. Das letzte Mal, als ich meine Adresse Ihr Neffe gegeben hatte, bekam ich genug Ärger. Auf Ihrer Hotelrechnung finden Sie die Telefonnummer des FAPOE, und Sie wissen, wie ich mit Nachnamen heiße. Leiten Sie ihm die Telefonnummer und meinen Namen weiter, dann vereinbare ich mit ihm einen Termin.«
»Okay. Ich finde es lobenswert, dass Sie vorsichtig sind. Er wird Sie zuerst anrufen.«
»Wollen wir den gleichen Geheimcode benutzen, den Dariush mit mir vereinbart hat?«
»Einverstanden, elfte elfte.«
Ich stand auf und zog meinen Mantel an. Er umarmte mich und sagte:
»Noch einmal vielen Dank für alles. Ich werde Sie nie vergessen.«
»Gute Reise. Falls die Möglichkeit besteht, bestellen Sie Dariush schöne Grüße von mir.«
»Mit großem Vergnügen.«
Ich verließ das FAPOE und ging zu Nancy. Es lagen fast zwanzig Zentimeter Schnee auf dem Boden. Als ich vor Nancys Wohnung stand, war ich bis auf die Knochen durchgefroren. Nancy machte die Tür auf. Wie ich ahnte, hatte sie die ganze Zeit auf mich gewartet. Sie drückte mich an sich. Ihre angenehme Wärme und ihr Duft machten mich wieder munter. Ich sagte leise:
»Ich muss dich enttäuschen, meine Liebe, ich werde mich heute Abend ohne deine Hilfe ausziehen.«
»Schade, gab es nicht genug Whisky?«, sagte sie, und dann pustete sie langsam ihren warmen Atem gegen meine gefrorenen Ohren. Wir gingen ins Wohnzimmer und sie fragte:

»Erzählst du mir, wie es gelaufen ist?«
»Wie geplant gab ich ihm alles, die Berichte, Bilder, Schecks und Kontoauszüge. Er war ziemlich schockiert. Er will nächsten Monat beim Neujahrsempfang im Schah-Palast die Dokumente persönlich dem Schah überreichen. Um mich zu schützen, will er behaupten, dass die Dokumente die ganze Zeit in Teheran gewesen sind, und zwar in einem versteckten Safe in der Wohnung von Dariush. Damit bin ich endlich frei, frei von Angst und Sorge, erwischt zu werden.«
Sie setzte sich auf meinen Schoß und sagte:
»Ich hoffe, dass du recht hast, denn Geheimorganisationen wie SAVAK oder CIA nehmen keine Rücksicht auf naive Menschen wie dich und mich.«
»Apropos Naivität. Ich wusste nicht bzw. hatte nie daran gedacht, dass meine und möglicherweise auch deine Fingerabdrücke auf allen Papieren zu erkennen sind.«
»Und, und was nun?«
»Der General machte mich darauf aufmerksam und sagte, dass er dafür sorgen werde, dass alle Fingerabdrücke entfernt werden, bevor er die Dokumente an den Schah weiterleitet. Er macht es aus Dankbarkeit.«
»Gott sei Dank, du siehst, wir sind für solche Aufgaben zu dumm.«
»Ja, deshalb bin ich nicht glücklich, dass du die Dokumente kopiert hast.«
»Wir können sie jederzeit vernichten, sie sind unser Eigentum. Ich dachte, falls der General uns reinlegt, sollten wir etwas in der Hand haben.«
»Aber ich möchte, dass du dich aus dieser hässlichen Geschichte raushältst. Das ist ein Grund, dass ich dir monatelang nichts erzählt habe.«
»Quatsch. Wenn etwas passieren würde, wäre es gleichgültig, wer von uns Schaden nimmt. Wir müssen zusammenhalten und dürfen die Nerven nicht verlieren.«
»Wo sollen wir die Dokumente aufbewahren?«
»Am besten in meiner Wohnung. Hier kann kein Fremder rein.«
»In Ordnung, aber wir erzählen keinem Menschen davon.«
»Einverstanden, aber jetzt lass uns diese kalte Nacht mit einem angenehmeren Thema genießen.«

11. Vorurteile

Der Name von Hauptmann Afshari wäre für mich fast in Vergessenheit geraten, wenn die Kopie seiner Hotelrechnung in der Buchhaltung nicht verloren gegangen wäre.
Tiny, unsere Buchhalterin, kam sechs Wochen nach seiner Abreise zu mir und klagte, dass sie seine Rechnung nicht finden könnte.
Die Hotelrechnung bestand aus drei NCR-Papieren: Das Originalblatt war für den Gast bestimmt, eine Kopie für die Telefonzentrale und ein gelbes, schweres Papier für die Buchhaltung. Die Rechnung blieb so lange in einer Kartei, bis der Gast seine Rechnung zahlte und abreiste. Nach dem Check-out von Gästen alle gelben Rechnungen gemeinsam mit den Registerpapieren des Tagesabschlusses der Buchhaltung zur weiteren Bearbeitung zugeschickt wurde. Es gab ab und zu Differenzen um ein paar Dollar, aber solange dies im Rahmen der Toleranzgrenze lag, drückte man ein Auge zu.
Die Rechnung von Hauptmann Afshari – Zimmerkosten und zahlreiche teure Telefongespräche – betrug 33 Dollar.
Der Tagesumsatz am Abreisedatum stimmte hundertprozentig, aber die gelbe Rechnung war nicht dabei.
»Wieso suchst du jetzt nach sechs Wochen seine Rechnung?«, fragte ich Tiny, die mir den ganzen Tag schon auf die Nerven ging.
»Die Kosten wurden zuerst von der amerikanischen Regierung übernommen. Jetzt sollen die iranischen Behörden zur Kasse gebeten werden. Bei dem Check-out hat man leider vergessen, eine Kopie der Rechnung mitzunehmen und jetzt soll ich ein Duplikat vorlegen«, sagte Tiny in ihrer freundlichen Art.
Sie war schätzungsweise Anfang vierzig, rotblond und trug eine weiße Brille mit sehr starken Gläsern. Sie wohnte auch in Schwanheim und lebte mit einem jungen Spanier zusammen.
»Was habe ich damit zu tun?«, fragte ich etwas verärgert.
»Gar nichts. Ich möchte, dass du mir hilfst. Vielleicht hast du eine Idee, wo seine Rechnung geblieben sein könnte. Du hast doch an diesem Tag gearbeitet, nicht wahr?«
»Stimmt, gearbeitet habe ich an diesem Tag. Aber als seine Rechnung bezahlt wurde, war ich nicht im Dienst. Ich weiß ganz genau, dass der

Check -Out in der Frühschicht vorgenommen wurde. Ich hatte an diesem Tag Spätschicht.«
»Wer war der Shiftleader der Frühschicht?«
»Saied.«
»Dann kläre ich das morgen mit ihm ab.«
Sie ließ mich verwirrend zurück. Ich konnte ihr in der Tat nicht helfen, obwohl ich den Sachverhalt äußerst dubios fand. Genauer gesagt, ich war davon überzeugt, dass die Rechnung nicht einfach so verloren gegangen wäre. Denn es schien mir völlig unlogisch, dass der Tagesumsatz hundertprozentig stimmte, aber die Kopie von seinen Rechnungen fehlte. Ich war sicher, dass Tiny eine gute, zuverlässige Buchhalterin war. Sie kam in unser Büro und bemängelte die Kassenführung erst dann, wenn sie es für unbedingt nötig hielt. Ich fragte mich die ganze Zeit ernsthaft, wo die gelbe Rechnung geblieben sein konnte. Ich prüfte unsere Schichtpläne vom letzten Monat und stellte fest, dass am Tag der Abreise eine meiner Mitarbeiterinnen, Katja, ein finnisches Mädchen, ebenfalls in der Frühschicht tätig gewesen war. Ich fragte sie, ob sie sich noch erinnern konnte, wer an diesem Tag die Kasse geführt hatte.
Sie machte ein nachdenkliches Gesicht und sagte:
»Ich habe die Kasse geführt.«
»Wieso bist du so sicher?«
»Weil ich die Kasse übernehmen muss, wenn ich unter der Leitung von Saied arbeite.«
»Warum musst du?«
»Wie soll ich sagen, vielleicht hat er es mit mir etwas leichter.«
»Leichter, womit leichter?«
»Du kennst ihn, er ist ein Playboy-Typ, er versucht immer mit attraktiven, weiblichen Gästen zu flirten. Wenn eine hübsche Frau ihre Rechnung begleichen will, schickt er mich ins Back Office, um während der Bezahlung mit der Dame minutenlang zu quatschen. Die anderen Kollegen erlaubten ihm kaum, sich der Kasse zu nähern.
»Kannst du dich erinnern, wer die Abrechnung von Hauptmann Afshari bearbeitet hat?«
»Oh ja, der Chef persönlich. Weißt du warum? Der amerikanische Leutnant, der die Rechnung von Hauptmann Afshari beglichen hat, war eine sehr attraktive Frau.«

Mohammed Saied war einer von drei Libanesen in der FAPOE. Er war 1,80 m groß und dunkelblond. Viele Frauen fanden ihn reizend. Er konnte vier Sprachen perfekt sprechen. Für mich war er ein cleverer Bursche, der wusste, was er wollte.
Ein bisschen mysteriös wirkte er schon. Er flirtete gerne mit fast allen Frauen, hatte aber nie eine Freundin, jedenfalls hat keiner sie gesehen. Ich mochte ihn überhaupt nicht. Er hatte eine unangenehme Kälte in seinen Augen, besonders, wenn er mit mir sprach. Die anderen Libanesen sahen wie typische Araber aus; dunkles, schmales Gesicht und eine dicke, lange Nase. Einer davon, Shokri, arbeitete als Gepäckträger und der andere, Abdul Rahman, war ein Desk Clerk.
»Du hattest die Kasse und du warst für die Ordnungsmäßigkeit der Kassenführung verantwortlich«, ermahnte ich Katja mit ernsthafter Stimme.
»Ich lehne jede Verantwortung ab, wenn der Chef sich in meine Arbeit einmischt.«
»Kannst du nicht. Nein, wenn Tiny einen Bericht über Unregelmäßigkeiten bei der Kassenführung schreibt, wirst du Bekanntschaft mit allen möglichen deutschen und amerikanischen Polizisten machen. Es ist besser, du sagst es mir, wenn du etwas weißt oder vermutest. Wo ist die Rechnung?«
Katja war spürbar nervös. Man konnte deutlich eine Veränderung in ihren hellgrünen Augen erkennen. Für meinen Geschmack war sie immer zu ruhig und ungewöhnlich schweigsam. Ich wusste nicht, ob sie sich nicht richtig artikulieren konnte oder ob sie eine Menge Geheimnisse mit sich herumtrug, die sie belasteten und ihr Verhalten beeinflussten.
Um achtzehn Uhr gingen wir gemeinsam in die Kantine zum Abendbrot. Sie war zuerst wie immer nicht sonderlich gesprächig, aber dann erzählte sie, worauf ich gewartet hatte.
»Eigentlich habe ich mir vorgenommen, mich nicht in solche Sachen einzumischen.
Aber wenn du sagst, dass ich für die Ordnungsmäßigkeit meiner Kasse die Verantwortung trage, dann bleibt mir keine andere Wahl, als mich zu wehren und jetzt auszupacken.«
Ich versuchte, ihr mit meiner ruhigen und freundlichen Art etwas Mut zu machen. Aber sie wirkte immer noch unsicher. Sie schmierte ihr Brot

und sagte leise, sodass die Kollegen am Nachbartisch nichts hören konnten:
»Die Rechnung von Hauptmann Afshari und Hunderte von anderen Rechnungen hat Saied vernichtet und sich das Geld in die eigene Tasche gesteckt!«
Ich verschluckte mich fast an meinem Tee. Ich säuberte meinen Mund und sagte:
»Was hast du gesagt? Das ist nicht möglich. Wie hat er den Betrag gebucht? Was hast du gemacht?«
»Ich habe bereits gesagt, ich habe damit nichts zu tun. Er war allein an der Kasse, und soweit ich es mitbekommen habe, hat er es gar nicht gebucht.«
»Was ist mit den Gästen, haben sie keine Kopie von der Rechnung verlangt?«
»Er hat immer bestimmte Kunden ausgesucht, auf keinen Fall die Gäste mit PCS-Orders (permanente Stationierung) oder TDY-Orders. Denn diese Kategorie von Gäste brauchen die Kopie der Hotelkosten für ihre Reisekosten-Abrechnung.
Er wählte lediglich die Gäste aus, die in Deutschland Urlaub machten. Weil sie, erstens, selten eine Kopie ihrer Rechnung haben wollten und, zweitens, der Rechnungsbetrag normalerweise über zwanzig Dollar war.«
»Und wie hat das funktioniert? Woher wusste er, wer im Urlaub war? Er musste normalerweise im Back Office arbeiten.«
»Er hat jeden Tag die Gästekartei durchsucht und mir dann eine Liste von ausgewählten Gästen in die Hand gedrückt, die für sein Vorhaben geeignet waren. Wenn ein Gast seine Rechnung bezahlen wollte, musste ich ihn schnell informieren.«
»Was hat er mit der Rechnung gemacht?«
»Ich vermute, er hat sie einfach in seine Tasche gesteckt.«
»Das heißt, er hat nicht mit der Registriermaschine gebucht?«
»Doch, eigentlich nein. Damit die Gäste nicht den Eindruck bekommen, dass er den Betrag nicht gebucht hat, drückte er immer die Taste Tagesumsatz. Du weißt doch, bei dieser Taste macht die Maschine ordentlich Geräusche.«
»Ich verstehe nicht, wieso die Hotelgäste keine Durchschrift von ihren Rechnungen verlangt haben?«

»Er sprach systematisch die ganze Zeit mit den Gästen, sodass man in der Regel vergaß, eine Kopie zu verlangen.«
»Und du hast einfach zugeschaut?«
»Was sollte ich tun? Ich habe Angst vor ihm. Er drohte mir, wenn ich mit jemandem darüber sprechen würde, wird er ... wird er ...«
»Wird er was machen? Warum hast du Angst vor ihm? Wo hat er dich bedroht?«
»Überall, im Büro, bei sich zu Hause.«
»Du warst bei ihm zu Hause?«
Sie schwieg fast eine Minute lang und hatte auch aufgehört, zu essen. Anscheinend hatte sie mit dem letzten Satz eine Unvorsichtigkeit begangen. Ich versuchte, meine freundliche Stimme nicht zu ändern. Ich blickte sie verständnisvoll an und sagte in gut gemeintem Ton:
»Pass auf, Katja, ich werde dir helfen. Du hast mir einige so unglaubliche Dinge erzählt, dass ich nicht weiß, wie weit ich dir glauben kann. Wenn du meine Hilfe in Anspruch nehmen willst, musst du mir alles erzählen. Wenn ich alles weiß, dann werde ich überlegen, wie ich eine Lösung finden kann; ansonsten steckst du bis zum Hals in Schwierigkeiten. Ich fürchte, allein kannst du aus diesem Dreck nicht rauskommen.«
Ihre grünen Augen begannen feucht zu werden, sie waren jetzt fast dunkelgrau. Ihre Hände zitterten. Sie blickte sich um, um sicherzugehen, dass niemand sie beobachtete. Sie sagte:
»Er hat mich dazu gezwungen.«
»Du bist ein erwachsener Mensch, du bist aus freiem Willen zu ihm gegangen.«
»Das schon, aber ich musste zu ihm gehen.«
»Warum? Ich verstehe nicht.«
Sie wurde wieder unsicher, aber mein Blick ließ sie nicht los. Sie versuchte für einige Sekunden nicht weich zu werden, aber endlich sprach sie sich aus:
»Vor einigen Monaten vergaß ein Gast seinen Koffer in der Lobby. Du weißt, in solchen Fällen muss der Koffer ins Fundbüro gebracht werden. An diesem Tag arbeiteten nur Saied und ich an der Rezeption. Er trug den Koffer ins Büro und öffnete ihn.
In dem Reisegepäck befanden sich viele schöne Damenkleider und Kosmetik. Er sagte mir, dass die Inhaberin des Koffers inzwischen in

Amerika sei und ich alles behalten dürfe. Ich weiß bis heute nicht warum, aber ich Idiot, ich nahm seinen Vorschlag an.
Nach Dienstschluss trug er den Koffer in sein Auto und brachte mich nach Hause. Ich fand ihn zuerst sehr großzügig und sympathisch. Aber eines Tages lud er mich zu sich in seine Wohnung ein. Ich trug eines von den amerikanischen Kleidern. Es passte mir sehr gut, so als ob man es extra für mich geschneidert hätte. Er war zuerst sehr nett zu mir. Er fotografierte mich einige Male und ich war fasziniert von seiner Aufmerksamkeit. Dann schlief er mit mir.
Beim Abendbrot erzählte er mir von seinem Plan mit dem FAPOE und sagte mir, dass ich an der Kasse für ihn arbeiten müsse. Ich verstand zuerst nicht, was er genau meinte. Aber dann wurde er deutlicher; er sagte, dass die Rechnungen der Urlauber nicht registriert werden sollten und dass das Geld ihm überlassen werden müsste.
Ich lehnte seine Forderung kategorisch ab. Er bot mir zwanzig Prozent. Ich sagte ihm, dass ich nie in meinem Leben etwas gestohlen hätte und niemals so etwas Kriminelles machen würde.
Dann schlug er mich. Diese Narbe neben meinem Mund habe ich als Souvenir aus seiner Wohnung mitgebracht. Zwei Wochen danach drohte er mir, dass er dem Hotelmanager erzählen würde, dass ich den Koffer mitgenommen hatte. Er besaß genug Beweise, zum Beispiel die Bilder von mir in der fremden Kleidung.
Er hatte mich voll im Griff und ich konnte gar nichts dagegen tun. Als er sah, dass ich nicht fähig war, an der Kasse Unterschlagungen zu begehen, gab er mir jeden Tag eine Liste von Gästen, die für sein schmutziges Geschäft relevant waren. Ich sollte ihn sofort informieren, wenn der Gast abreisen wollte.«
»Weiß noch jemand davon?«
»Ich weiß nicht, aber ich vermute, die beiden Araber sind eingeweiht. Wenn sie miteinander Gespräche führen, kann ich nichts verstehen, denn sie unterhalten sich auf Arabisch. Aber ich ahne, dass sie etwas wissen.«
Ich war erschüttert, und sie war etwas erleichtert. Sie atmete jetzt regelmäßig, ihre Augen hatten wieder ihre ursprüngliche Farbe bekommen. Ich holte zwei Tassen Kaffee und nahm ihr gegenüber Platz. Ich fragte:
»Was meinst du, wie soll es weitergehen?«
Sie wollte auf meine Frage nicht eingehen, sie erwiderte:

»Was meinst du?«
»Du weißt doch, bedingt durch meine Position kann ich diese kriminelle Handlung nicht ignorieren.«
»Was hast du vor? Willst du ihn anzeigen?«
»Es bleibt mir nichts anderes übrig. Ich muss etwas unternehmen.«
»Ich rate dir, vorsichtig zu sein. Er ist schlau und wird bestimmt alle Anschuldigungen auf mich abwälzen. Außerdem solltest du seine Freunde kennenlernen. Sie sehen alle wie Terroristen aus.«
»Woher kennst du seine Freunde?«
Sie wollte wieder nicht antworten. Sie rührte in ihrem Kaffee, obwohl sie weder Milch noch Zucker hineingetan hatte. Ich fragte:
»Was ist mit seinen Freunden? Woher kennst du seine Freunde?«
»Ich habe sie mehrere Male in seiner Wohnung getroffen.«
»Du warst mehrere Male in seiner Wohnung?«
»Ich sagte schon, ich musste zu ihm gehen.«
»Hast du auch mit seinen Freunden geschlafen?«
Ohne mich anzuschauen, sagte sie mit leisem, aber schrillem Ton:
»Begreifst du endlich? Ich musste das tun, was er mir befahl.«
»Oh Gott, was bist du nur für eine schwache Figur?«
Ich hätte meinen Mund halten sollen, denn sie begann zu weinen. Es war mir sehr peinlich. Ich blickte mich um, ob uns jemand beobachtete. Die Kantine war fast leer.
»Mach jetzt doch keine Szene. Wir werden eine Lösung finden. Ich helfe dir, aber du musst dich zusammennehmen, stark sein und versuchen, diese Krise zu überstehen.«
Wir verließen die Kantine und kamen wieder ins Büro. Sie musste einen Desk Clerk für die große Pause ablösen und ging daher an die Rezeption. Ich saß an meinem Schreibtisch und versuchte, für mich die Situation zu eruieren.
Einerseits hatte sie recht, ich musste mit diesen Arabern vorsichtig sein, denn sie waren unberechenbar. Andererseits konnte bzw. durfte ich dieses abscheuliche Wissen nicht für mich behalten. Wenn sich irgendwann die Fakten herauskristallisieren würden und sie erzählte, dass ich seit Langem davon wusste, würde keiner daran glauben, dass ich nichts damit zu tun hatte. Schließlich war auch ich ein Ausländer und der Ruf von asiatischen Arbeitnehmern war in Deutschland nicht sonderlich

gut. Ohne mich und Katja in Schwierigkeiten zu bringen, musste ich etwas unternehmen, aber was?
»Du hältst mich für eine Hure, nicht wahr?«
Katja unterbracht meine Gedanken. Sie stand zwischen Rezeption und Back Office, sodass sie beide Seiten sehen konnte.
»Unsinn, ich halte dich für ein anständiges Mädchen. Ich ärgere mich, dass du alles getan hast, was dieser Scheißkerl von dir verlangte.«
»Vielleicht hast du recht. Ich hätte mich besser wehren müssen, aber ich habe Angst gehabt, panische Angst, dass man mich aus meiner Anstellung entlässt.«
»Und ... was ist so Besonderes am FAPOE? Du kannst überall arbeiten. Arbeit gibt es genug.«
»Das weiß ich, aber ich muss hierbleiben, bis John von seiner Mission zurückkommt.«
»Wer ist John?«
»Er ist mein Freund, besser gesagt, er ist mein Verlobter. Vor zwei Monaten, bevor er Deutschland verließ, haben wir uns verlobt.«
Sie öffnete ihre Handtasche, zog ein Bild heraus und legte es auf meinen Schreibtisch.
Es war das Foto eines jungen, farbigen Leutnants. Ich hatte ihn mehrere Male im Hotel oder an der Snack-Bar gesehen, aber ich wusste nicht, dass er ihr Verlobter war. Ich sagte:
»Katja, ich sagte schon, ich werde dir helfen, aber du musst mitarbeiten und darfst nicht die Nerven verlieren. Wir müssen jetzt agieren, sonst hat er dich weiterhin voll im Griff und macht mit dir, was er will.«
»Was soll ich tun?«
»Ruhig bleiben. Du sollst dich lediglich von ihm fernhalten. Ich bin diesen Monat für den Schichtplan zuständig.
Ich werde dich ausschließlich in meine Schichten einplanen. Somit wirst du im nächsten Monat nichts mehr mit ihm zu tun haben. Aber eines musst du doch machen, und zwar schreibst du dir alles, was du über ihn weißt, auf. Das ist sehr wichtig. Ich kann dir jetzt nicht sagen, wozu das gut sein soll. Aber angesichts der Tatsache, dass man kaum ein Wort aus dir herausbekommt, wenn du nervös bist, ist es notwendig, dass du dich rechtzeitig auf ein unangenehmes Verhör mit der deutschen und amerikanischen Polizei vorbereitest. Du musst begreifen, dass so etwas nicht für immer im Dunkeln bleiben kann.«

»Soll ich nur über Saied schreiben oder auch über seine Landsleute im FAPOE?«
»Welche Landsleute?
»Shokri und Abdul Rahman.«
»Was weißt du über die beiden?«
»Ich weiß, dass Abdul Rahman mit den Rechnungen der Urlauber genauso vorgeht wie Saied, und Shokri entwendet Sachen aus den Koffern der Gäste.«
»Hast du das selbst gesehen, oder vermutest du es nur?«
»Ja, ich habe es mehrere Male gesehen. Immer, wenn Shokri in der Schicht arbeitet, in der Saied Shiftleader ist, durchsucht er fast alle Koffer, nimmt etwas Wertvolles heraus und stellt sie dann wieder zurück an ihren Platz.«
»Und du hast einfach zugeschaut?«
»Ich hielt mich zurück. Ich machte ein Mal einen Fehler und habe dafür genügend bezahlt.«
»Und was war mit Abdul Rahman?«
»Wenn er mit Saied arbeitet, sind sie sowieso das perfekte Team. Aber wenn er unter der Regie eines anderen Shiftleader tätig ist, versucht er, genau wie Saied, bestimmte Gäste zu täuschen und keine Durchschrift von der Rechnung aus der Hand zu geben.«
»Hast du das selbst gesehen?«
»Ja, er hat sogar einmal Ärger mit einem Gast gehabt. Ein bereits abgereister Gast kam wieder zurück und verlangte seine Rechnung. Das war sehr peinlich für Abdul Rahman.
Er ist vor Aufregung ganz nervös und dunkelrot geworden. Aber er hat trotzdem Glück gehabt. Saied war unser Shiftleader, und er, der routinierte Gauner, hat immer mehrere Blanko-Formulare in seinem Aktenkoffer. Er schrieb sofort mit einer Schreibmaschine eine neue Rechnung, gab sie dem Gast und somit waren alle zufrieden.«
Ich war fassungslos über diese unglaubliche Geschichte. Ich sagte zu Katja:
»Ich erlaube dir, dass du heute eine Stunde früher nach Hause gehst. Nimm dir Zeit und schreibe alles auf, was du weißt, sachlich, korrekt und, wenn möglich, mit Angabe von Zeit und Datum.
Ich werde heute Abend überlegen, wie wir diese dunkle Geschichte ans Tageslicht bringen, ohne Ärger zu bekommen.«

Sie saß für eine Weile vollkommen regungslos da und sagte dann:
»Ich danke dir. Ich bin froh, dass ich mit dir darüber gesprochen habe. Wenn wir die drei Araber loswerden, dann werde ich mich wieder sicher fühlen.«
Etwas irritierte mich an ihrer Formulierung und Ausdrucksweise. Sie sprach den Begriff Araber aus wie Nancy, wenn sie von Kommunisten redete, mit gewissem Hass, Ekel und sehr distanziert.
»Du magst Araber überhaupt nicht, nicht wahr?«, fragte ich und blickte in ihre Augen.
»Ich hasse Araber«, antwortete sie, ohne zu zögern.
»Aber das verstehe ich nicht, du bist doch keine Jüdin, oder?«
»Nein, das hat damit nichts zu tun. Ich habe schlechte Erfahrungen mit den Arabern gemacht. Eine meiner besten Freundinnen war mit einem Araber verheiratet. Der Mistkerl hat sie jeden Tag ohne Grund geschlagen und misshandelt. Er quälte sie so lange, bis sie eines Tages mit den Nerven fertig war und ihn mit einem Küchenmesser niederstach.«
Auf einmal verstummte sie und blickte mit blassem Gesicht und zitternden Händen zu Boden.
»Aber solchen Ehekrach gibt es überall, in Deutschland, in Iran und in Finnland. Man darf nicht wegen eines Idioten die anderen verteufeln.«
Sie blieb schweigsam. Sie ging zur Rezeption und begann, zu putzen.
An diesem Abend war ich irritiert und angespannt. Ich wusste nicht, an was und wen ich glauben sollte.
Ich wollte mit jemandem darüber sprechen. Nancy war auf einem Seminar in München, und es war zu spät, Onkel Shahram oder Monika anzurufen.
Obwohl ich alle drei Araber nicht mochte, konnte ich aber nicht glauben, dass sie zu solchen Eigenschaften fähig waren, denn alle drei waren strenggläubige Muslime. Oft gab es zwischen uns Diskussionen über die Religion. Saied meinte, dass ich kein echter Moslem sei, weil ich nicht betete. Im Grunde genommen hatte er recht. Ich hatte nie eine Moschee von innen gesehen – mit Ausnahme der Schah-Moschee in Esfahan, die vielleicht eines der schönsten historischen Gebäude in Iran ist.
Das lag wahrscheinlich an meiner Erziehung, denn meine Eltern hatten mich nie dazu gezwungen, zu Hause oder in einer Moschee zu beten, und freiwillig war ich dazu auch nicht motiviert.

Am folgenden Tag ging ich um elf Uhr in die RMAB. Ich suchte Herrn Rügmann in seinem Büro auf. Er war erstaunt, mich so früh zu sehen.
»Geben Sie zu, Sie lieben Ihre Aufgaben im FAPOE, sonst würden Sie nicht so früh hierherkommen«, sagte er mit einem sarkastischen Lächeln.
»Von Liebe ist keine Rede, es geht um eine ernsthafte Sache. Wollen Sie bitte den Hoteldirektor zu einer außerordentlichen Sitzung rufen?«
»Nanu, was ist los? Wollen Sie vielleicht kündigen?«
»Nein, das ist nicht der Grund. Es geht um eine äußerst heikle Sache.«
Er bat mich, Platz zu nehmen. Ich erzählte von Tinys Reklamation und meiner Unterredung mit Katja. Er hörte mit großer Aufmerksamkeit zu. Von Minute zu Minute wurden sein Gesicht blasser und seine Augen größer. Als ich mit meiner Erzählung fertig war, stand er auf und sagte, bevor er den Raum verließ:
»Bleiben Sie hier, bis ich zurückkomme.«
Es dauerte fast zehn Minuten, bis er mit dem Direktor in seinem Büro erschien.
Mr. Smith, der Hoteldirektor, war ein großer Mann mit einer starken Ausstrahlung. Er war Anfang sechzig. Wir wussten, dass er Flugkapitän gewesen war, bevor er zur FAPOE kam. Wegen seiner Kriegsverletzung, aber auch aufgrund seines organisatorischen Talents, hatte man ihn als Direktor der FAPOE eingesetzt.
Er wirkte beunruhigt. Mir war klar, dass Herr Rügmann ihm die ganze Geschichte in einer kurzen Fassung erzählt hatte.
»Was für eine merkwürdige Geschichte habe ich gehört. Ist es wahr, dass man uns betrügt?«
Er sprach mit einem texanischen Akzent und begann, seine Pfeife zu stopfen.
»Leider ist es so. Ich war gestern vollkommen erschüttert von dem, was Frau Malikmann mir alles berichtete«, antwortete ich und erzählte nochmals die ganze Geschichte, um sicherzustellen, dass er alles richtig verstanden hatte.
Er sagte zu Herrn Rügmann, dass er jemanden vom OIS anrufen und ihn bitten sollte, sofort ins FAPOE zu kommen. Die Gruppe OIS[6] kann man mit der deutschen Kriminalpolizei vergleichen. Sie ist zuständig für die

---

[6] Officer of Investigation and Security.

Sicherheit im RMAB und arbeitet eng mit der deutschen Polizei zusammen.
Es dauerte nicht mehr als fünfzehn Minuten, als zwei OIS-Männer, ein Deutscher, Herr Reinecke, und ein Amerikaner, Mr. O'Conner, im Büro von Herrn Rügmann erschienen. Ich musste die Geschichte zum dritten Mal erzählen. Diesmal noch ausführlicher. Während meiner Ausführungen unterbrachen mich beide andauernd und versuchten mit Fangfragen, jede Kleinigkeit zu klären.
Als ich endlich fertig war, fragte Mr. O'Conner, wann Katja Malikmann wieder arbeiten würde.
»Sie hat heute wie ich Spätschicht.«
»Gut, glauben Sie, dass sie Ihrer Aufforderung folgt, und uns heute einen Bericht zur Verfügung stellen kann?«
»Ich hoffe es. Ich habe sie auf jeden Fall darum gebeten.«
Mr. Smith fragte die beide OIS-Männer, was jetzt getan werden müsste.
»Jetzt können wir, meiner Meinung nach, gar nichts tun. Wir müssen Beweise haben. Wir müssen recherchieren, beobachten und jede Menge Arbeit leisten, bis wir die Schuldigen hinter Gitter bringen.«
»Wie wollen Sie vorgehen?«
»Das weiß ich im Moment nicht. Wir müssen einen sauberen Plan ausarbeiten.«
Ich schlug vor:
»Wenn wir Beweise brauchen, dann müssen wir ein bisschen nachhelfen. Die alten Rechnungen sind sowieso weg, wir müssen neue erstellen lassen und dann jemanden beauftragen, zu einem günstigen Zeitpunkt die Rechnung zu bezahlen. Unmittelbar danach prüfen wir, ob Saied oder sein Landsmann tatsächlich das Geld in die eigene Tasche gesteckt und die Originalrechnungen vernichtet haben.«
»Das ist eine gute und praktikable Lösung, dennoch brauchen mein Kollege und ich einige Stunden Zeit, um ein Konzept zu erarbeiten und dann an die Arbeit zu gehen.«
»Meine Herren, machen Sie, was Sie für nötig halten, aber ich möchte Erfolge sehen, und zwar schnell. Ab sofort steht Ihnen mein Büro zur Verfügung«, sagte Mr. Smith. Dann schaute er mich an und lobte mich: »Danke, gute Arbeit.«
Als ich begann, meine Schicht zu übernehmen, erfuhr ich, dass Katja sich für mindestens eine Woche krankgemeldet hatte. Ich konnte keinen

Zusammenhang zwischen ihrer Krankheit und der Geschichte vom letzten Tag erkennen. Sie war in der Vergangenheit oft krank. Angeblich hatte sie eine seltene Allergie. Man erzählte, dass ihr ganzer Körper, besonders ihr Gesicht, voll mit roten Flecken bedeckt war. Solche Anfälle dauerten meistens eine Woche.
Die Leute vom OIS waren zwei Tage lang voll im Einsatz. Sie bauten, ohne dass es bemerkt wurde, einige Wanzen in und um die Rezeption ein. Offiziell hieß es, dass die Telefonleitung erneuert werden musste.
Am zweiten Tag gingen sie auf meinen Vorschlag ein und ließen mehrere Gäste mit einem sogenannten Urlaubsstatus im Hotel einchecken. Dafür wurden die Zimmer 201, 301 und 401 reserviert.
Um alle Rechnungen ganz echt aussehen zu lassen, hatte man jeden Tag dem jeweiligen Gast mehrere teure Telefonrechnungen zugeordnet.
Alle warteten auf die Rückkehr von Saied. Er hatte zehn Tage Urlaub und sollte in der nächsten Woche zurückkommen.
Während dieser Zeit versuchten wir, nach Absprache mit dem OIS, Abdul Rahman zu testen.
Wir tauschten die Schichtpläne von Katja und Abdul Rahman. Beide wurden rechtzeitig informiert.
An einem Mittwoch, als Abdul Rahman begann, in meiner Schicht zu arbeiten, beauftragte ich ihn, die Kasse zu übernehmen.
Um 10.30 Uhr begann die Aktion. Die Zeit schien günstig, da zwei Desk Clerks Pause machten und Abdul Rahman allein an der Rezeption und Kasse war.
Ein Mitarbeiter des OIS stürmte an die Kasse und sagte, dass er für Zimmer 201 zahlen wollte. Als Abdul Rahman seine Rechnung aus der Kartei herausholte, fragte der Gast ungeduldig:
»Wie hoch ist die Rechnung? Beeilen Sie sich bitte, ich muss mein Flugzeug in zwanzig Minuten erreichen.«
»Genau 49 Dollar, Sir.«
Er schmiss eine 50-Dollar-Note auf den Tisch neben die Kasse und sagte: »Behalten Sie den einen Dollar für Ihre Kaffeekasse«, und ohne Abdul Rahman zu Wort kommen zu lassen, verließ er das Hotel.
Das war die beste Gelegenheit für Abdul Rahman, die fünfzig Dollar und die Rechnung verschwinden zu lassen.
Ich wartete so lange, bis ein Desk Clerk ihn für eine kurze Pause ablöste. Als er in die Kantine ging, näherte ich mich unauffällig der Kasse,

machte den Container mit den Rechnungen auf, und zu meinem Erstaunen lag die gelbe Rechnung von Zimmer 201 ganz oben; korrekt gebucht und von Abdul Rahman abgezeichnet.
Ich rief gleich Herrn Reinecke an. Er hatte offensichtlich auf meinen Anruf gewartet.
»... und? Hat der Fisch den Köder geschluckt?«, fragte er auf Deutsch.
»Fehlanzeige, er hat die Rechnung völlig korrekt bearbeitet.«
»Das ist nicht möglich. Hat er vielleicht schon bemerkt, dass wir ihn beobachten?«
»Das glaube ich nicht.«
»Oder hat er einen heißen Tipp von jemandem bekommen?«
»Sie meinen von Katja?«
»Genau. Vielleicht hat sie vor dem Araber Angst und versucht, alles wiedergutzumachen?«
»Das ist unwahrscheinlich, denn sie weiß, dass es keinen Ausweg gibt, und wenn sie nicht aufpasst, wird sie in diesem Sumpf versinken.«
»Wir sollten es morgen noch einmal versuchen.«
»In Ordnung. Ich werde wieder eine passende Zeit für das Check-out unseres zweiten Gastes organisieren.«
Am folgenden Tag zur gleichen Zeit fragte der zweite Gast, eine Frau mit hohem militärischem Rang aus Zimmer 301, Abdul Rahman, wie hoch ihre Rechnung sei. Er holte den Beleg und sagte:
»25 Dollar, Madame.«
Die Frau spielte die Rolle einer Urlauberin, die nach Süddeutschland reisen wollte. Sie bombardierte ihn mit vielen Fragen bezüglich Autobahn, Entfernung, Hotelkosten in München und so weiter. Plötzlich holte sie aus ihrer Umhängetasche fünf 5-Dollar-Scheine heraus und sagte:
»Hier haben Sie 25 Dollar. Ich brauche keine Rechnung.« Daraufhin verließ sie blitzartig das Hotel.
Ich stand ganz dicht, aber unauffällig zur Rezeption und hätte gern gewusst, was er jetzt mit den 25 Dollar machen würde. Der Bursche war sauber, er buchte den Betrag ganz korrekt. Er war weder nervös noch irgendwie merkwürdig.
Die beiden OIS-Männer waren richtig enttäuscht. Mr. O'Conner meinte, dass wir auf Saied warten sollten.

Um einen schnellen Erfolg zu erzielen, mussten wir die gleiche Situation organisieren, die Katja geschildert hatte. Alle drei müssen zusammen in einer Schicht arbeiten. Die Ergebnisse dieser Kooperation sollten unmittelbar nach Abschluss ihrer Schicht untersucht werden. Wieder wurden mehrere falsche Rechnungen mit hohen Beträgen in die Kartei geschleust.
Am Wochenende ging ich mit Nancy zu Onkel Shahram. Das Thema bei Kaffee und Kuchen drehte sich um Saied. Ich erzählte von den Manipulationen mit den Rechnungen, vom Fall Katja, Abdul Rahman und Saied. Monika hörte die ganze Zeit mit großem Interesse zu und sagte:
»Du solltest dich da raushalten. Wenn sie merken, dass du hinter dieser Aktion stehst, werden sie dich nicht in Ruhe lassen.«
»Wenn Saied erwischt wird, gehe ich davon aus, dass man ihn in seine Heimat abschiebt und er daher keine Zeit findet, Rache zu nehmen.«
»Irrtum, mein Lieber. Wenn die Geschichte von Katja wahr ist, dann hast du bestimmt nachher mit seinen Freunden Ärger. Du kommst selbst aus dem Orient und weißt, wie emotional man bei euch reagiert. Ich rate dir, du solltest dich davon distanzieren.«
Nancy stimmte mit Monika überein und sagte:
»Wenn wir Amerikaner so viel Geld haben, um einen unsinnigen Krieg in Vietnam zu führen, dann lass doch ein paar Araber einige Hundert amerikanische Dollar in die eigene Tasche stecken.«
Aber wie auch immer, ich konnte mich nicht mehr zurückziehen, ich steckte schon mitten drin.

* * *

Am Montag der folgenden Woche kam Saied von seinem Urlaub zurück. Katja erschien auch wieder an ihrem Arbeitsplatz. Sie war verärgert, dass ich ihren Schichtplan geändert hatte. Das sagte sie mir, als ich mit meiner Arbeit in der Spätschicht begann.
»Wegen deiner Krankheit musste ich den gesamten Plan auf den Kopf stellen. Außerdem handelt es sich nur um eine Woche, bald werden wir wieder zusammenarbeiten.« Dann fragte ich leise:
»Hast du den Bericht schon geschrieben?«
»Ich habe damit begonnen, aber ich bin noch nicht fertig.«

»Ich will nicht, dass du einen Roman schreibst, sondern einen kurzen Bericht über das, was du mir erzählt hast.«
»Okay, ich bringe ihn morgen mit.«
Am Nachmittag offenbarte mir Herr Reinecke, dass er den ganzen Tag im Bereich der Rezeption und der Kassen gelauscht hätte, aber nichts Außergewöhnliches gehört hatte.
Er sagte, dass wir am nächsten Tag vielleicht die ganze Wahrheit erfahren würden. Ich hatte den Eindruck, dass er mehr wusste, als er mir sagte.
Planmäßig kam ich am Dienstag um dreizehn Uhr ins Büro des Hoteldirektors, wo Mr. O'Conner auf mich wartete. Er sagte:
»Unsere Dummy-Gäste haben heute Morgen ihre Rechnung bezahlt und sind abgereist. Wir müssen jetzt prüfen, ob die Rechnungen korrekt gebucht wurden. Ich habe bereits veranlasst, dass sich Saied ins Büro von Herrn Rügmann begibt und sich dort mindestens eine halbe Stunde mit verschiedenen Aufgaben beschäftigt, sodass wir ungestört die Kasse prüfen können.«
»Was ist mit Katja, war sie die ganze Zeit an der Kasse?«
»Sie war bis auf 55 Minuten Pause ständig an der Kasse. Während ihrer zwei Pausen hat Saied persönlich die Kasse geführt.
Es war wieder das gleiche Spiel. Alle drei unserer sogenannten Gäste hatten es eilig, und keiner wollte seine Rechnung sehen. So, das ist jetzt die Stunde der Wahrheit: Hat der Bursche das Geld in seine eigene Tasche gesteckt oder nicht? Das sollten wir jetzt so schnell wie möglich herausfinden.«
Wir vereinbarten, dass er irgendwo in der Lobby sitzen sollte, bis ich ihm ein Zeichen gäbe. Dann ging ich ins Back Office. Katja war überrascht, mich so früh zu sehen.
»Was machst du jetzt hier?«
»Ich wollte deinen Bericht holen.«
»Du kannst ihn haben, aber ich hoffe, dass ich keine Schwierigkeiten bekomme.«
»Schwierigkeiten? Wofür? Das Geld haben die anderen in die Tasche gesteckt. Hoffentlich hast du alles so geschrieben, wie du es mir erzählt hast.«
Sie holte aus ihrer Tasche einen Umschlag und überreichte ihn mir.
»Wie du gesagt hast. Ich habe kurz und präzise geschrieben.«

»Fein, was ist mit heute, hat er wieder seine eigene Kasse gefüllt?«
»Soweit ich das mitbekommen habe, drei Mal.«
Ich gab Mr. O'Conner ein Zeichen und er kam zu uns. Ich stellte ihm Katja vor und sagte:
»Katja, Mr. O'Conner ist hier, um uns zu helfen. Im eigenen Interesse musst du mit ihm zusammenarbeiten.«
Katja war vor Angst vollkommen bleich geworden. Sie hatte nicht erwartet, dass alles so schnell gehen würde. Ich erzählte Mr. O'Conner, was mir Katja über Saied berichtet hatte. Er blickte bohrend in ihre Augen und fragte:
»Wissen Sie, welche Zimmer er bearbeitet hat?«
»Zimmer 301, 403, und 408.«
»Können Sie prüfen, ob die gebuchten Rechnungen noch da sind?«
»Nein, sie sind weg.«
»Trotzdem prüfen Sie das bitte.«
Katja durchsuchte die Kartei.
»Ich sagte Ihnen doch, die Rechnungen sind weg. Er hat gar nichts gebucht und inzwischen sind sie bestimmt vernichtet worden.«
Mr. O'Conner war etwas verwirrt. Er blickte mich an und machte eine Geste, als ob er mir etwas sagen wollte, aber dann blieb er schweigsam. Nach langer Überlegung schaute er Katja an und sagte:
»Können Sie prüfen, ob die Gäste in Zimmer 201 und 401 abgereist sind?«
Ich konnte nicht folgen, was er beabsichtigte. Katja überprüfte die Kartei nochmals und sagte:
»Ja Sir, sie sind abgereist, aber ... aber komisch, obwohl die Rechnungen hohe Summen betragen, hat er beide ordnungsgemäß gebucht.« Sie blickte mich hilflos an und sagte weiter: »Vielleicht wollten die Gäste doch eine Kopie ihrer Rechnung haben.«
Mr. O'Conner hörte nicht, was Katja sagte. Er entschuldigte sich und verließ schnell die Lobby. Zehn Minuten später rief er mich an und bat, mit Katja ins Büro des Hoteldirektors zu kommen.
»Es geht nicht, wer soll an der Kasse arbeiten?«, protestierte ich.
»Keine Sorge, Saied ist bereits unterwegs. Ich bat ihn, gleich zu Ihnen zu gehen und die Kasse vorübergehend zu übernehmen.«
»Ist das ein Teil Ihres Plans?«
»Beeilen Sie sich bitte.«

Innerhalb weniger Minuten erschien Saied an der Rezeption. Er war ziemlich wütend und fragte:
»Weißt du, was hier vorgeht?«
»Nicht ganz, aber ich bin sicher, bald werden wir mehr wissen.«
Im Büro von Mr. Smith warteten die beiden OIS-Männer, der Hoteldirektor, der Hotelmanager und eine schwarzhaarige Frau. Ich sah sie zum ersten Mal. Sie war groß, kräftig und schätzungsweise Ende vierzig.
Mr. O'Conner bat uns, Platz zu nehmen. Dann sagte er zu Katja:
»Frau Katja Malikmann, wir haben uns inzwischen kennengelernt. Der Herr mit dem Schnurrbart ist mein Arbeitskollege, und Frau Rabisky ist eine deutsche Kriminal-beamtin.
Während unserer Ermittlungen hat sich herausgestellt, dass die Kriminalpolizei in Ihrem Heimatland den deutschen Behörden bereits einen Antrag gestellt hat, dass man Sie in Deutschland suchen, verhaften und nach Finnland ausliefern solle. Ich bin sicher, Sie wissen warum. So, die anderen Herren kennen Sie bereits.
Zu Sache, Frau Katja Malikmann. Wir sind davon überzeugt und besitzen ausreichende Beweise, dass Sie uns die ganze Zeit bewusst in eine falsche Richtung geführt haben.« Er sprach ihren Namen mit ausgesuchter Distanz aus und versuchte, ruhig zu bleiben. Er sagte weiter: »Diese Erkenntnisse führen zu der unausweichlichen Schlussfolgerung, dass Sie nicht Opfer, sondern Täter sind!«
Ich konnte nicht glauben, was ich hörte. Alle Anwesenden waren ruhig und blickten zu Katja. Ich musste eingreifen:
»Was erzählen Sie da? Ich dachte, wir untersuchen die Unterschlagungen von Saied?«
»Bleiben Sie bitte ruhig, ich möchte nicht unterbrochen werden«, sagte Mr. O'Conner mit ernsthafter Stimme. Er stand vor Katja und fuhr fort:
»Inzwischen wissen wir ganz genau, dass Sie seit Monaten mehrere Hundert Rechnungen vernichtet und das Geld in Ihre eigene Tasche gesteckt haben. Folglich muss ich annehmen, dass Sie sich, um jeden Verdacht von sich abzulenken, die Geschichte von der Erpressung und Gewalt ausgedacht haben und ganz geschickt Misstrauen gegen Saied und seine Landsleute gesät haben.«
Ich fühlte mich äußerst unbehaglich. Ich blickte zu Katja. Sie wirkte erschöpft und schockiert.

Sie schaute mit versteinertem Gesicht Mr. O'Conner an, aber zu meiner Verwunderung gab sie keinen Ton von sich. Mr. O'Conner sagte weiter:
»Sie sind eine clevere Frau, soweit ich das bis jetzt mitbekommen habe, haben Sie Ihr kriminelles Leben perfekt organisiert; aber heute haben Sie einen großen Fehler begangen.«
Endlich redete sie. Offenbar reizte die letzte Bemerkung ihr Interesse. Sie fragte:
»Was für einen Fehler?«
»Vor fünfzehn Minuten sagten Sie, dass Saied die Rechnungen für Zimmer 301, 403 und 408 bearbeitet hat. Ich habe gute Gründe zu behaupten, dass das eine freche Lüge ist. Wir belauschten und beobachteten Sie und Ihre Kollegen heute den ganzen Tag. Alles, was Sie getan bzw. gesagt haben, konnten wir mit Erlaubnis Ihrer Führungskräfte hören und aufnehmen. Wir sahen und konnten unmissverständlich hören, dass Sie die Rechnungen der von Ihnen genannten Zimmer selbst bearbeitet und mit großer Sicherheit das Geld in die eigene Tasche gesteckt haben.
Seit einigen Tagen wussten wir schon, dass Sie mit diesen Unterschlagungen zu tun haben. Dennoch mussten wir uns davon überzeugen, dass zwischen Ihnen, Saied und seinen Kollegen keine Komplizenschaft besteht.
Unsere Ermittlungen haben ergeben, dass Sie allein, Frau Malikmann, diese Unterschlagungen verantworten müssen.
Was Sie nicht wussten, ist, dass die drei Gäste aus Zimmer 201, 301 und 401 unsere eigenen Kollegen sind. Sie wurden beauftragt, ihre teuren Rechnungen bar zu zahlen und keine Kopie der Rechnungen zu verlangen. Einer der drei Gäste sitzt zurzeit im Büro von Herrn Rügmann.
Die Zimmer 403 und 408, die Sie ebenfalls bearbeitet haben, standen nicht auf unserer Prüfliste. Das heißt laut Ihrer eigenen Aussage, dass Sie zwei weitere Rechnungen nicht gebucht und das Geld selber eingesteckt haben.«
Katja blieb schweigsam. Er ging zum Telefon, wählte vier Ziffern und legte, ohne auf eine Antwort zu warten, wieder den Hörer auf.
Wenige Sekunden später betrat ein junger Mann das Büro. Mr. O'Conner fragte Katja:

»Na, erkennen Sie Ihren Kunden wieder? Er hat heute um 9.13 Uhr seine Rechnung für Zimmer 301 bezahlt. Genau 34 Dollar. Sie lobten minutenlang seine hässliche Krawatte, um ihn abzulenken. Er gab Ihnen vierzig Dollar und bekam sechs Dollar zurück. Aber Sie gaben ihm keine Kopie seiner Rechnung. Ist das richtig, Peter?«
Der OIS-Mann nickte und sagte:
»Das ist richtig, sie hat es sehr professionell gemacht.«
Mr. O'Conner redete weiter:
»Ich muss zugeben, dass wir in der letzten Woche Sie, Frau Malikmann, sehr intensiv unter die Lupe genommen haben.
Um uns Erkenntnisse von Ihnen zu beschaffen, mussten wir uns mit der Polizei Ihrer Heimat in Verbindung setzen. Wir wussten nicht, dass Sie in Finnland einer der meist gesuchten Verbrecher sind. Sie können sich vorstellen, dass unsere Nachforschungen bei der finnischen Polizei eine Lawine von Aktivitäten ausgelöst haben.
Die Behörde Ihrer Heimat stellte sofort einen Auslieferungsantrag an die deutsche Kriminalpolizei und daher mussten wir uns, bevor man Sie nach Finnland abschiebt, beeilen herauszufinden, wie Ihre Beziehung zu Saied gestaltet ist.
Sie haben sich letzte Woche krankgemeldet, aber Sie waren oft in der Stadt. Wir beobachteten, dass Sie bei der American-Express-Bank am Hauptbahnhof eine ganze Menge Dollar in DM gewechselt haben. Angesicht der Tatsache, dass Ihr Gehalt in DM gezahlt werdet, haben wir uns den Kopf zerbrochen, woher diese Dollarscheine kommen. Sie waren alle echt, das haben wir jedes Mal in der Bank überprüft.« Er saß direkt vor Katja und begann flüsternd, auf sie einzureden: »Frau Malikmann, Sie sind eine intelligente Frau, Sie merken, dass wir alles wissen. Es hat keinen Sinn, um den heißen Brei herumzureden und Ausreden zu finden.« Er schaute dann Frau Rabisky an und sagte: »Die deutsche Kollegin hat auch eine Liste von Beschuldigungen gegen Sie bei sich. Aber dazu wird sie selbst etwas sagen. Zuerst möchte ich Sie bitten, meine Fragen zu beantworten. Seit wann unterschlagen Sie Gelder aus der Kasse? Haben Sie diese inzwischen beiseitegeschafft? Und warum haben Sie Saied beschuldigt?«
Alle Blicken richteten sich auf Katja. Sie versteifte sich und war nicht gesprächig. Ihr farbloses Gesicht, ihre traurigen und leblosen Augen, ihre unregelmäßige Atmung und schließlich ihre zittrigen Hände zeigten, was

in ihrer Seele vorging. Die Auswirkungen dieses unerwarteten Schocks waren in der Tat zu groß.
Für mich war es einfach unfassbar. Ich war ein bisschen von mir enttäuscht, nein, verärgert über meine Gutgläubigkeit. Ich merkte, dass ich eine sehr schlechte Menschenkenntnis besaß.
Katja brach endlich das lästige Schweigen und sagte:
»Ihre letzte Frage möchte ich als Erste beantworten. Ich hasse Saied und alle Araber. Wahrscheinlich hat Frau Rabisky Ihnen bereits erzählt, welche Erfahrungen ich mit Arabern gemacht habe und welche Erfahrung Araber mit mir haben.
Ihre erste Frage kann ich nicht beantworten. Ich weiß nicht, vier Monate, sechs Monate, ich weiß nicht, spielt auch keine Rolle. Die Antwort auf Ihre zweite Frage, wie viel Geld ich beiseitegeschafft habe, lautet: gar nichts.
Ich habe alles ausgegeben, was ich mitgenommen habe. Ich musste meine Wohnung einrichten und vernünftig leben. Ich wollte irgendwann aufhören und eine normale Existenz führen. Aber wie es aussieht, ist mein Leben von Pech, Sorge und Unglück geprägt.«
Ich schaute Katja mit einem giftigen Blick an und fragte:
»Was hast du mit den Rechnungen von heute gemacht?«
Sie öffnete einige Knöpfe ihrer Uniform, nahm mehrere zusammengefaltete Rechnungen aus ihrer Bluse heraus und warf sie auf den Schreibtisch von Mr. Smith. Mr. O'Conner nahm die Belege und sagte:
»Und wo ist das Geld, insgesamt 110 Dollar?«
Sie öffnete ihre Umhängetasche, legte mehrere Dollarscheine auf den Tisch und sagte:
»Es müssen mehr als 110 Dollar sein. Sie haben Zimmer 311 vergessen oder gar nicht bemerkt?«
Mr. O'Conner gab das Geld Mr. Smith und sagte:
»Herr Direktor, wir haben unsere Aufgaben erledigt. Wollen Sie bei der deutschen Polizei eine Anzeige wegen Unterschlagung und Veruntreuung erstatten?«
Mr. Smith beobachtete Katja die ganze Zeit und rauchte langsam seine Pfeife. Offenbar hatte er bereits auf diese Frage gewartet. Er sagte:
»Danke für die gute, zügige Arbeit. Angesichts der Tatsache, dass sie wegen anderer Geschichten mit der deutschen und finnischen Polizei zu

tun hat, möchte ich keine Anzeige gegen Frau Malikmann erheben, wenn sie jetzt und hier ihren Arbeitsvertrag fristlos kündigt.
Sie soll ihre Uniform abgeben und mit ihren Papieren die RMAB für immer verlassen. Kündigt sie nicht, verfassen Sie einen Bericht für die Personalabteilung, die wissen schon, was getan werden muss.«
Dann verließ er, ohne auf eine Reaktion von Katja zu warten, sein Büro.
Ich hätte gerne gewusst, was Frau Rabisky gegen Katja in der Hand hatte. Ich fragte sie:
»Ist sie jetzt verhaftet?«
Sie nickte und sagte auf Deutsch:
»Mr. Smith ist fort, Gott sei Dank muss ich nicht mein schlechtes Englisch benutzen. Ich gehe davon aus, dass Sie alle Deutsch verstehen. Also, Frau Malikmann, besser gesagt, Frau Wahab, geborene Manninen, ich rate Ihnen, dass Sie das Angebot von Mr. Smith annehmen und sofort kündigen. Wenn er gegen Sie eine Anzeige erstattet, wird das Leben für Sie noch schwieriger sein. Denn bevor Sie sich vor einem finnischen Gericht in Helsinki wegen Mordes an Ihrem Ehemann, Herrn Mohammed Wahab, verantworten werden, stünden Ihnen einige Jahre Haft in einem deutschen Gefängnis bevor.«
Ich war völlig sprachlos und bestürzt. Worüber redete sie überhaupt? Wessen Ehemann war ermordet? Katja hatte nie erzählt, dass sie bereits verheiratet war.
»Ich kündige. Ich bin einverstanden, fristlos zu kündigen«, sagte Katja mit gebrochener Stimme.
Herr Rügmann spielte die ganze Zeit die Rolle eines unbeteiligten Zuschauers. Aber nach der letzten Aussage von Katja wurde er plötzlich aktiv. Er gab ihr ein weißes Blatt und diktierte ihr die Kündigung. Es ging alles zu schnell für mich. Ich hatte mehrere Fragen und wusste nicht, wem ich sie stellen sollte. Als Katja ihre Kündigung unterschrieben hatte, sagte Herr Rügmann:
»Frau Rabisky, sie gehört Ihnen, wir beenden diese unerfreuliche Sitzung.«
»Vielen Dank. Jetzt bin ich an der Reihe.« Dann blickte sie Katja an und sagte: »Frau Wahab, ich verhafte Sie wegen Mordes an Ihrem Ehemann. Sie werden einige Tage in Untersuchungshaft im Frauengefängnis verbringen, bis wir alle erforderlichen Formalitäten mit den finnischen Behörden erledigt haben. Haben Sie noch Fragen?«

»Nein, doch, eine Frage. Können wir zuerst bei meiner Wohnung vorbeigehen, um einige private Sachen und frische Unterwäsche zu holen?«
»Leider kann ich es nicht allein entscheiden, aber das werden wir irgendwie schaffen.«
Herr Rügmann nahm das Geld und die Rechnungen und sagte mir:
»Bitte begleiten Sie Frau Malikmann, Frau Wahab oder wie zum Teufel sie heißt gemeinsam mit Frau Rabisky zum Damen-umkleideraum. Sie muss sich umziehen und Ihnen die Uniform geben.«
Katja war etwas ruhiger geworden. Trotzdem vermied sie jeden Blickkontakt mit mir. Gemeinsam mit Frau Rabisky und Katja verließen wir das Büro.
Die Damenumkleideräume befanden sich in der ersten Etage. Unterwegs hielt ich den rechten Arm von Katja fest und fragte:
»Hast du mir nichts zu sagen? Was meinen sie mit Mord an deinem Ehemann?«
Ohne mich anzuschauen, sagte sie:
»Auf diesen Tag habe ich oft ängstlich gewartet. Es ist wahr, ich habe meinen Mann getötet. Ich stieß ein Messer in sein Herz, weil mir dieser Scheiß-Araber jahrelang mein Leben zur Hölle gemacht hat. Dann verließ ich Finnland mit dem Reisepass meiner Freundin und versuchte unter ihrem Namen, mir ein neues Leben in Deutschland aufzubauen. Aber leider hat dies, wie du siehst, nicht geklappt.«
»War die Geschichte von Saied und seiner Erpressung gelogen?«
»Wenn schon, trotzdem er und seine arabischen Freunde brutale Barbaren sind.«
»Was ist mit deinem Verlobten, war das auch eine Lüge?«
Ohne meine Frage zu beantworten, ging sie in Begleitung von Frau Rabisky in den Damenumkleideraum. Es dauerte einige Minuten, bis sie in ihren eigenen Sachen herauskam.
Im dunkelblauen Mantel sah sie etwas kleiner aus. Wir gingen zum Haupteingang. Dort wartete ein deutsches Polizeiauto.
Endlich schaute sie direkt in meine Augen. Plötzlich durchzog ein weiches Lächeln ihr blasses, trauriges Gesicht. Sie küsste meine Wange und sagte:
»Es tut mir leid, dass ich dich enttäuscht habe. Ich mag dich, du bist in Ordnung.«

Sie stieg in das Auto neben Frau Rabisky und innerhalb kurzer Zeit waren sie vom Gelände verschwunden.
Ich erinnere mich, dass ich nach diesem Vorfall lange Zeit schockiert, verbittert und tief enttäuscht war. Insbesondere darüber, dass ich in meinen Gedanken Saied und seine Landsleute verdächtigt hatte. Ich war beschämt über meinen Verstand und meine schwachen analytischen Fähigkeiten. Wie leichtsinnig hatte ich alles geglaubt, was dieses Mädchen mir erzählt hatte.
Eines Tages sah ich in der Snack-Bar den farbigen Leutnant, der angeblich ihr Verlobter sein sollte. Ich setzte mich an seinen Tisch und fragte ihn, ob ich ihm einige indiskrete Fragen stellen dürfte.
»Nur zu, ich habe nichts zu verbergen«, sagte er, als er seinen Hamburger aß.
»Kennen Sie meine ehemalige Kollegin Katja?«
»Oh, Gott; muss das sein? Ich war froh, als sie plötzlich verschwand.«
»Wieso? Ich dachte, sie war Ihre Verlobte.«
»Was war sie? Sind Sie verrückt? Ich bin ein verheirateter Mann und habe zwei entzückende Kinder.«
Als er mein verwirrtes Gesicht sah, gab er zu, dass er mit ihr eine kleine Romanze gehabt hatte. Dann versuchte sie, seine Ehe auseinanderzubringen.
»Das war ein großer Fehler, gebe ich zu. Ich habe es zu spät gemerkt. Sie rief jeden Tag an und versuchte mich davon zu überzeugen, dass ich mich scheiden lassen sollte, um dann sie zu heiraten. Sie wollte unbedingt nach Amerika reisen und suchte einen Dummen, der ihr dieses Ziel ermöglichte.
Ich bin wirklich glücklich, dass mein Leben wieder in Ordnung ist. Jetzt entschuldigen Sie mich, ich muss arbeiten.«
Er ließ sein Essen auf dem Tisch stehen und verließ die Snack-Bar. Ich habe Katja bis heute nicht mehr gesehen.
Ich wusste, dass sie nach Finnland abgeschoben und wegen Mordes an ihrem Ehemann verurteilt worden war. Ich habe aus ihrer Geschichte allerdings etwas gelernt. Ich lernte, dass man solch existenzielle Anschuldigungen nicht so oberflächlich hinnehmen und nicht zu schnell alles glauben darf, was die Anderen erzählen.

12. Eine Seele, zwei Welten

Jedes Jahr am 20. Bzw. am 21. März beginnt das persische Neujahr (Nourouz). Der persische Kalender folgt seit Jahrtausenden dem Sonnenzyklus. Die ersten sechs Monate haben 31 Tage, die folgenden fünf 30, der letzte 29 oder, wenn es ein Schaltjahr ist, 30 Tage. Solange ich zurückblicken kann, ist dieses Fest für jeden Perser das aufregendste und erfreulichste Ereignis innerhalb eines Jahres.
Nourouz ist die Zeit der Hoffnung; denn der kalte, dunkle Winter verabschiedet sich und die Erde beginnt wieder zu atmen. Der Hoffnungsträger aller müden Menschen, der Frühling, bringt nicht nur Farbe und Wärme mit sich, sondern erregt auch die Fantasie und Träume. Die Menschen werden weicher und manchmal menschlicher. Man vergisst viele unerfreuliche Vorkommnisse und blickt hoffnungsvoll in die Zukunft. So denkt fast jeder Perser während Nourouz.
Es ist eine alte Tradition, dass vor Beginn des neuen Jahres alle Häuser gründlich geputzt werden müssen. Während der sieben Tage Nourouz kleidet sich jeder elegant, besucht Freunde und Verwandte, tauscht Geschenke und Blumen oder sendet fantasievolle Grußkarten. Jeder versucht, diese Gelegenheit zu nutzen und seine freundschaftlichen Beziehungen zu pflegen. Ich glaube, man findet kaum einen Ort in der Welt, wo die Menschen sich der Natur gegenüber so dankbar und fröhlich zeigen, wie in Iran.
Der Tag der großen Festlichkeiten ist vor allem der 13. nach dem Jahresanfang. Die volkstümliche Tradition verlangt, dass sich jeder am 13. draußen aufhält. Fast jeder glaubt, dass ein Unglück passiert, wenn man an diesem Tag zu Hause bleibt. So beeilt sich am 13. jede Familie, die Stadt zu verlassen, um den gefährlichen Einflüssen zu entgehen. Im ganzen Land veranstaltet man Picknicks auf Rasenflächen oder in den Bergen. Man bringt alle möglichen Musikinstrumente mit und spielt den ganzen Tag. Man tanzt, singt und feiert Nourouz, das neue Jahr, den neuen Start ins Leben.
Ich ahnte, dass mein erstes persisches Neujahr in Deutschland nicht wie zu Hause sein konnte. Der Frühling des Jahres 1965 begann an einem Sonntag. Ich war etwas enttäuscht, dass Nancy diesen wichtigen Tag meiner Tradition vergessen hatte. Sie bemerkte ihr Versäumnis im Haus

von Onkel Shahram. Sie wunderte sich zuerst über einen Tisch, der sehr bunt und dekorativ geschmückt war. Sie fragte Monika:
»Was ist das alles auf dem Tisch?«
»Das ist eine Haft-Sin-Zeremonie.«
»Was ist Haft-Sin?«
»Meine liebe Nancy, wenn du eines Tages einen Perser heiraten willst, musst du dich besser über seine Traditionen informieren. Heute ist Nourouz, das persische Neujahrsfest, und es ist ein alter Brauch, dass man am ersten Tag unter anderem sieben essbare Nahrungsmittel, deren Name mit einem S beginnt, auf den Tisch legt; z. B. Apfel (auf Persisch heißt er ‚Sieb') oder Knoblauch (Sier), Pudding (Samanu) und so weiter.«
»Stimmt. Bijan sagte es mir letzte Woche, aber leider habe ich es völlig vergessen.«
Wir feierten diesen Tag mit Onkel Shahram, Monika und mehreren eingeladenen Gästen. Ich war erstaunt, wie Monika voller Überzeugung und Freude versuchte, sich ihrem gemeinsamen Leben mit Onkel Shahram anzupassen. Obwohl sie ihrer deutschen Mentalität treu blieb, versuchte sie dennoch, die perfekte Frau eines Persers zu sein. Wie habe ich gleich am ersten Tag ihre Kenntnisse der persischen Sprache, Geschichte und Traditionen bewundert.
Mit Hilfe einer Angestellten von Onkel Shahram bereitete sie für zwölf Gäste verschiedene persische Gerichte vor. Am Tisch sprach sie einen Toast aus. Sie nahm ihr Glas Sekt und sagte:
»Liebe Freunde, an diesem wunderbaren Tag, wo das Neujahr beginnt, wünsche ich allen Gesundheit und ich hoffe, dass alles erreicht wird, was immer ihr erreichen wollt. Genau wie Shahram und ich; wir wollten heiraten und Kinder haben. Geheiratet haben wir schon, und was ein Kind betrifft ... ein Kind ...« Alle blickten sie neugierig an. Sie schaute voller Freude ihren Mann an und sprach weiter: »Im Juni dieses Jahres werden wir unsere kleine Familie vergrößern, ich bin schwanger.«
Das war eine Sensation, besser gesagt, das war das beste Geschenk, das eine Frau ihrem Mann an einem solchen Tag machen konnte. Zum ersten Mal konnte ich Tränen in Onkel Shahrams Augen schimmern sehen. Er war außer sich vor Freude und Glück.
Gegen siebzehn Uhr rief ich zu Hause an. Es war immer schwierig, eine freie Leitung nach Teheran zu bekommen. An diesem Abend musste es

eigentlich noch problematischer sein, da fast jeder Perser versuchte, seine Familie in Iran zu erreichen. Ich hatte aber Glück; gleich beim ersten Versuch hatte ich meine Mutter am Apparat.
Onkel Shahram und ich sprachen mit fast allen Anwesenden in unserem Haus in Teheran. Ich fühlte mich äußerst unbehaglich, als meine Mutter sagte, dass Ferry mit mir sprechen wollte. Sie war bei uns zu Besuch. Ich wusste nicht, ob das ein Zufall oder gezielt von jemandem geplant war.
Am Telefon klang sie sehr fröhlich und lieb wie immer. Sie gratulierte mir zum neuen Jahr, und in kurzer Zeit erzählte sie vieles, unter anderem, dass sie immer an mich dachte, dass sie an der Universität von Teheran studierte und mit ihrem Leben zufrieden sei. Sie beabsichtigte im Sommer 65, ihren Bruder in Österreich zu besuchen. Er studierte an der Universität Wien. Sie sagte, dass sie mich ebenfalls gerne besuchen würde, wenn sie für Deutschland ein Visum bekäme.
Etwas in meinen strahlenden Augen, etwas in meinem roten Gesicht veranlasste Nancy, mich mit einem gewissen Argwohn zu mustern.
Sie traute sich nicht, mich zu fragen, mit wem ich zuletzt gesprochen hatte. Sie bedachte mich mit misstrauischen Blicken und beobachtete die Reaktion von Monika, denn sie wusste, dass Monika verstand, was am Telefon gesprochen wurde.
Sie fragte mich auch nachher nicht, aber ich war überzeugt, dass sie gerne eine Erklärung von mir gehabt hätte. Ich schwieg. Ich konnte sie nicht in dieses Thema einweihen, denn egal, was ich gesagt hätte, sie würde sich bestimmt nicht freuen, dass ich mit einem Mädchen gesprochen hatte, das auf meine Rückkehr wartete.
Anfang April 65 wollten Nancy und ich die geplante Europareise antreten. Ich kaufte Monikas Auto, das sie wegen ihrer Schwangerschaft nicht mehr benutzen konnte. Mit einer schönen Frau wie Nancy in einem roten Triumph Spider in Europa Urlaub zu machen, das war immer mein Traum. Wir planten, zwei Wochen lang Holland, Belgien, Frankreich, Italien und schließlich Österreich zu besichtigen. Wir hofften, mit dieser Reise genügend Möglichkeiten zu finden, uns besser kennenzulernen. Es gibt ein altes persisches Sprichwort:
‚Um den Geist deines Partners zu erforschen, reise mit ihm.'
Obwohl wir uns sehr liebten und unsere Beziehung mehr als harmonisch war, gab es ständig einen Störfaktor, der uns manchmal in Wut und Verzweiflung versetzte. Wir konnten über alles miteinander reden, aber

zwei Themen durften wir nicht in unsere Diskussion einbeziehen: Politik und Kultur.
Nancy war eine fanatische Konservative. Sie war überzeugt, dass Kapitalismus der einzige vernünftige Weg war, um in einer Gesellschaft zu leben. Sie machte mich wütend, wenn sie voller Überzeugung meinte, dass man einem Arbeitgeber dankbar sein müsse, sogar die Hände küssen solle, wenn er einem Arbeit gibt.
Mein Argument, dass diese Dankbarkeit auf Gegenseitigkeit beruhen müsse, denn der Arbeitnehmer stelle Kraft, Wissen und schließlich den besten Teil seines Lebens zur Verfügung, damit der Arbeitgeber auch Geld verdiene, wollte sie gar nicht hören. Sie fand es absurd und ungerecht, dass Europäer doppelt so viele bezahlte Urlaubstage bekamen wie Amerikaner. Sie hatte kein Verständnis dafür, dass in Europa ein Arbeitgeber einen ihm unsympathischen Mitarbeiter nicht einfach entlassen darf. Sie meinte, alle Europäer seien Kommunisten, nur gäben sie es nicht zu und versuchten mit Begriffen wie Sozialdemokratie die kommunistische Ideologie konsequent zu praktizieren.
Noch schlimmer fand ich ihre Einstellung zu Fragen der kulturellen Weltanschauung. Sie hatte weder Interesse noch die geringste Beziehung zu anderen Kulturen. In ihren Augen waren die meisten asiatischen oder europäischen Traditionen zu aufwendig, lächerlich und, wie sie immer sagte, unamerikanisch.
Während unserer großen Europareise hatte ich genügend Zeit, ihre reservierte und teilweise ablehnende Einstellung hierzu kennenzulernen. In vierzehn schönen Tagen fuhren wir über dreitausend Kilometer. Abgesehen von den Meinungsverschiedenheiten in Sachen europäischer und asiatischer Mentalität, Essen, Kunst und Lebensart verbrachten wir eine unvergessliche Zeit miteinander. Ich versuchte, mir die schönste Zeit unseres Lebens nicht durch solche Diskussionen verbittern zu lassen, aber ihr passives Verhalten und manche unfairen Bemerkungen bezüglich französischer Esskultur oder italienischer Architektur brachten mich schier zur Verzweiflung.
Ihre Aussage, dass das historische Bauwerk Kolosseum in Rom im Vergleich mit dem Gran Canyon unbedeutend sei, ließ meinen Blutdruck auf zweihundert steigen. Alles, was nicht amerikanisch war, konnte sie nicht aus voller Seele akzeptieren. Ich erinnere mich daran, dass sie in einem schönen, rustikalen französischen Restaurant einen Cheeseburger

verlangte, und als sie beobachtete, mit welcher Ruhe die Franzosen ihr Essen genossen, sagte sie:
»Ich verstehe nicht, wieso die Franzosen immer für ihr Essen so viel Zeit haben. Wann wollen sie endlich arbeiten?«
Sie war völlig außer sich, als wir in Rom wegen einer Demonstration stundenlang im Stau steckten. Sie verfluchte alle Europäer.
»Sie sind alle Kommunisten, man muss alle erschießen«, sagte sie in einem unglaublich fanatischen Ton. Sie sprach fast den ganzen Tag nicht mit mir, weil ich gesagt hatte:
»Du musst allmählich lernen, dass es, Gott sei Dank, noch Menschen gibt, die anders denken als Amerikaner.«
Als wir wieder in Frankfurt waren, hatte ich keinen Zweifel, dass sie mich sehr liebte und ich mir mein Leben ohne sie nicht vorstellen konnte. Aber während dieser zwei Wochen wurde uns beiden klar, dass wir zwei völlig unterschiedliche Welten repräsentierten.
Bedingt durch meine mangelhafte Erfahrung im Bereich der Politik hatte ich überhaupt nichts dagegen, ihre konservative Meinung zu dulden und mich sogar einigermaßen anzupassen, aber was die kulturelle Gesinnung betraf, brauchte ich mehrere Jahre, mich an ihre Denkweise zu gewöhnen, obwohl ich nicht sicher war, ob ich das wollte oder konnte.
Am Sonntag, unserem letzten Urlaubstag, lud sie mich ins Offizierskasino in der RMAB ein. Sie wollte gerne nach zwei Wochen ein echtes amerikanisches T-Bone-Steak essen. Es war in der Tat lecker, aber viel zu viel. Auf jedem Teller lagen fast ein halbes Kilo dickes, saftiges Fleisch, gekochter Mais und gebackene Kartoffeln.
»Endlich weiß man, was man isst«, sagte sie voller Zufriedenheit.
Nach dem Abendessen gingen wir an die Bar. Sie bestellte zwei Longdrinks – Manhattan – und fragte mich, was sie offenbar seit Langem fragen wollte.
»Wie stellst du dir deine Zukunft vor, mein Lieber?«
»Ich habe mir bis heute keine großen Gedanken gemacht«, antwortete ich.
»Aber du willst dir doch nicht dein ganzes Leben in diesem Land – oder noch schlimmer in diesem Hotel – ruinieren?«
»Ich fühle mich hier wohl. Warum glaubst du, dass ich mein Leben ruiniere?«

»Es ist höchste Zeit, dass du dich aus deinen Träumen befreist. Du bist bald fünfundzwanzig Jahre alt. Mit dieser Arbeit und deinem Gehalt kannst du keine sichere Zukunft aufbauen.«
»Was meinst du, soll ich tun?«
»Neues beginnen, wieder studieren, dich für neue Herausforderungen vorbereiten.«
»Ich habe schon studiert.«
»Mit deiner Ausbildung kannst du keine akzeptable Position übernehmen. Du hast Literaturwissenschaft studiert. Du kennst jeden Dichter, jeden Schriftsteller und du kannst ein paar Fremdsprachen, aber damit kommst du nicht weiter. Heutzutage ist es nicht möglich, mit dem Verkauf von Poesie und Geschichten eine Familie zu ernähren.«
Ich blickte in ihre Augen, sie waren ernst und etwas befremdlich. Ich sagte:
»Du machst mir Angst. Was hast du heute? Warum sagst du mir nicht, was du von mir willst?«
»Ich will dir helfen. Ich will dich aus deinem tiefen Schlaf wecken, du merkst gar nicht, dass du dein Leben hier vergeudest.«
»Ich verstehe immer noch nicht, was du genau von mir willst.«
Sie trank hastig ihren Drink und sagte:
»Komm mit mir nach Amerika. Du kannst bei uns wohnen und, wie ich gesagt habe, erneut studieren.
Ich werde meine Stelle hier kündigen und wieder in einer Schule in Los Angeles arbeiten. Ich möchte dort für dich kochen, waschen, dich unterstützen, bis du mit deinem Studium fertig bist und eine anständige Arbeit in Amerika findest.«
Ich war völlig überrascht. Ich blickte in ihr tiefernstes Gesicht, ohne ein Wort zu sagen. Sie bemerkte meine Verzweiflung und fuhr fort: »Was das Visum betrifft, brauchst du dir keine Gedanken zu machen. Ich trete als dein Sponsor auf. Vor unserem Urlaub habe ich mich erkundigt und man sagte mir, es wird circa acht Wochen dauern.«
»Hast du auch schon einen Studienplatz für mich ausgesucht?«, fragte ich etwas sarkastisch. Aber sie war nach wie vor ernst und ignorierte meinen zynischen Ton:
»Ja, habe ich. Ich habe die gesamten Studienkataloge von mehreren Universitäten in und um Südkalifornien besorgt. Am besten fand ich das Studium für Informatik und Betriebswirtschaft.«

»Was ist Informatik?«
»Ich weiß auch nicht genau, aber es handelt sich um Datenverarbeitung mit dem Computer. Man sagt, das sei die Herausforderung des Jahrhunderts.«
»Weißt du, was du von mir verlangst? Ich bin ein Poet, ein Literaturfanatiker. Ich habe kaum in meinem Leben mit Mathematik oder Physik zu tun gehabt. Ich glaube, ich wäre nie in der Lage mit Technik umzugehen, schon gar nicht mit elektronischen Geräten. Du willst mich aus meiner bunten Welt herausreißen und in eine kalte, fremde Welt katapultieren. Ich weiß nicht, ob ich in einer solchen Welt jemals glücklich sein könnte.«
»Mein lieber Bijan, ich bin die Letzte, die dich unglücklich machen will, im Gegenteil, ich möchte, dass du durch eine sichere und interessante Position dein ganzes Leben glücklich bleibst. Aber du musst etwas dafür tun, sonst bleibst du dein ganzes Leben in einer trügerischen Welt stehen. Irgendwann wirst du aufwachen und dann ist es leider zu spät. Ich habe auch vom Computer keine Ahnung, aber, wenn wir in Amerika sind, lassen wir uns beraten. Vielleicht es ist nicht so schwer und schrecklich, wie du dir das vorstellst.«
Sie nahm meine Hand, presste sie auf ihre warmen Lippen und sagte mit sanfter Stimme weiter: »Ich möchte, dass du in aller Ruhe überlegst und mir dann sagst, ob du mit mir nach Amerika kommst und dort dein Leben neugestaltest.
Ich wünsche mir, dass du dich ohne Emotionen und fremde Einflüsse entscheidest. Eines musst du jetzt aber wissen. Ich werde auf jeden Fall nach Amerika zurückgehen. Ich habe erkannt, dass ich in Europa niemals glücklich werden kann.«
Der letzte Satz traf mich wie ein Hammerschlag. Ich konnte mir das Leben ohne Nancy nicht vorstellen. Sie war wie ein Flussbett und ich das Wasser, sie war der einzige Stern im Himmel meines Lebens. Ich konnte unmöglich ohne sie in Deutschland bleiben.
Ungeduldig wartete sie auf eine Antwort. Sie blickte tief in meine Augen, um meine Gedanken zu erforschen. Es war eine völlig unerwartete Situation. Ich konnte nicht klar denken. Endlich brach ich die Stille und sagte:
»Nancy, ich will dich nicht verlieren, aber du sollst mich nicht drängen. Lass mir genug Zeit, damit ich über deinen Vorschlag nachdenken kann.

Was du sagst, klingt vernünftig und logisch. Aber ich bin darauf nicht vorbereitet. Du verlangst von mir, die Richtung meines Lebens radikal zu ändern. Wenn ich in das kalte Wasser springen soll, dann möchte ich es mit offenen Augen machen.«
»Ich verstehe, aber du solltest nicht zu viel Zeit verlieren. Wenn du mitmachst, dann müssen wir spätestens Ende Juli dieses Jahres in Amerika sein.«
»Du meinst in drei Monaten?«
»Sehr richtig.«
»Warum diese Eile?«
»Das Schuljahr beginnt in Amerika Anfang September. Wenn wir diesen Termin verpassen, dann müssen wir ein Jahr warten. Wenn wir es schaffen, bis Ende Juli in LA zu sein, dann können wir ohne Hektik alles arrangieren.
»Du musst zuerst eine Stelle finden und dann hier kündigen.«
»Ich muss gestehen, dass ich seit drei Monaten diese Gedanken verfolge und während dieser Zeit habe ich die meiste erforderliche Arbeit erledigt. Das heißt, eine Stelle in Los Angeles ist mir sicher und beim Militär brauche ich nicht zu kündigen, denn mein Vertrag läuft Mitte dieses Jahres automatisch aus.«
Ich merkte, dass ich offensichtlich die Facette ihrer Persönlichkeit bisher nicht gänzlich erfasst hatte. Ihre organisatorischen Fähigkeiten, ihr Selbstbewusstsein, ihre Vorausplanung und vor allem ihre logische Auffassungsgabe waren unschlagbar.
Wir verließen den Klub gegen 23.00 Uhr. Sie wollte, dass ich zu ihr fahren und dort übernachten sollte, aber ich war nicht in der Stimmung. Ich wollte ihren Vorschlag verarbeiten; außerdem hatte ich an meinem ersten Arbeitstag Frühschicht und musste kurz vor sieben am Arbeitsplatz erscheinen.
Ich fuhr sie zuerst zu ihrer Wohnung. Vor ihrer Haustür legte sie ihre Hände auf meine Schultern und sagte:
»Sei nicht stur und unvernünftig. Versuch dich so schnell wie möglich zu entscheiden. Ich wäre mein ganzes Leben traurig, wenn du hierbleibst. Ich liebe dich und ich möchte immer mit dir zusammen sein.«
Ich war überzeugt, dass, was sie mir sagte, kam von ganzem Herzen. Ich hatte keine Zweifel an ihrer Ehrlichkeit. Ich gab ihr einen langen Kuss und sagte:

»Ich liebe dich auch, Nancy. Gib mir eine Woche Zeit, ich muss über alles nachdenken. Es wäre nicht ehrlich, wenn ich heute deinen Vorschlag ablehne oder zustimme. Wenn ich mit dir nach Amerika fliege, dann will ich mit vollem Herzen und Verstand dabei sein.«
Ich fuhr dann nach Hause. Als ich auf meinem Bett lag, wusste ich, dass ich diese Nacht mit wenig Schlaf auskommen musste.
Ich war wieder in Schwierigkeiten. Ich brauchte einen klaren Kopf, gesunden Verstand und auch ein gewisses Maß an analytischer Fähigkeit, um eine vernünftige Entscheidung zu treffen. Die erste Frage war:
»Soll ich wegen der Liebe zu Nancy mein sorgloses und angenehmes Leben in Deutschland opfern und ihr blind in eine völlig neue Art von Leben und Umgebung folgen? Bin ich überhaupt in der Lage, nochmals an einer Universität eine neue Fachrichtung in englischer Sprache zu lernen? Mathematik, Informatik und Betriebswirtschaft?«
Abgesehen von den Problemen mit dem Studium hatte ich nie im Leben daran gedacht, irgendwann in Amerika zu leben. Ich konnte mir zwar vorstellen, dort einmal einen Urlaub zu verbringen, aber mir dort direkt eine neue Existenz aufbauen? Mein Motto lautete eher: klein, aber fein. Ich legte immer Wert auf ein überschaubares und geordnetes Umfeld. In Iran träumte ich von den wunderschönen europäischen Kleinstädten mit ihren Fachwerkhäusern, historischen Kirchen und Rathäusern, schmalen Fußgängergassen mit ihren gemütlichen Weinlokalen. Ich konnte meinen Traum in vielen Städten Europas richtig anfassen – er wurde greifbar für mich. »Ist es möglich, dieses erfüllte Leben in Amerika wiederzufinden?« Die Ungewissheit brachte mich vollkommen aus der Fassung. Ich fragte mich weiter:
»War die ganze Nörgelei während unseres Urlaubs eine Art Gehirnwäsche? Hatte Nancy die Absicht, Europa mir gegenüber zu Gunsten Amerikas schlechtzumachen?«
Ein weiterer Grund für meine Unruhe waren ihre heimlichen Aktivitäten in den letzten Monaten. Ich mochte nicht, dass Nancy sich so clever verhielt. Sie hatte praktisch alles erkundet und organisiert, ohne mich einzubeziehen; das Problem mit dem Visum für Amerika, das Studium an einer Universität, unsere gemeinsame Wohnung, schließlich ihre neue Arbeitsstelle. Diese raffinierte Planung und ihr Vorschlag – eine knallharte Forderung ohne Alternative – lösten bei mir Panik aus.

Vielleicht lag dies auch in meiner Mentalität begründet. Die persischen Männer mögen es nicht, von einer Frau organisiert, schon gar nicht dominiert zu werden.
Der Entscheidungsträger ist grundsätzlich der Mann. Ich fand es andererseits reizend von ihr, dass sie sich über mein Leben, meine Zukunft Gedanken machte. Sie hatte richtig erkannt, dass es fatal wäre, wenn ich mein ganzes Leben in einem Militärhotel arbeitete. Ich war auch nicht in der Lage wie Onkel Shahram, jemandem einen Teppich zu verkaufen. Dass ich meine Lebensrichtung ändern musste, war mir klar, aber nicht so schnell. Ich war gerade dabei, mich an meine neue Welt zu gewöhnen. Eine neue Revolution in meinem Leben war mir unangenehm und fast unvorstellbar.
An diesem Abend war es mir nicht möglich, zumindest die Richtung meiner Entscheidung zu definieren, die Verwirrung war zu groß. Eines war mir aber so oder so klar: Die angenehme und ruhige Zeit war zu Ende.

13. Ein gemeines Spiel des Schicksals

Nachdem ich zwei Wochen lang meinen Urlaub in vollen Zügen genossen hatte, fiel es mir schwer, wieder so früh aufzustehen und zur Arbeit zu gehen.
Ich fand im Büro acht gelbe Zettel von unserer Telefonistin. Bei jedem handelte es sich um eine kurze Nachricht. Ein Major Gillani versuchte, mich telefonisch zu erreichen. Der Name war persisch, aber ein Major Gillani war mir nicht bekannt. Gegen zehn Uhr holte man mich wegen eines wichtigen Anrufs aus unserer Montagskonferenz heraus. Ich wusste, dass unser Hotelmanager in seiner Sitzung solche Störungen nicht duldete, aber dennoch ging ich, mich kurz entschuldigend, in die Telefonkabine neben dem Sitzungsraum.
»Wer ist da? Sprechen Sie bitte«, sagte ich mit gehetzter Stimme.
»Ich bin Major Gillani. Herr Bijan ...? Ich habe einen Brief für Sie. Der Absender hat mich gebeten, dass ich mich bei Ihnen mit dem Begriff elfte elfte identifizieren soll. Sagt Ihnen das, was?«, fragte, eine männliche Stimme in persischer Sprache.
Mein Herz begann, schneller zu klopfen. Wer konnte er sein? Wieder ein Agent der SAVAK?
»Sind Sie derjenige, der mehrfach angerufen hat?«
»Jawohl, das bin ich. Ich muss Ihnen persönlich einen Brief von General Raad aushändigen. Ich versuchte in den letzten Tagen leider vergeblich, Sie zu erreichen. Ich fliege heute um zwölf Uhr wieder nach Teheran. Können Sie sofort zum Flughafen kommen und Ihren Brief übernehmen?«
Ohne weiter über die zu erwartenden Wutanfälle von Herrn Rügmann nachzudenken, sagte ich:
»Bleiben Sie beim Schalter der Iran Air, ich werde in zehn Minuten bei Ihnen sein.«
Ich verließ das FAPOE und fuhr direkt zum Zivilflughafen. Major Gillani war nicht zu übersehen: Er war groß, schlank und trug die Uniform der Gendarmerie. Er hatte kurz geschnittene, lockige Haare, hellgraue Augen und ein kräftiges Kinn.
»Ich heiße Bijan«, sagte ich und schaute in sein misstrauisches Gesicht. Er blickte mich von unten nach oben an, aber dann lächelte er mir freundlich zu und fragte:

»Haben Sie Zeit, irgendwo eine Tasse Kaffee zu trinken?«
»Aber nur eine halbe Stunde, ich muss zurück zu meiner Arbeit.«
Wir gingen in die Cafeteria des Flughafens und bestellten Kaffee. Er holte aus seinem Aktenkoffer einen Umschlag hervor, legte ihn auf den Tisch und sagte:
»Ich bin froh, dass mein hartnäckiger Versuch sich gelohnt hat, der Chef wäre bestimmt wütend, wenn ich mit diesem Brief wieder nach Teheran zurückfliege.«
»Seit wann sind Sie in Deutschland?«
»Seit zehn Tagen. Ich habe im Auftrag der iranischen Regierung in Wiesbaden gearbeitet.«
»Wie geht es dem General?«
»Nicht gut.« Er machte auf einmal ein trauriges Gesicht und sagte weiter: »Ich nehme an, er hat Ihnen alles in diesem Brief geschildert.«
»Was hat er, ist er krank?«
Er rührte in seinen Kaffee mehrere Löffel Zucker und sagte:
»Er liegt seit sechs Wochen in einem Militärkrankenhaus. Angeblich hatte er einen Autounfall. Aber Sie wissen doch, wie es bei uns in Iran läuft. Wer sich mit den berühmten Tausendfamilien anlegt, landet entweder in einem Krankenhaus oder auf dem Friedhof.«
»Was ist passiert? Was heißt, dass er angeblich einen Autounfall hatte?«
»Ende März dieses Jahres, unmittelbar nach dem persischen Neujahr, war in Teheran richtig was los; innerhalb von zwei Tagen wurden mehrere hohe Offiziere, Beamte und sogar ein Minister verhaftet bzw. beurlaubt. Die Presse berichtete ausführlich darüber. Es ging um diverse Betrugsfälle und Unregelmäßigkeiten in verschiedenen Ministerien. General Raad wurde vom Schah als Leiter eines Untersuchungsausschusses eingesetzt. Ich war mit seiner neuen Funktion überhaupt nicht glücklich und riet ihm, sich davon zu distanzieren. Diese gottverdammte Mafia ist brutal und völlig rücksichtslos.
Im Prinzip regiert sie das Land, nicht der Schah. Man hat bislang mehrere Male versucht, ihre Macht zu beschneiden, jedoch ohne Erfolg.
Weder Dr. Amini noch Dr. Mosadegh gelang es, etwas gegen diese Korrupten zu unternehmen. Sie sitzen im Parlament, in allen Ministerien, bei der SAVAK, Polizei und Armee: eine Allianz von Banditen.«
Major Gillani wirkte sehr ehrlich und emotional. Er zündete sich hastig eine Zigarette an und sagte weiter:

»Vor sechs Wochen, als General Raad die Nourouz-Feiertage mit seiner Familie in Ramsar verbringen wollte, wurde er in der Nähe Ghazvin von einer bewaffneten Gruppe angegriffen. Sein Fahrer wurde durch mehrere Schüsse gleich getötet, aber der General hatte Glück; er blieb unversehrt – bis auf seine Beine. Ein Lastwagenfahrer, der zufällig am Tatort war, konnte die Täter vertreiben, ihn aus seinem zertrümmerten Auto befreien und ins nächste Krankenhaus transportieren. Er liegt jetzt mit gebrochenen Beinen in einem Militärkrankenhaus in Teheran.«

»Das ist furchtbar. Meinen Sie, dass die Gefahr jetzt vorbei ist?«, fragte ich besorgt.

»Es ist nicht vorbei, es sei denn, dass er sein Mandat niederlegt und somit sein Leben rettet.«

»Was sagt er? Tritt er zurück?«

»Nein, nicht General Raad. Er ist ein passionierter Jäger. Er hat dem Schah versprochen, diese gefährliche Aufgabe bis zum Ende durchzuführen. Ich bin überzeugt, nach diesem schrecklichen Ereignis ist er noch mehr daran interessiert, diese Betrüger hinter Gitter zu bringen. Das traue ich ihm zu, schließlich arbeite ich seit fünfzehn Jahren mit ihm.«

Ich musste los. Er bemerkte, dass ich immer öfter auf meine Uhr blickte. Er trank den letzten Schluck seines Kaffees, legte einen Zehnmarkschein auf den Tisch und sagte:

»Wir können gehen. Ich freue mich, dass es mit unserem Treffen in der letzten Stunde geklappt hat. Bleiben Sie gesund.«

Ich schüttelte seine Hand und sagte:

»Vielen Dank für Ihre Bemühungen. Bestellen Sie bitte dem General schöne Grüße von mir. Sagen Sie ihm, er soll noch vorsichtiger sein. Unser Land braucht ehrliche und engagierte Menschen wie ihn.«

Ich fuhr wieder zur RMAB zurück. Ich war überzeugt, dass sich Herr Rügmann über mein Verhalten aufregen würde, schließlich hatte ich meinen Arbeitsplatz ohne seine Zustimmung verlassen.

Als ich endlich im FAPOE war, suchte ich ihn aus eigenem Antrieb auf und entschuldigte mich. Er bekam wieder einen seiner Wutanfälle und drohte, mir bei einer Wiederholung eine Abmahnung zu verpassen. Am Mittag hatte ich endlich Zeit, den Brief von General Raad zu lesen. Er schrieb:

Lieber Bijan,

ich versprach Ihnen, Sie über die Ergebnisse meiner Aktion zu informieren. Ich freue mich, dass es genauso gelaufen ist, wie ich es geplant hatte. Ich muss mich bei Ihnen ganz herzlich bedanken, dass Sie mit Ihrem Mut und Ihrer Aufrichtigkeit diese Aktion ermöglicht haben. Wie ich Ihnen in Frankfurt sagte, stellte ich die Dokumente dem Schah-in-Schah Aryamehr zur Verfügung.
Die Reaktion seiner Majestät entsprach meiner Vorstellung. Seit dem 28. März bin ich Leiter eines Untersuchungsausschusses. Meine Aufgabe besteht darin zu klären, wie so viele hohe Beamte und Offiziere ihre Millionen verdient haben. Es ist eine gefährliche, aber anspruchsvolle Arbeit. Ich werde mein Bestes geben, um meine Aufgabe gewissenhaft und termingerecht zu erfüllen.
In der ersten Woche konnte ich dank der großzügigen Hilfe vom Schah-in-Schah meinen Neffen Dariush aus dem Gefängnis befreien. Ich wusste, seine Majestät würde an meiner Loyalität nicht zweifeln und mich unterstützen. Gott sei Dank ist er jetzt frei. Aus Mangel an Beweisen ließ man ihn gehen. Sie würden Dariush nicht wiedererkennen, er hat fast zwanzig Kilo abgenommen. Unmittelbar nach seiner Entlassung bemühte er sich um ein Visum für das Ausland.
Das einzige Land, das schnell und positiv reagierte, war Australien. Er flog am 15. April nach Sydney.
Ich bezweifle, dass er dortbleiben wird. Wahrscheinlich versucht er, ein Visum für Kanada oder Amerika zu bekommen. Er sagte mir aber, dass er alles daransetzen wird, um Sie einmal zu besuchen und sich persönlich bei Ihnen zu bedanken.
Ich vermute, Major Gillani hat Ihnen erzählt, dass man versucht hat, mich zu beseitigen. Wie es aussieht, haben inzwischen viele Menschen kalte Füße bekommen und reagieren unberechenbar. Aber keine Sorge, ich bin ein Soldat und solche Anschläge bin ich gewöhnt. Ich habe keine Angst vor dem Tod.
Ich glaube an Gott, vertraue unserem Schah und liebe unser Land. Ich werde mit all meiner Kraft die von mir erwarteten Aufgaben korrekt und vollständig erfüllen.

Lieber Bijan, noch einmal herzlichen Dank für Ihre Hilfe. Ihre Eltern können stolz auf Sie sein. Sie haben unserem Land einen großen Dienst erwiesen. Bleiben Sie gesund. Gott segne Sie.

Raad

»Gott sei Dank, der Bursche ist frei!« Ich konnte die Freude über diese Nachricht gar nicht beschreiben. Ich merkte, dass ich mit meinem eisernen Willen und klarem Kopf vieles erreicht hatte. Dariush war frei, einige Verbrecher aus der persischen Regierung saßen hinter Gittern, und schließlich war ich selbst unbeschadet davongekommen. Ich konnte mit mir zufrieden sein. Ich rief Nancy an und berichtete ihr stolz über den Brief von General Raad.
»Mir scheint, du hast es nötig, dass dir jemand auf die Schulter klopft«, sagte sie etwas ironisch.
»Ich bin einfach glücklich. Ich habe Lust, diese gute Nachricht zu feiern.«
»Komm heute Abend zu mir. Feiern wir deinen Erfolg zusammen!«
»Nein, ich will ein paar Tage von dir Abstand nehmen und über deinen Vorschlag nachdenken.«
»Bijan, bitte mach mir das Leben nicht so schwer, ich liebe dich und ich möchte dich nicht verlieren.«
»Ich liebe dich auch, aber für meine Überlegung brauche ich Zeit.«

Am Mittwoch dieser Woche besuchte ich Onkel Shahram und Monika. Seit Nourouz war ich nicht in Sachsenhausen gewesen. Das Ehepaar empfing mich mit großer Begeisterung.
Allmählich konnte man deutlich sehen, dass Monika schwanger war. Sie hatte inzwischen einen ziemlich runden, dicken Bauch.
Trotz ihres Zustands sah sie blendend aus und machte einen glücklichen Eindruck.
»Wie es aussieht, trägst du einen Kindergarten in deinem Bauch«, sagte ich und küsste ihre Wange.
»Einen Kindergarten nicht, aber höchstwahrscheinlich Zwillinge.«
»Das ist nicht dein Ernst, oder?«
»Doch, die letzte Untersuchung meines Arztes bestätigte meine Vermutung.«

»Dann herzlichen Glückwunsch. Ich freue mich sehr, dass sich die Familie hundertprozentig vergrößern wird. Ihr werdet daher meine Abwesenheit in den nächsten Jahren nicht bemerken. Weißt du, ich möchte nach Amerika ziehen.«
Sie wollte gerade in die Küche gehen und Kaffee machen. Aber plötzlich drehte sie sich um und fragte:
»Was willst du? Was hast du vor?«
»Ich werde dort studieren.«
Es schien, als ob sie mich nicht richtig verstanden hätte. Sie näherte sich mir, schaute tief in meine Augen und fragte:
»Was willst du in Amerika?«
»Ich will wieder zur Uni gehen.«
»Ist das deine Idee oder Nancys?«
»Spielt keine Rolle, wessen Idee es ist. Ich habe heute meine Entscheidung getroffen und wollte, dass ihr als zuallererst davon erfahrt.«
»Wenn du wirklich die Absicht hast, noch einmal zu studieren, warum nicht in Deutschland?«, fragte Onkel Shahram.
»Ich will dort studieren, wo Nancy ist. Sie wird Mitte dieses Jahres wieder nach Amerika zurückgehen.«
»Also steckt doch Nancy dahinter«, erwiderte Monika.
»Sicher, sie hat mir jede Menge Arbeit abgenommen. Sie beschaffte Informationen, organisierte Termine, bemühte sich, alles in einer relativ kurzen Zeit reibungslos zu arrangieren, damit ich weiterkomme. Jetzt sag mir bitte, was ist so schlimm dabei?«
»Bijan, ich kann verstehen, wenn du Nancy in Schutz nimmst. Glaub' mir, weder Shahram noch ich wollen uns in eure Pläne einmischen. Aber ich habe eine herzliche Bitte: Überstürze nichts, vernichte nicht mit einer eiligen Entscheidung alles, was du in dieser Zeit aufgebaut hast. Du kennst mich und du weißt, dass ich das Beste für dich wünsche«, sagte Monika und blickte ihren Mann die ganze Zeit an, um seine Bestätigung zu erlangen. Aber sie bekam keine Unterstützung. Er sagte lediglich:
»Wenn du dich bereits für Amerika entschieden hast, dann rate ich dir, so schnell wie möglich deine Eltern zu informieren. Schließlich haben sie ein Recht darauf zu wissen, wohin du gehst und mit wem du gehst.«
»Es klingt so, als ob ihr mit meinem Vorhaben nicht einverstanden seid. Ich habe eine vernünftige Diskussion erwartet, nicht blanke Ablehnung.«

Monika setzte sich mir gegenüber hin und sagte:
»In Ordnung, die kannst du haben. Aber du musst für jede konstruktive Kritik aufgeschlossen sein, sonst wirst du uns nachher als Gegner betrachten.«
»Wo willst du mich kritisieren? Ich finde es in Ordnung, wenn Nancy in meinem Job keine Zukunftsperspektive sieht. Ich halte es für reizend, dass sie sich über meine Zukunft Gedanken macht. Du hast noch nicht gesagt, was daran so schlimm ist?«
»Auf den ersten Blick gar nichts. Im Gegenteil, ich halte es auch für gut, wenn der Partner eine große Hilfe ist und bei der Gestaltung des Lebens innovative Vorschläge einbringt, aber ...«
»... aber was?«
»Aber ich finde es etwas beunruhigend, wenn ich sehe, dass sie die gesamte Architektur deines Lebens übernommen hat. Als Bauherr musst du die freie Wahl haben und den Ort, den Zeitraum und die Qualität deines Lebens selber bestimmen. Außerdem hast du bestimmt diesen Spruch von Oskar Wilde gehört:
„Wenn ein Mann genau das tut, was eine Frau von ihm erwartet, hält sie nicht viel von ihm.'«
Ohne auf ihre verletzende Bemerkung einzugehen, sagte ich:
»Ich bestreite nicht, dass sie gewisse Vorarbeit geleistet hat, dennoch kannst du davon ausgehen, dass über Gestaltung und Qualität meines Lebens nur ich entscheide, sonst keiner.«
»Davon bin ich überzeugt«, sagte Onkel Shahram. Offenbar merkte er, dass weder er noch seine Frau Einfluss nehmen konnten. Er fragte:
»Du hast nicht gesagt, was du studieren willst?«
»Betriebswirtschaft und Informatik.«
»Ich kann nicht verstehen, warum?« Monika stieg wieder in die Diskussion ein und sagte weiter: »Du hast schon studiert. Du brauchst nur deine deutsche Sprache zu verbessern und kannst dann für die deutsche Presse oder das Fernsehen arbeiten. Jemand mit deinem Talent und deiner Ausbildung könnte in dieser Branche viel erreichen.«
»Du hast ihn nicht verstanden, Monika. Er will dort leben, wo Nancy wohnt, und wenn ich es richtig begriffen habe, wird sie Mitte dieses Jahres aus Deutschland fortgehen und, wie es aussieht, Bijan auch«, sagte Onkel Shahram.

Monika war auf einmal still. Sie wirkte ein bisschen traurig oder enttäuscht. Als sie mit ernstem Gesicht in die Küche ging, um endlich Kaffee zu kochen, drehte sie sich zu mir um und sagte:
»Pass auf, was du machst, junger Mann. Die verlorene Zeit kann man nicht zurückholen.«
Beim Abendessen ging ich auf ihre Ermahnungen gar nicht mehr ein. Ich wollte keinen Widerspruch hören und blockte ihre Argumente, die mich von meinem Entschluss abbringen sollten, entschieden ab. Ich hatte meine Wahl getroffen und würde mit Nancy nach Amerika gehen, das stand fest.
Auf dem Nachhauseweg versuchte ich, Monikas Argumente zu verarbeiten. Im Prinzip war das, was sie gesagt hatte, richtig; wenn es um die Umgestaltung meines Lebens ging, dann könnte ich das sehr wohl in Frankfurt auch erreichen. Aber es ging um etwas Anderes, es ging um Nancy, es ging um die Macht der Liebe und nicht um die Macht der Logik.

* * *

Am Wochenende feierte ich mit Nancy meine Entscheidung. Sie war überglücklich und sagte:
»Mein lieber Bijan, du kannst sicher sein, dass ich mein Bestes tun werde, damit du dich in Amerika wohlfühlst. Ich bin sicher, du wirst deine Entscheidung nie bereuen.«
Wir machten eine Checkliste über die Dinge, die wir bis Ende Juni erledigen mussten, von der Kündigung der Arbeit und der Wohnung bis zu allen erforderlichen Abmeldungen.
Am 2. Mai beantragte ich ein Visum beim amerikanischen Konsulat in Frankfurt. Eine Woche später reichte Pam, die Schwester von Nancy, meinen Studienantrag bei der UCLA in Los Angeles ein.
Meine Wohnung und meine Arbeit kündigte ich per 30. Juni. Meine Eltern sowie mein Bruder standen meiner Entscheidung etwas skeptisch gegenüber, waren aber grundsätzlich einverstanden. Ich rief Bahram an und erzählte ihm von meinen Plänen. Er war fassungslos. Er gab mir fast den gleichen Rat wie Monika:

»Ich glaube nicht, dass du dich in Amerika wohl fühlen wirst. Es ist eine völlig andere Welt, knallhart, eine rücksichtslose Gesellschaft. Du bist kein Hardliner. Komm zu mir und lass uns offen darüber reden.«
Ich versprach, ihn vor meiner Abreise zu besuchen. Diese Ereignisse schweißten Nancy und mich noch enger zusammen. Wir verbrachten unsere Zeit fast jeden Tag gemeinsam. Ende Mai kauften wir bei PAN AM zwei Tickets nach Los Angeles. Den Termin hatten wir auch festgelegt: Es war Mittwoch, der 30. Juni 1965.
Am 1. Juni wussten wir schon, dass der geplante Reisebeginn nicht möglich war. Darüber hatte uns der amerikanische Konsul persönlich informiert. Es gab keine schwerwiegenden Probleme. Jedoch mussten meine Person und mein Werdegang von der amerikanischen Botschaft in Teheran überprüft werden, und eine solche Untersuchung nahm natürlich etwas Zeit in Anspruch.
»Das wird mindestens sechs Wochen dauern«, sagte eine erfahrene Sachbearbeiterin im amerikanischen Konsulat.
Nancy war völlig außer sich und beschimpfte die Sachbearbeiterin: »Wieso müssen Sie jemanden prüfen, der bereits bei seiner Einstellung in der RMAB kontrolliert worden ist? Geben Sie zu, Sie wollen uns nur schikanieren.«
Aber es hatte keinen Sinn zu streiten. Ich musste, um ein Visum zu erhalten, alle vorgeschriebenen Prozeduren über mich ergehen lassen, zumal ich kein Europäer war. Nancy wirkte ständig nervös und machte einen ungeduldigen Eindruck. Ich schlug vor, dass sie allein schon früher als geplant nach Los Angeles fliegen sollte und dass ich mich anschlösse, sobald ich mein Visum erhalten würde.
Sie war mit meinem Plan zuerst überhaupt nicht einverstanden, aber nach einigen Tagen meinte sie:
»Ich finde die Idee inzwischen nicht schlecht. Ich kann dort viel Papierkram erledigen, bevor du in die Staaten kommst.«
Am 8. Juni flog sie nach Los Angeles. Zuvor besuchten wir Monika und Onkel Shahram.
Sie wussten schon Bescheid, dass wir wegen der Probleme mit meinem Visum getrennt und zu unterschiedlichen Terminen fliegen müssten. Monika war schon im neunten Monat schwanger und erfreute sich bester Gesundheit. Das Geburtsdatum ihrer Zwillinge wurde auf den 15. Juni geschätzt.

Nancy brachte ihr ein großes Geschenk für die Babys. Sie hatte verschiedene Babysachen beim amerikanischen Kaufhaus im RMAB gekauft und in einen sehr schönen Geschenkkarton gepackt.
»Du darfst ihn nicht vor der Geburt öffnen. Ich hoffe, es wird dir gefallen«, sagte sie und küsste ihr Gesicht. Monika und Onkel Shahram hatten für sie auch ein Geschenk, eine kleine Brücke aus Ghom.
»Du sollst auf Bijan aufpassen. Er ist nach Shahram meine große Liebe«, sagte Monika zu Nancy.
»Keine Sorge. Wenn du mir versprichst, dass er, sobald er sein Visum bekommt, unverzüglich nach Amerika fliegt, dann gebe ich mein Wort, dass ich alles daransetze, dass er in meiner Heimat glücklich wird und gesund und munter bleibt.«
Der Abschied von Nancy fiel mir schwer, auch wenn ich wusste, dass es nur für ein paar Wochen war.
Am ersten Abend fühlte ich mich sehr einsam. Ich war froh, dass ich ihren Plan nicht abgelehnt hatte. Ohne sie konnte ich nicht leben, das sagte ich ihr auch am Telefon um drei Uhr morgens. Sie war wieder zu Hause bei ihrer Mutter.
»Ich habe die ganze Strecke von Frankfurt bis Los Angeles nur an dich gedacht«, antwortete sie.
»Ich kann es nicht ohne dich aushalten, Nancy. Ich verstehe nicht, warum die Leute im Konsulat so viel Zeit brauchen. Ich gehe morgen wieder hin, vielleicht gibt es etwas Neues.«
Am nächsten Tag suchte ich das amerikanische Konsulat auf. Aber meine Bemühungen waren nutzlos. Der zuständige Sachbearbeiter erzählte mir, was ich schon wusste. Ich sollte frühestens Anfang Juli anrufen, um mich nach meinem Visum zu erkundigen.
Am 15. Juni, pünktlich um sechs Uhr, brachte Monika zwei wunderschöne Jungen zur Welt. Der Erste sollte Cyrus und der zweite Bijan heißen. Die Mutter und beide Babys waren gesund und in bester Verfassung.
»Wie komme ich zu der Ehre, dass du deinem Sohn meinen Namen gegeben hast?«, fragte ich Monika, während ich einen Korb voll mit roten Rosen neben ihr Bett stellte. Ich küsste ihre Wange, und bevor sie mir antworten konnte, sagte ich weiter: »Oder wünschst du dir, dass ich dich auch Mami rufe?«

»Erstens, das war die Entscheidung deines Onkels. Er wollte immer, dass einer seiner Söhne Bijan heißt. Zweitens, wenn du mich in Zukunft Mama nennst, bringe ich dich um!«
Onkel Shahram befand sich in der Tat, berauscht vor Glück, im siebten Himmel. Zwei Söhne auf einmal, das war der Traum jedes persischen Mannes. Dieses Glück und unbegrenzte Freude spiegelten sich deutlich in seinem Gesicht wider. Obwohl er seit 24 Stunden nicht geschlafen hatte, war es fast unmöglich, ihn nach Hause zu bugsieren, damit er sich ein bisschen ausruhen konnte.
Am späten Abend gingen wir beide in den Keller seines Hauses und probierten sein Weinsortiment. Es war das erste Mal, dass wir ohne Hemmungen offen miteinander sprachen. Ein bisschen war sein guter Wein dafür verantwortlich.
Er erzählte, wie er mit wenig Geld nach Deutschland gekommen war, wie er Monika kennenlernte und worin der Schlüssel seines Erfolgs lag.
»Man kann auch in Deutschland äußerst erfolgreich sein, wenn man genügend orientalische Fantasie, fundierte deutsche Arbeitsmoral und eine kleine Portion Glück hat.«
Ich erzählte ihm die Geschichte von Dariush und seinen Dokumenten in einer sehr kurzen Fassung.
»Ich wollte dich und Monika nicht beunruhigen und deine großzügige Gastfreundschaft nicht missbrauchen. Deshalb versuchte ich, allein und ohne jemanden zu belasten damit fertig zu werden.« Er machte zuerst einen ärgerlichen Eindruck, merkte aber schnell, dass dies Schnee von gestern war und es keinen Sinn hatte, darüber zu diskutieren. Er sagte lediglich:
»Jetzt verstehe ich, warum du dich manchmal so komisch benommen hast.«
Spätabends bat er mich, einen Teppich aus seiner großen Sammlung auszusuchen.
»Ich möchte dir ein Prachtstück schenken, damit du in Amerika an mich denkst.«
»Das kann ich nicht annehmen, sie sind alle zu teuer.«
»Eben, deshalb will ich ihn dir schenken. Wie du siehst, habe ich genug.«
»Danke, vor meiner Abreise komme ich darauf zurück.«

Am 20. Juni veranstalteten meine Kollegen für mich eine Abschiedsfeier in der Kantine.
Herr Rügmann hielt eine kurze Rede über meine Person und meine Leistung. Sie war positiv und auch ein bisschen lustig. Er meinte, mein Dienst für Amerikaner sei nicht zu Ende, im Gegenteil, er habe gerade begonnen, denn meine Freundin sei eine Amerikanerin.
Als ich die RMAB zum letzten Mal verließ, gingen mir alle unglaublichen Ereignisse durch den Kopf. Die traurigen Gäste mit einer Blue Bark-Order, Hauptmann Afshari, Katja, unvergessliche Arbeitskollegen aus fast aller Welt und der große Herr Rügmann.
Wenn ich heute zurückblicke, stelle ich ehrlich fest, dass das FAPOE der interessanteste Arbeitsplatz war, den ich bis heute erlebt habe. Ich kann den Grund nicht erklären. Lag es an den Arbeitsbedingungen, den Kollegen, den unterschiedlichen Menschen im FAPOE oder weil ich meine erste große Liebe dort kennenlernte?
Am letzten Juniwochenende kam Bahram nach Frankfurt und mit seinem Auto fuhren wir gemeinsam nach Paris.
Wir wollten ein Versprechen einlösen: Wir besuchten Farhad. Sein renommiertes persisches Restaurant im Stadtteil Saint Germains war offenbar ein Riesenerfolg geworden. Ohne Voranmeldung war es nicht möglich, einen Platz zu bekommen.
Er freute sich sehr, uns in Paris zu sehen. Die Geschichte von Dawood Khan interessierte ihn am meisten. Schließlich war er der Mörder seiner Schwester. Farhad lebte jetzt mit seiner Frau und seiner Mutter in einer schönen Wohnung am Rande der Stadt. Obwohl er kaum Zeit hatte, bemühte er sich dennoch, uns Paris zu zeigen. Wir fuhren mit großer Begeisterung und Zufriedenheit nach Deutschland zurück.
In Frankfurt verabschiedete ich mich von Bahram. Uns war klar, dass wir uns für mehrere Jahre nicht sehen würden.
Ich erinnere mich, bevor er in den Zug nach Heidelberg stieg, sagte er: »Ich wüsste gern, wie schnell Amerikaner in der Lage sind, dich zu ändern. Dennoch wünsche ich mir, dass du so bleibst, wie du bist.«
»Ich werde mich bemühen, mein Freund.«
Vom amerikanischen Konsulat gab es immer noch keine Nachricht. Ich musste geduldig warten. Die Ungewissheit machte mir zu schaffen.

Am 30. Juni war es so weit. Ich musste meine Wohnung an meine Hausbesitzerin übergeben. Während der Zeit, in der ich auf mein Visum wartete, durfte ich wieder im Haus von Onkel Shahram wohnen. Monika hatte bereits mein ehemaliges Zimmer gemütlich eingerichtet.
Gegen fünfzehn Uhr fuhr ich zum letzten Mal nach Schwanheim, um die Schlüssel abzugeben und mich bei der alten Lady zu verabschieden. Die Hausbesitzerin hatte für mich meinen Lieblingskuchen gebacken. Während der letzten Monate hatte sich zwischen uns eine Art von Mutter-Sohn-Beziehung entwickelt. Sie schenkte mir eine Tasse Kaffee ein und servierte mir ein großes Stück Käsekuchen.
»Bist du sicher, dass du mir dein Mobiliar schenken willst?«, fragte sie zum fünften Mal.
»Ich kann sie nicht nach Amerika mitnehmen. Außerdem kannst du es als Ausgleich für eine Renovierung betrachten.«
Nach fast zwei Stunden belangloser Plauderei legte ich die Schlüssel auf den Tisch und sagte:
»Also, ich bin so weit. Ich muss jetzt gehen.«
Sie hob ihren Finger hoch und sagte:
»Warte, ich hätte fast etwas vergessen. Heute Vormittag kam ein junges Paar und fragte nach dir. Ich sagte, dass du ausgezogen bist, aber heute Nachmittag zur Schlüsselübergabe hierherkommst.«
»Ein Paar? Wie heißen sie?«
»Das habe ich nicht gefragt. Außerdem konnte die Frau kein Deutsch. Sie versuchte, sich auf Englisch mit mir zu unterhalten. Du weißt doch, ich kann kein Englisch, aber der junge Mann konnte perfekt Deutsch sprechen. Er sagte, vielleicht werden sie es heute Nachmittag wieder versuchen.«
»Wie sah die junge Dame aus?«
»Oh, einfach gesagt, ein Traum. Wunderschön. Schlank, schwarze Haare, schwarze Augen und ein hübsches Gesicht. Ihre Ausstrahlung war unvorstellbar.«
Ich konnte mit ihrer Beschreibung nichts anfangen. Ich war sowieso wegen meines Zustands etwas konfus und nicht voll aufnahmefähig. Gegen siebzehn Uhr verabschiedete ich mich von der alten Dame. Ich umarmte sie wie meine Mutter, küsste ihr Gesicht und bedankte mich für ihre große Hilfe. Sie drückte mich fest und sagte, dass ich jederzeit

wieder bei ihr wohnen könnte. Plötzlich klingelte jemand an der Tür. Ich schaute meine Gastgeberin an, und sie sagte:
»Das muss das junge Paar sein.«
Von oben konnte ich niemanden sehen. Ich ging nach unten und öffnete die Tür.
Nein, das war nicht möglich! Ich traute meinen Augen nicht. Vor mir stand Ferry, meine Freundin aus Iran.
Die alte Lady hatte recht, sie war in der Tat ein Traum. Sie trug ein langes, weißes Kleid, und ihr dichtes, glänzendes Haar fiel ihr über die Schulter. Ihr gut geformtes Gesicht, ihre schwarzen Augen und vor allem ihre eindrucksvolle Ausstrahlung ließen mein Herz schneller schlagen. Nach einigen Sekunden konnte ich mich wieder beherrschen und sagte:
»Das ist eine Überraschung. Was machst du hier?«
»Ich sagte dir bei unserem letzten Telefongespräch, dass ich dich eventuell im Sommer besuchen würde.«
»Stimmt. Bist du allein?«
»Nein, mein Bruder Arman ist mitgefahren, er sitzt im Auto.«
Am Straßenrand stand ein alter, weißer Opel mit Wiener Kennzeichen. Sie sagte:
»Ich war nicht sicher, ob ich dich hier finde, denn deine Mutter meinte, dass du umziehen wolltest.«
»Sie hat recht, ich war gerade dabei, meine Wohnung der Hausbesitzerin zu übergeben.«
Ich wusste für einige Sekunden nicht, was ich tun sollte. Ich bat sie, im Auto auf mich zu warten, bis ich fertig wäre.
Ich ging ins Haus hinein und erzählte der alten Dame, dass die beiden meine Freunde waren. Mit ihrer Zustimmung benutzte ich ihr Telefon und rief Onkel Shahram an. Ich erzählte, was passiert war.
»Kein Problem, du bringst sie zu uns. Ich rufe gleich Monika an, sie soll alles organisieren.«
Ich verabschiedete mich noch einmal und verließ das Haus. Als ihr Bruder mich gesehen, stieg er aus dem Auto und umarmte mich. Ich hatte in Iran kaum mit ihm Kontakt gehabt.
»Es tut mir leid, dass ihr zu einer Zeit kommt, wo ich selbst keine Wohnung habe. Ich lebe jetzt im Haus meines Onkels. Ich habe gerade mit ihm telefoniert und er bat, dass wir gemeinsam zu seinem Haus fahren. Seid ihr einverstanden?«

»Wenn's keine großen Umstände macht, gerne«, sagte Arman. Die lange Fahrt hatte ihn ermüdet und er sah abgekämpft aus.
»Dann fahre ich vor und ihr folgt mir. Es ist nicht sehr weit, es dauert nur zehn Minuten.«
Ich stieg in mein Auto und fuhr in Richtung Sachsenhausen. Im Rückspiegel beobachtete ich genau, dass sie sich nicht verfuhren.
Monika erwartete uns. Sie begrüßte meine Gäste ganz freundlich und begleitete uns ins Wohnzimmer.
Ich stellte Ferry und ihren Bruder in persischer Sprache vor.
Es machte Monika immer mehr als stolz, ihre persischen Kenntnisse bei solchen Gelegenheiten zu präsentieren. Sie hatte besondere Freude daran, in ihren Formulierungen einige schöne, alte persische Zitate zu verwenden. Dieses versetzte jeden Perser in Erstaunen und Begeisterung.
»Ich bin froh, Sie endlich kennenzulernen. Bijan hat oft von Ihnen gesprochen«, sagte Monika zu Ferry, während sie mich die ganze Zeit anblickte.
»Er hat bestimmt nichts Gutes erzählt, denn in den letzten zwölf Monaten hat er mir nicht mal eine Postkarte geschickt.«
»Die persischen Männer sind zu faul zum Schreiben; Shahram ist genauso«, sagte sie und entfernte sich, um Tee zu machen. Sie bat mich, ihr zu helfen. In der Küche sagte sie:
»Mein Gott, sie ist eine absolute Schönheit. Wenn Casanova dich sehen könnte, würde er sich bestimmt vor Eifersucht zehn Mal in seinem Grab umdrehen. Du musst dich schämen. Ein Tag kommst du mit einer blonden Frau, am nächsten Tag mit einer Schwarzhaarigen!« Sie schaute mich etwas belustigt an und sagte weiter: »Dennoch, es ist hart. Ich möchte jetzt nicht in deiner Haut stecken.«
»Ich habe nie im Traum daran gedacht, dass sie mich tatsächlich in Deutschland besuchen würde. Wenn sie gewusst hätte, dass ich mit Nancy befreundet bin, wäre sie bestimmt nicht gekommen.«
»Da bin ich nicht sicher. Du kennst die Frauen nicht gut. Wenn eine Konkurrentin auftaucht, dann werden sie richtig zupackend und aktiv. Sie ist bestimmt nicht zufällig hier.«
»Soll ich darüber mit ihr sprechen?«
»Ich würde es an deiner Stelle nicht tun. Nur wenn sie dich direkt fragt. Sonst hat es keinen Sinn. Du würdest ihr das Herz brechen, es ist nicht fair.«

Ich ging wieder ins Wohnzimmer zurück. Es gab eine leise Diskussion zwischen den Geschwistern. Als Ferry mich sah, unterbrach sie ihre Unterhaltung und sagte:
»Ich bin froh, dass ich dich rechtzeitig getroffen habe, sonst wäre meine lange Reise umsonst gewesen.«
»Seit wann seid ihr unterwegs?«
»Seit gestern Morgen. Wir haben in Würzburg übernachtet und sind heute Morgen direkt zu dir gefahren. Aber leider warst du nicht zu Hause.«
»Ich fliege wahrscheinlich in den nächsten Tagen nach Amerika. Ich werde dort wieder studieren.«
»Welches Fach?« Die Frage kam von ihrem Bruder, der die ganze Zeit fast gar nichts gesagt hatte. Er war immer sehr reserviert. Man musste ihm jedes Wort aus der Nase ziehen. Ich beantwortete seine Frage:
»Informatik und Betriebswirtschaft.«
»Warum Amerika? Solche Fächer gibt es auch in Europa, sogar in Wien.«
»Auch Informatik?«
»Ich glaube schon.«
»Aber ich werde in Amerika studieren!«
Den letzten Satz sagte ich in einem ausgesprochen trotzigen Ton. Ich gab zu verstehen, dass ich keine Lust hatte, darüber zu diskutieren.
Ich gebe zu, es war unfreundlich von mir, mich so zu benehmen, andererseits konnte ich keine Gegenargumente mehr zu meiner Entscheidung hören. Ich blickte Ferry an. Ein Hauch von Traurigkeit verdunkelte den Glanz ihrer schwarzen Augen. Um das Thema zu wechseln, fragte ich:
»Erzähl du mal, was machst du eigentlich?«
»Ich studiere Psychologie an der Universität Teheran.«
»Das ist aber interessant, wann wirst du fertig?«
»Nächstes Jahr. Aber wie es aussieht, wirst du einige Jahre in den USA bleiben.«
Ich merkte, dass sie nur über mich reden wollte. Aber sie fand keine Möglichkeit, denn Monika trug die Zwillinge herein. Beide sahen wirklich goldig aus, gesunde Haut, dunkelbraune Haare und grüne Augen.

Bis neunzehn Uhr, als Onkel Shahram von der Arbeit kam, dominierten die beiden Babys unsere kleine Gesellschaft.
Nach dem Abendessen brachte ich die Koffer von Ferry in das Gästezimmer. Sie folgte mir. Als wir allein im Zimmer waren, nahm sie meine Hand und sagte:
»Pass auf, Bijan, ich bin deinetwegen hierhergekommen. Ich wollte dich unbedingt sehen und sagen, dass ich dich von ganzem Herzen liebe. Egal, wo du hingehst und wie lange du fortbleibst, ich werde auf dich warten, denn ich weiß, dass du irgendwann zu mir zurückkommst.«
»Aber das ist nicht realistisch. Ich weiß nicht, ob ich jemals aus Amerika wiederkomme. Außerdem: Ich will nicht, dass du auf mich wartest, davon bekomme ich immer ein schlechtes Gewissen.«
»Du hast keine Verpflichtung, Bijan, du brauchst kein schlechtes Gewissen zu haben. Du bist frei und kannst machen, was du willst; ich wollte dir nur sagen, wenn nicht alles so läuft, wie du dir das denkst und du mich noch haben willst, dann denk bitte daran, dass ich mit meinem ganzen Herzen auf dich in Teheran warte.« Sie schwieg für eine Weile, dann sagte sie: »Es scheint, das ist mein Schicksal. Das erste Mal, als ich dir sagte, dass ich dich liebhabe, wolltest du davon nichts wissen. Du hattest nur Deutschland in deinem Kopf. Und dieses Mal öffne ich wieder mein Herz, aber leider willst du nach Amerika.« Sie lächelte etwas verbittert und flüsterte: »Vielleicht willst du beim nächsten Mal, wenn ich dir wieder mein Herz schenken möchte, zum Mond fliegen. Trotz allem, ich will auf dich warten, denn mein Gefühl sagt mir, dass wir füreinander bestimmt sind.«
Ohne auf meine Reaktion zu warten, ging sie wieder ins Wohnzimmer zurück.
Nach dem Abendessen unterhielt sich Monika mit Ferry und in einer anderen Ecke diskutierten Onkel Shahram, Arman und ich über die politische Lage in Iran. Ich beobachtete die beiden Damen ab und zu. Ich begann unruhig zu werden, als Monika ihre Hochzeitsbilder zeigte. Ich kannte das Album. Auf mehreren Seiten waren die Bilder von Nancy und mir nicht zu übersehen.
Die Fotos von unserem gemeinsamen Tanzen waren relativ harmlos, aber das Bild, auf dem Monika ihren Hochzeitsstrauß über die Schulter in die Hand von Nancy warf und ich sie vor Freude küsste, war zu eindeutig und lebendig. Dies könnte Ferry stark verletzen.

Ich versuchte, mit Augenverdrehen und Handzeichen Monika auf diesen gefährlichen Zustand aufmerksam zu machen. Sie verstand meine Beunruhigung, und mit einer schwachen Kopfbewegung gab sie mir zu verstehen, dass sie wusste, was sie tat. Später erfuhr ich, dass sie die kritischen Bilder vorher aus dem Album entfernt hatte.
Es war gegen zweiundzwanzig Uhr, als das Telefon klingelte. Wir spielten Karten, und keiner wollte den Hörer abnehmen. Jeder besaß die Chance, das Spiel zu gewinnen. Aber endlich ging Onkel Shahram schimpfend zum Telefon. Er begrüßte jemanden und sagte dann mit großer Schadenfreude zu mir:
»Das ist für dich.«
Ich legte meine Karten auf den Tisch und nahm den Hörer. Es war Nancy. Ich bat sie zu warten und ging in die Küche, um ungestört an einem anderen Apparat zu sprechen. Monika zeigte mir ihr typisches ironisches Lächeln.
»Was ist los, warum bist du so nervös?« Anscheinend hatte Nancy meine Aufregung bemerkt.
»Onkel Shahram hat ein paar Gäste, ich wollte nicht im Wohnzimmer sprechen. Ich bin jetzt in der Küche.«
»Gibt es etwas Neues von dem amerikanischen Konsulat?«
»Nein, ich muss noch eine Woche warten.«
»Mein Onkel kennt einige Leute im Außenministerium. Er wird versuchen, seinen Einfluss geltend zu machen. Er ist sicher, du wirst bald in Amerika sein. Es muss klappen, denn ohne dich fühle ich mich hier leer und einsam. Mir war nicht bewusst, dass ich dich so liebe.«
Ich wollte ihr versichern, dass auch ich sie sehr liebe, aber in diesem Augenblick kam Ferry in die Küche, um eine Flasche Wasser zu holen. Ich tat, als ob mein Partner noch redete und ich aufmerksam zuhörte. Ich lächelte ihr freundlich zu und winkte.
Sie war nicht dumm, sie wusste, das war eine oberflächliche Begrüßung und gleichzeitig eine höfliche Geste für: ‚Lass mich in Ruhe.' Wie Balzac sagt:
‚Frauen besitzen in hohem Grade die Fähigkeit, geheime Gedanken am Minenspiel der Gesichter abzulesen.'
Ich fühlte mich äußerst unwohl dabei. Ich fand es sehr merkwürdig, ja komisch, dass es noch keine vier Monate her war, dass ich während der

Anwesenheit von Nancy mit Ferry am Telefon sprach. Das war am persischen Neujahr.
Und heute, welche Ironie des Schicksals, war Nancy mehrere Tausend Meilen weg und Ferry stand vor mir, während ich mit der anderen telefonierte.
»Bist du noch da?«, fragte Nancy, als mehrere Sekunden lang keine Reaktion auf ihre Liebeserklärung kam.
Ich wartete, bis Ferry die Küche verlassen hatte, und sagte:
»Wie kannst du einen arbeitslosen und obdachlosen Perser lieben?«
»Die Antwort werde ich dir geben, wenn du hier bist.«
Sie erzählte, dass die ganze Familie und ihre Freunde mich kennenlernen wollten, dass sie mein Zimmer renoviert hatte, dass sie viele Formulare für die Einwanderungsbehörde, Universität und Sozialversicherung ausgefüllt hatte und dass alle auf meine Unterschrift warteten. Sie sprach danach mit Monika und versuchte herauszufinden, wer die Gäste waren.
Spätabends, als jeder in sein Zimmer ging, sagte mir Monika:
»Das war ein aufregender Tag, nicht wahr? Aber ich verstehe dich nicht, Bijan. Du kommst aus einem Land, wo über zwanzig Prozent der Männer mehrere Frauen haben. Wieso kannst du nicht mit deinen Frauen zurechtkommen? Was für ein Perser bist du eigentlich?«
»Du bist gemein. Du weißt doch, das ist mir äußerst peinlich, aber was soll ich machen?«
Ich merkte zu spät, dass sie sich über mich lustig machte. Ich hatte Lust, ihr auch etwas Gemeines entgegen zu schleudern. Ich sagte:
»Ich finde deine Toleranz, dass ein persischer Mann mehrere Frauen haben soll, lobenswert und muss daher meinem Onkel hierzu einige heiße Tipps geben!«
Sie zog an meinen Haaren und sagte:
»Wenn du frech wirst, erzähle ich alles Nancy.«

Am folgenden Tag musste Onkel Shahram nach Hamburg reisen. Wir alle besuchten den Frankfurter Zoo. Arman ging mit Monika zusammen und schob den Kinderwagen mit den Zwillingen. Ferry und ich schlenderten mit ca. zehn Meter Abstand hinterher. Ich merkte, dass sie mir etwas sagen wollte, aber sie traute sich nicht. Dann brach sie das Schweigen doch:

»Seit gestern trage ich einen Gedanken mit mir herum, und jetzt will ich ihn loswerden: Liebst du eine andere Frau?«, fragte sie, während sie direkt in meine Augen blickte.
»Ja, ich bin mit einer amerikanischen Frau befreundet, und wenn du direkt fragst, ich liebe sie. Ich habe die Absicht, mit ihr in Los Angeles zusammenzuleben.« Ihr Gesicht wurde plötzlich blass. Ich wagte nicht, in ihre Augen zu schauen. Ich sagte weiter: »Das war eine ehrliche Frage und ich habe dir eine ehrliche Antwort gegeben.«
»Wirst du sie heiraten? Bitte noch eine ehrliche Antwort.«
»Ich weiß nicht. Ich werde in den nächsten Jahren wieder studieren. Wenn ich eines Tages heirate, dann will ich selbst Geld verdienen. Es besteht daher keine Möglichkeit, dass ich in den nächsten drei bis vier Jahren heirate.«
Sie fasste meine Hand und sagte:
»Wir kennen uns seit Jahren, aber leider konnte ich dir wegen der gesellschaftlichen Zwänge meine Gefühle nie wie eine Europäerin oder Amerikanerin unbefangen und ehrlich zeigen. Du kommst auch aus der gleichen Gesellschaft und du weißt, was ich meine. Ich kann verstehen, dass meine Konkurrentinnen in ihrer Welt mehr Chancen haben als ich. Ich muss leider diese schmerzhafte Tatsache akzeptieren. Aber du kannst davon ausgehen, dass ich nie resignieren werde. Ich muss um dich kämpfen, aber, du weißt, allein schaffe ich das nicht. Ich brauche deine Hilfe dazu. Bitte brich nicht deinen Kontakt zu mir ab. Wenn du dort bist, erzähl mir, was du machst und wie dir das amerikanische Leben gefällt. Ich werde äußerst glücklich sein, wenn ich mindestens zwei Mal im Jahr Nachrichten von dir erhalte. Behandle mich nicht wie ein Mädchen, das dich liebt, sondern wie eine einfache Freundin.«
Es war mir klar, dass sie keine schwache Frau war. Sie wusste immer, was sie wollte, zielstrebig und realistisch.
Ich bin sicher, wenn sie in Teheran die gleiche freie Gesellschaft und tolerante Familie wie Nancy gehabt hätte, wären wir nach ein paar Jahren Freundschaft längst verheiratet gewesen. Aber ihr Pech war, dass sie mit mir nicht mehr als zwei Stunden allein sein konnte bzw. durfte. Die Angst, dass jemand uns Hand in Hand sehen würde, ließ uns kaum eine Chance, uns besser kennenzulernen und uns unsere Gefühle mitzuteilen. Endlich schaute ich ihr vorsichtig in ihre zauberhaften Augen und sagte:

»Ich möchte dir keine Versprechungen machen. Ich weiß nicht, was das Schicksal für mich in Amerika vorgesehen hat. Ich weiß nicht, was aus dieser Reise wird und wie ich mich dort fühlen werde. Ich muss zuerst meine neue Welt kennenlernen. Aber spätestens zum nächsten persischen Neujahr werde ich dir schreiben.«
»Bitte schreib nichts über Amerika, darüber habe ich mehrere Male in Büchern gelesen. Schreib über dich und deine Gefühle. Das interessiert mich sehr, und wenn du über meine Gefühle etwas wissen willst, dann vergiss nicht, deine Adresse auf die Rückseite des Briefes zu schreiben.«

Ferry und Arman fuhren am Nachmittag nach Wien zurück. Zum ersten Mal küsste sie mich vor ihrem Bruder und anderen Leuten auf meine Lippen, wenn auch blitzartig, aber immerhin zeigte sie Mut und Ehrlichkeit.
Ihre schwarzen Augen waren voller Tränen, als sie im Auto saß und Arman langsam wegfuhr.
Monika ließ mich den Rest des Tages in Ruhe. Ich ging in mein Zimmer und legte mich auf mein Bett. Ich kam mir so gemein, so schuldig vor. Die Gedanken, dass ich möglicherweise ihr Herz gebrochen hatte, machten mich krank. Ich ärgerte mich über meine Offenheit und die zwangsläufige Rücksichtslosigkeit.
Aber was hätte ich tun sollen? Sie belügen? Das konnte ich nicht, das war weder fair gegenüber Nancy noch gegenüber Ferry.
Es vergingen mehrere Tage, und wegen dieses bösen Spiels meines Schicksals war ich in einer miserablen Stimmung. Wieso musste sie mich ausgerechnet jetzt besuchen? Ich verfluchte Himmel und Erde.
Aber meine Stimmung änderte sich plötzlich radikal. Am 8. Juli rief ich das amerikanische Konsulat in Frankfurt an. Ich sprach mit dem zuständigen Sachbearbeiter. Er sagte:
»Herzlichen Glückwunsch, Ihr Antrag ist genehmigt. Sie können jederzeit mit Ihrem Reisepass zu uns kommen.«
Ich sprang vor Freude in die Luft. Ich fuhr sofort dorthin. Es ging alles sehr schnell. Ich musste mit dem Konsul persönlich sprechen, er war sehr freundlich und wünschte mir viel Glück. Unterwegs fuhr ich bei der Fluggesellschaft Pan Am vorbei und buchte meinen Flug für den 10. Juli.

Als ich wieder nach Hause kam, gesellte ich mich zu Monika in die Küche. Sie backte einen Apfelkuchen. Sie merkte an meinen strahlenden Augen, dass ich mit meinem Ziel Erfolg gehabt hatte.
»Sag bloß nicht, dass du dein Visum bekommen hast?«, fragte sie leicht verzweifelt.
»Doch. Freust du dich? Du bist mich endgültig los. Ich fliege am 10. Juli nach Los Angeles.«
»Das ist übermorgen. Bis du verrückt geworden? Was habe ich dir getan?«
»Oh, meine liebe Monika, du bist der beste Mensch, den ich in Deutschland kennengelernt habe. Ich konnte mit dir über alles reden, Themen, die ich sogar mit meiner Mutter nicht besprechen konnte.«
»Hoffentlich hältst du mich nicht für deine Mutter.«
Ich umarmte sie, küsste sie auf ihre Wange und sagte:
»Nein, meine Liebe, ich halte dich für die schönste und die beste Freundin.«
Als ich in mein Zimmer gehen wollte, sagte ich:
»Obwohl ich gar nichts dagegen habe, dich Mama zu nennen!«
Sie warf mir ein Stück Apfel an den Kopf.
Dann rief ich Nancy an. Sie war gerade wach geworden. Sie schrie vor Freude auf und sagte, dass ich im Flugzeug genug schlafen sollte, denn sie würde an diesem Abend eine Welcome Party für mich organisieren.
Am 9. Juli feierten wir zu dritt meine Abschiedsfeier im Casino Wiesbaden. Monika ließ ihre Freundin Anja auf die Zwillinge Cyrus und Bijan aufpassen.
Sie war ganz schweigsam. Nur Onkel Shahram sprach über verschiedene Themen. Aber kurz bevor wir die Bar der Spielbank verließen, sagte Monika:
»Eine Bitte habe ich an dich, lass dich von den Yankees nicht unterkriegen. Das hast du nicht nötig. Du hast weder finanzielle Probleme noch mangelnde Intelligenz noch bist du scharf auf Hamburger oder Hotdogs. Bleib bitte, wie du bist. Fantasievoll, gefühlvoll und ein herzensguter Mensch.«
»Davon kannst du ausgehen, meine Liebe. Wenn ich merke, dass es nichts für mich ist, wenn ich sehe, dass ich unglücklich bin, komme ich zurück.«

Als wir zu Hause waren, ging ich mit Onkel Shahram in den Keller, wo er seinen guten Wein und teure Teppiche aufbewahrte. Monika ließ Anja nach Hause gehen und schloss sich uns an. Onkel Shahram beauftragte sie, einen schönen Teppich für mich auszusuchen.
»Du kennst meinen Geschmack, Shahram. Ich werde mich für den Teuersten entscheiden. Ich möchte nicht, dass du mein Wirtschaftsgeld kürzt, wenn Bijan geht.«
»Für meinen lieben Neffen suchst du den besten, schönsten und, meinetwegen, den teuersten aus.«
»Bijan, du wirst mir dein ganzes Leben lang dankbar sein«, sagte Monika. Sie wusste genau, welchen ich nehmen sollte. Sie wählte eine Brücke aus Esfahan, pure Seide, zwei Meter lang und einen Meter sechzig breit.
»Das kann ich nicht annehmen, die ist zu teuer«, protestierte ich.
»Du sollst nicht Tauroof machen«, sagte Monika mit einem Lächeln. (Tauroof ist eine typisch persische Ablehnung. Innerlich hat man es gern, und äußerlich lehnt man ab.)
»Ich meine es ernst.«
»Es wäre uns eine Ehre, wenn du dieses Geschenk annimmst«, sagte Onkel Shahram.
Der Teppich war so fein und elastisch, dass ich ihn leicht in meine Reisetasche, neben meine Bücher, legen konnte.
Am 10. Juli um vierzehn Uhr brachten sie mich zum Flughafen. Wir umarmten und küssten uns mehrere Male.
Bevor ich in die Wartehalle ging, sagte ich zu Onkel Shahram: »Danke für alles. Ich werde euch niemals vergessen. Und noch eine Bitte, pass gut auf deine Frau auf. Ich mag sie sehr.« Dann drehte ich mich um und ging durch den Kontrollraum zum Wartesaal.
Um fünfzehn Uhr flog das Flugzeug erst nach Kopenhagen und dann, nach einer Stunde Pause, direkt nach Los Angeles. Während der fünfzehn Stunden Flug hatte ich genug Zeit, über alles nachzudenken. Über meine Busreise von Teheran nach Istanbul, über Dariush und die Ergebnisse seiner gefährlichen Aktion, über das FAPOE und die Menschen, die ich dort kennengelernt hatte, über Monika und Onkel Shahram und schließlich über Nancy und Ferry. In den letzten zwölf Monaten hatte ich mehr gesehen und gelernt als in meinem ganzen Leben zuvor. Ich war mit den Ergebnissen meines Lebens in Europa zufrieden.

Sie waren wertvolle Erfahrungen. Ich war reifer geworden. Was würde aus mir in Amerika, dem Land der unbegrenzten Möglichkeiten, werden? Würde ich in Amerika genauso gemütlich, zufrieden und glücklich leben?
Es war kurz vor zweiundzwanzig Uhr amerikanischer Zeit, als der Pilot über die Lautsprecher sagte, dass wir in wenigen Minuten auf dem International Airport von Los Angeles landen wurden. Mein Herz klopfte. Ich war aufgeregt. Dieses Gefühl war mir schon bekannt. Ich sagte ganz leise:
»Hallo America, here I come, don't disappoint me.«

14. Schwimmen im Colorado

Auf dem International Airport von Los Angeles warteten Nancy, mehrere Mitglieder ihrer Familie und Freunde in der Empfangshalle. Ich sah sie und ihre Begleiter, als ich meine Koffer der Zollbehörde zeigen musste. Die Beamten waren sehr freundlich und großzügig. Die Standardfrage bei fast allen Passagieren lautete:
»Haben Sie etwas Essbares in Ihrem Gepäck?«
Als ich die Sperrzone verließ, rannte Nancy zu mir, umarmte mich und küsste ziellos mein Gesicht, meine Wange, meine Augen und meine Lippen. Sie flüsterte in mein Ohr: »Welcome to America, Darling.«
Wir waren beide sehr erregt. Man konnte den Eindruck gewinnen, dass wir uns seit Jahren nicht gesehen hatten. Ich schaute sie genauer an; offenbar hatte sie sich den ganzen Tag auf diesen Moment vorbereitet. Sie trug ein lilafarbenes, langes Kleid aus Seide. Ihre blonden Haare hatte sie kurz schneiden lassen, und sie benutzte das Parfüm, das ich ihr am letzten Tag in Frankfurt geschenkt hatte. Ihre Begleitung wurde allmählich unruhig, sie stellte mir daher jede einzelne Person vor.
»Das ist meine Mutter, oder, wie du einmal gesagt hast, meine Schwester.«
Sie sah nicht so jung aus, wie ich sie von dem Foto in Erinnerung hatte, aber sie war noch attraktiv und hatte sich sehr modisch angezogen. Sie küsste mein Gesicht und sagte:
»Hallo, Bijan, du hast mit deinem Kompliment in Deutschland schon einige Pluspunkte bei mir gesammelt.«
»Wie soll ich Sie nennen? Frau Donahue?«, fragte ich sie.
»Du kannst mich, wie alle meine Freunde Betty rufen.«
Als Nächsten stellte Nancy mir ihren Onkel vor. Er war Ende vierzig, groß, mit sehr gepflegtem Vollbart. Er trug eine blitzende Brille ohne Rahmen.
»Das ist mein Onkel Steve. Er hat für dein Visum das gesamte Außenministerium auf den Kopf gestellt.«
Er gab mir die Hand und sagte:
»Ich freue mich, dich endlich kennenzulernen. Nancy hat viel von dir erzählt, und wie es aussieht, hat sie nicht übertrieben.«

»Vielen Dank für deine Bemühungen. Ich hoffe, dass ich irgendwann in der Lage bin, mich zu revanchieren.«
»Das kannst du jederzeit. Ich habe gehört, dass du ein leidenschaftlicher Schachspieler bist. Wenn du mal Lust hast, spielst du Schach mit mir.«
Ich schüttelte kräftig seine Hand. Ich wusste von Nancy, dass Amerikaner, wie Perser einen festen Händedruck mögen.
»Und das ist Pam, meine Schwester.«
Nancy legte ihre Hand auf die Schulter eines jungen Mädchens. Sie war hübsch und sehr natürlich. Sie trug eine feste Zahnspange und versuchte so wenig wie möglich zu reden oder zu lachen. Sie hatte ein bisschen Ähnlichkeit mit Nancy. Ihr Haar war etwas heller und ihr Gesicht etwas schmaler. Im Gegensatz zu Nancy wirkte sie eher unsicher und gehemmt. Nancys Tante Martha wurde mir als weiteres Familienmitglied vorgestellt. Sie war Mitte vierzig, schlank und sehr temperamentvoll. Ich erfuhr später, dass sie mit einem Kanadier verheiratet gewesen war. Aber eines Tages war er zwischen Arbeitsplatz und Wohnung spurlos verschwunden.
Martha machte mir einen lustigen, impulsiven und warmherzigen Eindruck. Sie schob Nancy zur Seite, umarmte mich und sagte:
»Wenn du es bei Nancy nicht aushältst, kommst du zu mir. Ich habe ein großes Haus.«
»Er ist zu jung für dich, Martha«, meinte Nancy und machte etwas Platz, um ihre Freundinnen vorzustellen.
»Diese drei zauberhaften Mädchen sind meine besten Freundinnen, Sue Anne, Lisa und Sandy.«
Die drei jungen Mädchen kamen mir vor wie Mannequins: schlank, schön und geschmackvoll gekleidet.
Offenbar hatte Nancy mit ihre übertriebene Personenbeschreibung ihr Interesse und vielleicht ihre Neugier verstärkt, denn ich konnte leicht merken, mit welcher großen Aufmerksamkeit sie mich die ganze Zeit beobachteten.
»Du sollst die jungen Damen küssen, sie warten seit mehr als zwei Stunden. Oder soll ich diese Aufgabe für dich übernehmen?«, sagte Steve und lachte voller Freude.
Der letzte Begleiter von Nancy war ein junger Mann, schlank, hellblond und ein paar Jahre jünger als ich. Was mir gleich bei ihm auffiel, war seine Farblosigkeit. Er sah sehr blass aus. Seine hellgrauen Augen

wirkten kalt und glanzlos im Gegensatz zum Strahlen der anderen aus der Gruppe. Sein schmales Gesicht war wie geschaffen für einen Pokerspieler, keinerlei Emotionen, Regung oder irgendein Zeichen von Freude oder Sorge. Auffällig war eine Narbe oberhalb des rechten Auges, welche seine Augenbraue etwas verlängerte.
Er schüttelte meine Hand mit einem gewissen Zwang; es ging keine Feindseligkeit oder demonstrative Ablehnung von ihm aus, nein, ich weiß nicht, wie ich es beschreiben soll, er wirkte etwas reserviert, aber auch unkonzentriert. Er sagte gar nichts und versuchte jeden direkten Blickkontakt mit mir zu vermeiden. Nancy sagte:
»Mike ist wie ein Bruder für mich. Er hat die Party für heute Abend allein organisiert, aber mehr verrate ich dir nicht. Am besten solltest du dich selbst davon überzeugen.«
Wir fuhren in drei großen amerikanischen Autos in Richtung Huntington Park, einem Ortsteil von Los Angeles. Das Wetter war angenehm warm. Es dauerte über vierzig Minuten, bis wir den Stadtteil erreichten. Nancy zeigte mir eine relativ große Palme und sagte:
»Wir sind da. Die hell beleuchtete Palme steht vor unserem Haus und das nächste freistehende Haus nebenan gehört Mike und seiner Mutter.«
Nancy parkte das Auto vor einem weißen Gebäude. Das Haus war zweistöckig. Unten gab es ein großes Wohnzimmer, Bad, Küche und das Schlafzimmer von Betty. Oben befanden sich drei große Räume für Pam und Nancy. Das Dritte, völlig neu eingerichtet, war für mich bestimmt. Das Badezimmer mussten wir uns zu dritt teilen.
Ich brachte meine Koffer in mein Zimmer und machte mich frisch. Nancy ließ mich sogar im Badezimmer nicht allein. Sie sagte:
»Oh Bijan, ich bin sehr glücklich, dass du meinem Vorschlag gefolgt bist. Ich werde alles daransetzen, dass du nie von mir und Amerika enttäuscht sein wirst.«
Wir gingen hinunter in den Garten. Mike grillte Wurst, Rippchen, Steaks und Hamburger auf einem großen Bratrost.
Pam war für die Musik zuständig. Sie legte eine Schallplatte auf und begann sofort allein zu tanzen. Im Garten, neben einem mit kleinen und großen Luftballons geschmückten Baum, war bereits ein Tisch für zehn Personen gedeckt. Ich saß zwischen Steve und Martha. Betty schenkte jedem ein Glas Rotwein ein, hob ihr Glas und sagte:

»Mein lieber Bijan, herzlich willkommen in unserem Haus, in unserer Familie im Freundeskreis und schließlich herzlich willkommen in Amerika.« Alle tranken ihr Glas bis zum letzten Tropfen aus. Sie fuhr fort: »Ich hoffe, dass du dich in unserem Haus wohlfühlst. Wir nehmen dich mit offenem Herzen in unsere Familie auf. Du kannst so lange hierbleiben, wie du willst.«
Ich war tief berührt. Ich stand auf und sagte:
»Herzlichen Dank für diesen unvergesslichen Empfang. Ich bin sehr beeindruckt. Diese freundliche Aufnahme gibt mir Mut und Antrieb, in diesem wunderbaren Land ein neues Leben aufzubauen. Danke.«
Bevor Mike die erste Grillplatte auf den Tisch stellte, wurden mehrere Gläser Wein getrunken. Ich nahm ein Glas Wein und brachte es zu Mike. Ich sagte ihm:
»Du sollst nicht die ganze Zeit arbeiten. Trink ein Glas Wein mit uns.«
Ohne mich anzublicken, antwortete er:
»Danke, lass das Glas hier, ich trinke nachher.«
Er war nicht nur mir gegenüber abweisend, er sprach die ganze Zeit mit niemandem. Er tat alles, was man von ihm verlangte, aber er war in jeder Hinsicht anspruchslos oder fast teilnahmslos. Mit Ausnahme von Nancy sprach keiner mit ihm, sogar mir war aufgefallen, dass Steve absichtlich versuchte, ihn zu ignorieren.
Gegen zwei Uhr bemerkte ich langsam, dass ich sehr müde war und über die Witze von Martha nicht mehr lachen konnte. Ich entschuldigte mich und ging in mein Zimmer. Die lange Reisezeit zeigte ihre Wirkung. Es dauerte nicht lange, bis ich schlief wie ein Bär im Winter.
Es war kurz vor sieben Uhr, als Nancy in mein Zimmer kam und sich in mein Bett schlich. Sie legte ihren Kopf auf meine Brust.
Die frisch gestrichenen hellblauen Wände, die neu angeschafften Schränke und der nicht ganz fachmännisch verlegte Teppichboden kamen durch die Sonnenstrahlen besser zu Geltung. Ich drückte Nancy an mich und sagte:
»Du hast meinetwegen eine ganze Menge Arbeit geleistet. Was für ein Zimmer war hier vorher?«
»Das war das Arbeitszimmer meines Vaters. Aber seit seinem Tod ist es immer leer und unbenutzt geblieben. In den letzten Wochen haben wir mit Hilfe von Mike und Pam versucht, es einigermaßen zu renovieren. Ich hoffe, es gefällt dir.«

»Oh, ja. Ich bin tief in deiner Schuld. Wie kann ich das alles wiedergutmachen?«
»Halt mich fest und lass mich nicht los, dann hast du deine Schuld bezahlt.«
Ich streichelte sie, küsste ihre Lippen und fragte weiter:
»Hast du eine Idee, wie ich mich bei Pam und Mike bedanken kann?«
»Du könntest beide zu einem Abendessen einladen. Sie erwarten von dir nichts Besonderes.«
Das amerikanische Frühstück ist fast wie ein komplettes Mittagessen; Schinken, Speck, Bratkartoffeln, Cornflakes, Pfannkuchen. Marmelade, Sirup und Honig gehören natürlich auch dazu. Kannenweise Kaffee und eine ganze Menge frisch gepresster Orangensaft müssen immer dabei sein, so sagte einmal Nancy.
Wer in einem Coffee Shop frühstückt, hat sogar die Möglichkeit, schon morgens früh ein halbes Kilo T-Bone-Steak mit zwei Spiegeleiern zu bestellen. Am ersten Tag meines Aufenthalts im Hause Donahue gab es kein Steak, aber sonst alles, was zu einem amerikanischen Frühstück gehört.
Nach dem Essen führte mich Betty durch das Haus. Das Mobiliar war einfach, aber praktisch. Sie zeigte mir ganz stolz die Vorratskammer und sagte:
»Wenn du Hunger hast, findest du hier immer genug Essen.«
Die Kammer war tatsächlich voll mit Konservendosen, großen Tüten mit Chips, Cornflakes, Erdnüssen, Popcorn und Getränken. Ganz neu war für mich der Müllschlucker in der Küche.
Man schmiss die verderblichen Abfälle in den Abfluss des Waschbeckens und eine elektrische Mühle saugte sie an, zerkleinerte sie und leitete sie in den Abwasserkanal.
Der Garten sah etwas vertrocknet aus und war wegen der Party der letzten Nacht völlig verwüstet. Es gab weder Mauern noch Zäune oder Ähnliches zwischen den Nachbarhäusern, nur eine gemeinschaftliche Rasenfläche.
Während der Besichtigung des Gartens sah ich plötzlich jemanden hinter einem dünnen Vorhang des Nachbarhauses. Man beobachtete uns. Zuerst wollte ich es nicht zur Kenntnis nehmen, aber dann fand ich eine günstige Gelegenheit und blickte zu dem Fenster; es war Mike. Als er merkte, dass ich ihn gesehen hatte, zog er sich zurück.

Wir kamen wieder ins Haus. Nancy bestand darauf, dass wir gleich zur Universität UCLA fahren, um die ausgefüllten und unterschriebenen Studienanträge abzugeben. Ich war von der anstrengenden sechzehnstündigen Reise noch müde, aber Nancy musste ihren Plan einhalten. Sie drückte meine Hand und sagte:
»Komm, sei nicht faul, wir sind in Amerika; was du heute besorgen kannst, verschiebst du nicht auf morgen. Die Universität ist nicht weit von uns, vielleicht dreißig Minuten.«
Ich war einverstanden. Wir fuhren mit einem großen blauen Ford. Sie hatte recht, die Uni war nicht weit von unserem Haus, zumindest für amerikanische Verhältnisse. Sie parkte vor einem roten Gebäude. Sie wusste ganz genau, in welches Büro wir gehen mussten und wer für die Aufnahme zuständig war. Es fehlte keine einzige Unterlage.
»Es ist alles perfekt, Sie müssen nur den Test bestehen«, sagte die zuständige Sachbearbeiterin im Aufnahmebüro. Sie gab mir einen Termin für die nächste Woche.
»Was für ein Test ist das?«, fragte ich Nancy, als wir wieder im Auto saßen.
»Ich fürchte, das ist nicht einfach. Aber wir schaffen es schon. Letzte Woche bekam ich von Steve verschiedene Testformulare für die Aufnahme an einer Universität. Sie sind nicht nur für die UCLA gedacht, sondern auch für die meisten Universitäten in Kalifornien. Wir müssen diese Woche intensiv daran arbeiten.«
Sie zeigte mir einige Stunden lang die Stadtmitte von Los Angeles, Hollywood und den Wilshire Boulevard. Gegen Mittag hatte ich die Ehre, meinen ersten Hamburger in einem Coffee Shop zu verzehren, und danach fuhren wir wieder nach Hause.
Wir gingen gleich an die Arbeit. Ich musste zahlreiche Fragebögen ausfüllen und dann gemeinsam mit Nancy auf ihre Richtigkeit überprüfen. Viele Fragen waren mir völlig neu und teilweise konnte auch Nancy sie nicht beantworten.
Wir blätterten mehrere Lexika durch. Bei bestimmten Fragen musste Nancy diverse Telefonate führen, bis wir auf unsere Fragen eine plausible Antwort erhielten.
Die Tests waren in der Tat nicht einfach, auf jeden Fall nicht für mich. Dreißig Prozent bestanden aus Mathematik, boolescher Algebra und

verschiedenen Zahlensystemen wie binär, dezimal, hexadezimal[7] und oktal vierzig Prozent waren allgemeine Sozialwirtschaft und politische Fragen und der Rest psychologische Themen. Was Mathematik und Algebra betraf, war ich sehr schwach. Ich hatte Zweifel, die Tests zu bestehen.

Nancy war die ganze Zeit die treibende Kraft. Sie verhielt sich immer ruhig, sachlich, aber auch sehr streng und unnachgiebig. Ihre pädagogischen Fähigkeiten waren unübertroffen. Immer, wenn ich nicht weiterkam, sie und dieses Unternehmen beschimpfte oder wütend die ganzen Papiere in die Luft schmiss, blieb sie beherrscht, versuchte, mich zu beruhigen und weiter zu motivieren. Während dieser Woche waren wir die meiste Zeit allein zu Hause.

Betty arbeitete jeden Tag von acht bis siebzehn Uhr in ihrem Büro, einem Fotolabor in der Stadtmitte von Los Angeles, und Pam besuchte eine Freundin in San Diego. Ich war froh, dass keiner aus ihrer Familie meine ungenießbare Stimmung miterleben musste.

Am 23. Juli war Nancy aufgeregter als ich. Sie stand sehr früh auf und machte Frühstück. Die Prüfung in der UCLA war für 10:00 Uhr vorgesehen. Wir waren an diesem Morgen beide sehr schweigsam. Nancy vermied jeden Blickkontakt und versuchte, ganz normal zu wirken. Aber es gelang ihr nicht, denn ein Hauch von Unsicherheit und Angst durchzog ihr Gesicht. Ich hatte auch Angst; nicht um mich, sondern um Nancy, Angst sie zu enttäuschen. Sie hatte in den letzten Monaten eine ganze Menge Arbeit geleistet. Jetzt war ich dran, alles nur Mögliche zu tun, um unser gemeinsames Ziel zu erreichen.

Um neun Uhr dreißig fuhren wir zur Uni. Nancy sagte, dass sie im Auto bleiben, ein Buch lesen und auf mich warten wolle. Aber wie ich schon ahnte, konnte sie es nicht lassen. Sie begleitete mich doch zur Anmeldung. Ich hatte den Eindruck, sie wollte sicher sein, dass ich tatsächlich den Test machen würde. Eine junge Dame stellte sich mir im Büro vor und erklärte die Prüfungsmodalitäten:

»Ich bin Miss Jackson. Ich beaufsichtige den Test, der dauert zwei Stunden. Wenn Sie etwas brauchen, drücken Sie bitte diesen Knopf neben dem Lichtschalter. Sie dürfen nur ein Wörterbuch benutzen, kein Heft oder andere Bücher.«

---

[7] Ein Stellenwertzahlensystem, das auf der Zahlenbasis 16 beruht.

Dann gab sie mir einen achtseitigen Fragebogen und wünschte mir viel Glück.
Eine Woche harten Lernens hatte sich in der Tat bezahlt gemacht. Der Test beinhaltete die meisten Fragen, die ich in den letzten sieben Tagen mehrere Male beantwortet hatte. Ich konnte daher fast alle Fragen beantworten.
Ich hatte sogar genug Zeit, die Fragebögen ein zweites Mal durchzugehen. Um 12.00 Uhr, als Miss Jackson wieder ins Zimmer kam und die Bögen holte, fühlte ich mich sehr wohl und erleichtert.
»Wenn Sie eine halbe Stunde warten, können Sie gleich erfahren, ob Sie den Test bestanden haben«, sagte Miss Jackson mit einem freundlichen Lächeln.
Ich verließ das Gebäude. Draußen war es sehr warm geworden. Nancy saß im Schatten eines Baumes. Als sie mich sah, rannte sie in vollem Tempo auf mich zu. Sie umarmte mich und sagte:
»Na, sag, wie war es? Wie schätzt du deine Chancen ein?«
»Gefühlsmäßig gut. Aber wir sollten lieber eine halbe Stunde warten, dann wissen wir es genau.«
Wir gingen beide wieder in das Gebäude und setzen uns ins Wartezimmer. Das waren spannende Momente.
Nancy versuchte mit ihrem scharfen Blick zu erforschen, was in meinem Kopf vorging. Sie tröstete mich und sagte mehrere Male, dass alles gut gehen würde. Sie nahm mich in den Arm und küsste mich, um ihr Mitgefühl zu zeigen. Kurz vor dreizehn Uhr betrat Miss Jackson den Raum. Sie strahlte und sagte:
»Herzlichen Glückwunsch, Sie haben es geschafft. Sie haben 81 Punkte von 100 erreicht. Das ist ein sehr gutes Ergebnis. Sie können ab dem nächsten Semester, das ist Montag, der 30. August, mit Ihrem Studium beginnen.«
Sie musste den letzten Satz mehrere Male wiederholen. Denn als sie uns das Testergebnis mitteilte, schrie Nancy laut, umarmte mich und küsste ununterbrochen mein Gesicht. Das war eine rührende Szene.
Sogar Miss Jackson bekam Tränen in die Augen. Als wir wieder aufnahmefähig waren, gab sie uns mehrere Informationshefte über die Fachrichtungen, die erforderlichen Bücher und Allgemeines über die UCLA.

Die Zeit, Dankbarkeit zu zeigen, war fällig. Draußen drückte ich Nancy an mich und sagte:
»Nancy, du bist eine außerordentlich starke Frau. Ohne dich und deine knallharte Führung hätte ich dieses fast unerreichbare Ziel nie geschafft. Ich bin stolz auf dich.«
Sie küsste meine Lippen und sagte nichts. Sie wusste, dass ich recht hatte. Sie war zufrieden, dass ich ihre Leistung anerkannt hatte. Unterwegs nach Hause sagte sie:
»In Amerika braucht ein Mensch drei Dinge: Führerschein, Sozialversicherungskarte und ein Bankkonto. Ohne dies ist man handlungsunfähig.
Ich schlage vor, wir versuchen, diese Hindernisse zu beseitigen. Wir sollten gleich eine Filiale des Sozialversicherungsbüros im Huntington Park aufsuchen und einen Antrag stellen.«
»Am liebsten schon gestern, nicht wahr?«
»Was du heute besorgen kannst, das verschiebe nicht auf morgen«, sagte sie wie immer.
Mit ihrem Organisationstalent und dem Tempo ging alles sehr schnell voran. Innerhalb von zwei Wochen hatte ich einen amerikanischen Führerschein, die Versicherungskarte (gleichzeitig Steuerkarte) und natürlich ein Bankkonto.
Endlich rief ich Onkel Shahram an. Er war sauer, dass ich mich so spät gemeldet hatte.
»Es tut mir leid, ich wollte erst das Ergebnis meiner Aufnahmeprüfung bei der UCLA abwarten und mich dann melden. Außerdem wollte ich euch wegen des Zeitunterschieds nicht mitten in der Nacht wecken.«
Ich sprach über meine Erfolge und wie Nancy mir geholfen hatte. Danach redete ich mit Monika.
»Anscheinend schmecken dir amerikanische Hamburger. Warum meldest du dich nicht, du Ausreißer?«, fragte Monika mit ihrer typisch ironischen Stimme.
»Du hast recht, meine Liebe. Ich hätte mich früher melden müssen, aber Amerika ist ein großer Sumpf und ich bin auf einmal unvorbereitet mitten drin. Leider ist die gemütliche Zeit vorbei. Aber ich bin nicht unglücklich und, wenn du es genau wissen möchtest, ja, amerikanische Hamburger schmecken mir sehr gut, Mami.«

Ohne meine letzte gehässige Bemerkung zu beachten, erzählte sie, dass mein Onkel und sie mich sehr vermissen. Sie war von meinem Erfolg nicht ganz begeistert, im Gegenteil, sie hatte gehofft, dass ich enttäuscht nach Deutschland zurückflöge und für immer in Frankfurt bleiben würde. Am Ende des Gesprächs sagte sie, dass sie mich jederzeit unterstützen würden, wenn ich finanzielle Probleme hätte.
Ich besaß zwar ein paar Tausend Dollar, aber in Amerika hat man nie genug Geld. Ich plante, solange ich Zeit hatte und auf die Uni warten musste, irgendwo zeitweise zu arbeiten.
Das würde meine Reserven aufbessern, zumal ich teure Bücher kaufen musste und schon am 1. September die erste Semestergebühr fällig war. Nancy war von meinem Plan nicht gerade begeistert.
»Du solltest dich lieber in den nächsten Wochen ausruhen und ein bisschen Kalifornien kennenlernen.«
»Das kann ich später machen, wenn ich genug Geld habe.«
»Wozu brauchst du Geld? Du besitzt mehr als zweitausend Dollar auf deinem Sparkonto. Miete und Autokosten hast du nicht, und wenn du irgendwann Geld brauchst, bin ich schließlich da.«
»Vielen Dank. Ich kann von dir kein Geld annehmen.«
»Warum, weil ich eine Frau bin?«
»Stimmt. In Iran ist es nicht üblich, dass eine Frau ihrem Freund oder ihrem Mann Geld gibt; es ist für mich unvorstellbar.«
Dies hätte ich nicht sagen dürfen. Ihr Gesicht wurde auf einmal rot und ihre Augen glänzten vor Wut. Sie richtete ihren Zeigefinger auf mein Gesicht und sagte:
»Erstens, wir sind nicht in Iran, sondern in den USA. Zweitens, wenn du deine Ausbildung ohne Verzögerung zu Ende führen möchtest, bist du auf jeden Fall auf meine finanzielle Hilfe angewiesen. Es kommt eine Zeit, wo du Tag und Nacht lernen musst. Drittens, wenn du mit deiner Ausbildung fertig bist und Geld verdienst, dann kannst du deinen moralischen persischen Verpflichtungen nachkommen und mir finanziell helfen.«
Ich teilte ihre Meinung nicht, aber andererseits wollte ich sie nicht ärgern oder enttäuschen. Ich schraubte meinen persischen Stolz zurück und erklärte mich einverstanden. Ich akzeptierte sogar ihre Einladung, mit ihr ein langes Wochenende in San Francisco zu verbringen.

Diese kurze Reise war in der Tat sehr aufregend und wertvoll. Das wunderschöne San Francisco mit seinen Sehenswürdigkeiten wie Hafen, Cable Car, China Town und Golden Gate Bridge versetzte mich in große Begeisterung.
Abends, in einem Restaurant am Hafen, befragte Nancy mich über meine Familie:
»Du hast nie erzählt, was dein Vater macht.«
»Er ist Arzt, ein Chirurg.«
»Er muss gut verdienen und kann dich auch finanziell unterstützen, oder?«
»Im Prinzip ja, aber ich will das nicht. Wenn es um väterliche Verpflichtungen geht, hat er bereits alles getan, was er tun muss. Während meines Studiums in Teheran hat er mich voll unterstützt. Was ich jetzt in Amerika mache, ist Luxus, und daher muss ich damit selbst zurechtkommen. Beim letzten Telefongespräch fragte er mich, ob er mir Geld schicken sollte. Ich habe aber abgelehnt.«
»Du magst es nicht, wenn dir jemand hilft?«
»Selten, ich möchte immer auf eigenen Füßen stehen. Nie Schulden machen, nie von jemandem Geld leihen und total unabhängig sein.«
»Genau wie mein Vater. Er wollte auch immer nur so viel Geld ausgeben, wie er sich leisten konnte.«
»Wann ist dein Vater gestorben?«
»Vor vier Jahren. Man hat ihn überfallen und dann erschossen.«
»Was? Wo?«
»Nicht weit von unserem Haus, in Culver City. Das war der schlimmste Schock für meine Mutter, für Pam und für mich. Meine Mutter war mehrere Monate danach seelisch krank. Sie liebte meinen Vater über alles und war in allen Bereichen von ihm abhängig. Sie musste wieder neu beginnen und arbeiten. Sie wollte aber nicht wieder heiraten. Soweit ich das mitbekommen habe, hat sie inzwischen versucht, in einigen Clubs Kontakte mit Männern zu knüpfen, aber die Männer laufen ihr weg, da sie ständig von meinem Vater redet. Ich denke, so was braucht seine Zeit, zumal sie ein bisschen hilflos und unselbstständig ist. Ich glaube, sie ist jetzt froh, dass das Haus wiederbelebt ist und du und ich bei ihr wohnen.«
»Heißt das, als du in Europa warst, wohnten nur Betty und Pam im Haus?«

»Ja, eigentlich nein. Mike wohnte für einige Monate in meinem Zimmer.«
»Welcher Mike?«
»Mike, unser Nachbar.«
»Aber ich dachte, er wohnt bei seiner Mutter.«
»Jetzt schon, aber in der Zeit, als ich in Deutschland war, hatte er Streit mit seiner Mutter und zog in unser Haus ein. Aber nach ein paar Monaten musste er wieder zu seiner Mutter zurück.«
»Warum musste?«
»Weil sie eines Tages von der Treppe herunterfiel und sich dabei sehr stark verletzte. Sie ist halb gelähmt und muss den ganzen Tag im Rollstuhl sitzen. Mike musste daher wieder zu ihr zurück und sie versorgen.«
»Was macht eigentlich Mike? Ich sehe, dass er immer zu Hause ist.«
»Ach, ich weiß nicht genau. Ich glaube, er hilft irgendeiner Organisation ein oder zwei Mal in der Woche. Aber Geldsorgen hat er nicht, denn seine Mutter hat vor einigen Jahren knapp eine Million geerbt und seitdem leben beide gut von den Zinsen.«
»Was mir aufgefallen ist, er mag mich nicht und versucht, mir aus dem Weg zu gehen.«
»Er mag niemanden.«
»Und warum hat er eine Party für mich organisiert?«
»Weil ich ihn darum gebeten habe. Wir sollten jetzt über andere Themen reden.«
Nancy konnte schlecht lügen, und wenn sie versuchte, etwas vor mir zu verheimlichen, hatte sie erhebliche Schwierigkeiten, ihren Gesichtsausdruck und ihr Verhalten zu kontrollieren. Als Erstes versuchte sie jeden Blickkontakt zu vermeiden. Dann beschäftigte sie sich mit etwas oder schaute weit in die Ferne, als ob sie etwas Außergewöhnliches entdeckt hätte. Bei meiner letzten Frage spielte sie wieder das gleiche Spiel. Zuerst suchte sie minutenlang in ihrer Umhängetasche irgendetwas, was sie natürlich nicht fand. Dann beobachtete sie ein Segelboot auf dem Wasser und dann schüttelte sie ihren Kopf, als ob sie die ganze Welt nicht verstehen könnte.
Das war nicht das erste Mal, dass Nancy versuchte, nicht direkt über Mike zu reden. Die ganze Geschichte war mir dubios. Was Nancy vor mir verstecken wollte und vor allen Dingen warum, war mir rätselhaft.

Ich hatte nicht die Absicht, unseren kurzen Urlaub mit unerwünschten Fragen zu stören und sie dadurch zu ärgern. Ich dachte, ich würde in Los Angeles bestimmt mehrere Male die Gelegenheit finden, um meine unerschöpfliche Neugier zu befriedigen.

Die Monate Juli und August waren in Los Angeles sehr heiß. Hitze über 40 Grad kannte ich schon von Teheran, aber ganz neue Erkenntnisse musste ich mit dem unerträglichen Smog machen. Starker Autoverkehr und Industrie verschmutzten die Luft. Manchmal wirkte der blaue Himmel grau und die Luft war stickig. Oft waren die wunderschönen Berge um Los Angeles nicht zu sehen. Ohne Klimaanlage konnte man die Hitze nicht ertragen. Ich war die ganze Zeit in meinem Zimmer und bereitete mich auf die Uni vor. Ich hatte Defizite im Fach Mathematik. Nancy konnte mir nicht immer helfen und oft blieben einige Fragen unbeantwortet.

Eines Tages rief ich Steve an und fragte ihn, ob er mir bei meinen unlösbaren Aufgaben helfen könne. Er war sehr froh, dass ich ihn um Hilfe bat.

»Mit großem Vergnügen. Mathematik ist mein Lieblingsfach. Komm zu mir, ich werde dir alles einfach und verständlich erklären.« Dann nannte er den Preis für seine Leistung:

»Aber du musst mir versprechen, nach unseren Matheübungen mit mir Schach zu spielen.«

Er wohnte fast dreißig Meilen entfernt von uns im Stadtteil Venice. Sein Haus lag direkt am Pazifischen Ozean. Es war klein, aber sehr schön. Was mich auf den ersten Blick beeindruckte, waren seine Bücher, die er in Regalen aus Eichenholz in alphabetischer Reihenfolge einsortiert hatte.

Auf einem runden Tisch lag ein Schachbrett aus Marmor. Die Schachfiguren waren aus Messing und Chrom. Er empfing mich herzlich und, ohne Zeit zu verlieren, beantwortete er fast drei Stunden lang mit einfachen, präzisen Worten beinahe alle meine Fragen. Um festzustellen, ob ich alles verstanden hatte, gab er mir mehrere schwierige Aufgaben, die ich meistens selbstständig lösen konnte. Gegen achtzehn Uhr waren wir fertig. Ich fühlte mich erheblich besser. Dann machte er uns einige Käse- und Schinken-Sandwichs und stellte auch zwei Flaschen Bier auf den Tisch. Nach dem Essen begannen wir mit unserer Schachpartie.

Er spielte langsam und vorsichtig. Er attackierte mich nicht und befand sich die ganze Zeit in der Defensive. Während des Spiels fragte ich ihn: »Steve, darf ich dir eine indiskrete Frage stellen?«
»Aber selbstverständlich, du gehörst ja zur Familie.«
»Wieso bist du nicht verheiratet und lebst allein?«
»Ich war ein Mal verheiratet, aber die Ehe hat nur zwei Jahre gedauert. Das war nichts für mich.«
»Aber du könntest es nochmals versuchen.«
»Nein, mit den Frauen habe ich kein Glück. Weißt du, ich bin schwul und ich muss ehrlich gestehen, dass ich es sehr gut finde.« Das war ein Schock für mich. Ich versuchte aber, mich ganz normal zu benehmen. Er starrte mich neugierig an und fragte: »Gibt es in Iran keine Homosexuellen?«
»Doch. Ich glaube schon, aber man redet nicht offen darüber. Es ist aus gesellschaftlichen und religiösen Gründen sogar verboten.«
Er nutzte meine Verwirrung und schlug mich in der ersten Runde. Aber er bot mir Revanche an. Er holte wieder zwei Flaschen Bier, eine Dose Erdnüsse und sagte:
»Hier im freien Amerika ist es auch noch nicht erlaubt, in der Öffentlichkeit darüber zu reden. Obwohl ich mich frage, was geht es meinen Nachbarn an, wenn ich Linsensuppe esse, wenn ich Pfeife rauche oder wenn ich mit einem Mann mehr Spaß habe als mit einer Frau.«
»Es tut mir leid, ich kann deinen Standpunkt nicht verstehen. Ich will ihn auch nicht verurteilen, aber ich muss gestehen, dass ich mich damit nicht anfreunden kann. Weißt du, vielleicht liegt es daran, dass ich in einer Gesellschaft groß geworden bin, in der man solche Art von sexueller Beziehung verabscheut. Ich glaube, ich bin etwas maßvoller oder toleranter als meine Landsleute, aber so was wird z. B. in meiner Familie als ekelhaft empfunden.«
»Ich verstehe, was du meinst. Es gibt viele Dinge in islamischen Ländern, die man hier primitiv und hässlich findet. Aber nach welcher Norm leben wir eigentlich? Wer hat das Recht, dir zu verbieten Schweinefleisch zu essen, Wein zu trinken oder einen Mann zu lieben? Es ist ein freies Leben und man muss frei entscheiden können. Schmeckt dir Schweinefleisch, isst du es. Freust du dich auf ein Glas Wein, genieß es und, verdammt noch mal, leb, wie du es für richtig hältst, und nicht,

wie man es dir vorschreibt. Wir haben in unserer verrückten Welt andere wichtigere Probleme.«

Er gewann wieder das Spiel, obwohl ich dieses Mal alles um mich herum vergaß und meine ganze Aufmerksamkeit ausschließlich auf die Partie konzentrierte. Aber er war sehr gut, und später merkte ich, dass er unschlagbar war. Kurz bevor ich mich verabschieden wollte, fragte er plötzlich:

»Bijan, kannst du mir sagen, was ein Djinn ist?«

Ich war völlig überrascht. Ich konnte nicht einordnen, ob er mit mir scherzen wollte oder ob es sein Ernst war. Es kam mir etwas komisch vor.

Hier in Südkalifornien fragt ein Universitätsprofessor, was ein Djinn ist. Aber dann versuchte ich es mit einer kurzen Erklärung:

»Man sagt, ein Djinn sei eine unsichtbare Kreatur. Es ist wie ein Geist, aber bewegt sich fast genauso. Es soll klein und schlank sein mit zwei kurze Hörner auf dem Kopf und lange Augenbrauen. Bei uns in Iran sagt man: Wenn du glaubst, dass in deiner Nähe ein Djinn ist, sprich den Namen Gottes, dann wird es verschwinden. Ein Djinn kann gut oder böse sein. Aber was soll das? Sag mir, warum fragst du, was ein Djinn ist?«

»Ich habe zum ersten Mal über einen Djinn im Buch 1001 Nacht gelesen. Ich weiß, es klingt verrückt, aber ich glaube, ich kann darüber nur mit dir sprechen. Die anderen werden mir sowieso nicht glauben, möglicherweise mich sogar für verrückt erklären.« Er kam schnell auf mich zu und flüsterte: »Weißt du, ich denke, seit Monaten lebe ich mit einem Djinn in diesem Haus. Ich habe es noch nicht gesehen, aber ich bin sicher, irgendwann werde ich es erwischen.«

Dann schaute er auf seine Uhr und ohne auf mein verwirrtes Gesicht zu achten, sagte er: »Es ist jetzt leider spät geworden. Nächstes Mal, wenn du mich besuchst, werde ich dir mehr darüber erzählen.«

Unterwegs nach Hause gingen mir die ganzen Gespräche mit Steve nicht aus dem Kopf. Er war in der Tat ein ungewöhnlicher Mensch, ein hochbegabter Mathematiker, Philosoph und eine angenehme Persönlichkeit. Der einzige Störfaktor für mich war seine Homosexualität. Aber ich dachte, schließlich war das seine Sache und seine Bemerkung in Bezug auf den Djinn betrachtete ich als einen Scherz oder vielleicht einen Ausrutscher.

* * *

Am Montag, den 30. August, mussten wir alle früh aufstehen. Nancy begann, in ihrer neuen Schule zu unterrichten. Pam musste wie ich zur Uni und Betty ging sowieso zu ihrer Arbeit. Nach dem Frühstück brachte Nancy mich zuerst zur Uni, wünschte mir einen guten Start und fuhr weiter zu ihrer Schule.
Ich meldete mich wieder bei Miss Jackson im Aufnahmebüro der UCLA. Als sie mir meinen Studentenausweis überreichte, war mir endlich bewusst, dass ich wieder ein Student war. In der UCLA gab es Hunderte von Studenten unterschiedlicher Nationalität. Aus Iran kamen mindestens fünfzig. Gleich am ersten Tag befreundete ich mich mit mehreren Persern und einem deutschen Studenten, Konrad, an. Es machte Spaß, wieder mit jemandem Persisch oder Deutsch zu sprechen. Konrad war sehr nett und hilfsbereit: Er zeigte mir alle wichtigen Stellen in der Universität wie Bibliothek, Cafeteria, Konferenzräume und schließlich den Computerraum, wo wir jeden Mittwoch unsere Programme testen konnten.
Schon ab der zweiten Woche merkte ich, was für eine ungeheuer schwierige Fachrichtung Nancy für mich ausgesucht hatte. Es gab öfter Situationen, wo ich mein bequem gewordenes Gehirn sehr stark anstrengen musste. Die Probleme waren nicht nur Mathematik oder Physik, die mir Bauchschmerzen verursachten, sondern auch Programmieren in ALGOL, FORTRAN[8] oder anderen mathematisch orientierten Sprachen.
In einem hatte Nancy recht gehabt: Bei so vielen neuen Fächern war es mir nicht möglich, zeitweise zu arbeiten, jedenfalls nicht im ersten Jahr. Ich schrieb daher einen Brief an meinen Vater und fragte, ohne ihn zu verpflichten, ob er mich für ein Jahr finanziell unterstützen könnte. Er schrieb sofort zurück, dass er mir gern helfen würde. Er wollte mir monatlich 300 Dollar überweisen. Somit konnte ich mich ohne finanzielle Sorge auf mein Studium konzentrieren.
Für einen naiven Poeten wie mich war es eine Qual, Fächer wie Informatik oder Betriebswirtschaft zu lernen und zu verstehen. Ich kam

---

[8] Formelübersetzer-Programmiersprache, die vor allem für den Einsatz in der mathematisch-technischen Datenverarbeitung geschaffen wurde.

mir vor, als ob ich während meiner ganzen Schulzeit nichts, aber auch gar nichts gelernt hätte.
Außerdem kristallisierte sich heraus, dass meine englischen Sprachkenntnisse für eine renommierte Universität wie die UCLA nicht ausreichend waren. Das machte den Lernprozess besonders schwer. Ich brauchte täglich über zwölf Stunden Zeit, um in der Uni, zu Hause und unterwegs zu lernen.
Ich war überhaupt nicht gesprächig und hatte oft schlechter Laune. Aber das machte Nancy nichts aus.
Sie ließ mich die meiste Zeit in Ruhe. Sie kochte, wusch und putzte für mich, ohne sich zu beklagen. Wir gingen manchmal am Wochenende zum Essen, ins Kino oder einfach in eine Bar, um etwas zu trinken und miteinander zu plaudern.

An einem Freitagnachmittag im Monat Oktober musste ich mich wegen einer Klausur wieder in mein Zimmer zurückziehen und bis zum Umfallen lernen. Der Blick durch das einzige Fenster meines Zimmers fiel automatisch auf das Nachbarhaus. Ich konnte mir den oberen Teil des Arbeitszimmers genau betrachten.
Auf der rechten Seite dieses Zimmers standen Bücherregale voll mit dicken Büchern und eine große Wanduhr. Auf der linken Seite hing ein großes Poster von George Washington. Ich wusste, dass die Mutter von Mike ihre Zeit meistens in diesem Zimmer verbrachte.
Da sie den ganzen Tag im Rollstuhl saß, war es mir nicht möglich, ihr Gesicht zu sehen. Nur der obere Teil ihres Kopfes war sichtbar, dunkelbraune oder schwarze Haare, sonst nichts.
Wegen der heruntergelassenen Jalousie vor meinem Fenster war es für meine Nachbarn nicht möglich, mich bei meinen Beobachtungen zu entdecken.
Wenn ich etwas auswendig lernen wollte, bewegte ich mich in meinem Zimmer wie ein ungeduldiges Raubtier, immer seitwärts am Fenster vorbei entlang. Ich lernte und gleichzeitig registrierte ich die wesentlichen Bewegungen in dem gegenüberliegenden Arbeitszimmer.
Es war gegen siebzehn Uhr dreißig, als ich plötzlich ein bekanntes Gesicht im Zimmer des Nachbarhauses sah.
Ich blieb vor dem Fenster stehen und starrte unwillkürlich hinüber. Ich traute meinen Augen nicht, dort stand Steve. Er war nicht allein, er

sprach mit jemandem. Ich konnte das Gesicht seines Gesprächspartners nicht sehen, aber ich war sicher, es konnte nur Peggy, die Mutter von Mike, sein.
Seine Gesten während des Gesprächs kannte ich sehr gut. Es war daher nach meiner Einschätzung keine freundliche Unterhaltung, im Gegenteil, mit seinem heftig drohenden Zeigerfinger verbreitete er eine ängstigende Atmosphäre.
Für einige Minuten vergaß ich, dass ich lernen wollte. Ich drückte mein Gesicht an die halb gedrehte Jalousie und versuchte, die unerklärliche Anwesenheit von Steve im Nachbarhaus einzuordnen. Es schien, dass Mike nicht zu Hause war, jedenfalls befand sich sein Auto nicht auf seinem Parkplatz.
Was ging dort vor? Das hätte ich gern gewusst. Das Streitgespräch wurde schärfer, als Steve seiner Gesprächspartnerin ein Bündel lose Blätter zeigte und dann wütend hochwarf. Die Blätter tanzten in der Luft und fielen langsam herunter. Mir war unerklärlich, worüber sich Steve so maßlos geärgert hatte.
»Aber was geht es mich an«, sagte ich zu mir und begann wieder zu lernen. Das erwies sich jedoch als fast unmöglich. Das außergewöhnliche Geschehen im Haus gegenüber ließ mir wenig Chancen, mich auf mein Buch zu konzentrieren.
Ich weiß nicht, wie lange ich bewegungslos mit angehaltenem Atem vor dem Fenster stand und den unhörbaren, aber offensichtlich heftigen Streit von Steve beobachtete. Ich musste mich aber plötzlich umdrehen, als Nancy in mein Zimmer eintrat.
»Darf ich heute Abend den Gefangenen von Monte Christo zum Abendessen einladen?«, fragte sie mit einem charmanten Lächeln. Ohne auf eine Antwort zu warten, kam sie zu mir, umarmte mich und gab mir einen langen, warmen Kuss. Ich hoffte, dass sie das unanständige Spionieren nicht bemerkt hatte, und sagte:
»Der Gefangene von Monte Christo muss sich für die nächste Klausur vorbereiten, meine Liebe.«
»Ich habe Lust, heute Abend mit dir irgendwohin auszugehen. Seit mehreren Wochen sind wir nicht draußen gewesen. Du sagst jetzt nichts, du hast keine Chance, meine Einladung abzulehnen.«
»Einverstanden, aber gib mir noch etwas Zeit, bis ich mit meinem Lernen fertig bin.«

Ohne Protest ließ sie mich wieder allein. Ich hatte nicht die Absicht, mit ihr über den ungewöhnlichen Besuch von Steve zu reden. Ich wollte nicht, dass sie glaubte, ich stünde den ganzen Tag am Fenster und beobachte die Nachbarn.
Als ich wieder allein war, ging ich sofort zum Fenster und starrte in das andere Haus, aber niemand war mehr zu sehen. Offensichtlich hatte Steve das Arbeitszimmer verlassen, während ich mit Nancy sprach. Ich war froh, dass es keinen Grund mehr gab, mich abzulenken zu lassen, und lernte weiter. Um neunzehn Uhr machte ich Schluss. Meine Konzentration ließ nach. Die Szene mit Steve schob sich immer wieder in meine Gedanken.
Nancy hatte in einem französischen Restaurant einen Tisch für zwei Personen reserviert. In Amerika gehört es zum guten Ton, in einem vernünftigen Restaurant vorab zu reservieren. Was ich immer während meines Lebens in Amerika vermisste, waren gute, gemütliche, kleine europäische Restaurants oder rustikale Kneipen mit ihren leckeren und preiswerten Speisen und Getränken. Selbstverständlich wird der Service in Amerika groß geschrieben, aber die Preise auch. Günstiges Essen konnte man nur in einem Coffee Shop oder in einen Fast Food Restaurant bekommen, was aber auf Dauer kein Vergnügen war.
Nancy hatte das beste und teuerste Restaurant ausgesucht. Es lag direkt am Strand von Santa Monica, mit einer herrlichen Aussicht. Wir waren beide in einer berauschten Stimmung. Die ganze Unterhaltung drehte sich ausschließlich um uns zwei. Die ungenießbaren letzten Monate hatte uns beiden wenig Zeit für Zärtlichkeit und tiefgehende Konversation gelassen. Wir waren immer in Eile und Hektik. Sie kam meistens ab siebzehn Uhr nach Hause, aber ich hatte kaum Zeit für sie. Ich musste lernen, um diesen eher unfreiwilligen Auftrag durchzustehen.
»Ich hätte nie gedacht, dass du mit deinem eisernen Willen unser gemeinsames Ziel verfolgst«, sagte Nancy, während sie mit ihren zarten Fingern mein Gesicht berührte.
»Ich hatte bis heute keine andere Wahl, meine Liebe. Du hast mir beigebracht, wie man im Wasser schwimmt. Aber du hast nicht gesagt, wo man schwimmen muss. Ich glaube, ich befinde mich auf einmal im Colorado. Ich muss mich mit dem Strom des Wassers vorwärtsbewegen, sonst werde ich ertrinken.«

»Bereust du, dass du alles in Deutschland aufgegeben hast und hier wieder von vorne beginnst?«

»Ich wollte dort sein, wo du bist. Egal, was ich dafür tun muss.«

»Allmählich bin ich überzeugt, dass du mich wirklich liebst. Aber du solltest mit deinen Aussagen etwas vorsichtiger sein, denn mit einem solchen Geständnis bringst du mich völlig durcheinander. Ich kann für ein anständiges Benehmen nicht garantieren.« Ungeachtet der vielen Gäste im Restaurant näherte sie sich mir und küsste meine Lippen.

Nach dem Abendessen bestellte sie eine Flasche französischen Rotwein. Es war ein Genuss, nach der anstrengenden Zeit die vertraute Gemütlichkeit wieder zu spüren. Der Wein war köstlich und versetzte uns in eine lockere Stimmung. Unser Gespräch drehte sich auf einmal um die Familien. Sie erzählte von ihrer Tante Martha.

»Sie ist sehr von dir angetan. Immer, wenn sie von dir redet, sagt sie, dass du ein Romantiker bist. Ich glaube, wenn sie einige Jahre jünger wäre, könnte sie als lustige Witwe eine richtige Konkurrenz für mich sein.«

»Wieso hat ihr Mann sie verlassen? Wie heißt er?«

»Er heißt Patrick, er war auch ein Romantiker wie du. Er kam aus Quebec. Obwohl er schon länger als zehn Jahre in Amerika lebte, sprach er noch mit starkem französischem Akzent. Er mochte Amerikaner sowieso nicht. Am liebsten wollte er nach Frankreich, und zwar in die Provence, wo seine Familie lebte.«

»Was machte er in Amerika?«

»Er war Kunstmaler. Ich habe seine Arbeit nicht gesehen, aber Martha erzählte, dass alle eine außergewöhnliche Qualität besaßen, jedoch merkwürdige Motive hatten. Er hätte berühmt werden können, aber er wollte nicht. Er hatte sogar keines seiner Bilder richtig signiert. Nur wenn er selbst davon begeistert war, hatte er irgendwo auf sein Bild ein **Kreuz** gemalt. Diese Arbeit hielt ihn am Leben. Er verkaufte seine Kunst an die Touristen in Santa Barbara, und mit dem Geld kaufte er sich Schnaps und Zigaretten. Er verdiente nicht viel, dennoch versuchte er, von Martha finanziell unabhängig zu bleiben.«

»Aber warum ist er weggegangen?«

Nancy schwieg für eine Weile. Ich glaube, ihr war es peinlich, über ihre Verwandten negativ zu reden. Aber dann sagte sie:

»Ich weiß nicht. Ich glaube nicht, dass er mit Martha unglücklich war. Wenn ich es richtig begriffen habe, war er mit seiner Welt nicht zufrieden. Martha erzählte, dass er in der letzten Zeit ständig Angst hatte. Dann verschwand er eines Tages.
»Vielleicht ist er doch nach Frankreich ausgewandert.«
»Das ist, was wir auch geglaubt haben. Mit Hilfe von Interpol suchten wir ihn in Amerika, Europa und Kanada. Er war nicht zu finden. Keiner weiß, wo er lebt.«
Der Wein aus Bordeaux stieg mit seiner angenehmen und berauschenden Wirkung langsam in unsere Adern, Gesichter und in die Stimmen. Ich weiß nicht, war es der Wein oder das Gespräch über die Familie, dass mich ermutigte, dieses Thema etwas zu vertiefen:
»Ich finde es schade, dass in deine kleine Familie die Ehen so kurzlebig sind. Der Mann von Martha ist weg, dein Vater wurde erschossen, und die Ehe von Steve hat nur zwei Jahre gedauert.«
Plötzlich warf sie mir einen beunruhigten Blick zu. Sie schien erschüttert.
»Woher weißt du das?«, fragte sie mit verzweifelter Stimme.
»Er erzählte es mir selbst.«
»Was hat er noch gesagt?«
»Dass er schwul ist.« Ich merkte sofort, dass es ihr peinlich war, dass ich ein dunkles Kapitel ihrer Familiengeschichte kannte. Mit einem großen, tiefen Schluck leerte sie ihr Glas. Es ergab sich ein merkwürdiges Schweigen. Ich berührte ihre Hand und sagte: »Was ist so schlimm dabei? Schließlich ist es sein Leben.«
»Das ist ein Scheißleben, es ist eine Schande für unsere Familie. Er versprach uns, nie öffentlich darüber zu reden.«
»Aber er meinte, dass ich zur Familie gehöre. Außerdem findet er es ganz normal, sein Leben selbst zu bestimmen. Schließlich tut er niemandem etwas Böses.«
»Er hat genug Schaden angerichtet.«
»Was meinst du? Was hat er getan?«
»Er ließ seine Frau mit einem Baby allein und lebte mit einem Mann zusammen.«
»War dieses Baby Mike?«
»Du weißt alles, nicht wahr?«

»Nein, darüber hat er nicht gesprochen. Ich vermute es nur. Ich habe heute Steve im Arbeitszimmer von Peggy gesehen.« Sie wagte nicht, in meine Augen zu schauen. Offenbar schämte sie sich immer noch. »Ich habe ihn zufällig von meinem Fenster gesehen. Er war richtig wütend. Ich nehme an, er sprach mit Peggy. Er zeigte ihr einen Stapel Papiere und warf ihn dann in die Luft.«
»Das müssen die Flugblätter von Mike sein. Der Bursche rechnet mit ihm ab und macht ihm das Leben schwer.«
»Rechnet er ab, weil Steve ihn und seine Mutter allein ließ oder weil er schwul ist?«
»Weil er seinen väterlichen Verpflichtungen nie nachgekommen ist.«
»Warum hat er eigentlich geheiratet?«
»Ich weiß es nicht. Er heiratete während des Zweiten Weltkriegs. Eine Woche nach der Hochzeit musste er, als Spezialist in der Nachrichtentechnik, nach Europa fliegen, um der amerikanischen Armee zu helfen. Zwei Jahre später, nach Beendigung des Krieges, kam er unverletzt wieder zurück und blieb nur vier Wochen bei seiner Frau. Eines Tages sagte er zu Peggy, dass er vom Familienleben nichts wissen wolle, und zog zu einem Mann, den er während des Krieges kennengelernt hatte. Er schickte jahrelang Unterhalt, hielt sich aber von seiner Familie fern.
Peggy kommt aus einer strenggläubigen katholischen Familie. Sie konnte oder wollte nicht mehr heiraten. Schockiert vom Lebenswandel ihres Mannes, zog sie sich von seinen Verwandten und Bekannten zurück. Sie kaufte Tausende von Büchern und versuchte, ihre ideale Welt in der Literatur zu finden.«
Nancy war wieder still. Die Brisanz dieses unangenehmen Themas verdunkelte ihr Glück und ihre Fröhlichkeit. Traurigkeit und Enttäuschung spiegelten sich in ihrem Gesicht. Ich füllte ihr Glas halb voll und sagte:
»Komm, sei kein Spielverderber. Wir hatten einen wunderschönen Abend zusammen. Lass nicht zu, dass diese Ereignisse uns negativ beeinflussen. Wir sind nicht für die Anderen verantwortlich. Was geht es uns an, wenn unsere Familien in der Vergangenheit Blödsinn gemacht haben.«
Langsam fiel die Last von ihren Schultern. Sie blickte sanft in meine Augen, lächelte und sagte:

»Es tut mir leid. Du hast recht, ich bin nicht für die unmoralischen Taten meiner Familie verantwortlich. Vielleicht hatte ich Angst, dass du schlecht über uns denkst. Außerdem, ich weiß nicht, warum, aber irgendwie schäme ich mich für meinen Onkel und seine verlassene Familie.«
»Wieso? Alle leben glücklich und zufrieden.«
»Möglicherweise Steve, aber nicht Mike, nicht Peggy. Mike wollte schon einige Male seinen Vater erschießen. Er hasst Steve und ich habe Angst, dass irgendwann ein Unglück passiert.«
»Was ist mit Peggy? Hat sie inzwischen alles verziehen?«
»Nein, nicht Peggy. Sie verabscheut ihn mehr als Mike. Sie würde alles tun, um ihn zu vernichten.«
»Das verstehe ich nicht. Wieso war Steve denn heute bei ihr zu Hause?«
»Er wollte wahrscheinlich gegen die Demonstration von Mike protestieren.«
»Was für eine Demonstration?«
»Seit Wochen versucht Mike gemeinsam mit Mitgliedern der „CAC", Steve an seinem Arbeitsplatz zu terrorisieren. Sie demonstrieren vor den Toren des Woodbury College gegen Homosexualität. Sie verteilen Flugblätter mit der Aufforderung, dass schwule Professoren dort nicht unterrichten dürfen.«
»Was ist die CAC?«
»Clean American Community. Eine Neonazi-Gruppe, die gegen Neger, Schwule, Juden und noch einige andere Typen von Menschen sind.«
»Ich dachte, so was gab es nur in Deutschland.«
»Solche Idioten gibt es überall.«
»Weiß jemand im Woodbury College, dass Steve schwul ist?«
»Ich glaube, inzwischen weiß es jeder, und ich fürchte, dass es für ihn schwere Folgen haben könnte.«
Ich blickte auf einmal auf meine Armbanduhr. Es war knapp Mitternacht. Ich musste am nächsten Tag eine Klausur schreiben. Nancy bemerkte meine Unruhe sofort und bestellte gleich die Rechnung. Unterwegs nach Hause sagte sie:
»Das war das letzte Mal, dass wir unsere schöne Zeit mit Problemen Anderer vergeuden.«

15. Keep America clean

Weihnachten 1965 war es in Los Angeles mindestens 25 Grad warm. Wir feierten mit zwanzig Personen eine Grill-Party direkt am Long Beach. Die meisten waren Studenten. Nancy brachte ihre Schwester Pam, zwei Lehrerinnen und Mike mit. Er sollte sich, wie gewöhnlich, um Essen und Getränke kümmern.
Statt Weihnachtsliedern spielten wir heiße Musik und anstatt Glühwein gab es kaltes Bier. Der traumhafte Sandstrand mit wenigen Besuchern erlaubte uns das zu tun, worauf wir gerade Lust hatten. Einige spielten Baseball, manche tanzten, spielten Karten oder schwammen im 18 Grad warmen Wasser.
Nach dem Mittagessen versuchte ich, mit Mike ins Gespräch zu kommen. Er hielt sich in den letzten sechs Monaten mir gegenüber immer zurück, er war fast abweisend. Ich ging zu ihm und sagte: »Mike, ich möchte dir eine ehrliche Frage stellen und ich hoffe, dass du den Mut hast, mir eine ehrliche Antwort zu geben.« Er war dabei, den Grillrost mit einer Bürste zu reinigen. Er blickte mich ganz kurz mit seinen grauen Augen an, zeigte aber kein großes Interesse. »Auch, wenn deine Antwort negativ ist, macht es mir gar nichts aus. Ich möchte nur wissen, ob du etwas gegen mich hast? Habe ich dir irgendwann etwas Unrechtes getan?«
»Nein, nicht, dass ich wüsste. Vielleicht mochte ich dich am Anfang nicht. Aber inzwischen finde ich dich in Ordnung.«
Er antwortete mit ruhiger Stimme. Ich wollte mehr wissen:
»Das heißt, du hast schon am Anfang etwas gegen mich gehabt, habe ich recht?«
»Ganz recht. Weißt du, ich mag Asiaten nicht, ich mag Homosexuelle nicht, ich mag Juden nicht, ich mag Neger nicht; für mich zählt nur die weiße amerikanische Rasse.«
Er sprach, ohne mich direkt anzuschauen. Er bürstete den Grillrost langsam, aber wirkungsvoll.
Diese mühsame Arbeit hatte ich zum letzten Mal gesehen, als er für mich die Welcome Party organisiert hatte.
»Aber ich verstehe dich nicht, Mike. Ich bin nach wie vor ein Asiat. Ich weiß nicht, ob du weißt, wo der Iran liegt. Ich bin ein Iraner oder besser

gesagt: Ich bin ein Perser. Ich möchte gerne wissen, warum du auf einmal deine Meinung geändert hast. Wie komme ich zu dieser Ehre?«
»Ich meine ja nicht alle Asiaten. Meine Mutter sagt, dass du aus einem reichen Land mit mehreren Tausend Jahren Geschichte kommst. Du merkst schon, dass ich Unterschiede mache.«
»Oder vielleicht, weil ich ein Freund von Nancy bin?«
»Das auch. Wer ein Freund von Nancy ist, ist auch mein Freund.«
Ich war mit seiner Erklärung nicht ganz zufrieden. Aber immerhin, der mürrische Mann aus Huntington Park bekannte sich als mein Freund. Ich dachte, ich müsste ihn belohnen. Ich holte für ihn eine Flasche Bier aus der Kühlbox. Er nahm sie sofort, als ob er darauf gewartet hätte. Er fragte:
»Hast du Lust, nächste Woche mit mir nach Mexiko zu fahren? Wir können eine Nacht in Tijuana oder Mexicali verbringen und am nächsten Tag nach Los Angeles zurückfahren.«
Das war aber ein erstaunliches Interesse. Erst redete der Bursche gar nicht mit mir und plötzlich wollte er mit mir verreisen. Ich fragte:
»Warst du schon in Tijuana?«
»Ja, natürlich. Immer, wenn ich fühlen möchte, wie gut ich es in Amerika habe, wie wunderschön Amerika ist, fahre ich nach Tijuana. Das ist die dreckigste Stadt, die ich je gesehen habe. Aber lustig und aufregend. Du solltest es dir trotzdem mit eigenen Augen ansehen und dir selbst ein Urteil bilden.«
»Einverstanden.«
Das kalte und abweisende Verhalten von Mike in den letzten Monaten hatte mich sehr mitgenommen. Es war für mich ein großer Störfaktor. Jetzt konnte ich diese Gelegenheit nutzen und das Problem aus der Welt schaffen.
Als ich Nancy von der Einladung erzählte, war sie davon nicht sonderlich begeistert. Sie sprach fast eine halbe Stunde allein mit ihm. Dann kam sie zu mir und sagte, dass auch sie diese gemeinsame Reise gut fände. Wir vereinbarten, am 28. Dezember zwischen zehn und elf Uhr loszufahren.
Ich brauchte mich um gar nichts zu kümmern. Wir sollten mit seinem Auto fahren und er wollte für alles, besonders für eine aufregende Überraschung, sorgen.

Am Dienstag, dem 28. Dezember, war das Wetter warm und sonnig wie während des ganzen Monats. Nach dem Frühstück meldete ich mich wie vereinbart bei Mike.
Die Haustür war wie immer offen. Ich weiß nicht, ob es heute noch in Amerika üblich ist. Aber damals schloss kaum jemand die Haustür ab. Handelsvertreter, Fremde oder Einbrecher mussten davon ausgehen, dass unerlaubter Eintritt in ein fremdes Haus tödliche Folgen haben konnte. In meinem ganzen Bekanntenkreis kannte ich keinen, der nicht mindestens einen Revolver besaß. Es gab eine juristische Spielregel: Fiel der unwillkommene, angeschossene Besucher vor die Haustür, musste man mit komplizierten Prozessen rechnen. Fand die Schießerei jedoch in den eigenen vier Wänden statt und konnte dies als Selbstverteidigung deklariert werden, so blieb sie, wenn ich richtig verstanden hatte, straffrei. Ich bemühte mich daher um besondere Vorsicht, zumal ich wusste, dass Mike ein leidenschaftlicher Waffensammler war.
»Komm rein, ich bin gleich fertig«, sagte er laut, aber freundlich. Offenbar bemerkte er meine Unsicherheit. Ich ging ins Haus und auf den ersten Blick sah ich, dass es ein richtiger Schweinestall war. Überall war es staubig und unordentlich. Auf der Couch lagen haufenweise Popcorn, Bier- und Cola-Dosen und auf einem großen Tisch standen mehrere benutzte Pappteller, teilweise mit Essensresten der letzten Tage. Aber das Mobiliar war ziemlich neu und teuer, passte jedoch überhaupt nicht zusammen.
Plötzlich hörte ich das Geräusch eines elektrischen Antriebs. Es klang wie eine alte Wasserpumpe. Ich drehte mich um und sah Peggy, die Mutter von Mike, oben im ersten Stock.
Sie saß in einem Rollstuhl, der mit dem Treppengeländer verbunden war. Sie betätigte einen Hebel. Abrupt setzte sich der Rollstuhl in Bewegung und kam langsam herunter.
Ich sah sie zum ersten Mal. Sie trug einen weißen Bademantel und war ungeschminkt. Ihre langen, dunklen Haare hatte sie zu einem Zopf geflochten, der ihr auf den Rücken fiel. Für eine 44-jährige Frau sah sie gut aus. Kaum ein graues Haar oder Falten im Gesicht.
Als ihr Rollstuhl endlich das Erdgeschoss erreicht hatte, konnte ich ihre Augen besser sehen. Sie waren weich und dunkelgrau. Sie strahlten Wärme, Lebensfreude aus, aber es steckten auch mehr unerfüllte

Wünsche darin. Ich konnte mir gut vorstellen, dass sie mit 20 sehr schön und attraktiv gewesen sein musste.
»Ich hatte gehofft, dass Sie mich auch mal besuchen würden. Aber wie es aussieht, haben die Weiber im anderen Haus Sie völlig in Beschlag genommen«, sagte sie, während sie ihren Rollstuhl vom Geländer ablöste.
»Ich wollte Sie gern besuchen, aber ehrlich gesagt, irgendwie habe ich mich nicht getraut«, sagte ich mit höflichem und etwas schmeichelndem Ton.
»Jetzt sehen Sie, wie ich aussehe und dass ich ungefährlich bin. In Zukunft können Sie mich jederzeit besuchen und, wenn Sie es wünschen, meine Bücher ausleihen. Sie werden nicht enttäuscht sein.«
Ohne Überlegung rutschte mir heraus:
»Die habe ich bereits gesehen und bewundert.«
»Gesehen? Wann haben Sie sie gesehen? Sie sind nie in diesem Haus gewesen.«
Ich Dummkopf, wie sollte ich jetzt mein Geschwätz korrigieren? Wenn ich sagen würde, dass ich die Bücher vom Fenster meines Zimmers gesehen hatte, dann wüsste sie bestimmt, dass ich eventuell auch ihren Streit mit Steve beobachtet hatte. Ich versuchte, ein bisschen abzulenken.
»Nancy erzählte mir, dass Sie über zweitausend Bücher besitzen.«
»So, sagte Nancy das? Sie versteht von meinen Büchern überhaupt nichts. Ich kann mir nicht erklären, warum sie, zum Teufel, Lehrerin geworden ist. Sie und ihre primitive Familie haben von der Weltliteratur keine Ahnung. Ich besitze Bücher aus der ganzen Welt. Komplette Werke von Hunderten berühmten Schriftstellern. Romane, Biografien, Geschichte, Geografie, Bildbände. Sie müssen sich die Zeit nehmen und meine Welt kennenlernen.«
Sie rollte ihren Rollstuhl zu mir und bremste vor meinen Füßen. Dann hob sie ihren Kopf und blickte tief in meine Augen. Ich glaubte, sie wollte meine Reaktion auf ihre Einladung einschätzen. Sie sagte weiter:
»Sie haben wunderschöne, schwarze Augen. Sie sind gefühlvoll und aufnahmefähig. Ich habe Sie ein paar Mal im Garten gesehen. Ich erzählte Mike, dass Sie ein kultivierter Mensch sind. Ich kann einen Menschen mit hohem Niveau aus weiter Entfernung erkennen. Sie passen auf keinen Fall zu diesen irischen Bastards. Diese ordinären Weiber werden Sie ins Unglück stürzen und Sie werden sich daher ein

völlig falsches Bild von den Amerikanern machen. Ich weiß, dass Sie mit Nancy befreundet sind, aber um den American Way of Life kennenzulernen, müssen Sie von hier fort. Wohnen Sie in Beverly Hills oder Malibu.«

»Er kann sich so was jetzt nicht leisten, Mom. Ich habe dir bereits erzählt, dass er Student ist«, sagte Mike, der gerade mit einer großen Reisetasche die Treppe herunterkam. Ohne mich zu begrüßen oder mir die Hand zu geben, ging er an mir vorbei, legte seine schwere Tasche auf einen Sessel und ging wieder die Treppe hinauf.

»Wenn wir für ein paar Tage wegfahren, wer passt auf Sie auf?«, fragte ich Peggy.

»Oh, das tut gut. Endlich sorgt sich einmal jemand um mich«, sagte sie sanft, aber etwas sarkastisch. »Wissen Sie, behinderte Leute wie ich, haben keine große Auswahl. Man ist gezwungen alles zu nehmen, was man kriegt.

Ich zahle eine ganze Menge Geld an verschiedene Leute, um für mich einzukaufen, zu putzen und mir beim Baden behilflich zu sein. Manchmal funktioniert es gut und manchmal, wie Sie sehen, funktioniert es überhaupt nicht. Aber um Ihre Frage zu beantworten, heute kommt mein Babysitter und passt gut auf mich auf. Sie können unbesorgt mit Mike Ihre Vergnügungsreise antreten.«

Mike kam jetzt mit einem großen Aluminiumkoffer die Treppe herunter und verstaute ihn im Kofferraum seines Autos. Ich war völlig verwirrt und fragte:

»Was willst du alles transportieren? Ich dachte, wir fahren morgen zurück.«

»Klar fahren wir morgen zurück. Ich habe dir schon gesagt, dass ich dich überraschen möchte.«

Er blickte zuerst seine Mutter an und dann lächelte er mir freundlich zu. Wir verabschiedeten uns von Peggy und fuhren mit seinem gelben Cadillac in Richtung San Diego Freeway.

Unterwegs war Mike nicht gesprächig und fast langweilig. Ich versuchte mehrere Male, ihn in eine Unterhaltung zu verwickeln. Aber er war verschlossen und versuchte sich mit einem kurzen Ja oder Nein von der unerwünschten Konversation zu befreien.

Ungeachtet seiner unerträglichen Laune erzählte ich von meiner Schulzeit, meinen Freunden in Teheran oder von meiner Familie. Er

hörte kommentarlos zu und fuhr weiter. Gegen vierzehn Uhr überquerten wir die mexikanische Grenze. Tijuana war, wie er beschrieben hatte, laut und schmutzig. Viele Straßenverkäufer beherrschten die Szene. Es wurden nicht nur Souvenirs oder mexikanisches Essen verkauft, sondern auch *Dirty Picutures.*
Damals konnte man in Amerika Pornofilme oder Bilder von nackten Frauen nicht einfach in einem Geschäft ausleihen oder kaufen.
Viele junge Amerikaner fuhren nach Tijuana, um sich solch heiße Ware zu beschaffen oder um sich gleich in einem der vielen Freudenhäuser für wenig Geld Sex zu kaufen. Ich war beruhigt, dass Mike kein besonderes Interesse an einem derartigen Vergnügen hatte. Wir blieben nur eine Stunde in Tijuana und fuhren dann weiter in Richtung Mexicali. Endlich brach er das unerträgliche Schweigen und sagte:
»Hast du gesehen, in welchem Dreck diese Leute trotz ihrer einige Tausend Jahre alten Geschichte leben? Und weißt du warum?« Er warf mir einen prüfenden Blick zu und wartete erstmals auf meine Antwort. Ich wusste nicht, was er meinte. Daraufhin antwortete er selbst: »Weil diese Menschen schwach sind. Sie sind dumm und unbrauchbar. Sie waren in den letzten Jahren nicht in der Lage, ihren Lebensstandard zu verbessern, zu forschen, Neues zu entwickeln oder ihr Umfeld zu modernisieren. Sie sind faule Parasiten, die nur hässliche Kinder in die Welt setzen. Weißt du, wir Amerikaner sind mit weniger als fünfhundert Jahren Geschichte die mächtigste Nation der Welt geworden, und schon in diesem Jahrhundert werden wir auf mehreren Planeten unsere Flagge aufstellen.
Wenn Amerika frei von Negern, Afrikanern und den meisten Asiaten wäre (er versuchte, mich mit dem Begriff ‚meisten' zu verschonen), hätten wir die beste Lebensqualität der ganzen Welt. Aber wie du siehst, haben wir leider in Amerika jede Menge Probleme.«
Wir fuhren in eine Bergstraße. Die Fahrbahn musste irgendwann asphaltiert gewesen sein. Es erinnerte mich an die Straßen in der Türkei. Ich war nicht sicher, ob das ein normaler Verkehrsweg war. Denn es gab in beiden Richtungen keine Autos oder Menschen zu sehen. Wenn ich die Möglichkeit gehabt hätte, wäre ich sofort aus seinem Auto ausgestiegen und nach Los Angeles zurückgefahren. Aber so war ich auf einmal gezwungen, mir die schwachsinnige Philosophie eines jungen Amerikaners anzuhören. Einer Marionette, die von Kopf bis Fuß

manipuliert war. Alles, was er erzählte, schien mir auswendig gelernt zu sein.
Ich hatte seinen Quatsch satt und dachte, es wäre höchste Zeit, ihm einen bissigen Kommentar zu verpassen. Ich fragte ihn:
»Kannst du mir sagen, was du selbst für das mächtige Amerika getan hast?«
Er blickte mich giftig an und sagte:
»Du beziehst dich sicherlich auf die berühmte Rede von John F. Kennedy, nicht wahr? Sein dummer Spruch:
Frage nicht, was dein Land für dich tun kann, frage, was du für dein Land tun kannst.'
Ich tue eine ganze Menge für Amerika, ich bin dabei, mit meinen Kumpels in der CAC Amerika sauber zu halten.«
»Was heißt das? Bist du ein Müllmann?«
»Wenn du Neger als Müll bezeichnest, ja, dann bin ich ein Müllmann!«
»Das verstehe ich nicht. Was machst du mit den schwarzen Menschen?«
»Eliminieren, säubern. Die Parole heißt: Keep America clean.«
Ich fühlte Unbehagen in mir aufsteigen. Der Kerl war geisteskrank. Ich hatte solche Fanatiker in Deutschland erwartet, aber nicht in Amerika. Ich versuchte, mich zu beruhigen und herauszufinden, was er mit Eliminieren meinte. Ich fragte:
»Was für eine Aufgabe hast du in der CAC?«
»Ich gehöre zur Abteilung Information und Planung. Wir beschaffen Auskünfte über Vermögen, Verhalten und Aktivitäten der meisten Neger, Juden und Homosexuellen in Kalifornien. Danach ist es die Aufgabe der Abteilung Exekution, etwas dagegen zu unternehmen.«
»Was meinst du damit? Werden sie etwa erschossen?«
Ein merkwürdiges Lächeln in seinem schmalen Gesicht ließ ihn unheimlich wirken. Ohne in meine Augen zu schauen, zuckte er mit den Achseln und sagte:
»Was weiß ich. Sie tun ihren Job. Sie sorgen für ein sauberes Amerika.«
Am liebsten hätte ich ihm ins Gesicht geschlagen. Aber stattdessen versuchte ich, ihn mit Worten zu verletzen:
»Hast du der CAC auch Informationen über deinen Vater gegeben?«
Schlagartig trat er auf die Bremsen. Das Auto wurde fast von der Fahrbahn geschleudert. Eine dicke Staubwolke kam durch das offene Fenster ins Innere des Wagens. Ich schrie laut:

»Bist du verrückt geworden? Was soll das?«
Er warf mir einen hasserfüllten Blick zu und fragte:
»Woher weißt du das alles? Wer hat dir von Steve erzählt?«
»Nicht alle sind so naiv wie du. Ich bin dein Nachbar, ich bin mit Nancy befreundet, ich bin mit deinem Vater befreundet, und jetzt fragst du mich, woher ich alles weiß? Es ist unwichtig, was ich woher weiß. Aber es ist schrecklich, was du sagst und was du tust. Ich bin erschüttert über deine merkwürdigen Tätigkeiten bei diesem perversen Verein. Ohne dass du es selbst merkst, bist du ein dummer Laufbursche für diese gottlosen Idioten geworden. Warum kannst du nicht ein vernünftiges Leben führen und die anderen Menschen in Ruhe lassen?«
»Weil sie keine Menschen sind. Mein Vater ist genau wie die anderen Schwulen eine Schande für die Gesellschaft. Ich hasse ihn, eines Tages werde ich ihm eine Kugel in seinen Kopf schießen.«
Er blieb einige Minuten stumm. Es herrschte eine bedrohliche Totenstille. Ich dachte, am besten sollte ich mit den Provokationen aufhören. Offensichtlich war er nicht berechenbar und zu jeder Dummheit fähig.
Man hatte ihn einer gründlichen Gehirnwäsche unterzogen, und im Prinzip war er nichts anderes als ein programmierter Roboter. Ich versuchte, mit einem milderen Ton weiterzusprechen:
»Ist das die nette Überraschung, die du mir versprochen hattest? Wenn ja, lass uns nach Hause fahren. Ich habe deine Überraschungen satt.«
Er reagierte zuerst nicht. Dann blickte er mich kurz an und sagte:
»Okay. Ich entschuldige mich. Versprichst du mir, mir gegenüber nie wieder meinen Vater zu erwähnen? Dann kannst du mit meiner Freundschaft rechnen.«
Er fuhr langsam weiter und sagte: »Wir müssen noch fünfzehn Minuten fahren, bis wir mit der Jagd auf Indianer beginnen können.«
Ich wagte nicht zu fragen, was er damit meinte. Er fuhr noch zehn Meilen. Vor einem ehemaligen Steinbruch hielt er an. Er stieg aus, öffnete den Kofferraum und sagte laut:
»Du kannst aussteigen, wir bleiben eine Stunde hier.«
Als ich zum Kofferraum kam, gab er mir zuerst eine Dose Bier. Dann öffnete er seine Reisetasche, holte zwei silberfarbene Revolver heraus und fragte:
»Welchen willst du haben?«

»Was meinst du? Wollen wir uns gegenseitig umbringen?«
Er grinste merkwürdig und sagte:
»Nein, ich habe dir gesagt, dass wir jetzt spielen wollen: Jagd auf Indianer.«
»Aber was müssen wir tun?«
»Indianer, Mexikaner, von mir aus Neger abschießen.«
»Wo sind die Indianer?«
»Trink dein Bier, ich zeig es dir.«
Das Bier tat mir gut. Ich hatte einen trockenen Hals. Während ich langsam mein Bier trank, lud er beide Revolver mit scharfer Munition. Dann schrie er laut wie ein Berufssoldat:
»Unsere Männer haben berichtet, dass sich die Gruppe Blaue Adler hinter diesem Berg verschanzt hat. Unsere Aufgabe ist es, die Indianer aus diesem Bereich wegzujagen. Du gehst zum westlichen Steinbruch, und ich werde von Osten attackieren.«
Dann gab er mir einen von den Revolvern und ohne auf meine Reaktion zu warten, rannte er schnell zur östlichen Seite des Bruches.
Das war das erste Mal in meinem Leben, dass ich einen Revolver in der Hand hatte. Ich starrte ihn an und wusste nicht, was ich damit machen sollte. Ich hatte keine Wahl, ich musste mitspielen.
Plötzlich krachte ein lauter Schuss, und danach durchbrach ein mehrfaches Echo die Totenstille. Er hatte auf einen großen Stein in ca. 50 Meter Entfernung geschossen und schrie laut:
»Bijan, gib mir Rückendeckung.«
Zuerst war ich wie gelähmt, aber dann folgte ich seiner Aufforderung. Ich zielte auf den gleichen Stein und drückte ab. Ein schrecklicher Knall – und zu meinem Erstaunen war der Stein in mehrere Teile zerbrochen.
»Bravo, du bist der geborene Kämpfer. Du hast diesen Bastard voll erwischt, jetzt versuch seiner Brüder zu erschießen.«
Ich begriff allmählich, was er mit Jagd auf Indianer meinte. Das Spiel kannte ich sogar von zu Hause. Dort hatten wir es im Alter von zehn bis vierzehn Jahren gespielt, und zwar mit einer Holzpistole. Der Kerl war immer noch ein Kind, ein verspieltes, ein gefährliches Kind.
Um seine Laune nicht zu verderben, machte ich brav mit. Ich hatte nur Angst, dass irgendwann ein mexikanischer Polizist vorbeifahren und uns bei diesem illegalen Spiel erwischen würde. Aber Gott sei Dank war niemand in Sicht, der uns bei diesem gefährlichen Kinderkram stören

konnte. Wir verbrauchten über zehn große Munitionsschachteln. Meine Ohren waren fast taub und mein Körper völlig verschwitzt. Gegen 18.00 Uhr setzten wir endlich unsere Reise in Richtung Mexicali fort.
Mexicali war nicht besser oder moderner als Tijuana. Es gab eine alte Kirche, mehrere ungepflegte, dunkle Straßen, einige geschlossene Geschäfte, ein paar Restaurants und Bars und drei Hotels in einem unmöglichen Zustand.
Wir entschieden uns für das beste Hotel. Es war zwar zwei Dollar teurer, wirkte aber sauberer. Wie ich später bemerkte, wurde das Hotel die meiste Zeit stundenweise von Prostituierten benutzt. Aber da an diesem Abend auf den Straßen nicht viel passierte, freute sich der Hotelier über jeden unangemeldeten Gast.
Wir aßen in einem Restaurant und besuchten dann eine Bar. Einige Bardamen versuchten sofort, uns Gesellschaft zu leisten.
Mike schickte mit einer abweisenden Handbewegung eine nach der anderen weg. Sie waren fett, hässlich und ungepflegt. Wir bestellten Tequila. Mike zeigte mir, wie man Tequila trinken sollte: Ich musste zuerst mit der Zunge etwas Salz lecken, dann den Schnaps hinunterkippen und danach in eine Scheibe Zitrone beißen. Ähnliches kannte ich von zu Hause: Dort wurde es allerdings mit Wodka anstatt Tequila praktiziert, und im Anschluss biss man in etwas Säuerliches wie eine Apfelsine oder Limone.
Während wir ein belangloses Gespräch führten, kam ein junger Mexikaner an unseren Tisch und fragte mit geheimnisvollem Ton:
»Seniores, habt Ihr Interesse an einer goldenen Kette? Sehr preiswert.«
»Verschwinde«, sagte Mike, ohne ihn anzuschauen. Aber der Junge war hartnäckig. Er zeigte eine gelbgoldene Herrenhalskette und sagte:
»Beste Qualität, nur 50 Dollar.«
»Nein, kein Interesse.«
»30 Dollar.«
»Verschwinde, wir wollen ungestört unseren Tequila trinken.«
Ohne auf Mikes Protest zu achten, setzte er sich mir gegenüber hin und sagte:
»Pass auf, ich mach dir ein Angebot. Ich bestelle zwei Gläser Tequila. Wenn du, ohne Luft zu holen, als Erster dein Glas ausgetrunken hast, zahle ich den Tequila und verschwinde. Aber wenn ich schneller bin,

dann übernimmst du den Tequila und kaufst diese Kette für 20 US-Dollar.«

»Ich sagte, verschwinde!«, schrie Mike wieder.

Ich blickte den Mexikaner an. Er war in meinem Alter. Kleines Gesicht, schwarze Augen und fettige, schwarze Haare. Ich weiß bis heute noch nicht warum, aber ich nahm seine Kette in meine Hand und sagte: »Einverstanden. Bestell mal zwei große Gläser.«

»Bist du verrückt? Du kannst davon krank werden. Außerdem hast du bereits einiges getrunken«, protestierte Mike und blickte mich mit ernsthaftem Gesicht an.

»Keine Sorge. Ich schaffe es, ich habe schon Übung.«

Ich hatte in der Tat während meines Studiums in Teheran oft solche Dummheiten mit meinen Studienkameraden gemacht. Zwar nicht mit Tequila, aber mit Wodka. Der war genauso hochprozentig.

Der junge Mexikaner ging, ohne ein Wort zu sagen, zum Tresen und kam mit zwei vollen 0,3-l-Gläsern zurück.

Ein merkwürdiges Grinsen in seinem Gesicht machte mich etwas unsicher. Jeder in der Bar hatte von unserer dummen Wette gehört. In wenigen Sekunden standen der Barkeeper, seine Bardamen und andere Gäste um unseren Tisch herum. Ich konnte ihre spanische Unterhaltung nicht verstehen. Aber ich merkte, dass keiner von denen auf meiner Seite war. Alle blickten mich belustigt und mit einer gewissen Verachtung an.

Ich entschloss mich, egal was passieren würde, das Glas bis zum letzten Tropfen auszutrinken, ohne Luft zu holen.

Leichter gesagt als getan. Im Gegensatz zu Wodka war Tequila nicht mein Geschmack. Andererseits konnte ich keinen Rückzieher mehr machen. Der junge Mexikaner gab mir eines der Gläser und sagte: »Auf dein Wohl, Señor.«

Ich schaute Mike an, er wirkte ängstlich. Wir nahmen die Gläser an unseren Mund, atmeten tief ein und auf ein Handzeichen des Barkeepers begannen wir zu trinken.

Ich schloss meine Augen und mit einem großen, langen Schluck leerte ich mein Glas bis zum letzten Tropfen. Dann stellte ich es hastig auf den Tisch. Es war furchtbar. Ich hatte das Gefühl, als ob ich heiße Pfeffersoße in meinen Hals geschüttet hätte. Es brannte fürchterlich. Ich öffnete meine tränenden Augen und schaute neugierig den jungen Mexikaner an. Er lächelte mir zu, unglaublich: Er war schneller als ich gewesen.

Sein Glas stand bereits leer auf dem Tisch und er grinste mich schon wieder mit seinen glänzenden, schwarzen Augen an. Das war unmöglich. Er konnte dieses Zeug nicht schneller als ich getrunken haben. Außerdem gab es keinerlei Zeichen von äußerlicher Veränderung in seiner Mimik, kein schmerzverzerrtes Gesicht, sondern seine Augen strahlten triumphierend, im Gegensatz zu mir, dem die Tränen wie Geysire das Gesicht herunterstürzten.
Ich konnte es einfach nicht glauben. Jeder normale Mensch würde anders reagieren, es sei denn, er wäre Alkoholiker. Aber er sah nicht wie ein Alkoholiker aus.
Instinktiv nahm ich sein Glas. Es waren noch einige Tropfen darin. Ich roch daran, und dann trank ich den Rest aus.
Ich hätte es mir denken können, das war Wasser! Ich war mit dem ältesten Trick der Welt von einem lumpigen Mexikaner hereingelegt worden. Ich knallte das Glas auf den Tisch und sagte:
»Du hast mich reingelegt, du Bastard. Das ist Wasser und kein Tequila!«
Der Junge, die Gäste, der Barkeeper und seine Huren begannen zu lachen, laut und verächtlich. Ich kam mir zu dämlich vor, zumal der Tequila langsam seine Wirkung in meinem Magen zeigte.
»Lass uns von hier verschwinden«, sagte ich zu Mike. Ich konnte es nicht mehr aushalten. Er zahlte die Getränke und wir verließen die Bar. Auf der Straße konnte man noch ihr grölendes, beleidigendes Lachen hören. Ich fühlte mich nicht wohl. Das war kein Tequila, das war wie Schlangengift. Es brannte im ganzen Körper. Wir betraten das Hotel. Mike half mir, die Treppe hochzusteigen. Es gab zwanzig Zimmer in jeder Etage und unser Zimmer lag am Ende des Flurs.
Kaum war ich im Zimmer, schmiss ich mich gleich auf das Bett. Mike versuchte, mich zu versorgen. Er ging raus und holte aus seinem Auto ein paar Flaschen Sodawasser und Orangensaft. Er meinte, ich sollte so viel wie möglich trinken.
»Wenn du kannst, kotz alles aus. Dann fühlst du dich besser«, sagte er, bevor er wieder nach draußen ging, um seinen Koffer zu holen.
Er schimpfte die ganze Zeit und ich wusste nicht warum. Ich hatte fast einen halben Liter von diesem brennenden Zeug in meinem Magen und er meckerte herum. Aber dann setzte er sich auf den Boden, öffnete seinen Koffer und holte eine Schachtel Zigaretten ohne Filter heraus. Er

versuchte voll konzentriert, mit einer Rasierklinge alle 20 Zigaretten in drei unterschiedliche Größen zu schneiden.
Ich schaute ihm zu, ohne zu verstehen, was er machen wollte.
»Was hast du vor, Mike? Was ist in deinem Koffer?«
»Das wirst du gleich sehen. Ich will dafür sorgen, dass diese Hurensöhne nie wieder mit uns solche Scherze machen.«
Ich vergaß meinen kritischen Zustand, als er aus seinem Koffer eine Stange Dynamit herausholte. Er nahm eine klein geschnittene Zigarette, drückte sie vorsichtig auf die Zündschnur des Dynamits und legte sie wieder in den Koffer. Dann nahm er eine zweite, dritte, vierte, fünfte und so weiter.
»Sind sie scharf?«
»Schön wär's. Sie sind nur Feuerwerk, harmlos, aber nicht leise. Sie machen den gleichen Krach wie echtes Dynamit.«
Er lächelte mir zu und sagte weiter: »Das ist die Überraschung, die ich meinte. Eigentlich wollte ich heute Abend ein schönes Feuerwerk auf dem Marktplatz veranstalten. Aber nach dieser Demütigung habe ich dazu keine Lust mehr. Wir machen das Feuerwerk hier.«
»Hier? In diesem Zimmer?«
»Nein, auf dem Flur.«
Ich begann zu lachen. Ich war vollkommen betrunken. Das merkte ich, als ich zu ihm gehen wollte. Meine Beine waren wie aus Gummi. Innerhalb kurzer Zeit hatte er über fünfzig Stangen Dynamit mit einem Stück zerschnittener Zigarette geschmückt und wieder in den Koffer gelegt. Dann öffnete er die Zimmertür, nahm den Koffer mit beiden Händen und sagte, bevor er das Zimmer verließ: »Diesen Abend wirst du niemals in deinem Leben vergessen.«
Ich saß auf einem Stuhl, mir war schwindelig. Mein Blick war unruhig und ich war kaum fähig, etwas vollständig zu erfassen. Ich merkte, etwas Schlimmes bahnte sich an. Aber ich konnte nichts dagegen tun. Mein Verstand, mein Wille und schließlich mein Körper waren wie gelähmt. Wenn ich allein gewesen wäre, hätte ich längst tief und unbesorgt geschlafen, aber schlafen wollte ich auf keinen Fall. Denn trotz meines Zustandes war ich innerlich unruhig und besorgt. Ich fragte mich die ganze Zeit, was dieser Kerl bloß im Flur machte.
Mit dem letzten Rest meiner Kraft schleppte ich mich langsam zur Zimmertür. Dort bereitete Mike konzentriert sein Werk vor. Er saß auf

dem Boden, riss einem Streichholz an, mit der Flamme zündete er die in das Dynamit eingesteckte Zigarette an und legte sie vor eine geschlossene Zimmertür.
Damit alle Stangen Dynamit gleichzeitig explodieren konnten, benutzte er die längeren Zigarettenstücke für die Zimmer am Anfang des Flures und die kürzeren für die Nachbarzimmer. Er machte seine Arbeit so ruhig und professionell, als ob er mehrere Jahre Soldat gewesen wäre.
Endlich war er fertig. Im schummrigen Flur glommen mehrere angezündete Zigaretten und verbreiteten eine romantische und gleichzeitig bedrohliche Atmosphäre. Er betrat mit dem Koffer wieder den Raum, machte die Tür langsam zu und sagte:
»In dreißig Sekunden wird es losgehen.«
Ich sah ein ungewöhnliches Strahlen in seinen Augen. In seinem Gesicht konnte man unbeschreibliche Zufriedenheit und Stolz entdecken. Er war erregt wie ein Bergsteiger, der gerade den höchsten Gipfel erreichte hatte. Ich setzte mich wieder auf das Bett und hielt mir die Ohren zu. Es war spannend.
Dann passierte es. Ein Knall, noch einer ... noch einer ... eine anhaltende Detonation. Was für ein ohrenbetäubender Lärm, fast wie Kanonenschüsse. Es war wie im Krieg. Es krachte, es pfiff, und wegen dieses ungeheuren Lärms erzitterte das ganze Gebäude. Die Fenster und Türen bebten und Wandbilder fielen zu Boden. Mike schrie voller Freude:
»Komm, sieh mal, was das für ein lustiger Anblick ist.«
Ich ging vor die Zimmertür. Ich hatte immer noch beide Zeigerfinger in den Ohren und schaute ängstlich auf den Flur.
Es war eine schreckliche Szene. Eine Stange Dynamit explodierte nach der anderen und terrorisierte die Hotelgäste. Die meisten waren Prostituierte und ihre Freier. Die Gäste aus unserem Flur versuchten zuerst, halb nackt und völlig verschreckt ihre Zimmer zu verlassen. Aber es war fast unmöglich. Die Explosionen des Dynamits dauerten an, sodass sie nicht herauskonnten.
Sie knallten die Türen wieder zu und ich vermutete, sie versuchten, sich über den Balkon zu befreien. Die Hektik der Gäste in den oberen Etagen deutete auf eine totale Panik im Hotel hin.
Einige spärlich bekleidete Damen kamen mir bekannt vor; sie waren aus der Bar gegenüber dem Hotel. Ich vergaß mein Unwohlsein, ich lachte

sogar. Es war eine lustige, unterhaltsame Szene. Im Flur und Treppenbereich herrschte das Chaos. Überall lag haufenweise zerkleinertes, verbranntes Papier. Die Wände waren vorher nicht gerade weiß, aber jetzt sahen sie ziemlich schwarz aus.
Der Gestank und Rauch des Schwarzpulvers ließen kaum die Möglichkeit zu, die Situation richtig einzuschätzen. Jemand, der nicht wusste, was vor sich ging, konnte nur auf einen Racheakt von Terroristen tippen. Die Detonationen dauerten schätzungsweise zwei Minuten. Aber es vergingen fast fünf Minuten, bis man merkte, was wirklich passiert war. Die meisten halb nackten Männer und Frauen, die schimpfend wieder in ihre Zimmer zurückkehrten, ahnten inzwischen, wer hinter diesen üblen Streichen steckte.
Mike machte die Tür zu um, von sich abzulenken. Aber es nützte ihm nichts. Nach zehn Minuten stürmten mehrere Polizisten in unseren Flur und begannen, alle Zimmer zu durchsuchen. Wir hatten keine Chance zu leugnen, es lagen noch einige unbenutzte Stangen Dynamit im offenen Koffer. Alle Spuren führten sowieso in unser Zimmer.
Die mexikanischen Polizisten waren wenig gesprächig, dafür aber gewalttätig und brutal. Kaum hatten sie unser Zimmer betreten, begannen sie auch schon, auf uns einzuprügeln. Sie schlugen uns ins Gesicht, auf den Rücken, die Füße und den Kopf.
Das Gesicht von Mike war sofort blutüberströmt. Mich konnten sie kaum ins Gesicht schlagen, da ich wegen meines instabilen Zustandes gleich beim ersten Schlag auf den Kopf zu Boden fiel und mich nicht mehr rührte. Man schleppte uns in Handschellen aus dem Hotel heraus und brachte uns in einem Jeep zum Polizeirevier. Die frische Luft während der Fahrt tat mir gut.
Dennoch drehte sich mein Magen um und während dieser kurzen Fahrt musste ich mich mehrfach übergeben. Ich ließ meinen Kopf aus dem Fenster hängen und entleerte meinen brennenden Magen.
Als man uns in eine dreckige Zelle eingesperrt hatte, ging es mir schon etwas besser als im Hotel. Mir tat zwar alles weh, aber mir war nicht mehr übel und ich konnte besser atmen.
Ich kannte die mexikanischen Gefängnisse nur aus Westernfilmen: klein, dunkel und schmutzig.
Das Untersuchungsgefängnis in Mexicali befand sich im Keller des Polizeigebäudes, fast wie im Western.

Der einzige Unterschied bestand darin, dass das Gefängnis leer war und Mike und ich allein in der Zelle saßen.

Einer der Polizisten schloss die Handschellen auf und sagte in gebrochenem Englisch:

»Gebt mir eure Reisepässe.«

Ohne Protest zogen wir unsere Papiere aus den Taschen heraus und überreichten sie ihm. Er nahm sie, schubste uns wieder in die Zelle und schloss die eiserne Tür zu.

Als Erstes kümmerte ich mich um Mike. Mit einem Taschentuch versuchte ich sein blutiges Gesicht sauber zu machen. Die Haut war über seiner Nase und unterhalb seiner Augen aufgeplatzt. Das kleine Licht in der finsteren Zelle ließ nicht zu, seine Verletzung genau einzuschätzen. Ich erfuhr später, dass man ihn im Hotelzimmer zusammengeschlagen hatte, weil er versucht hatte, Widerstand zu leisten.

Ich blickte mich in dem kleinen, schmutzigen Raum um. Man konnte es keinen halben Tag hier aushalten. Der muffige Geruch von Fett, Feuchtigkeit und, noch schlimmer, der Gestank von Urin machten den Aufenthalt unerträglich. Es gab weder Bett, Stuhl noch Waschbecken oder Toilette. Wir saßen mehrere Stunden auf dem schwarzen, feuchten Boden. Überall krabbelten fette, braunrote Kakerlaken. Allmählich begriff ich, in welcher aussichtslosen Zwangslage wir steckten. Ich fragte Mike, wie er sich fühlte:

»Nicht gut, meine Brust tut mir sehr weh. Ich glaube, ein paar Rippen sind gebrochen.«

»Wir müssen hier raus, Mike. Wie viel Geld hast du bei dir?«

Er nahm aus seiner Hosentasche ein Portemonnaie, gab es mir und sagte:

»Ich weiß nicht, es müssen mindestens 50 Dollar drin sein.«

Ich schaute hinein, es waren 80. Ich besaß über 100 Dollar. Ich stand auf, ging zum eisernen Gitter und rief laut:

»Señor, Señor!«

Es dauerte nicht lange, bis ein alter Mann in Uniform vor unserer Zelle erschien und auf Spanisch fragte, was ich wolle.

»Ich möchte mit dem Chef sprechen, el Jefe, por favor!«

Offenbar hatte er auf meine Aufforderung gewartet. Ohne ein Wort zu sagen, verschwand er im dunklen Flur, und nach einigen Minuten kam der Chef persönlich. Er war klein, korpulent, mit dunklem Gesicht und wenigen Haaren auf dem Kopf.

»Was willst du?«
»Wir wollen raus. Wir wollen nach Amerika zurück. Lassen Sie uns bitte frei. Wir werden für alles zahlen«, sagte ich mit eindringlicher Stimme.
»Das geht nicht, Amigo. Es wird bestimmt einige Monate dauern, bis ihr Amerika wiedersehen dürft. Auf keinen Fall vor dem 7. Januar. Während der nächsten zehn Tage ist der Richter verreist und ihr müsst daher hierbleiben.«
Diese Mentalität und die Art der Verhandlungsführung kannte ich von Iran. Ich merkte, dass er log. Denn er wusste ganz genau, dass ich ihn bestechen wollte, und er war gerade dabei, seinen Preis festzulegen. Ich blickte ihm direkt in die Augen und sagte:
»Ach bitte, Señor, wir sind arme Studenten. Lassen Sie uns frei. Ich gebe zu, wir haben eine Dummheit gemacht. Aber wir müssen noch heute nach Hause zurückfahren.«
»Ihr habt eine ganze Menge Unheil angerichtet. Wie stellst du dir das vor? Wie willst du das wiedergutmachen?«
Das war das erste positive Signal. Er wollte, dass ich den Schaden reguliere. Ich nahm aus meinem Portemonnaie 50 Dollar heraus und sagte:
»Das muss für das bisschen Unordnung reichen.«
Seine Augen blitzten auf. Aus seinen Gesichtszügen konnte ich erkennen, dass er kompromissbereit war. Dennoch schüttelte er seinen Kopf und sagte:
»Nein, nein, Señor, es geht nicht. Das ist zu wenig. Ich kann mit dem Hotelier reden, aber ich glaube nicht, dass er seine Anzeige zurücknimmt. Mit der Strafe müsst ihr mindestens 300 Dollar zahlen.«
Na endlich hatte er seine Karten auf den Tisch gelegt. Nach orientalischem Maßstab meinte er mindestens dreißig Prozent von seiner Forderung. Ich nahm zehn weitere 5-Dollar-Scheine und sagte:
»Señor Jefe, ich sagte Ihnen, dass wir arme Studenten sind. Das sind 100 amerikanische Dollar, es muss für ein paar lächerliche Wandflecken reichen.«
Er nahm das Geld und steckte es, ohne zu zählen, in seine Tasche. Dann trat er zu mir und sagte ganz leise:
»Einverstanden, weil du kein Amerikaner bist. Aber unter einer Bedingung: Ihr müsst unverzüglich Mexicali verlassen und direkt nach Amerika zurückfahren, okay?«

»Nein, wir müssen zuerst unsere Koffer aus dem Hotel holen.«
Er lächelte, schüttelte seinen Kopf und sagte:
»Bist du verrückt? Wenn ihr euch in dem Hotel noch einmal blicken lasst, wird man euch erschießen. Wenn ihr das tut, kann ich für eure Sicherheit nicht garantieren.«
Ohne auf meine Antwort zu warten, schloss er die Tür auf. Er nahm aus der Tasche seines Jacketts unsere Reisepässe heraus und sagte flüsternd:
»Du hast Glück, dass ich heute in guter Stimmung bin. Also: Ich gebe euch fünf Minuten Zeit, aus Mexicali zu verschwinden. Verstanden?«
Ich nahm die Pässe und sagte:
»Ja. Verstanden.«
»Dann haut ab.«
Ich ging zu Mike und half ihm aufzustehen. Er hatte die ganze Verhandlung mitgehört und war auch einverstanden, ohne sein Gepäck Mexicali zu verlassen. Wir gingen schnell aus dem Gebäude. Draußen war es noch dunkel.
Die frische Luft regenerierte unsere Kraft und wir konnten wieder kräftig durchatmen.
Das Auto stand nicht sehr weit entfernt vom Polizeirevier. Wir versuchten den Wagen so schnell wie möglich zu erreichen, denn ich war nicht sicher, ob der Kerl uns einfach wegfahren ließ. In der Helligkeit der Straßenlaterne konnte ich Mike besser sehen. Er sah mitgenommen aus. Eine Seite seines Gesichts war geschwollen. Er drückte die ganze Zeit seine beiden Hände auf die Brust. Offensichtlich hatte er innere Verletzungen.
Ich half ihm, sich auf den Rücksitz zu legen, und ohne weitere Verzögerung fuhr ich in Richtung Tijuana. Mike schlief die ganze Zeit. Ich musste ihn nur an der Grenze wecken, damit die Beamten der Einwanderungsbehörde sein Gesicht besser sehen konnten.
»Was ist passiert?«, wollte einer wissen.
»Man hat uns überfallen und verprügelt«, antwortete ich. Ich konnte natürlich nicht die ganze Wahrheit erzählen.
Es war ca. fünf Uhr, als wir San Diego erreichten. Wir machten uns in einem Coffee Shop frisch und nach dem Frühstück setzten wir unsere Fahrt nach Los Angeles fort. Mike klagte die ganze Zeit über Schmerzen in der Brust. Unterwegs bat er mich aber, über dieses Ereignis mit niemandem zu sprechen.

»Was wirst du deiner Mutter erzählen, wenn sie dein Gesicht sieht?«
»Ich sage, ich war in eine Schlägerei verwickelt.«
»Aber du musst heute noch zum Arzt und dich untersuchen lassen«, sagte ich, als wir endlich Huntington Park erreichten. Ich parkte das Auto vor seiner Haustür. Diese anstrengende Reise hatte fast zwanzig Stunden gedauert. Ich war völlig müde und erschöpft. Ich brauchte erst einmal viel Schlaf und genügend Zeit, die Ereignisse der letzten Tage zu verarbeiten. Ich gab Mike den Autoschlüssel und sagte:
»Das war ein aufregender Ausflug. Deine Überraschung ist dir gelungen; und trotz des ungewöhnlichen Verlaufs war es eine denkwürdige Reise. Ich werde sie wahrscheinlich – wie du gesagt hast – nie vergessen. Ich möchte mich dafür bei dir bedanken. Aber eines sollst du jetzt wissen. Ich werde deine politische Meinung niemals billigen. Solange du ein Anhänger dieser verdammten CAC bist, möchte ich nicht mit dir befreundet sein. Du kannst mit deiner Ideologie dich selbst und andere in Gefahr bringen. Ich verstehe von Rassismus nichts und ich will auch damit nichts zu tun haben.«
Er blickte mich mit einer gewissen Zuneigung an, klopfte auf meine Schulter und sagte:
»Über Politik reden wir irgendwann, wenn wir in besserer Stimmung sind. Ich finde, dass du die Prüfung bestanden hast. Ich danke dir für deine Hilfe. Schlaf gut, mein Freund.«
Ein langer und tiefer Schlaf war jetzt genau das, was ich brauchte. Leise und unauffällig schloss ich die Haustür auf. Ohne jemanden im Wohnzimmer zu begrüßen, ging ich zuerst direkt ins Badezimmer und duschte mich gründlich. Dann legte ich mich ins Bett. Meine unendliche Müdigkeit trug mich in einen tiefen, traumlosen Schlaf.

Es war fast dunkel, als ich durch den hinreißenden Duft von Nancy wach wurde. Sie strich über meine Haare und mein Gesicht und küsste gelegentlich meine Lippen. Als sie meine halb offenen Augen sah, sagte sie: »Die Damen in Mexiko müssen sehr anspruchsvoll gewesen sein. Es scheint, dass du kaum Zeit zum Schlafen gefunden hast.« Ich wollte auf ihre Bemerkung nicht eingehen, obwohl ich wusste, dass ich keine Chance hatte; wenn Nancy neugierig war, ließ sie nicht locker. Sie sagte weiter: »Als ich deine Sachen in die Waschmaschine gesteckt habe, war

ich erstaunt, dass eine ganze Menge Blutflecke darauf waren. Kannst du mir sagen, wo du die Leiche versteckt hast?«
Ich konnte mir ein Lächeln nicht verkneifen und antwortete:
»Die Leiche bin ich. Man hat uns ziemlich stark zugesetzt.«
Das war ein Fehler, ich stachelte ihre Neugier damit nur an.
»Was habt Ihr getan? Ich möchte alles wissen.«
Ich erzählte von der Wette in der mexikanischen Bar, vom Feuerwerk im Hotel und der Geschichte im Gefängnis sowie der Verletzung von Mike und schließlich von seinem Wunsch, dass niemand darüber etwas erfahren sollte. Ich bat sie daher, meine Erzählung für sich zu behalten und nie mit jemandem darüber zu reden.
Ich sah Mike nach dieser unvergesslichen Reise mehrere Monate nicht. Ich wusste, dass er in ärztlicher Behandlung war. Ich hatte einmal mit Peggy telefoniert, um mich über ihren Sohn zu erkundigen. Sie meinte, es ginge ihm besser, und dann sprach sie fast eine Stunde über ein Buch, das sie gerade fertiggelesen hatte. Ich versprach ihr, sie zu besuchen, wenn ich Zeit hätte. Aber ich änderte meine Meinung kurz danach, denn irgendwie kam sie mir genauso dubios vor wie Mike. Außerdem musste ich mich auf mein Studium konzentrieren.

16. Ein neues Mitglied der Familie

Im Laufe der Zeit stellte ich fest, dass die Ängste und Sorgen bezüglich meines Studiums unbegründet waren. Ich schrieb gute bis sehr gute Klausuren. Es machte mir Spaß, Fächer wie Wirtschaft, Politik oder Mathematik zu lernen, neue Computerprogramme zu schreiben und in der unbegrenzten Welt der elektronischen Datenverarbeitung zu forschen. Ich war manchmal bis spätabends mit meinen Aufgaben beschäftigt. Aber es machte mir nichts aus. Ich konnte mich gut mit meiner neuen Welt identifizieren.

Ich muss zugeben, dass ich von Kalifornien und seinen Vergnügungen wenig hatte. Aber die Erfolgserlebnisse in meinem Studium hielten mich immer munter und bewirkten, dass ich auch weiterhin motiviert bei der Sache war. Ich schrieb manchmal Briefe an Ferry nach Teheran und erzählte ihr, wie sie es sich gewünscht hatte, kaum etwas über Amerika, sondern berichtete nur über meinen Zustand und meine Gefühle. In regelmäßigen Abständen telefonierte ich mit meiner Familie in Teheran und mit Monika und Onkel Shahram.

Es war ein bescheidenes Leben. Mit Ausnahme der Wochenenden besuchte ich kaum ein Tanzlokal oder eine Bar und ging selten ins Kino. Ich ordnete mich vollständig dem von Nancy festgelegten Ziel unter: ohne Zeitverlust mein Studium erfolgreich zu beenden.

An einem Montagnachmittag im März 1966 fuhr ich direkt von der UCLA nach Hause. Ich durfte das Auto von Nancy benutzen, da sie wegen eines Fortbildungsseminars für vier Tage nach Sacramento reisen musste.

Das Haus war verwaist, denn Betty machte mit ihrer Freundin einen Skiurlaub in Kanada und Pam wollte für einige Tage eine Verwandte in Arizona besuchen. Ich hatte vor, die absolute Ruhe im Haus zu nutzen, um mich auf bevorstehende Klausuren vorzubereiten.

Als ich vor dem Haus hielt, wunderte ich mich über ein geparktes deutsches Auto mit kalifornischem Kennzeichen auf unserem Parkplatz. Ich war völlig verwirrt, denn ich kannte niemanden mit einem solchen Auto. Außerdem war ich sicher, die Haustür abgeschlossen zu haben, bevor ich das Haus verlassen hatte.

Jemand musste im Haus sein. Ich ging vorsichtig hinein. Im Wohnzimmer war niemand. Ich schlich die Treppe hinauf. In meinem Zimmer sowie in Nancys Zimmer konnte ich keine Veränderung erkennen. Plötzlich hörte ich ein Geräusch im Badezimmer. Ich machte langsam die Tür auf; Schwaden von heißem Dampf verbauten mir die Sicht. Es war jemand im Badezimmer. Ich trat schockiert einen Schritt zurück, als ich einen fremden schwarzen, jungen Mann dort in meinem Bademantel erblickte. Er trocknete seine schwarzen, krausen Haare ab.
Er war ca. 28 bis 30 Jahre alt, mindestens 1,80 m groß und schlank. Sein Gesicht deutete auf einen Mischling hin, denn er war nicht ganz schwarz, sondern eher dunkelbraun. Jedoch waren seine Lippen wie bei den meisten Farbigen dunkel und wulstig. Er hatte sich genau wie ich erschrocken und sah mich verschüchtert an. Ich wusste nicht, was ich tun sollte. Ich sagte nur: »Entschuldigen Sie!« und machte die Tür zu.
So benimmt sich kein Einbrecher. Offensichtlich fühlte er sich hier wie zu Hause. Als ich mich umdrehte, sah ich zu meinem Erstaunen Pam, die mich mit strahlenden Augen anschaute. Sie trug eine kurze, schwarze, enge Hose und ein weißes T-Shirt. Sie fragte:
»Was machst du hier? Ich dachte, du bist mit Nancy verreist.«
»Nancy ist auf Dienstreise. Aber ich dachte, du bist in Arizona. Ich habe mit einem leeren Haus gerechnet.«
»Ich war mit Paul in Las Vegas. Stell dir vor, wir haben dort geheiratet.«
Ich blickte sie überrascht an und konnte kaum fassen, was sie gesagt hatte. Ihre Augen blitzten vor Glück und Freude. Ich fragte:
»Wer ist Paul? Ist der Mann im Badezimmer Paul?«
»Ach, du hast meinen Mann schon kennengelernt?«
»Kennengelernt? Ich war erschrocken.«
Inzwischen kam Paul aus dem Badezimmer heraus. Er blickte mich immer noch verwirrt an.
Er schaute hilflos zu Pam, blieb aber stumm. Anscheinend hatte ihn unsere unerwartete Begegnung genauso irritiert wie mich.
»Das ist Bijan, und das ist Paul«, sagte Pam mit einer Geste, um uns miteinander bekannt zu machen. Ich war immer noch konfus und begriff nicht, was sie angedeutet hatte. Es war unglaublich. Pam, dieses naive, ängstliche, hilflose Mädchen mit ihrem kindlichen Verhalten stand vor mir und erzählte freimütig, dass sie nicht bei ihren Verwandten in

Arizona gewesen war, sondern zufällig in Las Vegas, und zwar nicht um dort zu spielen, sondern um dort diesen jungen Mann zu heiraten.
Mein erster Gedanke galt Mike. Wenn er erfuhr, dass seine Cousine mit einem Schwarzen verheiratet war, würde er total ausrasten und wahrscheinlich mit seinem Revolver auf den jungen Mann losgehen. Ich sagte zu Pam:
»Ich muss zugeben, dass ich völlig überrascht bin. Seid ihr wirklich verheiratet oder machst du Witze?«
»Selbstverständlich sind wir verheiratet. Wir kennen uns seit fast einem Jahr, außerdem ...«
Sie blickte Paul sonderbar an und schwieg plötzlich.
Paul machte einen hilflosen Eindruck. Er näherte sich mir etwas gehemmt, schüttelte meine Hand und sagte freundlich:
»Hallo, nett dich kennenzulernen. Pam hat oft von dir gesprochen.«
»Hallo, herzlichen Glückwunsch zu eurer Hochzeit.«
Ich war über mich selbst erstaunt, wie schnell ich die Situation akzeptiert hatte. Ich ging zu Pam, küsste sie auf die Wange, gratulierte ihr auch und fragte sie:
»Weiß jemand außer mir, dass ihr verheiratet seid?«
»Nein, du bist der Erste.«
»Es geht mich nichts an, Pam, aber warum so plötzlich? Warum hast du nicht mit deiner Mutter oder mit Nancy darüber gesprochen?«
Sie blieb wieder stumm. Aber Paul sprang für sie ein und sagte:
»Es hat keinen Sinn, daraus ein Rätsel zu machen. Wir haben so schnell geheiratet, weil sie schwanger ist. Sie hat Angst, dass ihre Familie sie zu einer Abtreibung zwingen würde. Deshalb beschlossen wir, schnell in Las Vegas zu heiraten, damit sich niemand einmischen kann.« Er ging zu Pam, legte seinen Arm um ihre Schulter und sagte weiter:
»Uns kann jetzt gar nichts passieren. Wir lieben uns und wollen viele schöne Kinder in die Welt setzen. Wir sind seit gestern Herr und Frau Williams.« Er küsste Pam und sprach dann weiter: »Wir werden bald in ein eigenes Haus umziehen und uns auf unsere Pläne konzentrieren.«
Der Bursche machte mir einen sympathischen Eindruck. Er war stark, selbstbewusst und vor allem wirkte er sehr ehrlich. Ich merkte, dass ich Zeit brauchte, um ihre Geschichte zu verstehen und zu verdauen.

Ich schlug vor, diese Sensation zu feiern. Ich hatte eine Flasche deutschen Sekt im Kühlschrank und es gab genug Essen in der Vorratskammer.
Sie stimmten meinem Vorschlag voller Freude zu. Ich registrierte, dass Pam auf moralische Unterstützung angewiesen war und jemanden brauchte, der ihr bei der bevorstehenden Beichte gegenüber der Familie beistand. Paul zog sich inzwischen seine Sachen an und entschuldigte sich, meinen Bademantel benutzt zu haben. Wir gingen herunter. Pam kümmerte sich um das Essen. Paul und ich deckten den Tisch und dekorierten mit Luftballons und Blumen das Wohnzimmer.
Ich weiß nicht, war es die Angst vor der Wahrheit oder schlechtes Gewissen? Jedenfalls wollten wir nicht an die Konsequenzen denken, sondern dieses spektakuläre Ereignis feiern.
Während unseres kleinen Festes erfuhr ich, dass Paul Architekt war und in einem Ingenieurbüro in der Stadt Irvine arbeitete.
Er erzählte, dass er ein großes Grundstück in Pasadena erworben hatte und dort sollte ein Haus nach den Vorstellungen von Pam gebaut werden. Sie beabsichtigten, bis zur Fertigstellung im Zimmer von Pam zu wohnen.
»Aber du muss dir einen eigenen Bademantel kaufen«, sagte ich ihm, um indirekt meine Zustimmung mitzuteilen. Er lachte, aber Pam war etwas nachdenklich geworden. Sie sagte mit sorgenvoller Stimme:
»Ich glaube nicht, dass Mom mit unserem Plan einverstanden sein wird.«
Ich konnte ihr nicht widersprechen. Ich sagte:
»Du solltest keinen großen Beifall von deiner Mutter erwarten. Schließlich habt ihr ohne ihr Wissen und ohne ihr Einverständnis geheiratet. Ich rate dir, Pam, versuch, mit ihr allein zu sprechen.«
»Ich traue mich nicht. Paul muss dabei sein.«
»Kennt sie Paul?«
»Nein, sie weiß von nichts.«
»Dann sprich mit ihr allein. Sie wird bestimmt ausrasten, wenn Paul dabei ist.«
Paul war meiner Meinung. Er wollte so lange in seiner Wohnung bleiben, bis alles geregelt worden war. Er meinte, falls Betty mit dem Plan nicht einverstanden wäre, könnte Pam bei ihm einziehen.
Meine große Sorge war nach wie vor Mike. Was würde passieren, wenn er, das fanatische Mitglied der CAC, Paul im Haus, im Garten beim Ein-

bzw. Aussteigen im Auto in Begleitung von Pam sah? Er könnte ihnen die Hölle heißmachen. Man müsste unbedingt mit ihm reden. Ich dachte, das wäre meine Aufgabe.
An diesem Abend rief mich Nancy an. Sie wollte mich daran erinnern, dass sie für die nächsten Tage genug Essen vorbereitet hatte und dass ich es nur warm zu machen brauchte. Sie sagte am Schluss:
»Es muss für dich verdammt langweilig sein, in einem leeren Haus zu schlafen.«
»Ganz leer ist es aber auch nicht. Pam ist wieder zu Hause.«
»Ich dachte, sie würde die ganze Woche in Phoenix bleiben. Kann ich mit ihr sprechen?«
Ich war froh, dass ich keine Erklärung abgeben musste. Ich gab Pam den Hörer und ließ sie mit ihrer Schwester sprechen.
Pam war auch nicht gesprächig. Sie sah keinen Sinn darin, solche Ereignisse am Telefon zu erzählen. Sie beantwortete Nancys Fragen mit einem kühlen Ja oder Nein.
Drei Tage gingen vorüber. Wir verließen jeden Morgen zur gleichen Zeit das Haus und am Abend aßen wir zusammen, spielten Karten und ich genoss die angenehme Ruhe vor dem Sturm. Ich war gespannt, wie Betty und Nancy auf die Heirat und Schwangerschaft von Pam reagieren würden. Ich hatte vor, mich so weit wie möglich nicht einzumischen.
Am Freitag, dem 11. März, kam Nancy von ihrer Dienstreise zurück. Ich holte sie vom Flughafen ab und brachte sie nach Hause. Sie hatte jede Menge zu erzählen. Ich war innerlich froh, dass ich nicht zu Wort kam. Im Gegenteil, wenn sie für ein paar Sekunden schwieg, versuchte ich, sie mit Nachfragen zu weiteren Erzählungen zu motivieren. Ich hielt es für richtig, dass sie alles von Pam erfuhr. Als wir vor der Haustür anhielten, fragte sie:
»Was macht eigentlich Pam? Ist sie zu Hause?«
Ich blickte sie etwas hilflos an, sagte dann aber:
»Klar. Ich glaube, sie hat eine Überraschung für dich.«
Sie schaute mich neugierig an und fragte:
»Ist sie aus der Uni geflogen?«
»Wie kommst du auf eine solche Idee?«
»Weil sie in fast allen Klausuren schlecht abgeschnitten hat.«

»Nein, sie ist nicht aus der Uni geflogen. Geh nach drinnen. Sie wird dir alles Selbst erzählen. Du brauchst nur zu fragen: Was gibt's Neues, Pam?«
Wenn Nancy neugierig war und etwas sofort wissen wollte, benahm sie sich wie ein kleines Kind. Aber andererseits kannte sie mich inzwischen gut genug. Sie wusste, wann ich bereit war ihr etwas zu erzählen, und wann nicht. Sie merkte sofort, dass ich nicht geneigt war, irgendetwas darüber zu sagen.
Blitzartig stieg sie aus dem Auto und ging ins Haus. Ich nahm mir genügend Zeit, die Koffer ins Haus zu tragen und das Auto in der Garage zu parken. Als ich ins Haus kam, sah ich beide Schwestern in der Küche. Sie waren still und in Gedanken versunken. Zuerst vermied Nancy, mich anzuschauen. Aber dann verdrehte sie die Augen bei der Frage:
»Was hältst du von diesem Desaster?«
»Es ist kein Desaster. Das ist die Sache von Pam. Es ist gleichgültig, was ich oder du davon hältst. Sie ist erwachsen und weiß, was sie tut. Abgesehen davon, es ist passiert, ob du willst oder nicht. Sie ist inzwischen verheiratet und ist schwanger.«
Plötzlich fuhr Nancy erschrocken zusammen und schrie laut:
»Sie ist was? Pam ist schwanger?«
Ich wusste nicht, dass Pam nur den ersten Teil ihrer Episode erzählt hatte. Sie antwortete für mich:
»Ja, ja, ich bin seit vier Monaten schwanger. Jetzt verstehst du, warum ich schnell heiraten musste. Ich habe es getan, damit du oder Mom nicht versucht, mir einzureden, das Kind abzutreiben.«
Nancy war ganz blass. Sie schaute ihre Schwester ängstlich an, als ob sie einen Geist gesehen hätte. Sie murmelte leise:
»Wenn Mom das erfährt – das wird sie umbringen.«
Ich musste mich jetzt doch einmischen. Ich sagte:
»Es sei denn, wir versuchen ihr zu helfen, alles zu verstehen und zu akzeptieren.«
»Was meinst du, mein kleiner Philosoph? Was sollen wir machen? Sollen wir ihr erzählen, dass sie ein bisschen verheiratet ist? Dass sie ein bisschen schwanger ist?«, fragte Nancy in ziemlich aggressivem Ton.
»Wenn du versuchst, aus dieser Geschichte kein Drama zu machen, wird sie es bestimmt so interpretieren, wie es geschehen ist. Wir müssen ihr nur helfen, diese Ereignisse nicht als Demütigung zu empfinden. Denn,

was passiert ist, kann man nicht mehr rückgängig machen. Hier geht es um das gemeinsame Schicksal zweier junger Menschen und eines ungeborenen Kindes.«
Pam schaute mich mit großer Bewunderung und Dankbarkeit an. Sie war froh, jemanden auf ihrer Seite zu haben.
Ich machte mir richtig Sorgen. Das konnte nicht gut gehen. Das Problem drehte sich nicht um die schnelle Heirat oder die Schwangerschaft von Pam. Diese Hiobsbotschaften würde Betty wahrscheinlich in einer angemessenen Zeit verkraften können. Nein, es drängte sich mir vor allem die Frage auf, wie Betty mit ihrer konservativen Einstellung einen Schwarzen als Schwiegersohn in ihre Familie, in ihren Freundeskreis und schließlich in ihre renommierte Siedlung aufnehmen würde? Ich zweifelte daran, dass sie das überhaupt tun würde, zumal sie die Meinung von Mike teilte, dass die schwarzen Menschen nach Afrika zurückgehen müssten.
Ich brachte die Koffer ins Obergeschoss. Als wir allein waren, fragte ich Nancy, ob sie bereits ihren Schwager gesehen hätte.
»Nein, ich wusste von nichts. Sie hat mir nie erzählt, dass sie mit jemandem befreundet ist.«
»Das heißt, du weißt nicht, wie er aussieht?«
»Nein, wieso? Sag bloß nicht, dass er nur ein Auge hat.«
»Er hat zwei große, schwarze Augen. Er ist sehr sympathisch, und finanziell geht es ihm auch gut. Aber du musst rechtzeitig wissen, dass er ein Farbiger ist.«
»Ein Neger? Willst du mich ärgern? Pam heiratet keinen Neger!«
»Doch, sie hat es bereits getan. Du musst akzeptieren, dass er ein Farbiger ist.
Sie liebt ihn, und für mich ist das entscheidend. Ich wünsche mir, dass du während der Anwesenheit deiner Mutter kein ablehnendes Gesicht machst und sie irgendwie beeinflusst.«
Sie blickte mich wütend an und schüttelte ihren Kopf, so als ob sie die ganze Welt nicht mehr verstehen würde. Aber dann kam sie schnell zu mir, fasste meine Hände und sagte:
»Ist das wirklich wahr, was du sagst? Meine Mutter würde es nicht verkraften. Es ist fast ausgeschlossen, dass wir einen Neger in die Familie aufnehmen. Es ist unmöglich.«

»Ich verstehe dich nicht, Nancy. Was ist so schlimm dabei? Wenn Pam ihn liebt, dann es ist doch egal, wie der Bursche aussieht. Das ist ihr Geschmack, das ist ihre Liebe und das ist, verdammt noch mal, ihr Leben.«
Unsere Blicke trafen sich und sie fixierte meine zornig blitzenden Augen. Ich konnte klarsehen, dass sie meine Meinung überhaupt nicht teilte. Sie war übermäßig nervös. Sie presste ihre roten Lippen hart aufeinander und setzte dann einige Male zum Sprechen an, blieb jedoch stumm. Sie wollte nichts Unüberlegtes sagen, das eventuell einen Konflikt auslösen könnte. Sie schob mich zur Seite, ging schnell in ihr Zimmer und blieb dort die ganze Nacht.

* * *

Am folgenden Tag machte Pam das Frühstück. Den Duft von Kaffee und gebratenem Schinken und Spiegelei konnte ich schon im Bett riechen. Als ich in die Küche kam, saßen beide Schwestern schon am Tisch. Es herrschte ein merkwürdiges Schweigen. Ich fühlte eine unerträgliche Spannung im Raum. Kaum hatte ich begonnen zu frühstücken, brach Nancy das Schweigen:
»Morgen kommt Mom zurück und wir müssen überlegen, ob es Sinn hat, ihr die ganze Geschichte auf einmal zu erzählen.«
»Überlass es mir, ich werde allein mit ihr sprechen. Ich habe es gern getan, und ich möchte dafür geradestehen«, sagte Pam.
»Was willst du ihr erzählen?«
»Alles, dass ich mit einem Neger verheiratet bin und von ihm ein Kind erwarte.«
Der Ausdruck Neger zeigte mir, dass sie letzte Nacht das Gespräch zwischen Nancy und mir mitgehört hatte. Ich sagte:
»Ich finde es auch richtig, dass du selbst alles deiner Mutter erzählst. Aber wichtig ist, dass Nancy und ich mit unseren Kommentaren vorsichtiger sind. Wir dürfen sie nicht negativ beeinflussen.«
Nancy warf mir einen scharfen Blick zu und sagte:
»Keine Sorge, mein Lieber, ich werde gar nichts sagen.«
»Das ist auch nicht richtig. Du sollst darüber reden, aber du darfst deine Mutter nicht gegen Pam und schon gar nicht gegen Paul aufhetzen. Wir

müssen dafür sorgen, dass sie lernt, mit diesem ungewöhnlichen Zustand zurechtzukommen, sonst gibt es nur Ärger und Aufregung.«
»Ich bewundere dich, dass du alles so normal und unproblematisch nimmst. Es geht um Ehre und Stolz. Das kann man nicht von heute auf morgen aufgeben. Begreifst du das?«
»Nein, weil ich verwirrt bin. Ich weiß nicht, ob du über eure gesellschaftliche Verpflichtung redest oder über das Schicksal von Pam und Paul. Wenn ich es richtig verstanden habe, lieben die beiden sich und pfeifen auf eure konservative Denkweise. Sie wollen Kinder haben, ein Haus bauen, einfach leben, begreifst du das?«
Nancy schwieg. Sie wirkte etwas nachdenklich. Ich hatte das Gefühl, dass sie mich verstanden hatte.
Wir waren noch beim Frühstück, als wir sahen, dass Paul sein Auto vor dem Haus parkte. Pam ging schnell zur Haustür und öffnete sie. Ich beobachtete Nancy. Sie war maßlos nervös.
»Nimm dich zusammen, Nancy. Du solltest nicht vergessen, dass keiner diese Situation ändern kann. Es ist passiert und wir müssen jetzt das Beste daraus machen.«
Das frisch verheiratete, junge Paar trat in die Küche. Paul trug ein rotes Polohemd und eine weiße Hose. Er hatte einen großen Blumenstrauß in der Hand, überreichte ihn Nancy und sagte:
»Hallo, hübsche Schwägerin. Ich heiße Paul und gehöre zur Familie.«
Ich weiß nicht, war es wegen meines Appells, wegen Pam oder wegen Pauls sympathischer Ausstrahlung, was auch immer, sie ging schnell zu ihm und küsste seine Wange. Das war für Pam und mich eine große Überraschung.
»Na also, es geht doch«, dachte ich. Sie nahm die Blumen mit einer gewissen Bewunderung, stellte sie in eine Vase und fragte dann:
»Willst du eine Tasse Kaffee, Paul?«
»Gerne, ich habe noch nicht gefrühstückt. Ich wusste, dass du heute zu Hause bist. Gleich nach dem Duschen fuhr ich zum Großmarkt und suchte die schönsten Rosen für dich aus.«
»Hey, du bist mit mir verheiratet, nicht mit meiner Schwester«, protestierte Pam. Paul küsste sie und sagte:
»Das weiß ich, Liebling. Aber ich möchte mich langsam bei deiner Familie beliebt machen.«

Während Paul sein Frühstück aß, erzählte Pam, wie sie Paul kennengelernt hatte.
»Pauls Schwester ist meine beste Freundin an der Uni. Du hast sie einmal gesehen, Nancy. Sie heißt Haily, ein bezauberndes Mädchen. Immer, wenn Paul Zeit hatte, fuhr er sie mit seinem Auto zur Uni oder holte sie ab. Vor einem Jahr machte mich Haily mit ihrem Bruder bekannt. Ich glaube, er hat vom ersten Augenblick an gemerkt, dass ich ihn mag und bewundere. Wir gingen in den letzten Monaten oft zusammen ins Kino, in die Disco oder in einen Park zum Spazieren gehen. Am 1. Oktober feierte Haily ihren Geburtstag und an diesem Tag haben wir uns verlobt. Glaub mir, Nancy, ich wollte dir alles erzählen. Aber du warst oft mit Bijan beschäftigt und für mich hast du nie Zeit gehabt. Mom war nicht besser als du. Sie war kaum zu Hause. Außerdem dachte ich, ihr werdet mir sowieso verbieten, mit einem Farbigen befreundet zu sein.«
Ich blickte Paul an und fragte:
»Paul, warum hast du nicht versucht, einmal mit ihrer Mutter oder mit Nancy über eure Pläne zu sprechen?«
Paul schwieg. Er schaute nur Pam an, und sie antwortete für ihn:
»Er wollte kurz vor unserer Verlobung hierherkommen. Aber ich warnte ihn, dass er mich dann eventuell verlieren würde. Denn ich hatte Angst, Mom würde ihn sofort rauswerfen.«
Nancy kochte wieder frischen Kaffee. Als sie dann auf ihrem Stuhl saß, fragte sie:
»Wie soll es weitergehen, Paul? Willst du bei uns einziehen oder soll Pam bei dir wohnen?«
»Mir ist es egal. Ich möchte nur mit meiner Frau zusammenleben. Nächstes Jahr werden wir mit dem Bau unseres Hauses fertig sein und dort wohnen.«
»Wo willst du lieber wohnen, hier oder in Pauls Haus?«, fragte ich Pam.
»Von wollen kann keine Rede sein. Ich glaube, ich werde zu Paul ziehen müssen. Ich rechne mit absoluter Ablehnung von Mom.«
Ich war überzeugt, dass sie mit der absoluten Ablehnung von Mom auch gleichzeitig die absolute Ablehnung ihres Umfelds meinte. Ihr war inzwischen bewusst, dass trotz aller Parolen von Menschenrecht und Gleichberechtigung von Schwarzen und Weißen ihre Familie erhebliche Probleme bekäme, wenn sie und Paul in dieser alt eingesessenen Siedlung wohnen würden.

Ich erinnere mich, dass in der ganzen Umgebung unseres Hauses kein einziger Farbiger wohnte. Paul könnte nicht immer bei Dunkelheit nach Hause kommen und ganz früh das Haus verlassen, zumal unser unmittelbarer Nachbar ein Mitglied der CAC war, einer, der keine Farbigen ausstehen konnte.
Wir verbrachten den ganzen Tag zusammen. Paul war Hobbykoch und bereitete für uns ein leckeres chinesisches Essen zu. Nancy wirkte völlig friedlich und war sogar freundlich zu Paul. Diese angenehme Atmosphäre gab uns die Kraft uns vorzustellen, wie wir am nächsten Tag Betty die ganze Angelegenheit erzählen würden.

* * *

Am Sonntag um elf Uhr fuhr Nancy zum Flughafen, um Betty abzuholen. Pam und ich blieben zu Hause. Sie war sehr besorgt und nervös.
Sie kam mehrere Male in mein Zimmer, um die Uhrzeit zu erfragen, obwohl sie selbst eine goldene Armbanduhr trug, ein Hochzeitsgeschenk von Paul. Als Nancy das Auto vor unserem Haus parkte, stand Pam mit blassem Gesicht vor dem Fenster des Wohnzimmers. Ich sagte ihr: »Komm, lass uns deine Mutter begrüßen.«
Die zwei Wochen Skiurlaub hatten Betty gutgetan. Ihr Gesicht war sonnengebräunt und sie sah sehr erholt aus. Ihre liebevolle, warme Begrüßung ließ mich vermuten, dass Nancy unterwegs kein Wort über die Neuigkeiten verloren hatte. Die erste Stunde gehörte Betty. Sie erzählte von den freundlichen Kanadiern, vom Essen, dem Wetter und den Menschen, die sie im Urlaub kennengelernt hatte. Es machte uns allen großen Mut, als sie sagte, dass sie in ihrem Urlaubsort eine nette Frau getroffen habe. Sie sei eine farbige Ärztin aus Jamaika. Die beiden wären sogar mehrere Male in einer Bar und Disco gewesen.
Betty hatte ein scharfsinniges Gespür. Sie merkte langsam, dass wir alle ihr etwas verheimlichten. Vielleicht lag unser Fehler darin, dass wir bei jeder Geschichte, die sie erzählte, leuchtende Augen und große Begeisterung zeigten. Sie durchschaute, dass unser Interesse etwas gespielt war. Denn plötzlich hörte sie mit ihrer Erzählung auf und fragte: »War hier alles in Ordnung?« Wir tauschten verstohlene Blicke miteinander aus, aber keiner hatte den Mut, etwas zu sagen. »Gut, ich habe verstanden. Es gab Krach bei euch, oder?«

»Nein, Mom, es gab keinen Krach. Es gab für mich jedenfalls eine schöne Zeit mit unvergesslichen Erlebnissen«, sagte Pam, während sie nur Nancy und mich anblickte.
An ihren Gesichtszügen konnte man erkennen, wie unsicher und unruhig sie war. Betty fragte ungeduldig:
»Komm, raus mit der Sprache. Was ist passiert?«
»Mom, ich habe geheiratet.«
»Du hast was?«
»Ich musste heiraten, weil ich ... ich ... ich schwanger bin.«
Betty lehnte sich in ihrem Sessel zurück. Ich glaube, sie suchte etwas Festes für ihren Rücken, um sich gerade zu halten. Die schöne Sonnenbräune auf ihrem Gesicht verschwand auf einmal. Sie wurde blass, fast weiß wie Mehl. Sie murmelte leise etwas mit trockenen Lippen in sich hinein, was keiner verstand. Nancy saß neben ihr, fasste ihre Hand und sagte zögernd, aber deutlich:
»Mom, ich war genauso erschüttert wie du. Ich brauchte einige Stunden, um zu begreifen, dass Pam kein kleines Mädchen mehr ist. Sie ist fast 22 Jahre alt. Sie ist von Kopf bis Fuß verliebt und, ehrlich gesagt, Mom, ich finde es sogar sehr gut, dass sie etwas aus ihrer Liebe gemacht hat.«
Pam setzte sich Betty gegenüber hin und versuchte, Nancys Argumente zu ergänzen:
»Was die Schwangerschaft betrifft, tut es mir leid, Mom. Wir wollten so schnell keine Kinder haben. Es war meine Schuld, dass ich nicht aufgepasst habe. Ich werde aber auf jeden Fall mein Studium zu Ende führen. Wir wollten nach Beendigung meines Studiums heiraten, aber es ist leider ungewollt passiert. Wir mussten daher heiraten, damit unser Kind, wenn es auf die Welt kommt, auch rechtmäßig angetraute Eltern hat.«
»In welchem Monat bist du?« fragte Betty etwas ärgerlich.
»Im Vierten.«
»... und warum hast du mir nichts davon erzählt, du verdammtes Kind?«
»Weil ich Angst vor dir hatte. Ich hatte Angst, dass du mich dazu zwingst, das Kind abzutreiben.«
Pam begann zu heulen. Ihre Tränen rollten über ihre Wangen und tropften auf ihre weiße Bluse. Nancy nahm sie in den Arm und sagte:
»Schon gut, keiner will deinem Baby etwas antun. Außerdem bist du jetzt verheiratet, und alles liegt in eurer Verantwortung.«

Ich stand schweigend am Fenster und wollte mich nicht einmischen. Ich hatte aber auch nicht die Absicht, mich zurückzuziehen. Betty trank etwas Wasser und fragte:
»Wer ist der Bursche? Wie heißt er?«
»Er heißt Paul Williams.«
»Was macht er? Ist er Student?«
»Nein, er ist Architekt. Er verdient gut. Er hat ein großes Grundstück in Pasadena gekauft und möchte dort ein Haus nach meinen Vorstellungen bauen lassen.«
Ich schaute die ganze Zeit Betty an. Sie versuchte, diese schockierenden Neuigkeiten zu verarbeiten. Sie liebte Pam über alles.
Sie war immer ihr Baby. Sie sagte einmal, wenn ihre Töchter heiraten, möchte sie ein unvergessliches Fest veranstalten. Jetzt war ihr Nesthäkchen verheiratet und sogar schwanger, ohne dass sie mit ihren mütterlichen Wünschen zum Zuge kommen konnte. Betty ergriff wieder das Wort:
»Wo habt ihr geheiratet?«
»In Las Vegas.«
»Ich verstehe es nicht. Warum dort? Warum nicht hier zu Hause bei deiner kleinen Familie? Warum? Ich dachte, du hast Respekt vor deiner Familie. Sag mir, warum?«
»Weil ich nicht sicher war, dass du zustimmen würdest.«
»Warum sollte ich nicht zustimmen, verdammt noch mal?«
Pam blieb still. Die Tränen liefen ihr ununterbrochen übers Gesicht. Nancy stieg wieder in das Gespräch ein und sagte mit ruhiger Stimme:
»Mom, diese Frage habe ich auch gestellt. Ich kann heute ihre Zweifel, ihre Unsicherheit und schließlich ihre Entscheidung verstehen. Sie hat einfach Angst, Angst, dass wir ihren Mann nicht akzeptieren.«
»Was für ein Blödsinn. Ich werde jeden Menschen akzeptieren, der meine Tochter liebt.«
»Auch, wenn er ein Neger ist?«, fragte Nancy, ohne ihre Mutter anzuschauen.
Für einige Sekunden blieb Betty still. Sie blickte ihre Töchter etwas verwirrt an und sagte mit einem bitteren Lächeln:
»Nein, das glaube ich nicht. So was würde sie mir nie antun. Sag, dass es ein geschmackloser Scherz ist.«

Die beiden Schwestern blieben stumm und trauten sich nicht mehr, ihre Mutter anzublicken. Betty drehte sich zu mir und fragte:
»Kannst du mir sagen, Bijan, was hier gespielt wird?«
Ich ging zu den drei Frauen hin und sagte:
»Es wird gar nichts gespielt, meine liebe Betty. Deine Tochter ist mit einem netten, interessanten Mann verheiratet.
Wir haben ihn bereits kennengelernt und ich glaube, Nancy kann bestätigen, dass Paul ein feiner und angenehmer Mensch ist. Der einzige kritische Punkt ist, dass er anders aussieht, als du dir vorstellen willst. Aber anscheinend stellt dieser Zustand aus der Sicht von Pam kein Problem dar. Wir dürfen nicht vergessen, dass sie diejenige ist, die Paul liebt und mit ihm leben möchte. Außerdem gibt es keine Zeit für Diskussionen mehr; sie erwartet ein Kind von ihm. Wir müssen uns alle bemühen, ihr zu helfen, ihren neuen Lebensabschnitt mit Paul ohne Sorgen führen zu können.«
Ich merkte, dass Betty mit ihrer Kraft am Ende war. Offenbar zerplatzten innerhalb weniger Minuten die Luftschlösser ihres Lebens. Sie hörte mir überhaupt nicht mehr zu. Sie wackelte mit ihrem Kopf ununterbrochen wie eine alte Frau. Ihren ängstlichen Blick richtete sie weit in die Ferne. Wir hatten sie mit unseren außergewöhnlichen Neuigkeiten bombardiert, aus ihrem Gleichgewicht gebracht und ihre Träume wie Seifenblasen zerplatzen lassen. Ihr Gesicht war blass und bitterernst. Von der schönen, gesunden Hautfarbe war nichts mehr zu sehen. Sie war entkräftet, zusammengefallen. Das Zimmer war nicht warm, aber der Schweiß lief an ihrem Körper herunter. Sie begriff, dass unser Bericht kein dummer Scherz war, sondern die nackte Realität. Sie verstand, dass ihre schwangere Tochter mit einem Schwarzen verheiratet war. Und im Gegensatz zu dem, was sie immer energisch vertreten hatte, musste sie mit dieser neuen demütigenden Familiensituation in ihrem Freundeskreis und in der Nachbarschaft zurechtkommen.
Es sah nicht so aus, als ob sie in den sauren Apfel beißen wollte. Ohne einen von uns noch einmal anzuschauen, stand sie auf und ging langsam zu ihrem Schlafzimmer. Ich hörte, wie sie sagte:
»Ich wünsche mir einen schnellen Tod. Mit dieser Schande kann ich in Zukunft nicht mehr leben.«

* * *

Es geschah, wie ich befürchtet hatte. Betty konnte vielleicht alle schlimmen Sachen der Welt verkraften, aber nicht, dass ihre Lieblingstochter mit einem Farbigen verheiratet war.
Sie verschwand in ihrem Zimmer und kam selten heraus. Sie wollte weder jemanden sehen noch einen von uns sprechen.
Die dramatische Situation verschärfte sich, als Pam vor lauter Verzweiflung zu Paul in dessen Wohnung zog.
Nancy und ich halfen ihr beim Transport ihrer Kleidung, Bücher und persönlichen Sachen. Ich sah, wie Betty mit versteinertem Gesicht an ihrem Fenster stand und beobachtete, wie Pam mit gebrochenem Herzen und weinenden Augen das Haus verließ. Dann verschwand Betty Tag und Nacht aus unserem Blickfeld. Sie sperrte sich ständig in ihrem Zimmer ein und wollte von uns überhaupt nichts wissen.
Ein paar Tage später erzählte Nancy, dass Betty telefonisch ihre Stellung bei ihrem Arbeitgeber gekündigt hatte.
Sie war besorgt über den Zustand ihrer Mutter. Sie nahm mehrere Tage unbezahlten Urlaub, blieb die meiste Zeit zu Hause und versuchte unauffällig alles zu tun, um wieder einen normalen Zustand herzustellen. Sie putzte, kochte, wusch und erledigte jede denkbare Aufgabe. Aber Betty ließ sich nicht blicken.
Ich entschied, ohne mit Nancy darüber zu reden, Steve zu benachrichtigen. Schließlich war er das älteste Familienmitglied und könnte Betty eventuell helfen.
Ich rief ihn an und sagte, dass ich die Absicht hätte, ihn bald zu besuchen. Seine Stimme klang traurig, wütend und am Anfang etwas aggressiv.
Als er merkte, dass ich deswegen meinen Plan ändern wollte, wurde er etwas freundlicher und sagte, dass ich ihn jederzeit in seinem Haus besuchen dürfte.
Am folgenden Tag verzichtete ich auf drei Stunden Vorlesung und fuhr zu Steve. Er empfing mich sehr herzlich. Ich konnte nicht fassen, wie man innerhalb einiger Monate um fast zehn Jahre altern konnte. Er sah tatsächlich schlecht aus.
Zum ersten Mal bemerkte ich die tiefen Falten auf seiner Stirn. Fast alle seine Haare waren silberweiß geworden.

Die schwarzen Ringe unter den müden Augen verrieten seine schlaflosen Nächte und ein ungesundes Leben. Ich brauchte ihn gar nicht erst zu fragen, wie es ihm ginge. Er erzählte selbst, in welch unerträglicher Lage er war. Er schenkte mir eine Tasse Tee ein und sagte:
»Nach acht Jahren zuverlässiger und anständiger Arbeit hat man mir fristlos gekündigt. Sie haben es damit begründet, dass es nicht zumutbar sei, einen schwulen Professor an der Universität arbeiten zu lassen. Ich werde selbstverständlich Klage erheben. Aber mit mehr als einer lächerlichen Abfindung kann ich nicht rechnen. Hier ist Amerika, das Land der unbegrenzten Möglichkeiten und manchmal Unmöglichkeiten.«
»Woher wussten sie, dass du homosexuell bist?«
»Der Protest kam eigentlich nicht von meinen Studenten. Ich wurde von meinem eigenen Sohn, diesem verrückten, fanatischen Bastard, verraten. Aber ich möchte heute nicht darüber reden. Ich nehme an, du hast andere Sorgen. Am Telefon hast du davon gesprochen, dass du meine Hilfe brauchst. Womit kann ich dir helfen?«
Ich versuchte, zuerst meine Betroffenheit über seine Entlassung aus der Universität zu überwinden. Ich hätte nie gedacht, dass man in Amerika so schnell gefeuert werden könnte.
Ich erzählte ausführlich die Probleme in unserem Haus; über Pam, ihre Schwangerschaft und schließlich über ihren farbigen Mann. Ich gab ihm zu verstehen, wie besorgt und hilflos Nancy und ich über den dramatischen Zustand von Betty waren.
Er hörte aufmerksam zu und ich redete mit eindringlichem Ton weiter:
»Steve, du musst uns helfen. Deine Schwester befindet sich in einem beunruhigenden Zustand. Nancy und ich machen uns Sorgen um ihre Gesundheit. Sie versteckt sich die ganze Zeit in ihrem Zimmer und versucht jeden Kontakt mit uns zu vermeiden.«
Er nahm seine Brille ab und schon wirkte sein Gesicht anders, nackter, trauriger, hilfloser. Er fragte:
»Was erwartest du von mir, Bijan? Was denkst du, könnte ich für Betty tun?
Wenn du glaubst, dass ich göttliche Macht besitze und aus einem Neger einen Weißen machen kann oder mit meinen magischen Kräften die Schwangerschaft von Pam rückgängig machen kann, bist du bei mir an

der falschen Adresse. Ich bin auch nicht in der Lage, meiner Schwester etwas Verstand und Intelligenz zu beschaffen.
Die amerikanischen Frauen sind sowieso nicht erziehbar, jedenfalls nicht von den Männern. Diese so genannten unfehlbaren Wesen erwarten, dass sich alles nach ihnen richtet. Du wirst kaum Flexibilität oder Integrationsfähigkeit bei diesen gottverdammten Kreaturen finden. Ich kann mir gut vorstellen, in welcher Verfassung sich meine Schwester befindet. Ich glaube nicht, dass die Schwangerschaft ihrer Tochter das Problem ist. Nein, nein, das Problem ist, dass das Mädchen von einem Farbigen schwanger geworden ist; und noch schlimmer, dass sie einen Farbigen geheiratet hat. Das ist das Hauptproblem, das ist das Ende der Welt für sie, Bijan.« Er putzte seine Brille mit einem Taschentuch, setzte sie wieder auf und schwieg für einige Sekunden. Dann unterdrückte er ein Gähnen, blickte mich etwas gereizt an und fragte: »Sag mir jetzt, was hast du von mir erwartet? Was kann ich in solch einer Situation machen?«
»Genau das, was du mir gerade gesagt hast. Sprich mit ihr, sag, dass weder du noch irgendein anderer diese Situation ändern kann. Es ist passiert und sie muss alles hinnehmen, wie es ist.«
»Leicht gesagt, mein Freund. Du kennst die weiblichen Wesen nicht. Sie sind die gemeinsten, egoistischsten und brutalsten Kreaturen auf unserem Planeten. Wenn etwas nicht nach ihrer Vorstellung läuft, dann bringen sie die ganze Welt durcheinander.« Er stand auf, ging zum Fenster und blickte nachdenklich hinaus. Aber nach fast einer Minute beiderseitigen Schweigens sagte er: »Okay, ich werde sie besuchen. Ich versuche, ihren gebrochenen Stolz wiederaufzurichten.
Ich verspreche mir nicht viel davon. Aber ich muss es versuchen. Ich kenne Betty sehr gut und ich weiß, dass sie zu jeder denkbaren Dummheit fähig ist. Ich werde sie morgen Nachmittag besuchen. Es wäre besser, wenn du und Nancy uns allein lassen würdet.«
»In Ordnung. Sobald du kommst, werden wir das Haus verlassen.«
Plötzlich kam er auf mich zu, schaute in meine Augen und sagte: »Wir haben ein offenes Thema. Hast du es vergessen? Ich wollte dir von einem Djinn in meinem Haus erzählen, einer verrückten, unsichtbaren Kreatur, die versucht, mich wahnsinnig zu machen.«
»Wie kommst du darauf, dass es in deinem Haus einen Djinn gibt?«

Er wischte sich mit einem Taschentuch den Schweiß von der Stirn und sagte:
»Weil ich davon überzeugt bin. Es muss ein Djinn sein. Dieses verdammte Biest versucht, meine innere Ruhe zu zerstören. Manchmal zweifele ich schon an meinem Verstand. Ich glaube nicht, was ich sehe, was ich fühle und was ich manchmal höre. Aber andererseits, es gibt es, es existiert.«
Ich blickte ihn etwas misstrauisch an und sagte:
»Ich verstehe dich nicht, Steve. Was existiert? Was versucht, deine innere Ruhe zu zerstören?«
»Ein gottverdammter Djinn.«
»Aber das ist Quatsch. In Wirklichkeit gibt es keine Djinn. Das ist eine lästige Kreatur aus dem Märchenbuch, und zwar im Orient, nicht in Kalifornien.«
»Du warst meine letzte Hoffnung. Eine solch merkwürdige Geschichte kann ich nur jemandem erzählen, der aus dem Orient kommt. Aber ich merke, dass du schon amerikanisiert worden bist.«
»Steve, kannst du mir sagen, warum du glaubst, dass in deinem Haus ein Djinn existiert?«
Er warf mir zuerst einen prüfenden Blick zu und sagte dann:
»Seit Monaten merke ich, dass etwas in meiner Wohnung nicht stimmt. Jemand fummelt in meinen Sachen herum, vertauscht den Inhalt der Zuckerdose mit der Salz-Dose. Ich sortiere meine Bücher in alphabetischer Reihenfolge, und wenn ich ein Buch suche, entdecke ich schockiert, dass jemand wieder alle Bücher durcheinandergebracht hat. Einen Teil der Unterlagen für meine Einkommensteuererklärung fand ich zufällig in einem Ordner, der für Arbeitsverträge bestimmt ist. Ganz schockiert war ich, als ich eine tote Katze im Kühlschrank fand!«
Er schwieg plötzlich. Er richtete seinen Blick durch das Fenster auf den Pazifik. Ich hatte erhebliche Probleme, ihn zu verstehen. Was er erzählte, konnte ich weder akzeptieren noch ignorieren. Es klang unglaubwürdig, unlogisch und meiner Meinung nach absurd.
Er versuchte, mir klarzumachen, dass er sich von einem unsichtbaren Wesen belästigt fühlte. Ein Djinn hatte sich in sein Haus gedrängt und zerstörte seine Ruhe.
Ich war ratlos und wusste nicht, was ich sagen sollte. Andererseits war ich außerstande, ihm zu widersprechen. Er war nicht irgendein

abergläubischer, dummer Bauer. Er war der berühmte Professor Steve Thomson. Aber ich konnte seine merkwürdige Geschichte einfach nicht glauben.
Das Einzige, was mich etwas nachdenklich machte, waren seine Bücher. Das letzte Mal, als ich ihn besuchte, waren sie ordentlich nach dem Alphabet sortiert. Was ich jetzt dort sah, war völlig chaotisch. Ich sagte: »Steve, wäre es möglich, dass du versehentlich Salz in die Zuckerdose gefüllt oder deine Steuerdokumente irrtümlich im falschen Ordner abgeheftet oder ein Buch an die falsche Stelle gelegt hast?«
»Aber selbstverständlich wäre es möglich. Das kann jedem passieren. Aber was in diesem Haus vorgeht, hat mit Zufall und Irrtum nichts zu tun. Jemand versucht zu sabotieren, zu zerstören. Ich glaube, allmählich werde ich wahnsinnig.«
»Wer besitzt noch einen Schlüssel für dein Haus?«
»Niemand. Aber worauf willst du hinaus?«
»Ich sehe hier keinerlei Spur von einem Djinn. Meiner Meinung nach ist dieses unsichtbare Biest ein Mensch, einer, der dich ärgern will. Vielleicht ist es sein Ziel dich, wie du gesagt hast, wahnsinnig zu machen. Ich würde mir an deiner Stelle ein neues Schloss einbauen lassen.«
Er warf mir einen ablehnenden Blick zu, schüttelte den Kopf und sagte: »Das glaube ich nicht. Es gibt kein einziges sichtbares Zeichen für die Aktivität eines Menschen. Keine Fingerabdrücke auf den Büchern, keine Fußabdrücke auf dem Teppich. Nirgendwo in der Wohnung ein fremder menschlicher Geruch. Außerdem bin ich der Einzige, der alle drei Hausschlüssel besitzt, und das Schloss ist erst ein Jahr alt.«
Ich war ratlos. Ich konnte ihm nicht helfen, oder besser gesagt, ich wollte nicht weiter darüber mit ihm diskutieren.
Ich merkte schon, dass er von mir enttäuscht war. Offenbar brauchte er jemanden, der diese merkwürdige Geschichte glaubte. Wie er gesagt hatte, war ich seine einzige Hoffnung. Ich konnte aber nicht helfen. Dennoch ich versprach ihm, mir dazu Gedanken zu machen und ihn nächste Woche wieder zu besuchen und ausführlich darüber zu sprechen. Unterwegs war ich völlig verwirrt und versuchte alles, was er erzählte, zu verarbeiten. Es war unglaublich, was er behauptete. Diese Streiche konnten auf keinen Fall von einem Djinn sein.

Ich hatte in Erinnerung, dass man in Iran behauptete, dass ein Djinn sich in dunklen Kellern verstecke, unter der Treppe oder hinter dunklen Büschen und vielleicht hier und da seine Streichspiele mache. Aber eines stand fest: Nur ein böswilliger Mensch war dazu in der Lage, ein paar Tausend Bücher umzusortieren oder eine tote Katze in den Kühlschrank zu legen. Ich erinnerte mich, als ich klein war und oft vom Djinn gesprochen wurde, große Angst hatte, abends in den dunklen Keller unseres Hauses zu gehen und etwas für meine Mutter zu holen. Aber einige Jahre später konnte ich an solche Märchen nicht mehr glauben oder mich dadurch beeinflussen lassen; und im modernen Kalifornien sowieso nicht.

* * *

Am folgenden Tag gegen sechzehn Uhr, als ich heimkam, bemerkte ich, dass das Auto von Steve vor unserem Haus stand. Ich wusste, dass Nancy wegen eines Elternabends bis zwanzig Uhr in der Schule bleiben musste. Ich entschied, die Geschwister bei ihrer Unterredung nicht zu stören und Peggy in ihrem Haus zu besuchen.
Ich klingelte mehrere Male an der Tür. Aber es war zwecklos, niemand öffnete. Ich drehte den Türgriff. Das Haus war wie immer nicht abgeschlossen. Ich ging vorsichtig herein. An der Vortreppe im Obergeschoss sah ich Peggy. Sie saß in ihrem Rollstuhl. Sie blickte mich freundlich an. Offenbar war sie allein zu Hause.
»Das ist eine nette Überraschung. Kommen Sie hoch. Ich dachte, es sei Ellen, die etwas vergessen hat.«
Ellen war ihre Putzfrau. Ich ging die Treppe hinauf. Auf Peggys Schoß lag ein dickes Buch und in ihrer Hand ein Revolver. Ich begrüßte sie und fragte:
»Halten Sie immer eine Pistole bereit, wenn jemand Sie besucht?«
»Wissen Sie, ich habe Angst vor einem Überfall. In der letzten Zeit sind viele alleinstehende Menschen ausgeraubt worden. Mike meinte, mit diesem schrecklichen Ding kann mir nichts passieren. Ich brauche im Notfall einfach nur abzudrücken. Gehen wir in mein Zimmer, dort kann ich Ihnen ein Glas Whisky anbieten.«
Ich schob ihren Rollstuhl ins Arbeitszimmer und fragte unterwegs:
»Wie geht es Ihnen? Fühlen Sie sich wohl?«

»Ich kann als Antwort nur Schiller zitieren: „*Dann erst genieß ich meines Lebens recht, wenn ich mir's jeden Tag aufs neu erbeute.*" Ich liebe Schiller, der muss der große Stolz des deutschen Volkes sein.«
»Und was für ein Buch haben Sie in der Hand?«
Sie hob es hoch und sagte:
»Das ist Dickens. Die große Erwartung. Ich las es vor acht Jahren. Damals war ich etwas jünger und ungeduldiger. Ich konnte solche klassischen Bücher nicht lesen oder verstehen. Aber jetzt, wo ich auf diese Beschäftigung angewiesen bin, genieße ich jede einzelne Zeile. Kennen Sie Dickens?«
»Oh ja. Während meines Studiums in Teheran musste ich darüber eine Klausur schreiben. Ich halte Dickens für einen ausgesprochen bemerkenswerten Schriftsteller. Ich kenne fast alle seine Werke.«
Sie nahm eine Flasche Whisky aus der kleinen Bar und füllte zwei Gläser halb voll. Dann überreichte sie mir eines. Eigentlich mochte ich so früh noch keinen Whisky trinken, aber ohne Protest nahm ich es und setzte mich auf einen Stuhl. Sie sagte:
»Dann kennen Sie bestimmt seine Kurzgeschichten, z. B. Weihnachtserzählungen, oder die Geschichte vom einsamen Eisenbahner, der in der Nähe eines Tunnels stationiert war?«
»Sie meinen den alten Mann, der jahrelang wiederholt die Szene seines Unfalls mit einem Zug vor Augen hatte?«
»Stimmt. Der arme Kerl, er wusste immer, wie er eines Tages sterben würde.« Sie zündete sich eine Zigarette an und sagte mit melancholischer Stimme:
»Wissen Sie, Einsamkeit ist grausam, aber sie hat auch gewisse Vorteile. Man kann viele Dinge besser verstehen und auch besser sehen. Ich habe die gleiche Vision wie der alte Mann. Ich glaube, nein, ich weiß, ich bin sicher, wie ich eines Tages sterben werde.« Ich schüttelte meinen Kopf und wollte protestieren. Aber sie redete weiter: »Sagen Sie bitte nichts. Ich weiß, worüber ich spreche. Ich bin sicher, eines Tages werde ich in diesem Haus zusammen mit meinen Büchern verbrennen. Diese Szene habe ich Hunderte Male vor meinem geistigen Auge gesehen.«
Wir schwiegen beide. Sie trank ihren Whisky langsam und blickte regungslos auf ihre Bücher. Nach einigen Minuten konnte ich diese Stille nicht mehr ertragen. Ich fragte:
»Kennen Sie auch französische Schriftsteller?«

Sie drehte sich zu mir und sagte mit freundlichem Lächeln:
»Es tut mir leid, dass ich Sie mit meiner Halluzination erschreckt habe. Ja, ich kenne einige. Mir gefällt am besten Balzac. Er ist ein Genie, ein Romantiker wie Sie. Ich bin sicher, wenn er hier in Huntington Park wäre, würde er bestimmt nicht bei diesen gefühllosen Donahues wohnen. Ich frage mich die ganze Zeit, wie kann ein feiner Mensch wie Sie mit diesen Bastards zusammenleben?«
Ich blickte sie etwas verärgert an und sagte:
»Das ist das zweite Mal, dass Sie meine Freunde beschimpfen. Ich weiß, dass Sie mehrere Gründe haben, über die Familie Donahue verbittert zu sein. Dennoch fühle ich mich betroffen, wenn Sie sie während ihrer Abwesenheit beleidigen; schließlich liebe ich Nancy und sie ist eine Donahue.«
Peggy war plötzlich still. Offenbar hatte sie nicht mit meinem Einspruch gerechnet. Ihr Gesicht wurde auf einmal bitterernst. Ich versuchte wieder das Thema zu wechseln und fragte:
»Wo ist eigentlich Mike? Ich habe ihn seit lange nicht mehr gesehen.«
Ohne mich anzuschauen, sagte sie mit merkwürdiger Stimme:
»Er besucht seinen Vater. Er hat wieder Sehnsucht nach ihm.«
Ich war empört, Steve war gerade bei Betty. Etwas stimmte nicht. Plötzlich schoss mir ein beängstigender Gedanke durch meinen Kopf. Aber ich versuchte, mit ruhiger Stimme zu fragen:
»Besucht er seinen Vater oft?«
Sie lachte etwas freudlos und spürbar sarkastisch und sagte:
»Ja, in den letzten Monaten sehr oft. Aber Gott sei Dank findet kein Besuch statt, denn Steve ist zum Glück kaum zu Hause.«
Sie lachte wieder künstlich und trank ihren Whisky. Sie wirkte sehr unkonzentriert. Man hatte den Eindruck, als ob sich irgendeine Szene vor ihrem inneren Auge abspielte. Ihre Gesichtszüge machten mir Angst, sie waren so vergiftet, so böse und rachsüchtig. Ich brach ihr Schweigen und fragte:
»Wenn Steve nicht zu Hause ist, wartet Mike auf ihn?«
»Sicher, er hat einen eigenen Schlüssel.«
Urplötzlich blickte sie mich an. Es schien, dass sie mit ihrem letzten Satz unvorsichtig gewesen war. Sie korrigierte sich:
»Nein, nein, er hat keinen Schlüssel. Er wartet vor der Haustür, bis sein Vater kommt.«

Ich hatte es schon geahnt, dass der gemeine Kerl der kalifornische Djinn war. Wahrscheinlich passte er auf, bis sein Vater das Haus verließ. Mit seinem eigenen Schlüssel brach er bei ihm ein, dann begann er in aller Ruhe mit seiner teuflischen Aktion. Er brachte seine Sachen durcheinander, um ihn gezielt in den Wahnsinn zu treiben. Das wusste Peggy ganz genau. Vielleicht war das eine gemeinsame Rache. Ich war in meinen Gedanken versunken, als Peggy fragte:
»Wollten Sie heute wieder Mike besuchen oder mich?«
»Natürlich wollte ich Sie besuchen. Ich habe es Ihnen beim letzten Mal versprochen.«
»In Ordnung. Dann lassen Sie uns nur von uns und unseren Interessen reden, einverstanden?«
Eigentlich wollte ich sie so schnell wie möglich verlassen und Steve warnen, bevor er nach Hause fuhr. Ihm erzählen, dass der sogenannte Djinn wieder bei ihm zu Hause gewesen war und möglicherweise den Grund für seine Aufregung und Unruhe darstellte.
Aber ich konnte unmöglich nach zehn Minuten wieder gehen. Ich hatte keine andere Wahl. Daher lächelte ich ihr zu und sagte:
»Mit großem Vergnügen.«
Ich blieb noch zwei Stunden. Wir unterhielten uns über die Welt der Literatur.
Ich merkte, dass Peggy sich in ihrer unendlichen Einsamkeit diese Welt erobert hatte. Jedenfalls kannte sie die meisten Schriftsteller aus Amerika, Europa und teilweise aus Asien. Ich war fasziniert, wie sie mit Sachverstand und tiefer Überzeugung Stil und Philosophie mehrerer Schriftsteller oder Dichter aus ihrer Sicht interpretierte. Sie versuchte, ihre geistige Stärke sowie ihren eisernen Willen mit Zitaten und Erzählungen von berühmten Persönlichkeiten zu untermauern. Sie sagte, dass sie jeden Tag von ihren nicht erfüllbaren Wünschen träume. Sie zitierte Oskar Wilde:
Es gibt im Leben zwei Tragödien.
Die eine ist die Nichterfüllung eines Herzenswunsches.
Die andere ist eine Erfüllung.
Von den beiden ist die zweite die bei weitem tragischere.
Ihre literarischen Kenntnisse, die Art und Weise, wie sie Poesie deklamierte, versetzten mich in eine vollkommene Begeisterung. Sie sprang von einem Schriftsteller zum nächsten, von Dostojewski zu

Shakespeare, von Balzac zu Hugo, von Falkner zu O'Hara. Sie merkte, wie ich ihr hungrig und aufmerksam zuhörte. Sie genoss mein bewegtes Herz und meine staunenden Augen. Ihr Gesicht strahlte vor Glück, dem Glück verstanden zu werden, dem Glück anerkannt zu sein. Ich war auf einmal weit weg von meiner realen Welt, der Welt der Elektronik und Informatik. Ich fand mich wieder auf meinem alten Planeten, wo ich jahrelang zu Hause gewesen war. Sie spürte, wie stark sie mich faszinieren konnte, und versuchte mit Vergnügen, mehr und mehr mit dem, was sie in den letzten einsamen Jahren gelernt hatte, meine hungrige Seele zu füttern.

Es war in der Tat ein Genuss, eine Seelenmassage. Der einzige Störfaktor war eine rote Lampe in meinem Kopf, die immer wieder an und ausging und mich bei meiner Träumerei bedrängte.

Etwas in mir warnte, ich solle Steve erreichen, ich solle ihn rechtzeitig informieren. Er musste wissen, wer bei ihm eingebrochen hatte. Diese ständige Warnung ließ mich allmählich in die kalte Wirklichkeit zurückkehren und ich versuchte verzweifelt, Peggy zu verlassen.

Kurz vor achtzehn Uhr fand ich eine Gelegenheit zu sagen, dass ich wegen Klausurvorbereitungen nach Hause gehen musste.

Zuerst ignorierte sie meine Absicht und setzte ihren Vortrag fort. Aber hartnäckig wiederholte ich, jetzt fortgehen zu müssen. Ich sagte:

»Es war ein Genuss, mit Ihnen einen Ausflug in unsere gemeinsame Fantasielandschaft zu unternehmen. Aber leider muss ich jetzt gehen. Ich verspreche Ihnen, das nächste Mal, wenn ich Sie besuche, werde ich mehr Zeit mitbringen.«

Sie machte keinen fröhlichen Eindruck. Aber endlich begriff sie, dass sie mich nicht mehr aufhalten konnte. Sie schaute mir direkt in meine Augen und sagte:

»Ich rechne mit Ihrem Versprechen. Sie haben sicherlich durchschaut, dass Ihre Anwesenheit bei mir ein unbeschreiblich angenehmes Gefühl auslöst und mir Lebenskraft gibt. Endlich habe ich jemanden gefunden, der mich versteht und über das gleiche Interesse verfügt.

Kommen Sie bitte bald wieder, und vergessen Sie nicht, dass ich jeden Tag mit Ihrem Besuch rechne.«

Ich mochte nicht, wie sie mich in die Enge trieb. Es roch nach Zwang, nach Verbindlichkeit. Ich hielt es für richtig, die Notbremse zu ziehen, und sagte:

»Ich komme gerne wieder. Aber ich weiß nicht, wann. Mein Studium nimmt mich voll und ganz in Anspruch und die wenigen Stunden Freizeit sind seltener Luxus für mich. Wenn ich Zeit finde, komme ich bestimmt.«
Sie schaute mich an, ohne ein Wort zu sagen. Ich nutzte die Chance, verabschiedete mich und verließ das Haus.
Mein erster Blick fiel auf den Parkplatz vor unserem Haus. Es stand kein Auto mehr dort. Steve musste bereits fort sein. Ich ging ins Haus hinein. Ich merkte, dass Betty in ihrem Schlafzimmer war. Ich klopfte an die Tür und fragte, ob alles in Ordnung wäre. Sie antwortete:
»Danke, Bijan, es ist alles in Ordnung. Lass mich bitte in Ruhe.«
Offenbar war das Gespräch zwischen den Geschwistern nicht erfolgreich gewesen. Ich ging in mein Zimmer. Von dort versuchte ich, Steve anzurufen. Entweder war er nicht zu Hause oder er wollte, wie Betty, mit niemandem sprechen.
Eigentlich hatte ich die Absicht, mich für die Klausur am nächsten Tag vorzubereiten, aber ich war zu müde. Das halbe Glas Whisky zeigte seine Wirkung. Ich legte mich auf ein Sofa und schlief tief ein.
Als ich meine Augen wieder öffnete, war es ganz dunkel.
Ich machte das Licht an, es war einundzwanzig Uhr. In einer Ecke saß Nancy, still, traurig und in Gedanken versunken. Ich fragte leise:
»Ist alles in Ordnung, Liebling?«
»Ich weiß nicht. Ich war zuerst bei Mom, aber sie wollte nicht mit mir sprechen. Ich rief Steve zu Hause an, er war in einer unerträglichen Laune. Ich weiß nicht, was er hat. Er verflucht die ganze Welt. Ich fragte ihn, ob er mit Mom gesprochen hätte.
Er sagte, dass ihr seelischer Zustand sehr kritisch sei und dass sie so schnell wie möglich in einem Sanatorium behandelt werden müsse. Ich konnte nicht einschätzen, ob seine Diagnose auf seiner scheußlichen Laune beruhte oder ob Mom tatsächlich so krank ist.
Wir müssen am Wochenende versuchen, mit ihr irgendwohin zu fahren und einmal offen miteinander zu sprechen. So kann es nicht weitergehen. Wenn sie wirklich krank ist, dann müssen wir mit ihr zu einem Psychologen gehen.«
»Ich habe auch versucht, mit ihr zu sprechen. Aber sie hat mich immer abgewiesen. Du hast recht, wir müssen etwas unternehmen. Aber was Steve betrifft, ich weiß, wer ...«

Plötzlich hörten wir einen lauten Knall aus dem Untergeschoss des Hauses, sodass mir das Wort im Hals stecken blieb.
Nancy blickte mich mit ängstlichen Augen an, hielt ihre Hand vor den Mund und erstarrte für mehrere Sekunden. Dann sagte sie leise:
»Oh mein Gott, oh mein Gott, lass das nicht wahr sein. Es darf nicht wahr sein!«
Ruckartig stand sie auf und rannte die Treppe herunter. Ich war immer noch konfus und wusste nicht, was passiert sein könnte. Ich traute mich nicht, meinen Gedanken zu akzeptieren, dass möglicherweise ein Unglück geschehen war.
Auch ich lief rasch nach unten. Unterwegs hörte ich einen lauten Schrei. Es war Nancys schmerzvolle Stimme.
Ich betrat das Schlafzimmer von Betty. Zuerst blickte ich besorgt auf Nancy. Sie stand vor dem Bett ihrer Mutter und weinte bitterlich. Das Zimmer war ziemlich dunkel. Ich konnte zuerst nichts Außergewöhnliches erkennen.
Ein weiterer Schritt, ich blieb entsetzt auf der Stelle stehen; dort lag Betty leblos auf ihrem Bett.
Ihr Kopf hing von der Bettkante herunter und das Blut tropfte noch auf den Teppichboden. Ich trat einen Schritt näher. Ich schaute sie genauer an. Sie war tatsächlich tot.
Sie hielt eine große Pistole in der Hand. Der Zeigefinger umklammerte immer noch den Abzug. Offenbar hatte sie sich eine Kugel in den Kopf geschossen. Ich ging zu ihr, fühlte ihren Puls, fasste ihren Kopf, ihren Nacken: kein Zeichen von Leben. Ich versuchte, Nancy zu umarmen. Aber sie entzog sich und schrie in klagendem Ton:
»Nein. Es ist verrückt! Es ist fürchterlich! Warum, Bijan? Warum hat sie das getan?«
Ich hatte keine Antwort. Ich ging sofort zum Telefon. Meine Finger zitterten. Für einige Sekunden wusste ich nicht, welche Nummer ich wählen sollte. Aber dann versuchte ich mich zu konzentrieren. Ich wählte die Nummer der Polizei in Huntington Park.
Ich erzählte kurz, was, wem, wo und wann passiert war, aber nicht warum. Obwohl ich keinen Zweifel daran hatte, dass dieser unsinnige Selbstmord wegen Pam geschehen war. Betty konnte diese Schande nicht ertragen, dass ihre Tochter mit einem Farbigen verheiratet war.

Innerhalb weniger Minuten kamen die Polizei und danach ein Krankenwagen, begleitet von einem Notarzt. Der Doktor brauchte nur ein paar Sekunden, um ihren Tod zu bestätigen. Todesursache: ein Schuss in die linke Schläfe.
Ein Abschiedsbrief lag auf dem Nachttisch. Der Kriminalbeamte legte ihn vorsichtig in eine Plastiktüte und überreichte sie seinem Assistenten. Innerhalb einer halben Stunde war das Haus voll von Kriminalbeamten. Sie untersuchten und fotografierten jede Ecke des Schlafzimmers.
Nancy war überhaupt nicht vernehmungsfähig. Sie weinte nicht mehr, sie saß regungslos auf einem Stuhl, fast wie versteinert. Ihr Gesicht wirkte grau vor Traurigkeit und Verzweiflung.
Ihre Lippen bewegten sich langsam, aber sie sagte nichts. Der Schock war groß. Der Arzt bestand darauf, ihr eine Beruhigungsspritze zu geben. Zuerst weigerte sie sich, aber dann stellte sie ihm ihren nackten Arm widerstandslos zur Verfügung. Das Mittel half, sie schlief nachher einige Stunden.
Ich erzählte den Kriminalbeamten, dass Betty in der letzten Zeit sehr depressiv gewesen war und dass dieser Zustand sie zu dieser schrecklichen Tat veranlasst hätte. Der Leiter der polizeilichen Untersuchung meinte, dass er alle Möglichkeiten gründlich prüfen müsste und dass er am nächsten Tag wiederkommen würde. Er wollte Nancy auf jeden Fall einige Fragen stellen.
Es war gegen dreiundzwanzig Uhr, als diese entsetzliche Tragödie zu Ende ging und im Haus wieder Ruhe einkehrte. Zuvor hatte man Bettys Leiche in einen Aluminiumkasten gelegt, sie in einen Krankenwagen getragen und zur Gerichtsmedizin gefahren. Danach verabschiedete sich ein Kriminalbeamter nach dem anderen und am Ende blieb ich in tiefer Betroffenheit allein im finsteren Zimmer zurück.
Ich war völlig verwirrt. Es war für mich nicht einfach zu verstehen, warum eine Mutter sich das Leben nimmt, nur, weil ihre Tochter einen Schwarzen geheiratet hat. Ich ging nach draußen und setzte mich traurig in einen Schaukelstuhl. Einerseits machte ich mir Vorwürfe warum hatte ich nicht rechtzeitig versucht, mit Betty über diesen Zustand zu sprechen? Ich hätte alles daransetzen müssen, um sie abzulenken, ihr glaubhaft zu machen, dass im Leben vieles anders läuft, als man sich das vorstellt, ihr Hoffnung zu geben, damit sie möglicherweise dieses Geschehen versteht und akzeptiert. Aber andererseits merkte ich, dass

ich mich mit der amerikanischen Mentalität überhaupt nicht identifizieren konnte. Wenn es um die Definition des Sachverhaltes ging, hatte Steve mit großer Sicherheit sein Bestes getan. Ich blieb stumm, traurig und nachdenklich. Schlafen konnte ich auf keinen Fall.

Vier Tage später wurde Betty auf dem Friedhof in Huntington Park beigesetzt. Es kamen viele Trauergäste. Ich kannte die meisten nicht. Pam erschien allein. Aus verständlichen Gründen konnte Paul nicht an der Trauerfeier teilnehmen. Nancy war völlig außer sich.

Sie weinte leise, und ab und zu murmelte sie etwas, was ich nicht verstehen konnte. Aber ich glaube, sie machte sich auch Vorwürfe, dass sie sich nicht genug um ihre Mutter gekümmert hatte.

Sie trug ein dunkelblaues Kostüm, eine schwarze Brille und einen großen blauen Hut. Sie sah in der Tat wunderschön aus. Ich dachte, wenn ich eines Tages sterben werde, wünsche ich mir, dass sie mit gleichem Outfit zu meiner Beerdigung erscheint.

Während wir den Sarg zum Grab begleiteten, blickte ich Steve an. Er war von diesem unerwarteten Schicksalsschlag völlig erschüttert. Mit hängendem Kopf und Tränen in den Augen ging er wie ein alter, kranker Mann neben Martha her. Ich war ganz sicher, dass er alles versucht hatte, um Betty zur Vernunft zu bringen.

Aber sie blieb stur wie ein Ire, und am Ende hat sie für ihr gebrochenes Herz und ihren erniedrigten Stolz ihr Leben gelassen.

Nach der Rückkehr vom Friedhof ging ich bei nächster Gelegenheit zu Steve und sagte:

»Bitte ruf mich an. Ich muss allein mit dir sprechen. Aber vorher solltest du so schnell wie möglich das Schloss deiner Haustür auswechseln lassen. Ich weiß inzwischen, wer bei dir einbricht und wer der wahre Djinn ist.«

Er blickte mich mit blitzenden Augen an, ohne ein Wort zu sagen. Er nickte mehrere Male, stieg in sein Auto und fuhr langsam weg.

Das von mir gewünschte Gespräch fand nicht statt. Ich rief ihn mehrere Male an, aber er zeigte am Telefon kein Interesse und war oftmals regelrecht abweisend. Es schien ihm alles egal zu sein. Ich entschied mich daher, ihn erst einmal in Ruhe zu lassen, zumal ich selbst mit umfangreichem Lehrstoff zu kämpfen hatte.

Nach diesem tragischen Ereignis hatte sich Nancy auch ein bisschen verändert. Sie war verständlicherweise etwas verstört, ungeduldig, manchmal zornig und wollte die meiste Zeit allein sein. Ich versuchte ihr aus dem Weg zu gehen und so weit wie möglich keinen Streit zu provozieren. Dadurch hatte ich Zeit, Briefe zu schreiben, Briefe an Onkel Shahram, Monika und auch an Ferry. Ich besuchte manchmal Martha, Pam und sogar Peggy. Dieses teilweise einsame Leben gab mir die Möglichkeit, mich besser auf das zweite Semester meines Studiums zu konzentrieren. Mein Tagesablauf war ruhig, manchmal langweilig, aber für mein Studium sehr erfolgreich.

Im Laufe der Zeit erholte sich Nancy langsam. Sie regenerierte sich und lachte wieder. Sie organisierte sogar eine Party, um meinen Erfolg an der Uni zu feiern. Endlich kehrte das normale Leben wieder in unser Haus zurück.

An einem verlängerten Wochenende fuhren wir nach Las Vegas und verbrachten drei schöne Tage in dieser glanzvollen Wüste. Einmal hätten wir fast geheiratet. Wir besuchten die White Chapel, eine der berühmten Hochzeitskirchen, wo so genannte Fast Marriage stattfinden, und standen in einer Warteschlange. Es waren noch fünf Paare vor uns. Aber dann verließen wir plötzlich die kleine Kapelle und gingen wieder in unser Hotel zurück.

»Wenn ich dich einmal heirate, möchte ich, genau, wie meine Mutter es wünschte, in einer großen Kirche getraut werden mit vielen gut gekleideten Gästen«, sagte sie, während sie mich leidenschaftlich an sich zog.

»Wenn ich dich eines Tages heirate, werde ich den großen Wunsch der Donahues erfüllen«, sagte ich und küsste sie.

»War das diesmal ein Heiratsantrag?«

»Nein, meine Liebe, das war wieder eine ehrliche Liebeserklärung.«

Nach unserer Rückkehr in Los Angeles entschied ich mich, während meiner zweimonatigen Semesterferien irgendwo eine Stelle anzunehmen. Nancy war auch einverstanden, denn schließlich musste sie für fast einen Monat nach Washington DC reisen, um an einem Lehrgang teilzunehmen. Es war geplant, dass sie im nächsten Jahr die Leitung ihrer Schule übernähme. Die große Frage für mich war, welche berufliche Tätigkeit ich mir nun aussuchen sollte.

17. Die unerwartete Begegnung

ES war überhaupt nicht schwierig in 1996 eine vernünftige Arbeitsstelle in die USA zu finden. Nach einem kurzen Gespräch bekam ich eine Stelle bei dem renommierten International-Airport-Hotel in Los Angeles. Man setzte mich für die Betreuung mehrerer Kassen für das Hotel, die Restaurants, Bars und weitere Einrichtungen ein.
Es war eine interessante und verantwortungsvolle Aufgabe. Durch die einjährige Tätigkeit bei der FAPOE in Deutschland sowie zwei Semester bei der UCLA verfügte ich über gute Referenzen und man brachte mir genug Vertrauen entgegen, um diese Stelle zu bekommen, zumal der Hotelmanager aus Österreich stammte und viel Wert auf meine Deutschkenntnisse legte.
Es machte Spaß in diesem Luxushotel zu arbeiten, zahlreiche berühmte Persönlichkeiten, Schauspieler, Regisseure und vor allem viele Millionäre zu sehen.
Die Arbeit dauerte von vierzehn bis dreiundzwanzig Uhr. Meine Aufgabe bestand darin, die Kassen mit genügend Geld zu versorgen, die ausgestellten Schecks auf Kreditwürdigkeit zu prüfen und die Ordnungsmäßigkeit der Kassenabschlüsse zu bestätigen.
Ich bekam fast 500 Dollar pro Monat und durfte einmal pro Tag in der Hotel-Snackbar kostenlos essen.

Am Freitag, dem 15. Juli, machte ich eine meiner unregelmäßigen Kassenprüfungen. Dieses Mal war das große Restaurant im ersten Obergeschoss an der Reihe. Ich unternahm solche unangemeldeten Prüfungen, wenn ich nicht genug zu tun hatte.
Die Kollegen nahmen meinen Besuch nicht übel und wussten, dass ich wie jeder andere Mitarbeiter meinen Job erledigen musste. Aber sie machten oft witzige Bemerkungen, wie:
»Falls Geld in meiner Kasse fehlt, haben es bestimmt die Mäuse aufgefressen.«
Während der Prüfung im Restaurant erregte die Stimme eines jungen Mannes in der Nähe der Kasse meine Aufmerksamkeit.
Ich konnte ihn nicht richtig sehen, da von meinem Platz nur ein Teil seines Rückens sichtbar war. Meine Konzentration richtete sich nicht auf

den Inhalt des Gespräches, sondern auf die Stimme. Ich kannte sie von irgendwoher. Das war die Stimme eines Persers. Er sprach fließend Englisch mit einem unverwechselbaren persischen Akzent, setzte jedoch zwischen jeden Satz ein unnötiges „Eh".
Ich erledigte meine Arbeit schnell, stellte die Bescheinigung aus und verließ den Kassenbereich in Richtung des Hotelgastes. Er saß gegenüber einer sehr attraktiven Frau. Sie war schätzungsweise 40 Jahre alt, elegant angezogen und reichlich geschminkt. Sie sah auch nicht wie eine Amerikanerin aus. Man konnte ihr europäisches Flair, aber auch ihren Akzent deutlich erkennen. Ich näherte mich ihrem Tisch, um das Gesicht des jungen Mannes besser betrachten zu können. Ich hatte richtig getippt, der Bursche war Dariush Raad.
Er brach plötzlich sein Gespräch ab und sah mich mit erstaunten Augen an. Der Anblick ließ eine alte Sehnsucht in mir aufsteigen. Ich hatte Herzklopfen. Ich glaube, er auch. Seine Augen glänzten vor Überraschung. Keiner von uns hatte mit dieser Begegnung gerechnet.
Er stand auf und kam langsam auf mich zu. Auf einmal umarmte er mich und rief:
»Das ist nicht wahr! Sie sind wirklich Bijan. Was machen Sie hier?« Ich war sprachlos und schaute ihn mit großer Begeisterung an. Er wiederholte seine Frage: »Was machen Sie hier? Ich dachte, Sie sind in Deutschland.«
»Ich studiere wieder. Ich lebe seit 15 Monaten in Amerika«, antwortete ich leise, um von den Kollegen nicht gehört zu werden.
Man sah es nicht gern, wenn ein Hotelangestellter während der Dienstzeit mit den Gästen privaten Kontakt aufnahm. Er nahm mich bei der Hand, brachte mich zu seinem Tisch und stellte mich seiner Partnerin vor:
»Das ist Bijan. Das ist er, mein Retter höchstpersönlich.«
Ich begrüßte die schöne Lady, schüttelte vorsichtig ihre zarte Hand und sie nickte mir freundlich zu, ohne ein Wort zu sagen. Ich glaube, sie war irritiert und wusste nicht, wer ich sein konnte. Dariush sagte:
»Kommen Sie, setzen Sie sich zu uns. Auf diesen Moment habe ich fast zwei Jahre gewartet.«
Er versuchte, mich auf einen Stuhl zu drängen, aber ich blieb stehen und sagte:

»Nein, danke. Ich kann nicht. Das heißt, ich darf nicht. Ich arbeite hier und es ist mir nicht gestattet, mit den Gästen an einem Tisch zu sitzen. Aber ich würde gerne nach Dienstschluss mit Ihnen ein Glas Wein trinken.«

Er zeigte sich etwas enttäuscht. Aber er hatte verstanden. Er fragte:

»Sehr gerne. Wann machen Sie Schluss?«

»Um dreiundzwanzig Uhr.«

»Ich warte auf Sie vor der Hotelhalle.«

»Ich freue mich darauf.«

Kurz vor dreiundzwanzig Uhr stand Dariush vor dem Eingang des Hotels. Ich war die ganze Zeit aufgeregt und spürbar nervös. Ich hatte Schwierigkeiten, mich auf meinen Aufgabenbereich zu konzentrieren, und freute mich sehr, als endlich Feierabend war.

Wir gingen zu Fuß in eine Bar in der Nähe des Hotels. Es war wie in jeder amerikanischen Bar relativ dunkel, ruhig, mit sanfter Musik im Hintergrund. Man konnte sich ungestört unterhalten.

Dariush war, wie damals im Bus, gut gekleidet und glattrasiert. Er schien sogar etwas selbstbewusster geworden zu sein.

Ich berichtete ihm über den Verlauf der letzten zwei Jahre, über meine große Sorge und Enttäuschung in der Türkei, über die Arbeit in Deutschland und die Geschichte von Dawood Khan. Ich erzählte ganz stolz von meiner Beziehung zu Nancy und schließlich von meinem Studium in Los Angeles.

Er hörte mir mit großer Aufmerksamkeit zu und stellte ab und zu Fragen, um sein höfliches Interesse zu zeigen. Dann änderte ich das Gesprächsthema und sagte:

»Das letzte Mal, dass ich von Ihnen gehört habe, liegt ca. 15 Monate zurück. Ihr Onkel schrieb mir einen Brief und sagte unter anderem, dass Sie aus dem Gefängnis entlassen wurden und nach Australien gereist sind.«

Er nickte und sagte:

»Das stimmt. Ich musste sofort das Land verlassen. Ich habe bei verschiedenen Konsulaten in Teheran ein Visum beantragt, und der erste positive Bescheid kam von der australischen Botschaft.

Ich wollte keine Zeit verlieren, da ich Angst hatte, dass diese Freiheit nur vorübergehend sein könnte. Ich flog nach Sydney und versuchte mein Leben völlig neu aufzubauen.«

»Wie war es im Gefängnis?«
»Es war die Hölle auf Erden. Obwohl jeder wusste, dass ich der Neffe von General Raad bin, hat man mich trotzdem täglich gefoltert und ständig misshandelt. Durch diese grausamen Maßnahmen wollten sie herausfinden, wer mein Komplize ist und wo sich die Dokumente befinden. Ich glaube, Sie wissen schon, dass man den Zettel mit Ihrer Adresse in meiner Hosentasche gefunden hat. Der Verdacht, dass ich die Dokumente Ihnen überlassen hatte, war nicht aus der Welt zu schaffen. Aber ich sagte immer wieder, dass ich Sie nicht kenne und dass ich mir nicht erklären könne, wie ich in den Besitz dieses Papiers gekommen sei. Mein Onkel erzählte mir, wie man Sie in Deutschland unter Druck gesetzt hat und mit welch eisernem Willen und cleverer Taktik Sie sich glaubhaft durchgesetzt haben.
Sie waren mein Retter. Ohne Ihre Hilfe wäre ich heute nicht hier. Dafür bin ich Ihnen mein ganzes Leben lang dankbar.« Wir bestellten zwei Cocktails. Er schwieg eine Weile. Dann erzählte er weiter:
»Ich habe in Sydney das große Glück meines Lebens gefunden. Ich meine Michaela. Sie haben sie bereits im Restaurant gesehen. Sie ist eine bekannte Gräfin aus Österreich.
Sie war schon einmal verheiratet und ist sehr vermögend.« Er lächelte geheimnisvoll und setzte seine Erzählung fort: »Wir werden nächste Woche auf Hawaii heiraten. Sie besitzt eine große Villa in Honolulu. Ich gebe zu, sie ist einige Jahre älter als ich, aber es macht mir gar nichts aus. Sie ist der liebste Mensch, den ich jemals in meinem Leben kennengelernt habe. Sie liebt mich über alles, und ich glaube, ich kann mir mein Leben ohne sie nicht mehr vorstellen.«
Ich war froh, endlich gute Nachrichten von ihm zu hören.
»Ich freue mich für Sie, dass letzten Endes Ruhe und Ordnung in Ihr Leben eingekehrt sind.
Wenn ich Ihren Onkel richtig verstanden habe, mussten Sie in den letzten Jahren nur mit Problemen, Gefahren und Unsicherheiten leben. Es ist höchste Zeit, dass Sie an sich denken und ein vernünftiges Leben führen. Ich bin sicher, auch Ihr Onkel wird sich sehr freuen, wenn er erfährt, dass Sie endlich ihr Glück gefunden haben.«
Er warf mir zuerst einen scharfen Blick zu, schüttelte seinen Kopf und versuchte darauf, mit einem Taschentuch die Tränen in seinen Augen vor mir zu verbergen. Ich war auf einmal irritiert. Ich konnte mir nicht

erklären, warum er so plötzlich die Fassung verloren hatte. Aber er ließ mich nicht lange im Ungewissen. Er sagte:
»Ja, er hätte sich bestimmt gefreut, wenn er am Leben wäre. Aber leider ist es zu spät. Er musste meinetwegen oft vor Angst und Sorge zittern und jetzt ... jetzt, da ich auf dem besten Weg bin, mir ein anständiges Leben aufzubauen, lebt er nicht mehr.« Ich blickte ihn besorgt an und hatte keinen Mut, weitere Fragen zu stellen. Aber er redete leise und mit trauriger Stimme weiter:
»Offiziell heißt es, er hatte einen Herzinfarkt. Aber ich habe gute Gründe anzunehmen, dass man ihn ganz gezielt beseitigt hat. Sie wissen schon, dass er beabsichtigte, gegen die Korruption in unserem Land massiv vorzugehen.
Am Anfang hatte er auch Erfolg. Er schickte mir einen Brief nach Australien und schrieb, dass er mit seiner Untersuchung erheblich weitergekommen sei.
Er hatte dem Staatsanwalt sogar zahlreiches Belastungsmaterial gegen zwei hohe Offiziere und einen Minister zur Verfügung gestellt.
Aber dann, eine Woche später, rief mich seine Haushälterin an und erzählte, dass der General tot sei. Er wurde auf dem Friedhof seiner Heimatstadt begraben. Sie sagte, dass sie selbst seine Leiche, die zahlreiche Kopfverletzungen aufwies, im Badezimmer gefunden hatte.«
Wir schwiegen für mehrere Minuten. Obwohl ich den guten General nicht länger als fünf Stunden in meinem Leben gesehen hatte, war ich richtig betroffen und traurig.
Dieses abscheuliche Ereignis bestätigte wieder meine These, dass sich in einem korrupten Land nur der wohlfühlen kann, der korrupt, dumm oder, wie die drei berühmten Affen, taub, blind und stumm ist.
Eigentlich wollte ich ihm erzählen, dass ich damals in Deutschland von den gesamten Dokumenten Kopien hatte machen lassen, aber ich änderte meine Meinung.
Er hatte sich und seiner Familie genügend Schaden zugefügt. Er sollte jetzt endlich ein ruhiges Leben mit der hübschen, reichen Gräfin führen.
Es war spät geworden. Wir verließen die Bar. Ich begleitete ihn bis zum Hotel. Wir tauschten unsere Adressen und Telefonnummern aus und dann umarmten wir uns wie zwei gute Freunde.
Nach der langen Zeit in dieser fremden Welt spürte ich mit großer Freude wieder, die Männerfreundschaft, die Berührung der Herzen und die

Harmonie der Seelen, ohne materiellen Hintergrund. Als ich mich verabschiedete und zu meinem Auto gehen wollte, hielt er meine Hand fest und sagte:
»Bitte warte, nicht so schnell. Es genügt mir nicht, wenn wir nur miteinander korrespondieren.«
Er schaute in meine Augen und sprach weiter: »Ich habe drei Wünsche, das meine ich von ganzem Herzen. Dass wir uns ab sofort duzen, Bijan. Denn nach der persischen Norm haben wir alle Regeln der Freundschaft bestanden.
Ich möchte, dass du mir versprichst, uns gemeinsam mit deiner Nancy in Hawaii zu besuchen ... und mein letzter Wunsch ist, da wir uns wiedergefunden haben, dass wir alles daransetzen, diese wertvolle Freundschaft aufrechtzuerhalten.«
Ich drückte seine Hand und sagte:
»Okay, Dariush, ich verspreche es dir. Wir werden gerne zu euch kommen, und was deinen dritten Wunsch betrifft, bin ich völlig einverstanden. Unsere Freundschaft war in der Tat eine schwere Geburt. Dafür haben wir fast unser Leben riskiert.
Ich habe auch einen Wunsch. Ich wünsche mir, dass du die schlimmen Zeiten in Teheran vergisst, dich nicht mehr mit der SAVAK anlegst und versuchst, mit deiner Michaela einfach nur in Frieden zu leben.«

18. Der Djinn von Kalifornien

Die zweite Hälfte des Jahres 1966 war für mich von Ruhe, Harmonie und relativer Sorglosigkeit geprägt, als ob der Regisseur meinem Schicksal eine lange Pause verordnet hatte. Nach unendlicher Hektik und manchen traurigen Monaten kam ich auf einmal in den Genuss einer angenehmen Gelassenheit.
Das Studium lief bestens. Das gemeinsame Leben mit Nancy machte mich überglücklich, und ich war richtig erfüllt.
Sie war in der Tat eine perfekte Frau. Mit ihr hatte man nie Langeweile. Sie wusste ganz genau, wann ich welches Bedürfnis hatte. Wir blieben manchmal das ganze Wochenende zu Hause. Wir nahmen alles, was wir brauchten, Bücher, Essen, Trinken etc. in ihr Zimmer und verbrachten die meiste Zeit im Bett.
Während der Woche versuchte sie mich so weit wie möglich in Ruhe zu lassen, damit ich genug Zeit fand, mich für die Uni vorzubereiten. Manchmal gingen wir ins Kino, Theater oder Konzert und oftmals spielten wir zusammen Tennis.
Jeder konnte in meinen strahlenden Augen das große Glück sehen. Einmal, als wir Pam und Paul in ihrem neuen Haus besuchten, sagte Paul zu mir:
»Wenn ich dich und Nancy zusammen sehe, komme ich zu dem Ergebnis, dass man nicht ein Millionär zu sein braucht, um glücklich zu werden.«
»Du irrst dich, mein Freund«, erwiderte ich ihm, »allein ein Blickwechsel mit Nancy ist mehr als zehn Millionen Dollar wert. Wie du siehst, bin ich ein reicher Mann.«
Paul und Pam führten ein schönes Leben, es gab keine finanziellen Sorgen. Ihr Glück wurde mit der Geburt ihrer Tochter Patricia vollkommen. Der kleine Mischling war eine ausgesprochene Schönheit. Das wunderschöne Gesicht, die seidigen Wimpern und die dunkelblonden, lockigen Haare hatte sie von der Mutter und die großen, dunklen Augen und die dunkle Haut vom Vater.
Paul arbeitete im zweiten Stock seines Hauses als Architekt und machte guten Umsatz. Seine Kunden waren fast alle Farbige. Wir besuchten uns mindestens einmal pro Monat. Manchmal war Martha auch dabei. Seit dem tragischen Tod von Betty besuchte sie öfter Nancy und Pam. Aber

von Steve hörten wir kaum etwas. Er hatte seinen Wohnsitz nach San Francisco verlegt. Es war damals schon bekannt, dass Homosexuelle in dieser Stadt ungestörter und besser leben konnten. Wir wussten, dass er in einem Private College unterrichtete. Er meldete sich selten; und, wenn überhaupt, war er wortkarg und berichtete schon gar nichts über sein Leben.

Weihnachten 1966 kam er endlich nach Los Angeles und besuchte uns. Er erzählte bei einem gemeinsamen Spaziergang, dass er mit einem jungen Mann zusammenlebe und mit seinem Leben zufrieden sei. Ich fragte ihn ironisch, ob er noch an Djinn glaube. Die Frage traf direkt den wunden Punkt. Er blickte mich verbittert an und sagte:

»Weißt du, im Gegensatz zu dir, der von solchen orientalischen Grundvorstellungen nichts wissen möchte, habe ich mich in der letzten Zeit intensiv mit dem Phänomen Djinn beschäftigt.

Ich las viele asiatische Geschichten, Märchen oder exotische Untersuchungsberichte. Ich kam am Ende zu dem Ergebnis, dass es in unserem Universum unzählbare Djinns geben müsse, sichtbare und unsichtbare.

Diese schrecklichen Kreaturen sind im Prinzip nichts anderes als Sklaven vom Teufel, Marionetten, die sich dem Gott des Bösen und des Hasses unterworfen haben. Sie verfolgen ständig ein Ziel, und zwar das Glück von Menschen zu vernichten, die Harmonie des Lebens zu zerstören und alles Positive in Flammen aufgehen zu lassen.

Sie haben weder ein Gewissen noch lassen sie sich vom Leid der Menschen beeinflussen. Sie sind überall und warten auf eine günstige Gelegenheit, um ihren teuflischen Plan auszuführen. Erschreckend ist, dass wir zuschauen, ohne es richtig zu begreifen oder einfach wahrzunehmen.

Noch schlimmer finde ich die Tatsache, dass keiner von uns so was wahrhaben will.«

Es klang beängstigend, was er sagte, dennoch war es theoretisch denkbar. Ich fragte ihn:

»Und wie kann man einem Djinn aus dem Weg gehen?«

Er blickte mich hilflos an und sagte:

»Ich weiß nicht, Bijan. Wahrscheinlich muss man entweder an Gott glauben und, wie es in deiner Heimat üblich ist, es dadurch wieder zum

Teufel zurückschicken, indem man den Namen Gottes laut ausruft, oder man muss ständig einen Revolver Kaliber 38 bei sich tragen.«
Ich schaute ihn mitleidig an, denn ich wusste, dass er weder an Gott glaubte noch jemals in seinem Leben in der Lage war, einen Revolver in die Hand zu nehmen.

Der böse und sichtbare Djinn, Mike, war nach wie vor aktiv und, soweit ich es mitbekam, belästigte er seine sogenannten Feinde: Schwarze, Juden und oft sogar geistig bzw. körperlich behinderte Menschen. Immer, wenn ich ihn irgendwo traf, erzählte er mir von seinem Traum, dem sauberen Amerika.
Welch Ironie des Schicksals: Seine Mutter war körperlich behindert, sein Vater schwul und was ihn am meisten störte, war, dass seine Cousine mit einem Schwarzen verheiratet war.
Nancy erzählte mir, dass es während ihres Aufenthalts in Europa eine Liebesbeziehung zwischen Pam und Mike gegeben hatte. Aus diesem Grund war er aus seinem Haus ausgezogen und wohnte ein paar Monate bei uns. Aber nach dem Unfall seiner Mutter musste Mike wieder in sein Haus zurückgehen, um sie zu versorgen.
Es ging das Gerücht um, dass Peggy selbst den Unfall inszeniert hatte, um die unerwünschte Beziehung zwischen Pam und Mike zu verhindern. Denn es war kein Geheimnis, dass sie die ganze Familie Donahue hasste, außerdem wurde eine so geartete Beziehung zwischen Cousin und Cousine sowieso nicht gern gesehen.
Die Eheschließung von Pam und Paul konnte man nicht lange geheim halten, schon gar nicht vor Mike. Er hatte immer noch ein Auge auf Pam geworfen.
Ihre plötzliche Abwesenheit machte ihn neugierig und nervös. Er fragte mich mehrere Male, ob ich wüsste, wo Pam sich aufhielt. Ich versuchte, ihm auszuweichen, und sagte ihm, dass mich ihr Leben nichts anginge. Aber er blieb hartnäckig und ließ nicht locker.
Eines Tages passierte, was man hatte vermuten können. Er sah Paul und Pam, als sie uns besuchten.
Er stand vor seinem Haus und wusch sein Auto. Ich sah, wie er mit beunruhigendem Blick zuerst Pam und dann Paul beobachtete. Ich konnte mir vorstellen, was in seinen Kopf vor sich ging. Später, als beide

wieder nach Hause zurückfuhren, bemerkte ich, dass er schnell in sein Auto stieg und sie mit voller Geschwindigkeit verfolgte.
Ich war besorgt über dieses Ereignis. Das konnte nicht gut gehen. Aus diesem Grund rief ich fast jeden Tag bei Pam an und versuchte, irgendeine Ausrede für meinen Anruf zu finden.
Eines Tages sagte Pam, dass Paul seine Stelle im Architekten-Büro verloren hatte. Man kündigte ihm fristlos. Ich war sicher, Mike und seine Mafia steckten hinter dieser Verschwörung.
Es vergingen Wochen und Monate. Ich hatte keinen Kontakt zu Mike. Ich vermisste ihn überhaupt nicht. Im Gegenteil, ich war froh, seine lästigen Bemerkungen nicht hören zu müssen. Andererseits fühlte ich, dass dieser Zustand täuschte; es war eine Art Ruhe vor dem Sturm. Dieser verdorbene Junge musste immer jemanden zum Feind haben. Da Steve schon zu weit von ihm entfernt wohnte, musste er jemanden in der Nähe finden, möglicherweise einen Schwarzen.
Die Arbeitslosigkeit von Paul dauerte nicht lange. Er machte sich selbstständig und richtete im Obergeschoss seines Hauses ein Architektenbüro ein.
Mit seiner guten Arbeit und akzeptablen Preisen bekam er immer mehr Aufträge, sodass er einen jungen Mann als Assistenten einstellen musste. Er sagte einmal, dass diese fristlose Kündigung die große Chance seines Lebens war.
Diese Entwicklung schmeckte Mike überhaupt nicht. Fast jeden Tag terrorisierte er Paul und Pam am Telefon und versuchte so, ihnen das Leben zur Hölle zu machen.
Anfang April 67 sah ich Mike vor dem Eingang der UCLA. Ich war sicher, er hatte auf mich gewartet, und dieses Treffen war kein Zufall. Er kam gleich zur Sache und warf mir vor, dass ich über die Liebe und Ehe zwischen Paul und Pam längst informiert war und ihm nichts darüber erzählt hatte. Er sagte:
»Ich dachte, wir sind Freunde. Du hättest mich warnen müssen, dass meine Verwandte mit einem Neger verheiratet ist.«
»Was geht es mich an, wie die anderen leben. Lass Pam und ihren Mann in Ruhe und kümmere dich um deine eigenen Probleme. Merkst du nicht, dass du dich mit deinem Hass an erster Stelle selbst vergiftest und dein Leben zerstörst?«

»Anscheinend nimmst du mich nicht ernst, Bijan. Ich arbeite jeden Tag mehr als zwölf Stunden für dieses wunderbare Land, um die Invasion von Negern, Juden und Schwulen zu verhindern. Und du sagst mir, ich soll diesen dreckigen Nigger in Ruhe lassen? Ein Affe, der mir meine Cousine weggenommen hat, ein Parasit unserer Gesellschaft?«
Er sprach in schrillem Ton und ich antwortete mit entsetzter Stimme: »Zum Teufel mit dir, du bist ein Psychopath, Mann. Es hat keinen Sinn, mit dir zu reden.«
Ohne ihn weiter zu Wort kommen zu lassen, wollte ich weggehen. Er packte meine Hand und sagte in gleichem Ton:
»Warum verstehst du nicht, was in diesem Land vorgeht? Die ganze weiße Rasse ist in Gefahr. Amerika wird bald verloren sein. Es ist meine patriotische Pflicht, etwas dagegen zu unternehmen.« Er blickte sich vorsichtig um und sagte in leisem Ton weiter: »Komm einmal mit mir zu der Versammlung unserer Gemeinschaft.
Dort wirst du auch einige Ausländer aus Frankreich, Deutschland und der Schweiz kennenlernen. In unserer Gruppe ist eine aktive deutsche Frau. Sie kennt dich sehr gut. Sie sagt, sie war in Deutschland deine Arbeitskollegin.«
Ich schaute ihn misstrauisch an und fragte:
»Wie heißt sie?«
»Marianne, Marianne Roger. Sie ist die Frau eines amerikanischen Generals. Sie sagt, du warst ihr bester Kollege in Deutschland.«
»Ach. Marianne Bretschneider. Also sie auch. Soweit ich mich erinnern kann, konnte sie kaum Englisch sprechen. Was macht sie in eurer verdammten Gemeinschaft?«
»Sie arbeitet in der Verwaltung. Sie spricht inzwischen einigermaßen gut Englisch. Vor allem ist sie ein sehr fleißiges Mitglied.« Er hielt meine Hand noch immer fest und sagte weiter: »Komm, sei kein Dickkopf, wir benötigen einen Informanten an der UCLA.
Du musst keine besondere Arbeit leisten. Wir brauchen jemanden, der uns Informationen über bestimmte Studenten beschafft. Du wirst sogar für deine Dienste bezahlt. Ich bin sicher, wir können dich überzeugen: Unser Ziel ist zukunftsorientiert und sorgt für eine klare, reine Identität – weiße Identität. Es ist eine heilige Ideologie, alles für ein sauberes Amerika. Wenn du in diesem Land leben willst, musst du dieses Ziel verfolgen.«

Er sprach mit solcher Überzeugung, als ob er vor einem Schwurgericht stünde und mit allen möglichen Argumenten seine Ehre verteidigen müsste. Er sagte wieder in eindringlichem Ton:
»Mein Angebot als Informant an der UCLA solltest du dir ernsthaft überlegen. Wenn du mit deinem Studium fertig bist, kannst du mit unserer Unterstützung bei der Besetzung hoher Posten in großen Firmen rechnen. Und was meine Person betrifft, du irrst dich, Bijan. Ich bin kein Psychopath. Mach deine Augen auf, man ist dabei, unsere Gesellschaft zu verderben.«
Während seiner Rede beobachtete ich sein Gesicht. Es war geprägt von Hass, Wut, aber auch voller Enthusiasmus. Er erinnerte mich an einige Fanatiker in meiner Heimat. Sie waren vollkommen von ihrer gefährlichen und manipulierten Ideologie überzeugt. Sie waren bereit, sogar ihr eigenes Leben aufs Spiel zu setzen, um ihren Auftrag durchzuführen. Ohne mein entsetztes Gesicht zu beachten, setzte er seinen Vortrag fort:
»Meine Mutter hat große Achtung vor dir. Sie sagt, dass du ein intelligenter Bursche bist. Wenn sie recht hat, dann musst du fähig sein, mich zu verstehen. Verstehst du mich?«
»Überhaupt nicht. Tut mir leid, Mike. Ich verstehe wirklich nicht, was du von mir willst. Ich liebe alle Menschen, egal welche Farbe sie haben oder zu welcher Religion sie gehören. Das ist meine Mentalität. Im Süden Irans leben fast eine Million schwarzer Menschen, in ganz Iran über eine Million Juden. Ich bin mit diesen Völkern groß geworden und kann sie nicht als meine Feinde oder Parasiten der Gesellschaft betrachten. Aber wie ich sehe, können wir uns nicht verstehen. Ich habe kein Interesse an deiner sauberen Gesellschaft, deiner blöden Ideologie und schon gar nicht an der Zusammenarbeit mit deiner Mörderbande.«
Er schaute mich völlig enttäuscht an, schüttelte seinen Kopf, ging vor sich hinschimpfend schnell zu seinem Auto und fuhr mit Vollgas davon. Nach diesem unerfreulichen Gespräch bemerkte ich, dass er versuchte, mir aus dem Weg zu gehen. Im Prinzip war es mir auch recht. Allerdings traute ich ihm überhaupt nicht. Ich musste aufpassen. Es schien mir, dass er zu jeder Gemeinheit fähig war. Ich behielt ihn immer im Auge. Er wurde von Tag zu Tag unangenehmer, ja gefährlicher. Er kam fast jeden Abend völlig betrunken nach Hause. Er schlug die Tür seines Autos laut

zu und kurz danach stritt er sich mit seiner Mutter. Er schmiss Teller auf den Boden, warf Töpfe aus dem Fenster hinaus und brüllte wie ein Stier. Ich hatte die ganze Zeit das unerklärliche Gefühl, dass etwas Schreckliches passieren würde.
Der Kerl war komplett von Rassismus und Hass besessen, und dieses konnte für uns alle gefährlich werden.
Nancy meinte, wir sollten ihn absolut ignorieren und uns von ihm nicht provozieren lassen.
Dann verschwand er für mehrere Wochen. Dies war mir sehr angenehm, denn dadurch hatte ich die Möglichkeit, mich in aller Ruhe jeden Tag bis spätabends für die Prüfung im vierten Semester vorzubereiten.
Ich arbeitete täglich zu Hause fast sechzehn Stunden. Ich musste ein Projekt konzipieren und im Juni dem Fachausschuss der Uni präsentieren. Dazu brauchte ich Zeit, Ruhe und Geduld. Deshalb genoss ich die Abwesenheit von Mike und kam mit meinem Projekt sehr gut voran. Das Ergebnis meiner Prüfung war hervorragend. Ich hatte zum ersten Mal in meiner Schulzeit eine glatte Eins auf meinem Zeugnis.
Nancy und ich nahmen dieses erfreuliche Ereignis sowie den Geburtstag von Pam zum Anlass, am Freitag, dem 14. Juli, eine große Party zu veranstalten.
»Schluss mit Traurigkeit und grauen Tagen. Wir werden eine lustige und aufregende Party machen, die niemand in Huntington Park vergessen wird«, sagte Nancy voller Überzeugung.

Innerhalb zwei Wochen luden wir mehr als fünfzig Gäste ein, mehrere Freundinnen und Kollegen von Nancy, zehn meiner Studienkameraden und selbstverständlich Pam, Paul und deren Freundeskreis, aber auch Martha, um uns zu helfen und auf Patricia aufzupassen.
»Wir sollten auch Mike einladen. Vielleicht schaffen wir es, ihn davon zu überzeugen, dass er endlich mit seinen Feindseligkeiten gegenüber Paul aufhört«, sagte Nancy. Aber ich war von diesem Vorschlag überhaupt nicht begeistert. Ich sagte:
»Du solltest das lieber lassen. Der Mann ist geisteskrank. Ich habe kein gutes Gefühl, wenn er dabei wäre. Du weißt doch, er kann Paul nicht ausstehen.«
Aber Nancy stimmte mir nicht zu. Sie bestand darauf Mike einzuladen und zu versuchen, dieses unangenehme Problem aus der Welt zu

schaffen. Ich bekam den undankbaren Auftrag, ihn zu Hause zu besuchen und zu der Party einzuladen.
Als ich widerstrebend in sein Haus ging, brauchte ich nicht an der Tür zu klingeln. Die Haustür stand weit offen. Zwei Maler arbeiteten im Haus. Sie strichen den Flur und das Wohnzimmer mit hellblauer Farbe. Seit fast einer Woche werkelten die Maler im und am Haus.
Die Holzverkleidung der Mauer war bereits mit Holzfarbe gestrichen, das Holzgerüst um das Haus jedoch war noch nicht abgebaut. Überall roch es unangenehm nach Farbe. Ich ging in das erste Obergeschoss und klopfte an die Tür des Arbeitszimmers.
»Was wollen Sie?«
Es war die Stimme von Peggy. Ich öffnete langsam die Tür und fragte:
»Darf ich eintreten?«
»Kommen Sie rein, mein Lieber. Ich dachte, das ist der Maler.«
Ich ging hinein. Sie las wie immer ein Buch. Sie sah gar nicht gut aus. Im Vergleich zum letzten Mal wirkte sie auffällig abgemagert. Ihr Gesicht war blass und einige graue Haare machten sie etwas älter. Ganz schlimm waren ihre müden Augen. Sie strahlten nicht mehr wie früher. Sie lächelte mir zu und sagte:
»Sie sehen prächtig aus, junger Mann. Nancy hat Glück.
Wenn ich zwanzig Jahre jünger wäre, würde ich mit all meinen weiblichen Tricks versuchen, Sie zu erobern. Aber sagen Sie, was machen Sie hier? Kommen Sie mich besuchen oder wollen Sie etwas von Mike?«
Die Frage brachte mich durcheinander. Fast jedes Mal, wenn ich in ihr Haus kam, hatte ich mit Mike zu tun.
Ich wusste auf einmal nicht, was ich sagen sollte. Es war mir peinlich, sie davon in Kenntnis zu setzen, dass ich sie wieder wegen Mike besuchen wollte. Deshalb änderte ich meine Absicht und sagte:
»Ich komme, Sie und Mike zu einer Party einzuladen. Pam hat morgen Geburtstag. Nancy ist in ihrer Schule befördert worden und ich habe im vierten Semester bei meinem Studium sehr gut abgeschnitten. Wir wollen gemeinsam diese erfreulichen Ereignisse feiern. Ich ... wir dachten, es wäre schön, wenn Sie und Mike an dieser Feier teilnehmen.«
Sie blickte mich etwas misstrauisch an, blieb zunächst nachdenklich und dann sagte sie:
»Ich muss zugeben, dass ich angenehm überrascht bin.

Ich habe mir nie vorgestellt, dass Sie und Nancy mich zu Ihrer Party einladen würden. Aber ich befürchte, das ist keine gute Idee, denn ich habe kein großes Interesse, an Geburtstagsfeiern oder Erfolgen von Donahues teilzunehmen und, wie Sie wissen, kann Mike den Mann von Pam nicht leiden.« Sie rollte ihren Rollstuhl zu mir, blickte tief in meine Augen und sagte weiter: »Es tut mir leid. Ich würde jederzeit mit großer Freude an Festen teilnehmen, um Ihren Erfolg zu feiern. Aber vergessen Sie's, mein Freund, es kann nicht funktionieren. Es wird nur Ärger geben. Haben Sie viel Spaß mit Ihren Freunden, aber ohne uns. Ich werde Mike von Ihrer Einladung nichts erzählen.«
Eigentlich leuchteten ihre Argumente mir ein. Dennoch war die Idee von Nancy nicht schlecht. Wir müssten einen Weg finden, diese Feindseligkeit zu beenden. Ich sagte:
»Wir dachten, es wäre gut, wenn wir aus diesem Anlass die Chance haben, die Vergangenheit zu vergessen, und in Zukunft versuchen, freundlich miteinander umzugehen.
Es hat keinen Sinn, alles so weiterlaufen zu lassen.
Ich bitte Sie, darüber nachzudenken und eine Möglichkeit zu finden, gute Nachbarn, gute Freunde und, wenn sie Wert daraufflegen, gute Verwandte zu sein.«
Sie blickte mich weich mit feuchten Augen an, nahm meine Hand fest in ihre kalten zittrigen Hände und sagte:
»Sie sind ein guter Mensch, ein anständiger junger Mann. Auch wenn ich all mein Leid und meinen Schmerz aus der Vergangenheit vergessen und Ihretwegen das Haus der Donahue betreten würde, müssen wir mit dem erbitterten Widerstand von Mike rechnen. Seit er weiß, dass Pam mit einem Neger verheiratet ist, macht er mein und sein Leben in diesem Haus zur Hölle. Er kommt immer betrunken heim, schlägt mich und macht mich dafür verantwortlich, dass er sich wegen meines Zustands von Pam trennen musste.
Er kann es nicht ertragen, dass sie mit einem Neger verheiratet ist. Er sagte mir oft, dass er ihn eines Tages umbringen wird.
Sie sollten daher Mike nicht zu Ihrer Party einladen, falls dieser Farbige auch anwesend ist. Glauben Sie mir, mein Sohn wird bestimmt kein angenehmer Gast sein.«
Ich war etwas enttäuscht über meine Naivität und Nancys Zuversicht. Die Wurzeln des Hasses zwischen beiden Familien lagen erheblich

tiefer, als ich vermutet hatte. Besonders die Eheschließung von Pam und Paul machte die Situation noch kritischer. Ich schaute sie an und sagte: »Es war ein Versuch, Peggy. Ich wollte eine ungestörte Beziehung zwischen zwei Nachbarn herstellen. Aber wenn Sie meinen, es hat keinen Sinn, es wird nicht funktionieren, dann werde ich die Idee fallen lassen. Vielleicht werde ich es irgendwann noch mal versuchen. Ich wünsche mir bloß, dass wir gute Freunde bleiben.«
Sie drückte meine Hand und erwiderte:
»Mein lieber Bijan, ich verspreche Ihnen, dass ich immer eine gute Freundin für Sie bleiben möchte, und ich wäre überglücklich, wenn Sie mich ab und zu besuchen würden. Aber um Ihnen gegenüber ehrlich zu sein, muss ich sagen, dass ich mit den Donahues nichts mehr zu tun haben will. Sie sind für mich alle gestorben.«
Ich wusste nicht, wie ich mich verhalten sollte. Es hatte in der Tat keinen Sinn.
Offenbar hatte man sie in der Vergangenheit tief verletzt und sie war nicht in der Lage, sich von diesem tief verwurzelten Hass zu befreien, zumal ihr Sohn beeinflusste ihre Denkweise.
Ich blieb nicht lange dort. Wir führten noch ein oberflächliches Gespräch über unser Hobby Weltliteratur und ich versprach, beim nächsten Mal ein Buch über persische Poesie mitzubringen.
Als ich aufbrechen wollte, sagte sie:
»Sie sollten mich öfter besuchen. Ich fühle mich wohl, wenn ich mich mit Ihnen unterhalte. Außerdem haben Sie vielleicht schon gemerkt, dass ich Sie liebe.«
Jedes Mal, wenn ich Peggy besuchte, war ich mehrere Tage danach völlig verwirrt. Ich hatte Schwierigkeiten, die Grenze von Gut und Böse zu lokalisieren.
Sie wirkte richtig lieb und kultiviert und hatte eine sehr romantische Einstellung, aber auch sie war manchmal, genau wie Mike, giftig und besessen von Hass. Als ich zu Hause ankam, konnte Nancy das Resultat meines Besuches von meinem Gesicht ablesen. Sie sagte: »Entweder war er nicht da oder er hat deine Einladung abgelehnt. Habe ich recht?«
»Mike war nicht zu Hause. Ich habe auch versucht, Peggy einzuladen, aber sie will nicht. Sie meint, das kann nicht funktionieren. Mike betrachtet Paul als seinen Feind und seine Teilnahme an der Party kann nicht gut gehen.«

»Das glaube ich nicht. So kenne ich Mike nicht. Vielleicht hetzt Peggy ihn gegen uns auf, was denkst du?«

»Ich denke, eher umgekehrt. Der Bursche ist hoffnungslos krank. In der letzten Zeit verhält er sich sogar seiner eigenen Mutter gegenüber aggressiv und schlägt sie.«

»Na gut, vergessen wir Mike. Konzentrieren wir uns auf unsere schöne Party.«

Die Vorbereitung der Party für fünfzig Gäste war nicht einfach. Wir mussten mehrere Male einkaufen gehen und mit vollem Kofferraum nach Hause zurückfahren. Gegen Abend kamen Pam und Paul uns zu Hilfe.

Sie brachten auf einem Anhänger einen großen Grill und mehrere Beutel Holzkohle mit. Paul spendierte auch einen Karton Whisky und mehrere Kisten Bier.

Bis Mitternacht hatten wir mehr als hundert Luftballons aufzupusten und den Garten mit Lampions zu dekorieren. Es war gegen zwei Uhr, als wir erschöpft und müde ins Bett gingen.

19. Die Gartenparty

Freitag, den 14. Juli 1967, werde ich niemals in meinem Leben vergessen. Ich brauchte mehrere Jahre, um die Ereignisse dieses Tages aus rationaler Perspektive und nicht mehr so emotional zu betrachten und den Verlauf jeder Einzelheit in meinem Gedächtnis Revue passieren lassen zu können.

An diesem wunderschönen, sonnigen Tag lief eigentlich alles nach Plan. Die Organisation klappte vorzüglich; Tische und Stühle standen im geschmückten Garten, mehrere Musikboxen waren aufgestellt und Hunderte von Schallplatten warteten darauf, abgespielt zu werden. Es lagen mehr als fünfzig Pfund Steak, Bratwürstchen und Rippchen in zwei großen Kühlschränken zum Grillen bereit. Martha hatte eine riesige Sahnetorte für Pams Geburtstag gebacken und ich mir eine besondere Überraschung für Nancy ausgedacht.

Nur das Holzgerüst des Nachbarhauses und der widerliche Geruch der Holzfarbe störten.

Ab neunzehn Uhr kamen unsere Gäste mit zahlreichen, lustigen Geschenken. Es war noch hell und warm genug, um mit kurzer Hose und T-Shirt im Garten zu sitzen. Nancy verpflichtete mit ihrer charmanten Art einige unserer Freunde für bestimmte Aufgaben: Getränke und Essen zu servieren, Musik zu spielen und für die Sicherheit zu sorgen. Conrad, einer meiner Studienkameraden, mindestens 1,90 Meter groß, muskulös, mit breiten Schultern, wurde von Nancy dafür eingesetzt, dass sich keine Fremden auf unserer Gartenparty einschlichen.

Ab zwanzig Uhr ging es richtig los. Fast alle eingeladenen Gäste waren anwesend. Einige tanzten im Garten, einige versammelten sich in der Küche und diskutierten wie auf jeder amerikanischen Party über Politik, Sex oder Arbeit. Es war eine gemischte Gesellschaft: vom Bankdirektor, Professor, Lehrer, Soldaten bis hin zu Hausfrauen und vielen Studenten. Die unterschiedlichsten Nationalitäten waren vertreten: weiße und schwarze Amerikaner, Japaner, Mexikaner, Deutsche und natürlich auch Perser.

Gegen einundzwanzig Uhr begann ich mit meiner geplanten Überraschung für Nancy. Ich nahm das Mikrofon und sagte: »Meine Damen und Herren, liebe Freunde, darf ich um eure Aufmerksamkeit bitten. Kommt bitte alle nach draußen. Ich möchte

etwas bekannt geben.« In kurzer Zeit versammelten sich alle im Garten. Jeder blickte mich neugierig an. Ganz überrascht war Nancy. Wir hatten uns einen Tag vorher über den Verlauf dieses Abends verständigt. Aber von einer feierlichen Rede wusste sie nichts. Die Einzige, die ich eingeweiht hatte, war Pam. »Liebe Freunde, ihr braucht keine Angst zu haben, ich möchte keine große Rede halten. Ich beabsichtige, euch für ein paar Minuten als Zeugen zu verpflichten. Ich möchte gern jemandem hier eine Frage stellen, eine einfache, aber für mich sehr wichtige Frage.« Es herrschte auf einmal absolute Ruhe. Alle Blicke richteten sich auf mich. Ich drehte mich zu Nancy um und sagte weiter: »Liebe Nancy, wir leben seit fast drei Jahren zusammen. Ich weiß, dass du mich sehr magst und du hast keinen Zweifel, dass ich dich von ganzem Herzen liebe. Ich möchte dich gerne fragen: Willst du meine Frau werden?«
Sie war von meinem Heiratsantrag völlig überrascht. Sie schaute mich mit einem niedlichen Lächeln und Tränen in den Augen an, kam langsam zu mir, nahm das Mikrofon in die Hand, blickte die Gäste zuerst mit gespanntem Schweigen an und sagte laut:
»Aber natürlich.« Dann warf sie das Mikrofon zu Boden, umarmte mich und küsste mich leidenschaftlich auf den Mund. Ich hörte, wie alle jubelten, klatschten und zu singen begannen.
Jemand spielte ein romantisches Lied von Dean Martin. Wir gingen auch auf die Rasenfläche, um zu tanzen.
Während des Tanzes bemerkte ich, wie aufgeregt sie war. Ihr Herz hämmerte in der Brust.
In ihren glänzenden Augen sah ich einen Ozean von Glück. Sie küsste mich mehrere Male. Man konnte deutlich sehen, wie glücklich sie war. Nach dem Tanz holte ich aus meiner Hosentasche eine kleine Schachtel heraus.
Sie beinhaltete einen goldenen Ring, gekrönt mit einem kleinen Diamanten. Ich hatte ihn eine Woche vorher gemeinsam mit Pam gekauft. Ich gab ihn ihr und sagte:
»Meine liebe Nancy, ich wäre mein ganzes Leben lang stolz, wenn du diesen Ring als Zeichen meiner Liebe trägst.«
Sie nahm ihn, steckte ihn an ihren Finger, blickte mich strahlend an und sagte: »Auf diesen Moment hast du mich so lange warten lassen. Ich liebe dich sehr. Lass mich für immer und ewig an deiner Seite bleiben.«

Sie drückte mich an sich, gab mir wieder einen langen warmen Kuss und lief auf einmal wie ein spielendes Kind voller Freude zu ihren Bekannten, um den Ring zu zeigen.

Wir hätten fast den Geburtstag von Pam vergessen. Es war kurz vor zweiundzwanzig Uhr, als Nancy die große Torte mit 23 kleinen brennenden Kerzen darauf in den Garten brachte.

Wenn es um Geburtstagsfeiern geht, sind die Amerikaner sehr fantasievoll. Sie besorgen originelle Präsente mit dazugehörigen witzigen Geburtstagskarten. Pam war von ihren zahlreichen Geschenken völlig überrascht. Das Schönste kam von Paul, eine komplette Skiausrüstung.

Trotz Kuchen, Snacks und vielen Süßigkeiten hatten alle Hunger; es war Zeit zum Grillen.

Wir hatten an alles gedacht, nur fehlte uns etwas, um die Holzkohle anzuzünden; ein wenig geruchloses Kerosin oder kleine trockene Äste. Wir versuchten es wiederholt mit Zeitungspapier, aber es klappte nicht. Es hätte funktionieren können, wenn man ein bisschen mehr Geduld gehabt hätte. Aber offenbar war der Hunger auf Fleisch bei allen zu groß. Denn fast alle männlichen Gäste versammelten sich um den Grill. Jeder versuchte, mit Zeitungspapier und Feuerzeug den hohen Stapel mit der aufeinandergeschichteten Holzkohle zu entzünden, aber es war zwecklos.

Plötzlich hielt das scharfe Bremsen eines Autos gegenüber unserem Haus jeden von seiner Arbeit ab.

Es war Mike. Er parkte seinen Wagen auf dem einzigen freien Parkplatz in unserer Straße.

Er hatte Glück, denn kurz zuvor hatte einer unserer Freunde wegen eines anderen Termins das Fest verlassen und so gab es eine Parklücke direkt gegenüber unserem Haus. Es dauerte fast drei Minuten, bis Mike aus seinem Auto herauskam.

Er war völlig betrunken und konnte sich kaum auf den Beinen halten. Ich wunderte mich, wie er überhaupt noch Auto fahren konnte.

Er blickte uns alle neugierig an, wollte zuerst in Richtung seines Hauses gehen, aber die Bemerkung eines Gastes war provozierend genug, ihn aufzuhalten.

»Wir sollten ihn auf die Holzkohle legen. Er ist reichlich alkoholisiert und brennt bestimmt gut.«

Alle lachten laut. Trotz seines Zustands verstand er, dass die Männer am Grill sich über ihn lustig machten. Solche Beleidigungen konnte er nie ignorieren. Er änderte seine Absicht und kam langsam auf uns zu. Um jede Auseinandersetzung mit ihm zu vermeiden und die gute Stimmung auf unserer schönen Party nicht zu zerstören, ging ich ihm schnell in Begleitung von Conrad entgegen und sagte:

»Hallo Mike. Hast du nicht Lust, mit uns zu feiern? Wie du siehst, wollen wir jetzt grillen. Willst du uns helfen? Schließlich bist du ja ein Meister im Grillen.«

Für eine lange weile er schaute mich prüfend zu, versuchte gerade zu stehen und erwiderte:

»Du bist mein Freund, Bijan, obwohl du mich manchmal verachtest. Für einen Freund tue ich alles. Dennoch bin ich dir böse, dass du mir von deiner Party nichts erzählt hast. Ich glaube, dass du mit mir nichts zu tun haben willst. Habe ich recht?«

»Stimmt nicht ganz. Ich war gestern bei dir zu Hause, um dich einzuladen. Deine Mutter kann es bestätigen. Aber leider warst du nicht da. Ich freue mich jedenfalls, dass du jetzt hier bist und mit uns feiern kannst.«

Im Prinzip war es das, was Nancy wollte. Eine Möglichkeit finden, um diesen unerträglichen Störfaktor zu beseitigen.

Vielleicht war das die beste Gelegenheit, sich mit Paul zu versöhnen und die Feindseligkeiten zu vergessen. Nancy schloss sich uns an, nahm seine Hand und sagte:

»Hallo, lieber Nachbar. Wieder zu viel getrunken? Aber es macht nichts. Ich bin froh, dass du in der schönsten Nacht meines Lebens hier bist. Ich bin der glücklichste Mensch in Amerika. Weißt du, ich bin seit einer Stunde mit Bijan verlobt und ich wünsche mir, dass du wie früher versuchst, dass diese Party für alle ein großes Vergnügen wird.«

Er blickte uns voller Freude an, küsste Nancy auf die Wange, schüttelte meine Hand und sagte:

»Gratuliere, Bijan. Gib mir was zu trinken, ich kümmere mich gleich um den Grill.«

»Mach erst ein richtiges Feuer, dann bringe ich dir einen leckeren Cocktail.«

Ich konnte mich irren, aber ich hatte den Eindruck, dass Mike gar nicht mit uns feiern wollte. Er stimmte Nancys Vorschlag zu, weil er Nancy

nie widersprechen konnte und weil er mit seiner Anwesenheit den Gästen gegenüber demonstrieren wollte, wie wichtig er war. Denn die unüberhörbare, witzige Bemerkung über seinen Zustand hatte ihn tief getroffen.
Er ging mit schleppenden Schritten zum Grill und forderte alle auf, sich zu entfernen. Ohne jemanden auch nur anzuschauen, sagte er: »Gehen Sie, verschwinden Sie, fassen Sie nichts an. Ich mach das schon. Bald habt ihr eure Würstchen.«
Fast alle waren froh, dass jemand diese undankbare Aufgabe übernommen hatte und sie wieder tanzen und trinken konnten. Sie ließen ihn daher mit seiner Arbeit allein.
Er schob zuerst den Grill einige Meter in Richtung seines Hauses, damit der schwache Wind zwischen beiden Häusern das Feuer entfachen konnte. Dann ging er zu seinem Auto, holte aus dem Kofferraum einen großen Benzinkanister und trug ihn langsam zum Feuerplatz.
»Oh Gott, ob das gut geht?«, dachte ich.
Ich merkte, dass er versuchte sich zu beherrschen und sich ganz normal zu bewegen. Aber sein Zustand war kritisch, er war vollkommen betrunken. Er öffnete die Verschlusskappe des Kanisters, hob ihn hoch und goss fast zwei Liter Benzin auf den Stapel Holzkohle. Ich beobachtete, wie er, ohne die Verschlusskappe wieder zuzudrehen, den Benzinbehälter auf den Boden neben den Grill stellte. Dann zündete er ein Streichholz an und warf es auf die Grillkohle.
... ffaff ...
Eine gewaltige Stichflamme überstrahlte die Beleuchtung im Garten. Auf einmal richteten sich alle Blicke auf Mike und seinen Arbeitsplatz. Einige machten einen besorgten Eindruck, aber er war ziemlich locker und offenbar zufrieden. Dennoch dauerte es nicht lange, bis er sich wegen der hohen Flammen und der starken Rauchentwicklung einige Meter vom Feuer entfernte. Er lehnte sich gegen sein Auto und sang leise ein Lied vor sich her. Die riesige Feuerzunge machte die in der Küche oder im Wohnzimmer versammelten Gäste neugierig. In kurzer Zeit befanden sich fast alle im Garten.
Ich ließ Mike keine einzige Sekunde aus den Augen. Ich traute ihm überhaupt nicht. Meine Aufmerksamkeit wurde verstärkt, als er zum ersten Mal aus seiner Position Paul sah. Ich registrierte, wie er schockiert,

ja fast versteinert dort stand und sich dann langsam zur Seite bewegte, um Paul besser sehen zu können.
Paul hatte, wie die meisten Gäste, mehrere Gläser Whisky getrunken und war ein bisschen lustiger als sonst. Fasziniert von der Höhe der Flammen kam er langsam auf Mike zu und fragte etwas ironisch:
»Was wollen wir eigentlich grillen, einen ganzen Hammel?«
Seine Frage blieb zuerst unbeantwortet. Denn Mike schaute ihn mit hasserfülltem Blick weiter an. Mein Herz begann zu klopfen. Ich spürte, dass er unbedingt eine Auseinandersetzung mit Paul heraufbeschwören wollte. Seine Wut und Aggressivität waren nicht zu übersehen. Er fixierte Paul mit seinen Augen und sagte laut:
»Nein, wir wollen heute einen schwarzen Affen wie dich grillen.«
Provozierend ging er dann einige Schritte vorwärts und behielt ihn scharf im Auge, als ob er auf eine falsche Reaktion wartete.
Man konnte deutlich sehen, wie angriffslustig er war. Aber Paul hatte nicht die Absicht, sich seine gute Laune verderben zu lassen. Er lächelte, schüttelte seinen Kopf und begann wieder zu seinen Freunden zurückzugehen. Plötzlich schrie Mike: »Was macht eigentlich ein Neger in meinem Revier? Bevor ich richtig wütend werde, solltest du schnell von hier verschwinden.«
Paul war von der plötzlichen verbalen Attacke völlig überrascht. Er konnte gar nicht verstehen, was los war, und schaute ihn in stummer Verzweiflung an. Er war nicht ganz sicher, ob Mike es ernst meinte oder ob das ein geschmackloser Witz sein sollte. Seine Passivität löste bei Mike noch mehr Aggressivität aus. Er ergänzte seine Drohung:
»Ich gebe dir zwei Minuten Zeit, von hier zu verschwinden, Neger Boy. Sonst werde ich mit meiner 38er auf deinen Arsch zielen.«
Dann ging er wieder ein paar Schritte zurück und stellte sich vor sein Auto.
Ich schaute mich um. Ausgerechnet in diesem Augenblick konnte ich Nancy nirgendwo sehen. Sie war die Einzige, die Mike beruhigen konnte. Conrad machte mir ein Zeichen, ob er sich einmischen sollte. Ich weiß auch noch heute nicht warum, aber mit einem ablehnenden Blick gab ich ihm zu verstehen, dass er sich im Moment zurückhalten und Mike nicht provozieren sollte.
Allmählich begriff Paul, dass Mike es mit seiner Drohung ernst meinte. Er war von Natur aus ein ruhiger Mensch und versuchte immer, mit

Gelassenheit, Witzen oder mit einer besonders freundlichen Art die explosive Situation zu entschärfen. Aber diesmal war die Konstellation ausgesprochen schikanierend. Fast alle bekamen mit, wie Mike ihn beleidigte. Er nahm regungslos die Blicke der Gäste wahr, lächelte etwas verbittert, drehte sich um, zog seine Bermudashorts bis zum Knie runter, beugte sich etwas vor, zeigte Mike seinen Hintern und sagte: »Nur zu ...« Diese beherrschte, aber auch provozierende Antwort brachte fast alle Gäste zum Lachen, besonders die männlichen.

Ich war sicher, die meisten lachten, weil sie Mike unsympathisch fanden, und wollten so absichtlich ihre Abneigung demonstrieren.

Plötzlich drehte sich Mike zu seinem Auto, öffnete den Kofferraum, holte schnell einen großen Revolver heraus, kam wieder zu seinem Platz zurück und zielte auf Paul, der gerade seine Hose hochziehen wollte.

Trotz seiner Volltrunkenheit war er so schnell in den Besitz seines Revolvers gekommen, dass kaum jemand diese gefährliche Situation rechtzeitig erfassen konnte. Ich schrie laut:

»Mike, lass das, mach keinen Blödsinn!«

Aber er reagierte weder auf meine Aufforderung noch beachtete er das drohende Gesicht von Conrad, sondern schoss, ohne zu zögern, eine Kugel in Pauls Rücken.

Diese überraschende Gewaltigkeit versetzte alle Gäste in Angst und Entsetzen.

Paul stolperte einige Schritte vorwärts auf Nancy zu, die gerade panikartig durch die Haustür in den Garten lief. Ihre Augen spiegelten ihr Entsetzen wider und sie schaute Mike, wie alle unsere Gäste, fassungslos an.

Kaum jemand traute sich, etwas zu sagen oder sich von der Stelle zu bewegen. Es herrschte schlagartig Totenstille.

Paul stand noch auf seinen wackeligen Füßen. Sein Gesicht war von Schmerzen verzerrt. Er schloss die Augen und presste die Zähne zusammen. Mike zielte wieder auf ihn. Ich sah, wie Conrad schnell die eiserne Stange eines Sonnenschirms nahm und auf Mike zu rannte. Ich schrie erneut:

»Mike, um Gottes Willen, bitte mach es nicht ... nicht, ...nicht schießen...!«

Und wieder hörte ich einen furchtbaren Knall!

Ich musste mir hilflos die schmerzlichste Szene meines Lebens ansehen: Offenbar hatte der erste Schuss Paul doch voll getroffen, denn in dem Bruchteil von Sekunden, bevor Mike erneut abfeuerte, fiel Paul zu Boden und ließ so Nancy zur Zielscheibe der zweiten Kugel werden. Ich sah, wie sie einen halben Schritt zurücktaumelte, sich laut schreiend vor Schmerzen kraftlos zu Boden sank.

Ohnmächtig nahm ich wahr, wie alle entsetzt und aufgeregt umherstanden und dieses unglaubliche Blutbad beobachteten ... und wie Conrad die Stange des Sonnenschirms hochhob und sie mit aller Kraft auf Mikes Kopf schlug.

Der Schlag traf ihn mit solch einer Wucht, dass er die Pistole losließ. Sie fiel einige Meter weiter auf den Boden. Er schrie vor Schmerzen laut auf und versuchte dennoch, seinen Revolver wieder aufzuheben, aber er merkte, dass er gegen Conrad keine Chance hatte. Dann versuchte er, sich an ihm vorbeizuschlängeln und trotz seines Zustands in Richtung seines Hauses zu fliehen.

Aber er kam nicht weit, denn Conrad schlug ihm mit der Stange mehrere Male auf den Kopf.

Die kräftigen Schläge zeigten allmählich Wirkung. Benommen schwankte Mike hin und her und stieß plötzlich gegen den Grill.

Der kippte, die glühende Holzkohle rutschte auf den trockenen Rasen und riss dabei den Benzinkanister um.

Blitzartig floss der Inhalt des Kanisters aus, fing Feuer, und die tanzenden Flammen rasten auf Peggys Haus zu. Innerhalb weniger Sekunden erreichte das Feuer die Hauswand mit dem davor aufgestellten Holzgerüst und im Nu stand das halbe Gebäude in Flammen. Offensichtlich war die frisch gestrichene Holzverkleidung schnell entzündbar.

Es ging alles so blitzartig, dass ich das ganze Geschehen kaum begreifen konnte. Ich sah, wie schnell das Feuer sich ausdehnte, wie Paul, Mike und meine Nancy regungslos auf dem Boden lagen. Ohne auf das drohende Feuer, den Zustand von Mike und Paul und die aufgeregten Gäste zu achten, lief ich mit zitterigen Beinen zu Nancy. Es war mir, als bewegte ich mich in Zeitlupe; es dauerte so lange, fast eine Ewigkeit, bis ich bei Nancy war. Eine Welle der Angst durchströmte mich und ich konnte aus lauter Sorge kaum noch klar denken. Ich war erschüttert und vollkommen niedergeschmettert.

Ich atmete unregelmäßig: Ich fror, dennoch war mein ganzer Körper verschwitzt. Mit leiser und gebrochener Stimme sagte ich:
»Liebste, wie fühlst du dich? Nein, sag nichts, bleib stark. Warte, ich hole gleich einen Arzt.«
Ihr weißes Kleid war inzwischen von Blut durchtränkt. Die Kugel hatte sie direkt in die Brust getroffen. Sie atmete kaum.
Aus der großen Wunde floss weiterhin Blut. Einige weibliche Gäste kreischten hysterisch und machten mich verrückt.
»Verdammt noch mal, ruft einen Arzt! Ruft einen Krankenwagen!«, schrie ich und nahm Nancy in meine Arme. Für ein paar Sekunden öffnete sie ihre Augen, wie eine Träumende, die Lippen weich geöffnet. Ich glaube, sie wollte mir etwas sagen, aber ich drückte sie leicht und sagte:
»Bitte bleib ganz ruhig. Versuche durchzuhalten, bis ein Arzt kommt. Bitte Nancy, lass mich nicht allein, ohne dich ...«
Ein furchtbarer Krach aus dem Nachbarhaus zeigte, dass das Feuer ins Haus gedrungen war. Ich hörte, wie Martha einen der Gäste fragte, ob jemand Peggy aus dem brennenden Haus befreien könnte.
Er antwortete etwas, aber ich war unfähig, die Worte aufzunehmen. Mein Körper und mein Verstand waren gelähmt, meine große Liebe lag im Sterben und meine Seele auch.
Ich erinnere mich, dass einen Meter weiter von mir Pam auf dem Rasen saß und versuchte, Paul zu versorgen. Er blutete ebenfalls und lag bewegungslos auf dem Boden.
Ich bemerkte, dass wegen dieses entsetzlichen Blutbads sowie der Ausdehnung des Feuers bei den meisten Gästen Panik ausgebrochen war. Abgesehen von einigen Freundinnen von Nancy, die ängstlich und hilflos neben mir standen, und mehreren meiner Studienkameraden, die versuchten, das Feuer mit dem Gartenschlauch oder eimerweise Wasser zu löschen, hatten sich viele von der Stätte des Grauens entfernt und waren rasch weggefahren.
Das Feuer wurde immer stärker und bedrohlicher. Man konnte es vor Hitze kaum noch aushalten. Die Zeit verging, von Arzt und Feuerwehr keine Spur. Martha brachte ständig neue Handtücher für Pam und mich. Wir versuchten, die Blutungen zu stoppen.

Was mit Mike los war, konnte ich aus der Entfernung nicht erkennen. Er lag an der Stelle, wo Conrad ihn zuletzt niedergeschlagen hatte. War er tot? Das interessierte mich nicht, meine Gedanken waren nur bei Nancy. Ich wünschte mir, die Zeit einige Minuten zurückdrehen und mit ihr vorzeitig die Party zu verlassen zu können. Nur weit ... weit weg von diesem verdammten Mike.
Wie schnell hatte er in wenigen Sekunden unser Glück zerstört. Endlich hörte ich die Sirenen der Polizei, Feuerwehr und kurz danach den Krankenwagen.
Aus dem ersten Wagen stieg ein Notarzt aus, lief schnell zu uns und begann gleich, Nancy zu untersuchen. Die Hitze des brennenden Hauses und der starke Rauch machten die Situation noch dramatischer und nahezu unerträglich. Der Arzt versuchte mit einer Spritze die Blutung zu stoppen, aber die Art, wie er seinen Kollegen anblickte, gefiel mir überhaupt nicht. Er schüttelte nachdenklich den Kopf und sagte nichts. Ich bekam Angst und fand keinen Mut, Fragen zu stellen:
»Wird meine Verlobte wieder gesund? Wird sie leben?«
Man presste eine Sauerstoffmaske auf ihr Gesicht und mit Hilfe der Fahrer wurde sie in den ersten Krankenwagen transportiert und, ohne mich mitzunehmen, fortgebracht. Die Ärzte des zweiten Wagens kümmerten sich inzwischen um Paul und Mike.
Die Gluthitze, der stinkende Rauch sowie die Hektik der Feuerwehrleute ließen keine Möglichkeit, bei den Verletzten vor Ort Erste Hilfe zu leisten.
Sie trugen Paul und Mike schnell in den zweiten Krankenwagen und fuhren ebenfalls in rasendem Tempo davon.
Ich musste zu Nancy. Ich holte die Autoschlüssel. Zusammen mit Martha und Pam wollte ich den Krankenwagen verfolgen, aber einer der Polizisten stoppte uns.
»Wir müssen Ihnen zuerst einige Fragen stellen«, sagte er ganz höflich.
»Ich kann jetzt keine Fragen beantworten. Meine Verlobte liegt im Sterben, ich muss ins Krankenhaus«, erwiderte ich ihm.
»Einverstanden. Wir fahren Sie dorthin und unterwegs erzählen Sie uns, wie alles passiert ist.«
Als ich neben Pam und Martha im Streifenwagen saß, hatte ich endlich die Gelegenheit, durch die Heckscheibe des Autos das Ausmaß des Brandes im Haus von Peggy besser sehen zu können. Die Flammenwand

erreichte das erste Obergeschoss und ihr Arbeitszimmer war von dem Feuer hell erleuchtet.
Der Gedanke, dass die Feuerwehrleute keine Möglichkeit hatten, Peggy aus dem brennenden Haus zu retten, bedrückte mich sehr.
Das Polizeiauto fuhr direkt ins Krankenhaus Santa Monica. Unterwegs sagte ein Beamter:
»Ich gehe davon aus, dass meine Kollegen den ganzen Verlauf des Geschehens am Tatort klären werden. Aber ich möchte Ihre Version hören. Was ist passiert?«
Ich schwieg. Ich konnte gar nichts denken und war maßlos besorgt über den Zustand von Nancy. Pam blieb ebenfalls stumm. Ihr Gesicht war genau wie meines gezeichnet von Schock und Sorge. Martha sprang für uns ein und antwortete:
»Es war ein schrecklicher Amoklauf. Der Sohn unserer Nachbarin (sie wollte nicht erwähnen, dass Mike ihr Neffe war) hat erst auf Paul und dann auf Nancy geschossen. Wenn Conrad ihn nicht rechtzeitig zusammengeschlagen hätte, hätte er bestimmt alle unsere Gäste gnadenlos hingerichtet.«
Unterwegs stellte der Beamte weitere Fragen. Zu meiner Überraschung wusste sie, trotz dieses dramatischen Durcheinanders, jede Einzelheit und erzählte den ganzen Verlauf mit eigenen Kommentaren dazu. Das Auto hielt vor dem Krankenhaus.
Als Erstes rannte ich zur Rezeption und fragte, wohin man Nancy gebracht hatte.
»Wer sind Sie? Sind Sie ein Verwandter?
»Ich bin ihr Verlobter. Sagen Sie, wie geht es ihr?«
»Das weiß ich nicht. Sie befindet sich auf der Intensivstation. Sie können sich ins Wartezimmer setzen, bis wir mehr wissen.«
Sie zeigte mir einen großen Raum neben der Rezeption. Inzwischen waren Pam und Martha, begleitet von den beiden Polizisten, hereingekommen. Wir gingen ins Wartezimmer. Dort kümmerte sich Martha um die ganzen Formalitäten. Erst musste sie einige Formulare für das Krankenhaus ausfüllen und dann nahmen die Polizisten unsere Personalien auf. Nachdem wir unsere Angaben gemacht hatten, ließen sie uns endlich in Ruhe. Es hieß, am nächsten Tag würde sich die Staatsanwaltschaft mit uns in Verbindung setzen.

Wir warteten mehr als drei Stunden. So nervös und völlig erschöpft war ich noch nie in meinem Leben. Ich versuchte, mich einigermaßen zusammenzureißen, aber es war zwecklos.
Jeder konnte an meinem farblosen Gesicht, meinen zitterigen Händen und meinen tief besorgten Augen ablesen, in welch hoffnungslosem Zustand ich mich befand. Ich hatte erhebliche Probleme mit meinem Kreislauf. Die quälende Ungewissheit, diese große Angst um Nancy, beeinträchtigte meine Atmung. Ich bewegte mich wie ein verletztes Raubtier in seinem Käfig; unruhig, ungeduldig und völlig verwirrt.
Es war gegen 1:30 Uhr, als ein großer Mann in weißem Kittel ins Wartezimmer kam. Er sprach Martha an:
»Hallo, ich heiße Dr. Erickson. Sind Sie eine Verwandte von Frau Donahue?«
Ohne auf die Antwort zu warten, ging ich rasch zu ihm und fragte hastig:
»Wie geht es ihr? Kommt sie durch?«
Er blickte zuerst Pam und Martha an. Dann ließ er, ohne sich zu trauen, mir in die Augen zu blicken, den Kopf hängen und sagte leise:
»Die junge Dame hat es leider nicht geschafft. Unglücklicherweise steckte die Kugel an einer kritischen Stelle. Wir haben unser Bestes getan, aber leider ohne Erfolg. Miss Donahue ist tot, mein herzliches Beileid.«
»...«
Ich habe nicht darauf geachtet, wie Pam oder Martha auf diese entsetzliche Nachricht reagierten, ob sie weinten, schrien oder bewusstlos zu Boden sanken. Seine Mitteilung, dass Nancy nicht mehr lebte, versetzte mir einen schweren Schock. Auf einmal wirkte alles ruhig, alles tot, als ob die Zeit stehen geblieben war, als ob die ganze Welt grau und leer war.
Ich blieb mehrere Minuten starr wie eine Marmorstatue; still, stumm und kalt. Ich wollte nicht weinen, das heißt, ich konnte nicht weinen. Was nützte es, in einer solchen Situation mit Schreien und Tränen auf das verlorene Glück aufmerksam zu machen, Mitleid zu erregen?
Nancy war tot. Nur jemand, der einen geliebten Menschen verloren hat, ist in der Lage, diesen Zustand nachzuempfinden, zu begreifen, was in einer solchen Situation in der menschlichen Seele vorgeht.
Man nimmt diese quälende Gewissheit zur Kenntnis, ohne sie richtig zu verstehen. Es beginnt eine stille Zeit.

Das ist die Zeit, wo man auf einmal die Existenz von Gott infrage stellt, aber gleichzeitig auf ein Wunder hofft. Das ist die Zeit, wo man sich allein und hilflos in einer unendlichen Wüste fühlt, ohne seine reale Welt zu vermissen.
Das ist die Zeit, wo sich plötzlich Hunderte ungeordnete Fragen auf einmal stellen, aber keine davon mit einem enttäuschenden „Warum" beginnen darf. Denn jede unbeantwortete Frage hinterlässt unerträgliche Schmerzen in der tiefsten Stelle des Herzens.
Ich sagte zu Dr. Erickson, dass ich einige Minuten mit ihr allein bleiben möchte. Ohne Widerspruch führte er mich in ein kleines Zimmer gegenüber der Intensivstation. Ich schloss die Tür hinter mir und ging langsam auf das Bett in der Mitte des Zimmers zu. Zögernd nahm ich das weiße Betttuch von ihrem Gesicht.
»Oh große Gott, was habe ich getan, dass ich so bestraft werden muss?«
Meine große Liebe war tot. Ihr Gesicht war ohne Farbe, blass, eiskalt, aber sie schien wie ein Engel in tiefer Ruhe zu schlafen.
Ich stand hilflos dort, verzweifelt, mit gebrochenem Herzen, und wusste nicht, was ich machen sollte. Der Gedanke, dass ich mich jetzt bei ihr für immer verabschieden musste, machte mich wahnsinnig. Oh, nein, es war unmöglich, sie durfte nicht tot sein. Was würde aus mir?
Was wäre, wenn sie auf einmal ihre Augen aufschlüge und mich, wie immer mit liebevollem Blick anschaute ...?
Was wäre, wenn sie plötzlich aufstände, herzlich lachte und sagte, dass sie mich reinlegen wollte ...?
Was wäre, wenn sie mich wie immer an sich drückte und sagte, dass sie mich nie wieder allein ließe ...?
Was wäre ...?
Ich beugte mich vor und küsste ihre kalten Lippen. Auf einmal erschütterte die bittere Realität mich in tiefster Seele. Ich schrie mit all meiner Kraft:
»Neiiiiiiiiiiiiiin ...!«
... und fiel bewusstlos zu Boden.

* * *

Wie lange ich dort lag, weiß ich nicht. Ich erinnere mich nur daran, dass Martha und Pam neben mir standen, als ich meine Augen öffnete. Sie

schauten mich besorgt an. Ich lag in einem fremden Bett. Ich fühlte mich schwach und ein bisschen schwindelig. In meinem Mund empfand ich einen bitteren Geschmack. Auf der ganzen Zunge bis hinunter zum Hals schmeckte es wie nach verfaulten Zitronen. Ich blickte mich um. Es war alles so hell. Die Sonne strahlte durch ein großes Fenster. Es war nicht schwer zu erkennen, dass ich mich in einem Krankenzimmer aufhielt. Mein Gehirn funktionierte wieder. Es wurde mir klar, warum ich dort lag. Ich sagte leise:
»Nancy.«
Martha legte ihre warme Hand auf meine Stirn und dann sagte sie zu Pam: »Hol den Arzt. Er ist wieder zu sich gekommen.«
Es ging schnell, bis der zuständige Arzt mit seiner Assistentin ins Zimmer kam und begann, mich zu untersuchen. Er prüfte meinen Blutdruck, zählte meinen Puls und sagte zu Martha:
»Der Puls ist schwach, aber sein körperlicher Zustand hat sich stabilisiert. Er kann morgen wieder nach Hause gehen. Er muss bis auf Weiteres in der Behandlung eines Facharztes bleiben.« Dann fragte er mich direkt:
»Wie fühlen Sie sich? Haben Sie Kopfschmerzen?«
Ich schüttelte meinen Kopf. Ich hatte keine Lust, mit ihm zu reden. Meine große Liebe war tot und er fragte, ob ich Kopfschmerzen hatte.
Ich fühlte mich etwas benommen. Ich wusste nicht, was sie in der letzten Zeit mit mir gemacht hatten, wie viele Beruhigungsspritzen sie mir verpasst hatten. Denn kaum hatten die Ärzte das Zimmer verlassen und wir waren unter uns, begann ich bitterlich zu weinen. Die Tränen liefen mir ununterbrochen übers Gesicht. Martha versuchte mich zu trösten, aber es dauerte nicht lange, bis Pam ebenfalls weinte.
Ich kam mir richtig verloren vor, leer, gedemütigt und völlig erschlagen. Martha ließ uns zuerst eine Weile weinen. Ich hatte Nachholbedarf. Am liebsten wäre mir gewesen, dass die beiden mich allein gelassen hätten. Aber sie blieben und kaum wurde ich etwas ruhiger, begann Martha, ihre Neuigkeiten zu erzählen. Sie sagte:
»Ganz Amerika weiß inzwischen, was für eine verhängnisvolle Party wir erlebt haben.
Es steht in allen Zeitungen und man hört jede Stunde in den Nachrichten, was dieser Scheißkerl angerichtet hat. Vor eurem Haus stehen immer

noch einige Reporter, um sich mehr Informationen über die Ereignisse zu holen.«
Ihren Redeschwall nicht beachtend, fasste ich die Hände von Pam und fragte:
»Was ist mit Paul?«
Martha antwortete für sie:
»Paul lebt. Nach einer schweren Rückenoperation wird er wahrscheinlich jahrelang gelähmt bleiben. Er liegt im Zimmer nebenan.«
Ich blickte Pam an. Sie bedeckte ihr Gesicht zwischen den Händen und weinte leise. Als sie begann, ihre Tränen abzuwischen, bemerkte ich, dass sie sehr schlecht aussah, blass und vom Schock völlig benommen. Ich war nicht in der Lage, ihr ein passendes Wort des Mitgefühls zu übermitteln. Ich schwieg. Nach einigen Minuten fragte ich Martha, was aus dem Feuer im Haus von Peggy geworden war. Sie biss sich zuerst auf ihre Lippen und sagte dann:
»Leider hat sie es nicht geschafft. Für sie kam jede Hilfe zu spät. Sie war wegen der starken Verbrennungen und durch die Rauchvergiftung schon tot, als man sie aus dem brennenden Haus holte. Das Haus ist total zerstört.«
Arme Peggy, sie war tatsächlich so gestorben, wie sie mir einmal prophezeit hatte: *»Ich bin sicher, eines Tages werde ich in diesem Haus zusammen mit meinen Büchern verbrennen. Diese Szene habe ich Hunderte Male vor meinem geistigen Auge gesehen.«*
Ich begann sukzessive, die unfassbare Tat zu analysieren, und versuchte zu begreifen, wie so was passieren konnte. Wegen eines rachsüchtigen Fanatikers, aber auch wegen vieler dummer Zufälle mussten Nancy und Peggy sterben, war Paul für mehrere Jahre verkrüppelt, und das alles innerhalb weniger Minuten. Ich versuchte, den Sinn des Lebens zu begreifen. Wofür das alles? War das Schicksal oder sind wir immer Opfer der menschlichen Dummheiten? Je mehr ich mich mit diesem Unglück befasste, desto verwirrter und wütender wurde ich. Ich wünschte, Mike wäre hier und ich könnte ihn in tausend Stücke reißen. Ich fragte Martha:
»Was ist mit Mike? Ist der auch tot?«
»Nein, er lebt. Die rechte Hand des Teufels lebt. Mit Ausnahme einiger Beulen auf dem Kopf hat er keine Verletzungen.«
»Wo ist er jetzt?«

»Er befindet sich zurzeit in Untersuchungshaft. Er streitet alles ab. In den letzten zwei Tagen hat sich herausgestellt, dass er sich für weitere Morde an zwei schwarzen, jungen Männern aus Santa Anna verantworten muss.«

»Was meinst du mit ‚*in den letzten zwei Tagen*'? Heißt das, dass ich seit zwei Tagen im Krankenhaus bin?«

»Ja. Du hast uns jede Menge Angst und Sorge bereitet. Dein Zustand war sehr kritisch. Ich glaube, man hat dir hier Dutzende von Spritzen gegeben. Ich bin froh, dass sich dein Zustand, wie der Arzt sagt, stabilisiert hat und du dich auf dem Weg der Besserung befindest.«

Ganz begeistert über meine Genesung war ich nicht. Wie konnte ich ohne Nancy leben? Dieser Gedanke machte mich wahnsinnig. Alles wegen dieses Idioten. Ich fragte Martha:

»Wen hat Mike noch auf dem Gewissen?«

»Bevor er an diesem schrecklichen Abend nach Haus kam, hat er zwei junge Farbige in einer Bar bei Santa Anna erschossen. Es gibt mehrere Zeugen, und angeblich haben einige davon Mike eindeutig identifiziert. Das sagte einer der Polizeibeamten, als sie uns gestern aufsuchten.«

Ich hatte Mike für einen eiskalten Egoisten und dummen Fanatiker gehalten, aber ich hätte mir nie vorstellen können, dass er ein brutaler Mörder war. Ich blickte nochmals Pam an, die mich die ganze Zeit hilflos weinend anschaute. Endlich brach sie ihr Schweigen und sagte:

»Oh Bijan, was mussten wir für schreckliche Schicksalsschläge hinnehmen. Wegen meiner Heirat mit Paul habe ich innerhalb eines Jahres einen nach dem anderen aus meiner Familie verloren. Zuerst meine Mutter und jetzt meine Schwester und Tante Peggy, abgesehen davon wird Paul wahrscheinlich nie wieder gehen können. Es bedrückt mich, dass die Epidemie meines Unglücks andere, besonders dich, angesteckt hat.

Es tut mir wirklich leid für dich. Nancy war meine Schwester. Aber ich weiß, sie war deine große Liebe. Du warst nur eine Stunde mit ihr verlobt und schon musste sie wegen meines geisteskranken Cousins sterben. Es ist alles meine Schuld. Wenn ich Paul nicht geheiratet hätte ...«

Ich nahm ihre Hand und sagte:

»Nein, du bist nicht für die schwachsinnigen Taten Anderer verantwortlich. Weder für den Selbstmord deiner Mutter noch für den Tod deiner Schwester oder von Peggy. Wir leben leider in einem Land,

wo viele Menschen merkwürdige Schablonen für ihre Gesellschaftsnorm entwickelt haben. Wer dort nicht hineinpasst, wird nicht akzeptiert und möglicherweise aus dem Weg geräumt.
Deine Mutter war ein Opfer ihres falschen Stolzes. Sie war einfach nicht in der Lage, Paul in ihr Denkmuster zu integrieren.
Vielleicht konnte sie sich mit einem Schwarzen eine Stunde höflich unterhalten, aber es war für sie völlig ausgeschlossen, einen Farbigen als Schwiegersohn zu akzeptieren. Viel schlimmer ist Mike. Sein Maßstab ist noch merkwürdiger. Er lehnt jede Art von Koexistenz mit Schwarzen, Schwulen, Asiaten oder sogar behinderten Menschen ab. Wegen Nancy versuchte er, eine oberflächliche freundliche Beziehung mit mir zu führen, aber ich bin sicher, er hätte genauso mich beseitigen können.
Um sein teuflisches Ziel zu erreichen, hat er jahrelang alle denkbaren Verbrechen begangen, und das Resultat kennen wir: Nancy ist tot, Peggy ist tot, Paul wird jahrelang auf einen Rollstuhl angewiesen sein, und wenn ich Martha richtig verstanden habe, hat er noch andere Menschen auf dem Gewissen. Er ist nur einer von Millionen weißer Amerikaner, die so denken und so handeln.«
Martha schaute mich befremdet an. Sie sagte:
»Ich hoffe, du meinst nicht, dass wir Amerikaner alle verrückte Rassisten sind. Du wirst in jedem Land einige Idioten finden, die anderen Menschen das Leben zur Hölle machen. Ich hatte keine blasse Ahnung, dass in meiner Familie ein solcher Fanatiker existiert. Ich schäme mich dafür. Es tut mir leid, dass du solche Eindrücke von Amerika und den US-Amerikanern gewonnen hast.«
Zum ersten Mal seit diesem furchtbaren Ereignis begann, Martha zu weinen. Ich konnte nicht einschätzen, ob sie um Nancy, Peggy und Paul weinte oder ob ihre Tränen für Amerika bestimmt waren.
Wir waren alle gereizt und traurig. Es herrschte für einige Minuten eine belastende Stille. Aber dann versuchte Martha das Thema zu wechseln. Sie wischte sich ihre Tränen mit einem Taschentuch ab, nahm aus ihrer Handtasche einen Umschlag heraus und zeigte ihn mir. Sie sagte:
»Gestern, als ich in euer Haus ging, um Nancys Personalausweis für die Verwaltung zu holen, fand ich dieses Telegramm an der Haustür. Es ist an dich adressiert. Lies, vielleicht ist es etwas Wichtiges.«
Ich blickte sie skeptisch an. Was könnte für mich jetzt so wichtig sein? Als sie merkte, dass ich kein Interesse zeigte, öffnete sie den Umschlag

und gab ihn mir. Ich glaube, sie war neugieriger als ich. Ich kannte sie inzwischen gut. Sie war nie bösartig und meinte es immer herzlich. Außerdem fühlte ich, dass sie versuchte, mich von meinem Kummer abzulenken. Ich blickte auf den Namen des Absenders; das Telegramm kam von Dariush. Es tat gut, in dieser Situation einige Zeilen von einem Freund zu lesen. Er schrieb:

Lieber Bijan,
ich las zufällig in einer amerikanischen Zeitung über eine Schießerei und ein abgebranntes Haus in Huntington Park.
Der Name der Straße ist identisch mit deiner Adresse. Bitte ruf mich so schnell wie möglich an. Ich bin sehr besorgt. Ich habe oft versucht dich zu erreichen, aber keiner geht ans Telefon. Bitte, melde dich und lass mich wissen, ob alles bei dir in Ordnung ist.
Dariush, Honolulu, 15.07.1967

Ich verließ das Krankenhaus am gleichen Tag. Zwar fühlte ich mich schlapp und schwindelig, aber ich musste raus. Ich konnte mir weder die teure ärztliche Behandlung und das Krankenbett leisten noch weiterhin die bedrückende Atmosphäre in meiner Umgebung ertragen. Außerdem war es geplant, Nancy am 18. Juli zu beerdigen.
Mein behandelnder Arzt war etwas besorgt. Er empfahl mir, jede Aufregung zu vermeiden und einen Psychoanalytiker aufzusuchen.
Zuvor besuchte ich Paul in seinem Zimmer. Er lag auf dem Bauch. Um die Heilung seiner Wunde nicht zu gefährden, hatte man seine Hände und Füße an den jeweiligen Bettkanten festgebunden.
Gequält von Schmerzen und Verzweiflung machte er mir den Eindruck eines total hilflosen Kindes. Wir tauschten sorgenvolle Blicke aus und er sagte: »Du musst mich hassen, Bijan. Mike wollte mich töten, nicht Nancy. Man hat mir alles erzählt. Die zweite Kugel war auch für mich bestimmt. Es tut mir wirklich leid.
Ich wünschte mir, dass der Kerl Erfolg gehabt hätte. Dann wäre ich von diesen unerträglichen Schmerzen befreit und Nancy könnte noch leben.«
Ich klopfte leicht auf seine Schulter und sagte:
»Sei still. Mit Schuldgefühlen und Selbstvorwürfen können wir dieses Unglück nicht rückgängig machen. Du sollst dafür sorgen, dass du so

schnell wie möglich gesundwirst und wieder ein normales Leben führen kannst.
Was mich betrifft, so brauchst du dir keine Sorgen zu machen. Mit dem Tod von Nancy ist auch Amerika für mich gestorben. Ich gehe wieder nach Europa zurück. Dort ist das Leben zwar nicht einfacher, aber etwas berechenbarer als hier. Weißt du, ich bin von USA sehr enttäuscht. Ich hatte mir diese multikulturelle Gesellschaft völlig anders vorgestellt. Es ist nichts für mich.«
Er schaute mich mit Tränen in den Augen an und wusste nicht, was er antworten sollte. Bevor ich ihn verließ, sagte ich weiter:
»Ich werde dich nie hassen, Paul. Du hast mit dieser Katastrophe nichts zu tun. Du bist genau wie Nancy oder Peggy nur Opfer. Besonders du wirst jahrelang der Leidtragende dieses schrecklichen Massakers sein.«
Er schwieg weiterhin. Er wusste genau, dass meine Wunde erheblich tiefer war als seine und er mir mit Worten nicht helfen konnte. Dennoch sagte er, als ich mich verabschiedete:
»Deine Rückkehr nach Europa solltest du dir in aller Ruhe nochmals überlegen. Das ist nicht das wahre Amerika, was du kennengelernt hast, Bijan. Das ist die Ausnahme. Es leben Millionen von netten und liebevollen Menschen in diesem Land. Du musst nur etwas Geduld haben.«
»Ich glaube dir, Paul. Aber ich kann hier nicht ohne Nancy leben. Ich muss mich von allen schmerzhaften Erinnerungen trennen.«
Es gab tatsächlich nichts zu überlegen. Es konnte mich nichts mehr länger in Amerika halten. Ohne Nancy war USA für mich wie eine kalte Wüste. Ich fühlte mich vollkommen leer und ausgetrocknet.
Als ich das Krankenhaus verließ, war es noch hell. Traurig und gedankenverloren machte ich mich auf den Heimweg.
Unterwegs beachtete ich keinen Passanten, sondern war vollkommen in mich gekehrt. Wie ein Verrückter führte ich mit mir Selbstgespräche, ab und zu weinte ich sogar unkontrolliert.
Ich war völlig erschöpft, als ich vor unserem Haus stand. Kein Zeichen deutete mehr auf die tödliche Party hin. Man hatte alles weggeräumt und gründlich gereinigt. Nur vor der Haustür war noch eine Blutspur zu sehen, Blut von Nancy. Ich schaute voller Entsetzen zum Haus von Peggy; es war schrecklich. Aus dem frisch gestrichenen Haus war nur

ein Trümmerhaufen von verbranntem Holz und Steinen übriggeblieben, ein grauenhafter, gespenstischer Anblick.
Ich ging in unser Haus. Überall sah es normal, sauber und ordentlich aus. Nur Nancy fehlte. Ich saß mehrere Stunden regungslos auf einem Stuhl. Aber dann nahm ich das Telefon und rief Onkel Shahram an. Er war verreist und Monika ging an den Apparat. In Deutschland war es ca. acht Uhr morgens. Sie hatte noch im Bett gelegen. Sie erkannte sofort meine Stimme und sagte:
»Das ist schön, dich zu hören. Wie geht es dir, du Yankee?«
»Nancy ist tot, Monika. Ich bin verloren.«
Es herrschte Totenstille. Ich glaube, sie war nicht sicher, ob sie richtig gehört hatte. Deshalb fragte sie leise:
»Bijan, bist du in Ordnung? Was ist mit Nancy?«
»Sie ist tot. Sie wurde von einem Nachbarn erschossen.«
»Oh mein Gott. Das ist ja furchtbar!«
Sie wollte alles wissen und ich erzählte ihr die ganze Geschichte. Ich musste allerdings viele Sätze wiederholen, da ich nicht in der Lage war zu weinen und mich dennoch verständlich zu artikulieren. Hier kam noch hinzu, dass Monika so erschüttert war, dass sie laut mit mir weinte. Das Gespräch tat mir gut. Ich atmete wieder regelmäßig. Sie fragte:
»Soll Shahram zu dir kommen?«
»Nein, ich komme zurück, Monika. Ich kann es hier nicht mehr aushalten.«
»Was wird dann aus deinem Studium?«
»Zum Teufel damit. Ich kann nicht mehr. Ich kann weder lernen noch hierbleiben. Ich will zurück nach Hause.«
»Brauchst du Geld für deinen Flug?«
»Ich glaube nicht. Wenn ich mein Auto verkaufe, kann ich die Rechnung vom Krankenhaus bezahlen und mir möglicherweise ein Flugticket kaufen.«
»Ich schicke dir trotzdem Geld. Wenn du es nicht brauchst, gibst du es mir in Deutschland zurück.«
Kaum war das Gespräch zu Ende, rief Dariush an. Seine erste Frage lautete:
»Bijan, hast du mein Telegramm erhalten?«
Ich erzählte auch ihm, was passiert war und in welchem Zustand ich mich befand.

Er war so schockiert, dass er eine Weile nach Fassung rang. Aber dann sagte er: »Versuch, heute Abend ruhig zu schlafen. Morgen gegen Mittag bin ich bei dir.«
Das war genau, was ich brauchte, einen Freund. Ich brauchte seelischen Beistand.

* * *

Am 18. Juli 1967 wurde Nancy auf dem Friedhof von Huntington Park beigesetzt. Circa zweihundert Trauergäste nahmen an der Beerdigung teil. Außer Martha, Steve, Pam, Dariush und mir waren es alles Freunde, Kollegen, Nachbarn oder Bekannte von Nancy. Man konnte die Gesichter der Trauergäste kaum erkennen, denn die meisten versteckten sich unter ihrem Regenschirm.
Merkwürdig, wochenlang war das Wetter sonnig und warm und ausgerechnet heute regnete es den ganzen Tag, als ob der Himmel auch um Nancy weinte.
Sie wurde neben ihrer Mutter beigesetzt. Der Pastor hielt eine eindrucksvolle Rede. Zuerst zitierte er einen Satz von Flaubert: »*Nichts ist so anstrengend, wie die menschliche Dummheit zu ergründen.*«
Er stand ohne Regenschirm vor dem Sarg und fuhr, den starken Regen ignorierend, mit seiner Ansprache fort: »Ich frage mich, ob die Freiheit, die wir in diesem wunderbaren Land genießen, noch gesund ist. Die Möglichkeit, plötzlich Opfer eines unsinnigen Attentats zu werden, steigt von Tag zu Tag.
Das ist die Zeit zu erkennen, dass unsere kranke Gesellschaft versagt; weder Bildung noch Erziehung haben geholfen.
Wir haben versäumt, unsere menschlichen Erkenntnisse zu wecken und einmal den Mut aufzubringen zu fragen, ob wir in Wirklichkeit nicht selbst unsere eigenen Feinde geworden sind. Wir sollten uns ein bisschen Mühe geben, die Grenzen unserer Toleranz zu erweitern, Anpassungsfähigkeit zu zeigen, Herz und Geist zu öffnen, und schließlich aufhören, Menschen zu hassen, zu verachten und zu bekämpfen. Wir sollten lernen, das Leben zu lieben und im Zeichen der Freiheit zu leben.«
Während dieser traurigen und bewegenden Zeremonie dachte ich, wie unberechenbar unser Leben doch ist. Zwei Wochen vorher hatte ich geplant, wie ich Nancy einen Heiratsantrag machte, eine Woche vorher

hatten wir die Vorbereitungen für unsere Party getroffen, und jetzt stand ich vor ihrem Grab.
Dariush hielt die ganze Zeit einen Regenschirm über meinen Kopf, damit ich von dem ergiebigen Regen nicht völlig durchnässt wurde.
Wie er mir versprochen hatte, war er am nächsten Tag gekommen und bei mir geblieben. Er schlief in meinem Zimmer und ich benutzte das Zimmer von Nancy.
Er versuchte, mir ständig mit Zitaten bekannter Leute Mut zu machen, und wenn ich weinte, tröstete er mich.
Nach der Beerdigung verließ ein Gast nach dem anderen den Friedhof. Am Ende blieben nur Steve, Martha, Pam, Dariush und ich. Ich bat sie, alle zu gehen. Dariush erwiderte mir:
»Bei diesem starken Regen? Was willst du allein auf dem Friedhof? Wir kommen morgen wieder her.«
»Bitte geht. Ich möchte für mich sein. Ich komme nachher selbst nach Hause.«
Sie merkten, dass es keinen Sinn hatte, mit mir zu diskutieren, und ließen mich endlich allein. Kaum waren sie fortgegangen, kniete ich an ihrem Grab und begann bitterlich zu weinen.
Ich musste für immer Abschied nehmen von ihr, die mein Herz, meinen Verstand und schließlich mein Leben grundlegend verändert hatte.
Und jetzt kam ich mir vor wie ein Flussbett ohne Wasser, ein Baum ohne Wurzel oder ein dunkler Himmel ohne Sterne. Die Vorstellung, dass sie unter diesem schlammigen Boden für immer und ewig begraben war, verursachte einen stechenden Schmerz in meinem Herzen.
Ich hatte gar nicht bemerkt, wie die Zeit verging, bis ich die unangenehme Kälte wahrnahm, die an meinem Körper hochkroch. Ich war bis auf die Haut durchnässt. Völlig entkräftet verließ ich den Friedhof. Dariush wartete mit seinem Mietwagen vor dem Eingangstor. Er half mir, auf dem Rücksitz Platz zu nehmen, und fuhr langsam los. Unterwegs sagte er: »Die anderen warten zu Hause auf dich.« Ich hatte keine Lust, mit jemandem zu reden. Als er sein Auto vor dem Haus parkte, ging ich in Nancys Zimmer. Erschöpft vom Verlauf des Tages, legte ich mich auf das Bett. Ich konnte ihren hinreißenden Duft noch riechen. Ich wünschte, dass sie bei mir wäre. Ich vermisste sie sehr.

20. Ein Graues Kreuz als Unterschrift

Am nächsten Tag, als ich ins Wohnzimmer kam, hatten sich Martha, Steve und Dariush um den Frühstückstisch versammelt. Alle schauten mich freundlich, aber auch in tiefer Sorge an. Martha schenkte mir gleich eine Tasse Kaffee ein und sagte:
»Komm, setz dich hin, Junge, du musst etwas essen.«
Ohne auf meine Reaktion zu warten, eilte sie in die Küche, holte aus dem warmen Ofen einen Teller voll mit Spiegeleiern und gebratenem Schinken und stellte ihn auf den Tisch. Die anderen hüllten sich in Schweigen. Sie aber blieb ihrem Temperament treu. Martha erinnerte mich an eine meiner Tanten, die auch nicht eine Minute still sein konnte. Sie sagte:
»Ich bin tief beleidigt, wenn du dein Frühstück nicht isst. Sei vernünftig, genieß dein Essen und dann erzähle ich dir, was uns jede Menge Sorgen und Angst bereitet.«
Offensichtlich hatten sie vorher über meine Situation miteinander gesprochen und sich eine feste Meinung gebildet. Denn Dariush und Steve schwiegen und stimmten ihr mit Kopfnicken zu. Sie setzte sich mir gegenüber hin und redete weiter:
»Du kannst davon ausgehen, dass wir Nancy von ganzem Herzen geliebt haben und die Schmerzen dieses Verlustes fast die gleichen unheilbaren Wunden in unserem Herzen hinterlassen haben wie bei dir. Wir sind genau wie du von diesem schrecklichen Ereignis erschüttert und werden es wahrscheinlich niemals vergessen können. Aber, mein lieber Bijan, das Leben muss weitergehen. Wir müssen realistisch denken und schnell handeln.
Es gibt weder Zeit für Selbstmitleid noch gibt es Gründe für Schuldgefühle. Es ist leider passiert. Betty ist tot, Nancy ist tot, Peggy ist tot und Paul muss jahrelang unter den Folgen dieses Unglücks leiden.«
Sie schwieg für einige Sekunden, dann ermahnte sie mich mit ihrem scharfen Blick, dass ich mein Frühstück essen sollte, und sprach weiter:
»Bijan, wir alle wollen dir gerne helfen. Wir möchten, dass du versuchst, dein Leben wie in den letzten Jahren zu führen. Es hat uns alle sehr schockiert, was du Paul erzählt hast.
Er sagte, dass du die Absicht hast, nach Deutschland zurückzugehen. Ich glaube, wenn du das tust, machst du einen unverzeihlichen Fehler. Du

musst dein Studium fortsetzen. Das war der große Wunsch von Nancy. Sie hat, genau wie du, dafür eine ganze Menge Arbeit geleistet und du musst in diesem Sinne weitermachen. Wir alle wollen dir finanziell und moralisch helfen. Du kannst so lange hier wohnen, wie du willst. Dieses Haus gehört uns allen und keiner hat die Absicht, von dir Miete zu verlangen.«

Ich trank langsam meinen Kaffee und schaute mir alle Gesichter der Reihe nach an: In ihren weichen und warmherzigen Augen konnte man eine Menge Liebe und Besorgnis erkennen. Ich kam mir so dämlich vor, so undankbar und ungerecht. Aus lauter Verzweiflung und Wut war ich die ganze Zeit unfreundlich und grob gewesen. Ich sprach mit heiserer Stimme:

»Es tut mir leid, falls ich mich euch gegenüber taktlos und böse verhalten habe. Ich hoffe, ihr merkt, dass ich völlig erschöpft bin. Ich kann weder klar denken noch mein Umfeld richtig erfassen und vernünftig reagieren. Mit dem Tod von Nancy ist einiges in mir gestorben. Es wird wahrscheinlich mehrere Jahre dauern, bis ich meinen gesunden Menschenverstand wieder voll gebrauchen kann. Ich weiß eure Liebe und Hilfe zu schätzen, aber versucht mich zu verstehen. Es wäre für mich unmöglich, in diesem Haus, wo ich unvergessliche Erinnerungen habe, weiter allein zu wohnen. In jeder Ecke steckt ein Stück meiner Lebensgeschichte. Ich würde hier ohne Nancy verrückt werden. Ich muss weg, weit weg. Ich muss von diesem Haus, diesem Ort, diesem Land Abstand gewinnen. Ich glaube nicht, dass ich auch nur ein paar Wochen hier allein durchhalten kann.«

Steve brach sein Schweigen und sagte:

»Ich kann dich verstehen, Bijan. Ich weiß, es fällt dir schwer, dich mit der Realität abzufinden. Ein Mensch braucht festen Boden unter den Füßen und eine unbegrenzte Vision vor Augen. Leider fehlt dir beides. Wir meinen es sicherlich alle gut mit dir, aber wir wissen auch, dass keiner von uns in der Lage ist, dir richtig zu helfen. Du musst versuchen, allein damit fertig zu werden. Andererseits dürfen dich deine Emotionen nicht zu stark beherrschen.

Denn je mehr du dieses Ereignis verteufelst, desto depressiver und unglücklicher wirst du werden.

Wenn du glaubst, dass es dir in Deutschland bessergehen wird als hier, auch wenn Martha dagegen ist, bin ich einverstanden. Aber nur unter

einer Bedingung, dass du dich zuerst in einer ordentlichen Klinik behandeln lässt. Ich sag dir ganz ehrlich, es ist mir und Martha peinlich, dass Nancy dich gesund und munter aus Deutschland hierhergeholt hat und dass du jetzt mit gebrochenem Herz und in einem ziemlich schlechten psychischen Zustand zurückkehren willst.«
Martha ergänzte ihren Bruder:
»Was werden deine Familie und Freunde von uns Amerikanern denken? Wir können dich nicht einfach so gehen lassen. Dein Freund Dariush ist mit uns gleicher Meinung. Wir haben uns vor einer Stunde verständigt. Er ist auch der Ansicht, dass du in solcher Verfassung nicht nach Deutschland zurückkehren darfst.«
Dariush schwieg die ganze Zeit und bestätigte nur mit Kopfnicken, was Steve oder Martha sagten. Aber jetzt fühlte er sich angesprochen und sagte auf Englisch:
»Ich bin auch der Meinung, dass du Hilfe brauchst, Bijan. Du kannst weder hier bleiben noch nach Deutschland reisen. Ich schlage vor, dass du mit mir nach Hawaii kommst und versuchst, in aller Ruhe mit deinen Sorgen fertig zu werden. Wir haben ein großes Haus und du kannst so lange bei uns bleiben, wie du möchtest. Ich bin sicher, diese Abwechslung wird dich ablenken und dann findest du genügend Zeit und Kraft, deine Zukunft neu zu gestalten.«
Alle drei erwarteten von mir eine positive Reaktion auf ihre freundlichen Vorschläge. Ich war fest davon überzeugt, dass jeder mir im Rahmen seiner Möglichkeiten helfen wollte. Es war deutlich erkennbar, dass sich jeder um mich sorgte. Ich versuchte, meinen Standpunkt klarzumachen:
»Ich weiß nicht, wie ich mich für eure großzügige Hilfe und herzliche Anteilnahme bedanken soll. Ich bin froh, dass ihr mir in den schlimmsten Tagen meines Lebens zur Seite steht und versucht, mir in jeder Hinsicht zu helfen. Aber bitte, habt Verständnis für meine Situation.
Ich kann weder in Los Angeles bleiben noch mit Dariush nach Honolulu fliegen. Dazu habe ich keine Kraft und, noch schlimmer, ich kann es mir finanziell überhaupt nicht leisten.
Ich bin auch nicht bereit, mir von euch Geld zu borgen. Es ist ausgeschlossen. Ihr seid nicht Nancy und Nancy ist tot. Es bleibt mir keine andere Wahl, als wieder nach Deutschland zurückzukehren. Dort bin ich weit von Amerika entfernt, und vielleicht hilft mir die Zeit dabei, dass diese schaurige Erinnerung immer mehr verblasst. Ich werde wieder

arbeiten oder vielleicht mein Studium dort fortsetzen. Ich schließe aber nicht aus, irgendwann wieder zurückzukommen.
Versucht mich nicht von meiner Absicht abzuhalten. Es hat keinen Sinn. Ich habe weder Geld noch Kraft hier zu bleiben und so zu tun, als ob nichts passiert ist. Spätestens in einer Woche fliege ich nach Deutschland zurück. Das ist meine endgültige Entscheidung. Was meinen geistigen Zustand betrifft, so braucht ihr euch keine Sorgen zu machen. Ich gebe zu, diese Wunde in meinem Herzen ist zu tief und schmerzhaft. Aber ich bin weder aus Kummer verrückt geworden noch habe ich die Absicht, aus lauter Verzweiflung irgendeine Dummheit zu begehen. Ich bin lediglich verwirrt, verbittert und enttäuscht. Weder könnt ihr mir helfen, mein gebrochenes Herz zu heilen, noch ist irgendein Psychologe in der Lage, meine zerstörte Seele und meine Niedergeschlagenheit wieder ins Gleichgewicht zu bringen. Ich muss sehen, wie ich im Verlauf der Zeit Ruhe und Frieden in mir finde.«
Es schien, als hätten sie mich verstanden. Denn es kam kein weiteres Gegenargument. Jeder merkte, dass mein Problem mit finanzieller Unterstützung oder durch einen Urlaub auf Hawaii nicht gelöst werden konnte.

* * *

In den nächsten Tagen waren wir mit unterschiedlichen Aufgaben voll beschäftigt. Die Schlimmste davon war Peggys Beerdigung in ihrer Heimatstadt San Fernando Valley.
Man wollte mich ausschließen. Martha meinte, das würde meine Stimmung negativ beeinflussen.
Aber ich lehnte ab. Ich ging mit. Ich legte einen großen, bunten Strauß ihrer Lieblingsblumen auf ihr Grab. Steve organisierte alles bestens. Vielleicht hatte er ein schlechtes Gewissen und wollte, auch wenn es verdammt zu spät war, seiner moralischen Verpflichtung als Ehemann nachkommen.
Als wir von der Beerdigung nach Hause fuhren, stoppte Dariush sein Auto vor einem Reisebüro und ich holte mein bestelltes Flugticket nach Deutschland ab. Zu Hause begann ich meine Sachen zu ordnen, und Dariush half mir, das Zimmer aufzuräumen.

Während ich die Koffer packte, stapelte er meine Bücher in mehrere Kartons. Auf einmal zeigte er mir einen Ordner und fragte, ob er ihn auch dazustellen sollte. Ohne sonderlich Interesse zu zeigen, fragte ich: »Was für ein Ordner ist es überhaupt?«
Er schwieg einen Augenblick und rief dann mit freudiger Stimme: »Ich werde verrückt! Das darf nicht wahr sein! Dies sind die Fotokopien meiner Papiere, die ich dir an der persischen Grenze überlassen hatte. Wie kommt es, dass du davon Kopien gemacht hast?«
Verdammt, ich wollte, dass er nie wieder mit diesen teuflischen Dokumenten in Berührung kam. Ich hätte sie längst vernichten sollen, aber ich vergaß ihre Existenz. Ich unterbrach meine Tätigkeit, ging zu ihm und sagte:
»Gib sie mir, Dariush. Du sollst die Finger davonlassen. Damals in Deutschland traute Nancy deinem Onkel nicht. Sie meinte, bevor wir die Originaldokumente aus der Hand geben, sollten wir sie kopieren. Die Idee war gut, aber wenn ich zurückblicke, erkenne ich, dass es nutzlos war. Denn diese Dokumente sind inzwischen veraltet, der Sachverhalt ist vergessen, dennoch sind sie so gefährlich wie radioaktives Material. Wir sollten sie vernichten und alles vergessen.«
Dariush schüttelte seinen Kopf und sagte:
»Bijan, an der persischen Grenze sagte ich dir, dass diese Dokumente meine Lebensversicherung sind. Du solltest nicht vergessen, dass ich immer noch meine persische Staatsangehörigkeit besitze und auf der Liste der SAVAK stehe.
Du weißt, mein Onkel – meine einzige Hoffnung – lebt nicht mehr, und du solltest nicht vergessen, dass die meisten Personen aus diesen Dokumenten immer noch an der Macht sind, und wenn sie keine Nachteile befürchten, können sie jederzeit meine Existenz vernichten. Außerdem – ganz veraltet sind sie auch nicht, denn der verschlüsselte Brief aus London ist noch aktuell, sensationell und, wie du gesagt hast, gefährlich, wie radioaktives Material.«
»Was steht drin? Kannst du das lesen?«
»Oh ja. Ich habe damals aus dem Büro von Major Naderi, ohne zu wissen, was ich tat, einige Verfahrensrichtlinien zur Ver- und Entschlüsselung mitgenommen. Im Prinzip kann man in kurzer Zeit diesen unlesbaren Brief mit einer entsprechenden Schablone übersetzen.«

»Sag, was steht drin?«
»Soweit ich mich noch erinnere, geht es um die neu eingerichtete SAVAK-Filiale in London. Man hat für drei Jahre eine iranische Bank unter dem Namen Iranian Trade Bank in London eröffnet. Offiziell hieß es, im Rahmen einer Verbesserung der wirtschaftlichen Beziehungen zwischen Iran und England, der ersten iranischen Kreditbank in England, soll den persischen Kaufleuten beim Import bzw. Export ihrer Waren in Europa geholfen werden.
Ich erinnere mich, als ich in Sydney war, las ich in der Financial Times, dass man aufgrund dubioser Geschäfte dieser Bank misstrauisch war.
Zurück zu diesem Brief oder, besser gesagt, dem Bericht des Filialleiters der Bank. Man schreibt, dass die Verteilung der Aufgaben und Gehälter der SAVAK-Agenten in Europa erheblich besser als früher verläuft. In dem Bericht stand, dass die britische Aufsichtsbehörde bei ihrer letzten Inspektion wieder keinerlei Unregelmäßigkeiten festgestellt hat. Man war stolz, dass inzwischen alles bestens organisiert war und die Operation reibungslos verlief. Der Berichterstatter empfiehlt allerdings, um die Glaubwürdigkeit der Bank nicht zu gefährden, dass in Teheran die SAVAK dafür sorgen sollte, dass weitere Kaufleute ihre Geschäfte mit England über diese Bank betreiben können.
Am Ende seines Briefes ging er auf die Erweiterung des Gebäudes ein und bestätigte, dass die Bauarbeiten im Nebengebäude bereits abgeschlossen seien und die geplanten Fernschreiber und Funkgeräte in Kürze installiert werden könnten. Der beigefügte Bauplan stellt die neue Einrichtung dar.« Dariush schwieg für eine Weile und sprach dann weiter: »Wie du siehst, sind diese Papiere für mich sehr wertvoll.
Solange ich sie besitze, kann ich am Leben bleiben. Wenn das iranische Konsulat sich weigert, meinen Pass zu verlängern, kann ich davon Gebrauch machen. Sie wissen ganz genau, dass die Publikation dieses Dokuments für SAVAK eine große Blamage bedeutete. Aber ich verspreche dir, ich werde sie nicht ohne Grund benutzen. Sobald ich meine amerikanische Staatsangehörigkeit bekomme, werde ich nicht nur diese Dokumente vernichten, sondern auch den Namen Iran und seine verdammten Machthaber aus meinem Gedächtnis streichen. Ich finde es großartig, dass Nancy diese Dokumente kopiert hat. Sie werden mir mehr Sicherheit und Selbstvertrauen geben. Bitte gib sie mir zurück.«
Ich blickte ihn zustimmend an und sagte:

»Einverstanden, du kannst sie haben. Aber versprich mir, dass du keinen Skandal auslöst, solange man dich in Ruhe lässt. Genieß dein Leben mit Michaela auf Hawaii.«
Um beim Flug keine großen Mehrkosten für Übergewicht zahlen zu müssen, schickte ich meine Bücher mit normaler Post nach Deutschland. Es hatte sich in den letzten zwei Jahren einiges angesammelt, drei große Kartons, über 70 Kilo.
Ich telefonierte fast jeden Tag mit Onkel Shahram. Er war sehr froh, dass ich wieder nach Frankfurt zurückkehrte. Er sagte, dass er sich bei der Universität Frankfurt erkundigt habe und dass ich mein Studium dort fortsetzen könnte.
An dem Tag, als ich zur UCLA ging, um mich exmatrikulieren zu lassen und meine Zeugnisse zu holen, war ich genauso aufgeregt, wie vor zwei Jahren. Ich versuchte, die Gedanken in mir nicht hochkommen zu lassen, dass ich eigentlich bis zum Abschluss meines Studiums in Los Angeles bleiben wollte. Ich versuchte, konsequent zu bleiben und mich von niemandem beeinflussen zu lassen.
Als ich in das Bürogebäude eintreten wollte, blieb ich plötzlich wie versteinert auf der Stelle stehen. Etwa hundert Meter weit vom Verwaltungsbüro, dort, unter dem Schatten eines großen Baumes, stand eine Frau, eine blonde, schlanke Frau, so groß wie Nancy. Genau wie damals, als sie auf das Ergebnis meines Aufnahmetests gewartet hatte, stand sie dort und schaute in meine Richtung. Ich murmelte:
»Oh Gott, lass das Nancy sein.«
Ich bekam eine Gänsehaut. Mein Herz hämmerte in meiner Brust. Mit angestrengtem Blick starrte ich zu der Frau.
»Ist das Nancy, oder?«
Doch meine ganze Illusion zerplatzte plötzlich wie eine Seifenblase, als ein junger Mann aus dem Gebäude herauskam und mit großer Freude zu dem Mädchen rannte. Ich versuchte mich zu beruhigen, ging schnell in das Verwaltungsgebäude und meldete mich bei Miss Jackson an. Selbstverständlich zeigte man kein Verständnis für meine Entscheidung. Sie sagte:
»Ich verstehe Sie überhaupt nicht. Sie haben sich in den letzten zwei Jahren richtig bemüht, einer der besten Studenten in Ihrer Fakultät zu werden, und jetzt schmeißen Sie alles hin. Aber warum?«
Um ihr meine Entscheidung zu verdeutlichen, sagte ich:

»Wissen Sie, dieses Studium war für mich wie Bergsteigen. Mit großer Freude und ohne Zeit zu verlieren habe ich versucht, den Gipfel zu erreichen. Ich tat alles für meine Liebe, für Nancy. Ich machte es, um sie glücklich zu machen. Dieses Studium war von Anfang an nicht meine Welt. Es machte mir Spaß, ihr mit meinen Leistungen Freude zu bereiten. Aber wie Sie wissen, lebt sie nicht mehr. Ich bin hier verloren und ich kann unmöglich weitermachen.«
Sie hörte mir mit traurigem Gesicht zu und sagte kein weiteres Wort. Als sie mir meine Zeugnisse gab, wünschte sie mir viel Glück und sagte: »Es ist unwichtig, auf welchen Berg man steigt. Wichtig ist, dass man den Gipfel nicht aus dem Auge verliert.«

Der Reisetermin war für den 28. Juli festgelegt. Mir blieben nur noch ein paar Tage in Los Angeles. Ich fand es ganz reizend, dass während dieser Zeit alle meinetwegen in meiner Nähe blieben. Weder wollte Steve nach San Francisco noch Dariush nach Honolulu zurück. Martha kam jeden Tag und versorgte uns. Wohin ich auch ging, mindestens einer meiner Freunde begleitete mich.
Am 27. Juli wurden wir alle in das Haus von Martha eingeladen. Sie gab mir zu Ehren eine Abschiedsfeier. Auch Dariush durfte mitkommen. Denn inzwischen hatte sich jeder an ihn gewöhnt, was auch an seiner Warmherzigkeit und seinem freundlichen Verhalten lag. Ich war froh, dass Paul bei meinem letzten Abend in Los Angeles dabei sein konnte. Er war bis zur nächsten Operation aus dem Krankenhaus entlassen worden. Sein Oberkörper war in ein dickes Korsett gezwängt und er musste die ganze Zeit in einem Rollstuhl sitzen. Sein seelischer Zustand war nicht besser als meiner, dennoch versuchte er, durch lustige Konversation seine Sorgen und Schmerzen zu kaschieren.
Pam konnte und wollte ihre Traurigkeit nicht verbergen. Ihre ganze zusammengesunkene Körperhaltung deutete auf ihr Befinden hin. Sie vermied das Gespräch mit uns. Sie schenkte nichts und niemandem Interesse, sogar ihrer Tochter Patricia nicht. Ihr Gesicht war von Sorge und Depression gezeichnet. Sie entschuldigte sich für jede Kleinigkeit. Sie hatte ständig ein schlechtes Gewissen und meinte wiederholt, dass sie wegen ihrer Heirat mit Paul ihre Familie verloren hätte. Aber Martha versuchte sie moralisch zu unterstützen und geduldig ihre unerträgliche

Laune zu ignorieren, ihr zu helfen, sich allmählich von diesen quälenden Gedanken zu befreien.

Martha wohnte allein in einem großen Haus. Sie hatte eine besondere Vorliebe für Gartenzwerge. Überall, wo man hinschaute, gab es solche kleinen Figuren, im Wohnzimmer, in der Küche und in der Toilette, ja sogar in ihrem Schlafzimmer. Die meisten davon sollen sogar sehr teuer gewesen sein.

Es war für mich das dritte Mal, dass ich sie in ihrem Haus besuchte. Alle Zimmer sahen wie ein Antiquitätengeschäft aus. Überall standen teure, große, dunkle Möbel, aber nichts davon passte zueinander. Sie gefielen mir überhaupt nicht und ich glaube, diese bedrückende Einrichtung könnte auch für ihre zerbrochene Ehe ausschlaggebend gewesen sein.

An diesem Abend mussten wir sehr lange auf Steve warten. Er wollte zwischen achtzehn und neunzehn Uhr kommen.

Um zwanzig Uhr lehnte Martha es ab, noch länger auf ihn zu warten. Sie klagte ununterbrochen:

»Das passt überhaupt nicht zu Steve. Er ist immer pünktlich. Er könnte uns zumindest anrufen, aber was soll's, das Essen wird kalt und unsere Bemühungen sind umsonst. Wir sollten anfangen.«

Sie servierte jedem eine riesige Platte mit Steak, Bratkartoffeln, Mais und Gemüse – eine richtige texanische Spezialität.

Wir saßen noch am Esstisch, als Steve die Haustür mit seinem eigenen Schlüssel öffnete. Ohne jemanden zu begrüßen oder anzuschauen, ging er direkt zur Hausbar und schenkte sich ein Glas voll mit Whisky ein.

Nur ein Blick auf sein trauriges Gesicht genügte, um zu erkennen, dass er sich in einer miserablen Stimmung befand. Keiner traute sich, ihn nach dem Grund seiner Verspätung zu fragen. Nach einigen unangenehmen Minuten brach Martha das Schweigen und sagte in bitterernstem Ton:

»Du bist hier nicht zum Saufen eingeladen, sondern zum gemeinsamen Essen. Wir haben lange auf dich gewartet!«

Er blickte Martha ärgerlich an und sagte, ohne auf ihre Bemerkung einzugehen:

»Mike lebt nicht mehr. Er wurde im Gefängnis ermordet!«

Für eine Weile herrschte eine merkwürdige Stille im Wohnzimmer. Ich blickte Paul an. Eigentlich sollte er über diese Mitteilung erfreut sein und Genugtuung empfinden. Denn er, als lebendes Opfer, würde jahrelang mit seiner schmerzhaften Behinderung zu kämpfen haben. Aber in

seinem Gesicht waren weder Freude noch Traurigkeit zu erkennen. Martha ging langsam zu Steve, blickte ihn misstrauisch an, als ob sie nicht sicher war, dass man ihm Glauben schenken konnte. Sie fragte:
»Wer hat Mike ermordet?«
»Zwei farbige Häftlinge haben ihn im Duschraum des Gefängnisses sexuell misshandelt und mit 48 Messerstichen getötet. Man hat mich heute Nachmittag aufgesucht und in die Gerichtsmedizin gebracht, um seine Leiche zu identifizieren. Sein Gesicht war bis zur Unkenntlichkeit zerschmettert. Es war schrecklich. Ich komme gerade von dort.« Er schaute Paul direkt an und sagte weiter:
»Man hat mir erzählt, dass die beiden Farbigen den Mord gestanden haben. Es sollte ein Racheakt der schwarzen Bevölkerung sein.«
Steve schenkte sich wieder ein halbes Glas Whisky ein und schwieg.
»Also Mike auch noch«, dachte ich. Eigentlich verabscheute ich seine politische und soziale Einstellung, wie er das Leben von anderen Menschen missachtete und mit welch fanatischem Enthusiasmus er von einem sauberen Amerika träumte. Er hatte meine Liebe erschossen und mein Glück vernichtet. Trotzdem konnte ich ihn nicht hassen und mich über seinen Tod freuen. Ich beobachtete die anderen. Steve war am meisten betroffen, schließlich hatte er den zerfleischten Körper seines Sohnes identifiziert; das musste furchtbar für ihn gewesen sein. Martha war fassungslos, blass und schockiert. Sie sagte ein paar Male:
»Auge um Auge, Zahn um Zahn.«
Paul wirkte die ganze Zeit nachdenklich. Ich glaube, er traute sich nicht, einen Kommentar abzugeben. Er wollte auf keinen Fall Steve oder Martha irgendwie verletzen. Aber es dauerte nicht lange, bis Steve sagte, was er dachte:
»Ich muss offen gestehen, ich habe nie mit Mike eine Vater-Sohn-Beziehung aufbauen können. Seine Mutter hat ihn so erzogen, dass er nur bestimmte Amerikaner mochte. Deshalb mussten viele Unschuldige leiden.
Er hat dafür bezahlt, was er getan hat. Wir sollten nicht so tun, als ob wir dieses bedauern. Ich bin vielleicht mit der Art und Weise seines Todes nicht einverstanden, aber ich bin erleichtert, dass der Stellvertreter des Teufels tot ist.« Er blickte mich an und sprach weiter:
»Es tut mir leid für dich, Bijan, dass du solch hässliche Erfahrungen in Amerika machen musstest. Hier ist eine verrückte Welt. Ich kann

verstehen, dass du dich plötzlich auf diesem chaotischen Kontinent allein gelassen fühlst und nach Europa zurückwillst. Aber weißt du, solch schlechte Erfahrungen haben auch ihre Vorteile. Man bekommt eine weite Sicht und ein starkes Fundament fürs Leben. Ich las vor einiger Zeit in einem deutschen Buch:
Wer die Tiefen des Lebens nicht erlebte, kann seine Höhen nicht ermessen.
Wobei ich zugeben muss, dass der Preis für diese Erfahrung für uns alle zu hoch war.« Wegen des Whiskys wurde seine Stimme deutlich langsamer und weicher.

Kurz vor Mitternacht fuhren wir mit Dariushs Auto nach Hause. Zuvor hatte ich mich von Paul verabschiedet. Ich wünschte ihm baldige Besserung und er mir wiederum ein glückliches Leben. Pam, Martha und Steve wollten am nächsten Tag einige Stunden vor meiner Abreise zu uns kommen. Als wir zu Hause waren, konnte ich nicht gleich zu Bett gehen. Ich hatte das Bedürfnis, mich an meinem letzten Abend im Hause der Donahues mit jemandem zu unterhalten, und freute mich, dass Dariush nicht müde war. Ich holte zwei Dosen Bier aus dem Kühlschrank und wir saßen draußen in den Schaukelstühlen.

In den letzten Tagen, seit Dariush bei mir wohnte, hatte ich kaum Zeit oder Lust, ausführliche Gespräche mit ihm zu führen. Vom ersten Tag seines Besuchs an verstand er meine Situation und machte alles, damit ich meine Ruhe fand. Jetzt war die Zeit, dass ich mich bei ihm bedanken konnte. Ich sagte ihm:

»Ich weiß nicht, wie ich ohne deine Hilfe diese Krise überstanden hätte. Du hast mir in den letzten Tagen wie ein guter Freund sehr geholfen und mich moralisch unterstützt. Dafür danke ich dir von ganzem Herzen.«

Er schüttelte seinen Kopf und erwiderte:

»Unsinn. Freunden braucht man nicht zu danken. Es war für mich eine Selbstverständlichkeit, dir in der schwersten Zeit deines Lebens zur Seite stehen zu können. Ich weiß, was du in den letzten Tagen durchgemacht hast, und ich bin froh, dass du gesund bist und einigermaßen bei Verstand.« Er atmete tief ein und sprach mit melancholischer Stimme weiter: »Ich habe auch einmal das erlebt, was du gerade durchmachst.«

Ich blickte ihn fragend an. Davon wusste ich nichts. Er trank einen Schluck Bier und erzählte weiter:

»Während meines Studiums verliebte ich mich in ein jüdisches Mädchen. Sie war ein paar Jahre älter als ich und sie war bezaubernd. Groß, dunkelblond, mit einem Gesicht wie ein Engel. Sie hieß Esther. Ihre Mutter starb bei einer Geburt und so blieben sie und ihre drei großen Brüder allein mit ihrem Vater zurück. Er war Rabbi in der einzigen Synagoge in Teheran. Wir wussten von Anfang an, dass unsere Liebe nie ein Happyend haben konnte. Denn es gab keine offizielle Eheschließung zwischen einer Jüdin und einem Moslem. Dennoch, ungeachtet aller gesellschaftlichen Konventionen besuchten wir uns heimlich fast einmal pro Woche und träumten von einer Welt ohne Verbote und unsinnige Restriktionen.

Die erste Liebe ist etwas Besonderes. Zum ersten Mal kann man sich selbst richtig kennenlernen. Jedenfalls war es bei mir so.

Ich erkannte plötzlich ganz neue Eigenschaften an mir. Ich bekam andere Gefühle für die Natur, für mein Umfeld, für die Menschen, die mit mir direkt oder indirekt zu tun hatten. Ich war richtig gefühlvoll und las sogar jeden Abend die Poesie von Saadi, Hafez, Omar Khayam und anderen persischen Poeten. Ich genoss das Leben und freute mich, jeden Tag aufzustehen und an meine Esther zu denken.

Aber die goldenen Tage meines Lebens waren zu kurz. Es geschah, wovor wir immer Angst hatten. Ihre Brüder erwischten uns einmal in den Bergen nördlich von Teheran. Offenbar ahnten sie von dieser verbotenen Beziehung und verfolgten uns deshalb zu dem Ort, wo wir uns sorglos umarmten, küssten und unser Zusammensein genossen.

Sie griffen mich an, dabei kam es zu einer entsetzlichen Schlägerei und danach zu unerträglichen Feindseligkeiten.

Nach wenigen Wochen wurde sie in Begleitung eines Onkels zu ihrer Verwandtschaft nach Israel geschickt, und dort musste sie bleiben.

Du kannst dir vorstellen, wie tief ich in den Abgrund meiner Traurigkeit stürzte. Ich verfluchte die ganze Welt mit ihren Gesetzen und ihren gesellschaftlichen Vorschriften.

Ich wollte nicht wahrhaben, dass die Freiheit, von der man redete, ein Märchen war, eine gottverdammte Lüge.

Im Prinzip sind wir alle Gefangene unserer kranken Gesellschaft. Entweder durch irgendeine diktatorische Regierung, durch eine intolerante Religion oder, noch schlimmer, durch gesellschaftliche

Zwänge wird dir das entzogen, was meiner Meinung nach zur grundlegenden Freiheit gehört.
Diese bittere Erfahrung hat bei mir einen Nachgeschmack hinterlassen. Ich war plötzlich ein anderer Mensch geworden, kalt, arrogant und manchmal bösartig. Allerdings nicht gegen schwache Menschen. Ich rebellierte gegen die mächtigen Organe, die meine empfindliche Seele zerstört hatten, gegen Religion und danach gegen die mächtige SAVAK. Teilweise habe ich auch Erfolg gehabt, wie du ja mitbekommen hast. Ich weiß heute, dass alles sehr riskant und lebensbedrohlich war, und ich gestehe, der Preis, den ich dafür bezahlt habe, war extrem hoch.
Ich begriff, wenn man vor Enttäuschung verbittert wird oder besessen von Rachegefühlen, dann ist der erste Schritt in den Abgrund.
Nach der Entlassung aus dem Gefängnis änderte ich radikal meine Richtung. Ich verstand, dass das Leben nicht darin besteht, dass jemand dir Unrecht tut und du ihn dein ganzes Leben verfluchst oder auf Rache wartest. Ich verstand, dass das Leben zu kurz ist, und wenn du nicht mehr genießen kannst, was Gott dir schenkt, dann hast du in deinem Leben nichts erreicht. Du musst lernen zu verzeihen, denn, wie man sagt, ist Verzeihen die wirksamste Rache außergewöhnlicher Menschen. Du musst lernen, die ganze Wahrheit zu finden. Du kennst doch den Dichter Goethe. Er meint:
Zum Ergreifen der Wahrheit braucht es ein viel höheres Organ als zur Verteidigung des Irrtums.
Lass uns, mein Freund, zuversichtlich in die Zukunft blicken. Denn wir sind jung und die Zukunft gehört uns.«
Fasziniert von seiner Geschichte und Lebensphilosophie, drückte ich seine Hand und sagte:
»Ich danke dir für alles. Ich weiß nicht, wann ich den Gipfel erreichen werde, wo du dich gerade befindest. Aber wenn ich eines Tages so weit bin, dann werde ich zu dir kommen und dir von meinen Träumen erzählen.«
Es war fast vier Uhr, als Dariush schlafen ging. Er war vollkommen erschöpft von dem langen und bewegenden Verlauf des Tages.
Ich wollte mich noch nicht hinlegen. Seit mehreren Stunden hatte eine merkwürdige Idee von mir Besitz ergriffen.
Ich sollte jemandem einen Besuch abstatten. Ich setzte mir in den Kopf Nancy auf dem Friedhof zu besuchen, bevor ich ins Bett ging.

Es wäre für sie nicht außergewöhnlich, dass ich sie um diese Zeit besuchen würde, denn wie oft hatte ich mich zwischen zwei und fünf Uhr morgens in ihr Bett geschlichen, wenn ich in meinem Zimmer nicht mehr schlafen konnte. Ich schnitt im Garten einige schöne Rosen ab, setzte mich in mein Auto und fuhr in Richtung Friedhof.
Im Himmel fand gerade ein Schichtwechsel statt. Die kurze Nacht überließ das Steuerrad dem neu geborenen Tag.
Ich wusste nicht, dass das Friedhofstor über Nacht geschlossen wurde. Aber das war für mich kein Hindernis. Man konnte leicht über die kurze Mauer springen.
Obwohl der Himmel von Minute zu Minute heller wurde, herrschte dennoch eine gespenstische Atmosphäre auf dem Friedhof. Mit Ausnahme einiger zwitschernder Frühaufsteher war nirgendwo jemand zu sehen. Ich wunderte mich, wie schnell ich ihr Grab fand. Als sie beerdigt wurde, hatte ich mir nicht gemerkt, wo ihr neues Zuhause lag, in welchem Abschnitt, welcher Reihe. Als ich zum zweiten Mal ihr Grab besuchte, begleitete Martha mich und sie führte mich direkt hin. Ich war so angespannt und konfus gewesen, dass ich nicht sonderlich darauf achtete, wo ich mich befand. Aber jetzt, ohne Hilfe und ohne groß zu suchen, stand ich auf einmal vor ihrem Grab, als ob ihre Seele mich führte. Ich kniete nieder und sagte: »Hallo, mein Schatz. Hier bin ich wieder. Ich hoffe, du bist mir nicht böse, dass ich Amerika verlasse. Ich weiß nicht, ob ich jemals wieder zurückkomme. Eines möchte ich dir aber versprechen: Ich werde dich nie, niemals in meinem Leben vergessen. Du wirst immer in meinem Herzen bleiben.
Du hast mir einmal gesagt, dass eine physische Trennung unwichtig ist, entscheidend ist die geistige Bindung. Dein Geist wird mich ständig begleiten.«
Ich blieb dort, bis die warmen Sonnenstrahlen ihr Grab voll erfasst hatten. Ich fühlte mich erheblich besser, als ob sie mir zustimmte. Ich fuhr wieder nach Hause, und zum letzten Mal schlief ich im Bett von Nancy ein.
Gegen vierzehn Uhr, als ich geduscht und angezogen hinunterkam, warteten alle in der Küche auf mich.
Wir aßen das Essen, das Martha von zu Hause mitgebracht hatte. Die Zeit verging schnell. Ich musste mich allmählich beeilen. Es war so weit, wir konnten zum Flughafen fahren. Es gab weder ein offenes Thema zu

besprechen noch war die Zeit dazu vorhanden. In zwei Stunden würde mein Flugzeug zuerst nach New York und nach einem kurzen Aufenthalt weiter nach Frankfurt fliegen. Ich musste mindestens eine Stunde vorher in der Abfertigungshalle eintreffen.
Pam, Martha und Steve bestanden darauf, mich zum Flughafen zu bringen. Ich fühlte, dass ihre Absicht weder aus moralischer Verpflichtung noch aus irgendeiner Art von schlechtem Gewissen herrührte. Sie wollten mich gern aus freien Stücken begleiten und so ihre herzliche Zuneigung demonstrieren.
In diesen zwei Jahren hatte sich zwischen uns eine starke Beziehung entwickelt. Ich gehörte einfach zur Familie. Dieses Gefühl hatte ich immer genossen und ich fühlte mich sehr wohl.
Wir mussten mit drei Autos zum Flughafen fahren. Steve wollte anschließend wieder nach San Francisco, Dariush hatte die Absicht, seinen Mietwagen am Flughafen abzugeben und mit der nächsten Maschine (um zwanzig Uhr) nach Honolulu zu fliegen, und Pam und Martha mussten wieder nach Hause zurückfahren.
Dariush brachte meine Koffer in sein Auto. Auf einmal war mir bewusst, dass ich tatsächlich das Haus verlassen würde. Ein Zuhause, in dem ich meine beste, aber auch schlimmste Zeit erlebt hatte. Bevor Martha die Haustür abschloss, sagte ich plötzlich:
»Bitte warte, Martha. Ich möchte noch einmal in mein Zimmer gehen und prüfen, ob ich etwas vergessen habe.«
»Soll ich mitkommen?«
»Nein, ich komme gleich zurück.«
»Aber denk daran, wenn du deinen Flug erreichen willst, hast du nicht viel Zeit.«
»Ich beeile mich.«
Ich rannte in das erste Obergeschoss und ging zuerst in mein Zimmer. Alles sah sauber und ordentlich aus wie an dem Tag, als ich es zum ersten Mal betreten hatte. Aber der Raum wirkte leer. Vielleicht lag es daran, dass einige Dinge fehlten: meine Bücher in den Regalen, Hunderte zusammengeknüllter Zettel neben den Papierkörben und vor allem ein großes Foto von Nancy, das schon in meinem Koffer verstaut war.
Ich ging zum Fenster, der einzig interessanten Stelle in meinem Zimmer, wo ich mich oft und gern ablenken ließ. Von dort war es mir möglich, mich in einem kurzen Tagtraum auf meine Nachbarin zu besinnen.

Ein Blick auf das verbrannte Haus von Peggy machte mich wehmütig. Das Gebäude war bis auf die Grundmauern völlig zerstört. Arme Frau; wegen so vieler idiotischer Vorfälle, aber auch unmöglicher Zufälle hatte sie ihr Haus, ihre wertvollen Bücher und, noch schrecklicher, ihr Leben verloren. Ich verließ den Raum und betrat zum letzten Mal Nancys Zimmer. Wegen der starken Sonnenstrahlen hatte ich vor einigen Tagen die dicken Vorhänge zugezogen. Ich musste daher das Licht einschalten. Ich ging zu ihrem Kleiderschrank und öffnete ihn. Oh großer Gott, ich konnte noch ihren hinreißenden Duft riechen.
Ich besaß an fast alle ihre Kleidungsstücke eine unvergessliche Erinnerung. Das Kostüm, das sie bei unserem ersten Rendezvous getragen hatte, das Sweatshirt mit der Aufschrift ‚*I am almost in love*', das Kleid, mit dem sie bei der Hochzeit von Monika und Onkel Shahram fast jeden weiblichen Gast in Eifersucht versetzte und jeden Mann bezauberte, das grüne Kleid, das sie in Las Vegas trug, als wir in der weißen Hochzeitskirche *White Chapel* beinahe geheiratet hätten.
Plötzlich riss mich das laute Hupen eines Autos aus meinen Träumen. Ich verstand, wir hatten keine Zeit mehr. Wir mussten los. Ich ging wieder zur Zimmertür, warf einen letzten Blick auf Kleiderschrank, Bett, Schreibtisch, Bücherschrank und ... und da ... daneben, zwischen Bücherregal und Schreibtisch, stand das Bild wie in den letzten zwei vergangenen Jahren. Ich meine das Bild, das sie in Frankfurt bewunderte und mit dem ich sie bei meinem ersten Besuch in Ramstein überrascht hatte. Ich glaube heute, sie mochte es überhaupt nicht. Im Gegenteil, sie fürchtete sich davor.
Als ich sie einmal fragte, warum sie es nicht in irgendein Zimmer hängen würde, sagte sie, dass sie noch keinen passablen Platz gefunden habe. Obwohl wir beide wussten, dass das eine Ausrede war.
Zögerlich ging ich wieder zu dem Schrank, nahm ich das Bild und stellte es an die Seite des Schreibtisches. Dicker Staub lag auf dem Bilderrahmen. Ich zog die Gardinen zur Seite und schlagartig drängten sich die hellen Sonnenstrahlen ins Zimmer. Ich schaute das Bild noch einmal an. Plötzlich begann ich, zu zittern.
Ich Dummkopf, zwei Jahre lang stand es dort und ich hatte es noch nie so genau wie jetzt betrachtet. Im lichtdurchfluteten Zimmer präsentierte sich die gesamte Bildfläche deutlicher, jedenfalls viel deutlicher als früher. Ich erinnere mich, dass ich mein merkwürdiges Geschenk vielleicht zwei oder

drei Mal gesehen hatte. Jedes Mal, wenn ich es flüchtig anblickte, sah ich hauptsächlich die blonde Braut. Vielleicht lag es daran, dass sie eine gewisse Ähnlichkeit mit Nancy hatte, und für mich war das maßgebend.
In den letzten traurigen, verzweifelten Tagen, in denen ich einsam in diesem Zimmer schlief, war ich überhaupt nicht in der Lage gewesen, meine Umgebung richtig zu erfassen. Aber ausgerechnet jetzt, da ich dieses Haus für immer verlassen würde, erkannte ich, wie der Maler seine Idee, seine beängstigende Vision darstellen wollte.
Ich hatte keine Kraft mehr stehen zu bleiben, ich setzte mich schlapp auf den Boden und starrte mit angehaltenem Atem und versteinertem Gesicht auf das Bild.
Oh großer Gott, das ist unglaublich ... jetzt konnte ich verstehen, warum Nancy damals in Frankfurt, als sie dieses Bild zum ersten Mal gesehen hatte, vor Schreck blass geworden war und für einige Minuten völlig unter Schock stand. Jetzt durchschaute ich, warum sie immer einen Grund fand, um das Gemälde nicht in ihrem Zimmer oder an anderer Stelle aufzuhängen. Sie musste den Mann auf dem Bild erkannt haben und mit absoluter Sicherheit Patrick - den Maler - auch. Dennoch sprach sie nie darüber. Hatte sie Angst, dem Schicksal ins Gesicht zu sehen, oder wollte sie diese schreckliche Vision einfach nicht zur Kenntnis nehmen?
Aber ich bin sicher, dass sie nicht fähig war, es wegzuwerfen. Denn schließlich war das mein erstes Geschenk, das war meine erste Überraschung für sie.
Ich Idiot, wieso hatte ich ihr überhaupt ein solch makabres Bild geschenkt? Ein Porträt unseres Schicksals!
Ich hatte nun keinen Zweifel mehr, dass der Mann mit der Pistole der schreckliche kalifornische Djinn war. Ich konnte jetzt sein schmales Gesicht, seine dünnen blonden Haare und vor allem die Narbe über dem oberen rechten Auge, die seine Augenbraue etwas verlängerte, eindeutig erkennen. Kaum zu glauben, der Mann mit dem Revolver in der äußersten rechten Ecke des Bildes sah genau wie Mike aus. Und noch eine merkwürdige Entdeckung: Auf der unteren linken Seite des Bildes konnte man ein einsames, kleines, graues **Kreuz** als Signatur des Malers erkennen.

♣ ♣ ♣

Weitere Werke von Hassan M.M. Tabib:

Auftrag in Teheran

Cyrus gehört der adligen iranischen Familie Salaar an. Sein Vater war ein exzellenter und bekannter Chirurg zur Zeit des Schah-Regimes, wurde aber in den Wirren der Revolution ermordet, das gesamte Vermögen vom Staat konfisziert.
Die Familie floh und lebt seither in alle Welt verstreut im Exil.
Cyrus Salaar ist inzwischen deutscher Staatsbürger und arbeitet bei einem Versicherungskonzern in Hamburg.
Dieser beauftragt ihn, die Richtigkeit des Totenscheins eines iranischen Versicherungsnehmers in Teheran zu überprüfen; es wird ein Versicherungsbetrug vermutet.
Der Protagonist hat auch ein privates Interesse, diese nicht ungefährliche Dienstreise ins Land der Mullahs anzutreten. Er will die Gelegenheit nutzen, wieder in den Besitz des Familienwappens der Salaars zu gelangen – es hatte bei der Flucht zurückgelassen werden müssen. In seinem ehemaligen Elternhaus, einer alten Villa, residiert jetzt allerdings die Geheimpolizei...
Ein authentischer, spannender Roman aus dem Reich der Mullahs!

Der Plan eines Terroranschlags

Timm Svensen, ein erfolgreicher deutscher Manager wartet bereits seit mehreren Jahren darauf, endlich seine Traumfrau zu finden. Aber weder die Frauen, die seine Mutter für ihn aussucht, noch die Damen, die ihm gelegentlich über den Weg laufen, sind für ihn schön, intelligent und außergewöhnlich genug.
Im Januar 2005, während eines kurzen Urlaubs in seiner spanischen Villa, geschah das, worauf er so lange glühend gewartet hatte: Er begegnet ihr, Roya Sassan, einer Studentin der Kunstakademie Barcelona. Sie verkörpert all die Eigenschaften einer Traumfrau, die er sich immer gewünscht hat. Innerhalb einer relativ kurzen Zeit wird aus dieser oberflächlichen Bekanntschaft eine aufrichtige Liebe.
Während einer gemeinsamen Fahrt von Spanien nach Deutschland bemerken sie des Öfteren, dass man sie verfolgt, ohne darin einen plausiblen Grund zu erkennen. Sie haben keine Ahnung, dass einen Tag vor ihrer Reise die Mitglieder einer Terrororganisation Timms Abwesenheit nutzten und 120 Kilo Sprengstoff in den Kofferraum seines Autos luden und das Verriegelungssystem des Kofferraums blockierten. Sie verfolgen die Absicht, mit der Fracht einen Wolkenkratzer in Frankfurt in die Luft zu sprengen.
Anhand eines perfekt inszenierten Plans soll der ahnungslose, deutsche Manager, der in dem Frankfurter Hochhaus eine große Firma hat, ihre hochexplosiven Bomben in seinem Auto bis nach Frankfurt transportieren. Kurz vor Frankfurt wollen die Terroristen Timm Svensen überfallen und mit ihm in die Tiefgarage fahren.
Dennoch, unbemerkt von ihrer kriminellen Absicht und um ihrer Liebe eine Chance zu geben und sich besser kennenzulernen, überredet Timm Roya dazu, nicht sofort nach Frankfurt zu fahren, sondern zuerst eine gemeinsame Reise durch Europa zu unternehmen. Sie fahren zuerst nach Paris. Dieser plötzliche Umweg jedoch gefährdet die zerstörerische Absicht der Terroristen. Sie entscheiden sich notgedrungen für Plan B.
Der Plan eines Terroranschlags ist eigentlich eine herzergreifende, philosophische Liebesgeschichte. Dennoch sorgt im Hintergrund die furchterregende Vorbereitung eines Terroranschlags für Nervenkitzel und Spannung.

Zermahlt zwischen CIA und Pasdaran

Eigentlich, eigentlich ist Kian Pourzand ein ganz normaler junger Mann, Student der TH München mit klaren Vorstellungen über sein Leben; Studium erfolgreich abschließen, einen attraktiven Job in Deutschland finden und mit Caroline, seiner Verlobten, eine Familie gründen.
Kian Pourzand ist Iraner. Wie viele Studenten muss auch er jobben, um seinen Lebensunterhalt zu finanzieren. Nicht zuletzt wegen seines Studiums kannte er sich in der IT-Welt ganz außergewöhnlich gut aus. Als er einen Job fand, wo er nicht nur seine Fachkenntnisse anwenden konnte, sondern auch noch Kontakt mit Landsleuten hatte, empfand er es als einen Glücksfall. Seine Landsleute, die als selbstständige Kaufleute ihr Geld an verschiedenen Orten in der Bundesrepublik verdienten, unterstützte er bei der Installation sowie beim laufenden Betrieb ihrer PCs. Dazu musste er viel reisen. Dies nahm er in Kauf, da der Job sehr gut bezahlt wurde.
Es war wie ein Schlag ins Gesicht, als er erkannte, dass seine Kunden keine gewöhnlichen Händler, sondern Agenten des iranischen Geheimdienstes waren. Und er, Kian Pourzand, er war ohne es zu wissen ein Teil des Spionagenetzes der Pasdaran. Angst und Verzweiflung machten sich bei ihm breit. Wie sollte sein Leben weitergehen? Was nur sollten seine Verlobte und ihre Mutter von ihm denken? „Nichts wie weg von diesen Leuten" dachte er sich. Aber, hatte er denn überhaupt noch die Möglichkeit auszusteigen? Oder musste er fliehen?
Er unternahm alle Anstrengungen, um sich ein Visum für einen Aufenthalt in den USA zu besorgen. Doch es kam noch schlimmer. Der amerikanische Geheimdienst war auf ihn aufmerksam geworden und erpresste ihn. Sie erkannten, dass er vom iranischen Geheimdienst für eine Schulung über eine neue Spionage Software in Teheran vorgesehen war. All seine Träume, seine Vorstellungen, alles löste sich in Luft auf; oder doch nicht?
Der Roman *„Zermahlt zwischen CIA und Pasdaran"* ist eine authentische, spannende Geschichte aus dem Reich eines mächtigen, aber auch korrupten Regimes der Welt; der islamische Republik Iran.

**Irreale Wahrnehmung
und
Weitere Erzählungen**

Dieser Band enthält eine Auswahl von sieben spannenden, rührenden, ja, bis zur letzten Seite fesselnden Erzählungen, die sich im Hintergrund mit unseren persönlichen Wahrnehmungen auseinandersetzt. Jede Geschichte berührt so sehr, als wenn man mitten im Geschehen dabei ist.
Es geht um Liebe und Opferbereitschaft, um einen perfekteren Mord, um Sehnsucht nach einem zweiten Frühling sowie die verschiedensten Lebenssituationen und gesellschaftliche Restriktionen.
Jede Geschichte ist sinnlich, anregend und packend geschrieben.

Hassan M.M. Tabib, 1940 in Teheran geboren, studierte im Iran Literaturwissenschaft. Er arbeitete als Journalist für mehrere Tageszeitungen.
Seine Veröffentlichungen erregten den Unmut des Schahs Regimes.
1964 verließ er seine Heimat und blieb ein Jahr in Frankfurt/M.
Danach lebte und studierte er mehrere Jahre in den USA.
Zurückgekehrt nach Deutschland arbeitete er hier als Berater und Führungskraft in verschiedenen Unternehmen.
Seit 1995 ist er zu seinen Wurzeln, zu seiner Liebe, dem Schreiben, zurückgekehrt. Er hat mehrere Bücher in Deutsch, English und Persisch geschrieben.
Besuchen Sie die Website von Herr Tabib

www.hassanmmtabib.de